Emilio und die Kunst der Verführung

Michaela l'Ostessa

Emilio und die Kunst der Verführung

Eine Reise durch Leidenschaft, Kunst und Kulinarik der bezaubernden Lagunenstadt Grado

Roman

Bibliografische Information der Deutschen Nationalbibliothek
Die Deutsche Nationalbibliothek verzeichnet diese Publikation in der
Deutschen Nationalbibliografie; detaillierte bibliografische Daten sind im
Internet über http://dnb.dnb.de abrufbar.

Verlag: BoD · Books on Demand GmbH,
In de Tarpen 42, 22848 Norderstedt, bod@bod.de

Druck: Libri Plureos GmbH, Friedensallee 273, 22763 Hamburg

ISBN: 978-3-7693-3414-2

Prolog

Grado erstrahlte in einem zauberhaften Licht, das sich über die weiten Spiegelflächen des offenen Meeres und der Lagune ergoss. Die lachende Sonne, die nur Gutes tut, wärmte den feinen Sand, während das endlose Spiel zwischen Wasser und Himmel die Goldtöne des Strandes mit den Farben des Meeres verschmelzen ließ. In den zahlreichen Kanälen und den von Fluten geprägten Flussmündungen der Insel trafen sich die Elemente. Winde trugen Wolken herbei, die ihre Ursprünge in den verschiedenen Jahreszeiten hatten. Wenn sich abends die Sonne langsam über Grado neigte, streichelten ihre letzten Strahlen den feinen Sand, der in diesem sanften Licht wie flüssiges Gold wirkte. Das Meer spiegelte den Himmel wider, in dem sich sanfte Rosa- und Lila-Nuancen entfalteten. Die Konturen der Boote mit bunten Segeln verschwammen im Schatten, während Möwenschwärme in der Dämmerung ihre Kreise zogen. Die Atmosphäre war erfüllt von Ruhe und einem Hauch von Magie, wenn die Sonne mit einem letzten Kuss hinter dem Horizont verschwand und die Insel in die Nacht entließ.

Nun hüllte sich Grado in ein funkelndes Schimmern, umgeben von den abertausend glitzernden Sternen des Nachthimmels.

Für Gabi

September 2023

Grado

Der Fischer

›Casonieri‹ nannte man die Menschen, die dauerhaft auf den Inseln der Lagune rund um Grado lebten. Einst waren es hunderte, jetzt nur noch wenige. Die Inselbewohner besuchten die Hauptinsel selten und führten ein einfaches, bescheidenes Leben. Ohne Strom und fließendes Wasser war der Winter hart und entbehrungsreich. Die Casonieri lebten hauptsächlich von der Fischerei und gelegentlich auch von der Jagd. Die Lagune beherbergte viele Wildschweine, die ausgezeichnete und ausdauernde Schwimmer waren, und manchmal erlegten sie auch Rehwild. Sie bauten ihr eigenes Obst und Gemüse an. Täglich fuhr ein sogenannter ›Batelante‹ mit seinem flachen Boot, der Batela, von Insel zu Insel, sammelte die Waren ein und verkaufte sie auf dem Markt in Grado.

Kurz nach Sonnenaufgang ankerte der Fischer mit seinem kleinen Motorsegler an der Westseite des Porto Mandracchio, dem kleinen Stadthafen mitten in der Altstadt Grados. Luca, über siebzig, besserte seine Rente auf, indem er Bootstouren in die Lagune anbot. Seine Lizenz sicherte ihm einen Liegeplatz im Mandracchio, einem Y-förmigen Hafen, der einst Teil des Hafensystems von Aquileia war. Heute lagen dort hauptsächlich Sport- und Segelboote, oft mit ausländischer Flagge. Luca machte seine frühmorgendlichen Ausfahrten aus Tradition. Er fischte mit der Angel, nicht mit Netzen, da sein Ausflugsboot dafür ungeeignet war. Etwa vier Seemeilen entfernt besaß er auf einer der Inseln eine Hütte, eine

›Casone‹, die sein Großvater um die Jahrhundertwende errichtet und Luca aufwändig restauriert hatte. Luca war ein typischer Casonieri und Fischer, wie auch alle seine Vorfahren seit den Zeiten Julius Cäsars.

Zwei Barsche, eine Goldbrasse und ein Hummer waren die heutige Ausbeute. Gegen sechs Uhr lieferte er seinen Fang bei der Fischereikooperation in Grado ab. Anschließend machte er es sich auf der achtern gelegenen Sitzecke bequem, rauchte seine Pfeife und genoss die warmen Sonnenstrahlen an diesem wunderschönen Septembermorgen.

Luca konnte von seinem Platz im Boot aus beobachten, wie sein Freund aus der Villa Giuliani an der Piazza S.Marco trat. So wie jeden Tag führte Emilio seinen Dackel ›Biscotti‹ Gassi. Signor Bombolone stammte ursprünglich aus Wien, wo seine Familie eine traditionsreiche Buchhandlung in der Innenstadt besessen hatte. Soweit Luca wusste, hatte sein Freund diese vor fünfzehn Jahren verkauft, Wien verlassen, war nach Grado gezogen – und geblieben. Den Dackel hatte er vor drei Jahren, nach einem Kurzbesuch in Wien, mitgebracht. Seitdem waren die zwei unzertrennlich. Sie galten bei den Einheimischen inzwischen als Gradeser Originale.

London

Der Anruf

Als die Baronesse aus Wien anrief, saß Rick Bornbeh an einem Freitagmorgen im Caffè Nero im Innenhof des BBC-Headquarters in London. Er genoss die geschäftige Atmosphäre und den hervorragenden Kaffee.

Bornbeh, Mitte fünfzig, durchschnittlich groß und eher hager, hatte ein Gesicht voller feiner Fältchen, die von einem abwechslungsreichen Leben zeugten. Seine warmen braunen Augen strahlten Intelligenz und Gelassenheit aus. Er sprach wohlartikuliertes Englisch und konnte sich auch in Deutsch und Italienisch gut verständigen. Mit der Baronesse Hemma von Gerstl hatte Bornbeh jahrelang erfolgreich Geschäfte gemacht. Sie war eine wohlhabende, alleinstehende Dame und benutzte inzwischen einen Gehstock. Die Baronesse von Gerstl entstammte einem alt-österreichischen Adelsgeschlecht. Ihr Vater, Baron Theodor von Gerstl, war Kurator am Österreichischen Museum für Kunst und Industrie in Wien gewesen und hatte um die Jahrhundertwende einige Werke der Jugendstilmaler erworben. Diese Sammlung hatte er seiner Tochter hinterlassen, die bereits in den Neunzigerjahren einige Werke verkaufte, um ihren extravaganten Lebensstil zu finanzieren. Die Baronesse war eine ›Salonnière‹, die in ihrer eleganten Stadtwohnung Gäste mit einem Hauch von Nostalgie und großzügiger Gastfreundschaft empfing. Bornbeh, damals noch jung, hatte Kunst in London und Wien studiert. Dort spezialisierte er sich auf den Jugendstil und lernte vom Kunsthändler Thaddäus Gagelmann, wie Experten Kunstwerke betrachten, worauf sie achten und was besonders wichtig war, wenn man sie täuschen wollte. Die Baronesse hatte Bornbehs Talent erkannt und ihm angeboten, verschollene Werke der Secessionisten kreativ zu rekonstruieren. Ihr Verwandter, Leopold von Falkenstein, besorgte dazu alte Leinwände auf Keilrahmen, und Bornbeh fertigte die Nachbildungen an, die die Baronesse über die Galerie Gagelmanns verkaufen ließ. 2018 war Bornbeh in England unter Verdacht des Steuerbetrugs geraten, und nach Poldis überraschendem Tod beschlossen sie, ihre Aktivitäten einzustellen. Sie hatten ohnehin bereits Millionen verdient.

Bornbeh nahm einen Schluck seines Caffè Doppio und ging an sein Mobiltelefon.

»Einen wundervollen guten Morgen, sehr geehrte Baronesse, wie geht es Ihnen?«

»Hab die Ehre, Master Rick«, flötete die Baronesse, »ich hoffe, ich störe Sie nicht bei etwas Unanständigem?«

»Keinesfalls, sofern Sie einen doppelten Espresso in London nicht als obszön empfinden.«

9

»Geschenkt, Rick. Es sind schon einige Jahre seit unserem letzten Treffen vergangen, aber ich denke, es ist wieder an der Zeit, dass Sie mich in Wien besuchen. Am besten beim Gerstner in der Kärntner Straße, Sie erinnern sich?«

»Das würde mich sehr freuen, gnädige Frau. Gibts wieder etwas zu *restaurieren*?«

»Darüber sprechen wir in Wien, Rick. Ich sag nur ein Wort: Auchentaller. Rufen Sie mich an, wenn Sie in Wien sind!« Die Baronesse legte auf.

Bornbeh dachte nach. Er kannte ihre Sammlung und wusste, dass sie bereits viele Jugendstilmaler verkauft hatte. Zwei Auchentaller-Akte, die er für sie zuletzt geschaffen hatte, galten seit den Dreißigern als verschollen. Besitzt sie darüber hinaus noch einen Auchentaller? Der längst vergessene Secessionist, dem im kommenden Frühjahr eine Ausstellung in Grado gewidmet ist?

Bornbeh zahlte und eilte zu seiner Wohnung in der Hallam Street, wo er mit seinem Lebensgefährten Francis die Grafarello-Galleries betrieb.

*

Francis erzählte er keine Details; er wollte nicht, dass dieser sich Sorgen machte. Er vertraute ihm lediglich an, dass er dringend für einige Zeit nach Wien müsse. Eine alte Dame und Kundin, die er schon eine halbe Ewigkeit kenne, brauche seine Hilfe. Er werde sich melden, sobald er mehr wüsste. Francis schaute nicht gerade überzeugt drein, aber er kannte seinen Rick lange genug, um nicht nachzufragen. Die beiden lebten nun schon seit beinahe zwanzig Jahren harmonisch zusammen. Francis war ein paar Jahre jünger als Rick, ein begabter Künstler und der eher Besonnene in ihrer Beziehung. Bornbeh konnte ihm getrost die Leitung der Grafarello-Galleries überlassen. Er packte seinen Koffer, buchte den nächsten Flug nach Wien und fuhr mit der Victoria Line von der U-Bahn Station Bond Street nach Heathrow.

Während er im Terminal auf das Boarding wartete, tätigte er ein paar Anrufe. Er buchte zuerst ein Zimmer im Hotel Ambassador in der Kärntner Straße. Über Airbnb reservierte er unter dem Namen Richard Rehborn ein diskretes Appartement in der Nähe der Alten Donau. Für den Namen Rehborn – eine Art Anagramm – besaß er hervorragend gefälschte Papiere und ein zweites Mobiltelefon. Kurz vor dem Abflug schickte er der Baronesse eine Textnachricht, in der er ihr mitteilte, dass man sich am nächsten Tag beim Caffè Gerstner treffen könne.

Grado

Einen Krapfen für Signor Bombolone

Emilio und Biscotti verließen die Villa Giuliani und traten auf die kleine Piazza S.Marco hinaus. Das Dackelchen stürzte sofort zu seiner Laterne und hob seine Hinterpfote. Der verhaltensauffällige Zwergdackel betrachtete die gesamte Altstadt Grados inzwischen als seinen Zuständigkeitsbereich und markierte sein Reich gewissenhaft. Emilio und Biscotti überquerten die Via Alessandro Manzoni, gingen an der schönen Caffè-Bar an der Ecke vorbei und folgten dem schmalen Uferweg Riva S. Marco ein kurzes Stück. Dort lag das Boot des Fischers an der Kaimauer. Biscotti stürmte sofort los, lief schnurstracks über den kleinen Gangway-Steg an Deck und blickte Luca schwanzwedelnd und erwartungsvoll an. Der hielt, wie immer, ein Stückchen Krabbenfleisch für den Dackel bereit, das dieser genüsslich verschlang.

»Buongiorno Luca, wie war dein Fang?«

»Buongiorno, così così[1]. Heute hab ich eine Goldbrasse, zwei Barsche und einen Hummer gefangen. Und die anderen Fischer haben eine Menge Muscheln abgeliefert. Du könntest ja heute Abend im Zero Miglia speisen?«

---

[1] so la la

11

Die Osteria Zero Miglia di Mare lag am Kanal, der zum Hafen führte, gleich in unmittelbarer Nähe des Fischmarktes. Das Lokal gehörte der Cooperativa Pescatora und bekam damit jeden Tag die frisch gefangenen Fische und Meeresfrüchte der Fischer. Die Atmosphäre direkt am Kanal und den Fischerbooten war einzigartig. Für viele Einheimischen galt es als das beste Fischlokal in Grado.

»Grazie mille, danke für den Tipp, Luca, vielleicht rufe ich an und reserviere einen Tisch. Ich wünsch dir noch einen schönen Tag! Biscotti und ich müssen weiter, ciao!«

»Ciao Emilio!«

Emilio und Biscotti machten kehrt, der kurze Abstecher zu Lucas Boot war Teil ihrer morgendlichen Rituale. Beide freuten sich immer auf dieses Treffen. Der Dackel, weil er Fisch und Meeresfrüchte liebte und Emilio, weil der alte Fischer die uralten Traditionen Grados verkörperte und viele Geschichten zu erzählen wusste. Sie schlenderten nun die Via Pietro Orseolo entlang, die durch ein paar Grünstreifen und Sträucher von der verkehrsreichen Uferstraße getrennt war.

Nach ein paar Minuten erreichten sie die Bäckerei Panificio Gaddi. Der unverwechselbare Duft von frischem Gebäck stieg ihnen in die Nase. Emilio leinte den Dackel vor dem Eingang an, zog ein Ticket und wartete. Als seine Nummer angezeigt wurde, bestellte er ein Cornetto und einen Bombolone. Das Croissant war in Italien als Cornetto bekannt. Seine Lieblingssüßigkeit, der Krapfen, hieß genau wie er selbst: Bombolone!

Die Verkäuferinnen, die ihn und seinen Dackel schon lange kannten, hatten mit dieser Namensgleichheit immer wieder ihren Spaß.

»Buongiorno, Signor Bombolone!«, rief ihm die Verkäuferin entgegen, »hier ist Ihr flaumiger Bombolone und dazu das etwas schlankere Cornetto!«

Sie lachte und auch die anderen Anwesenden konnten sich ein Grinsen nicht verkneifen. Signor Bombolone war Mitte Fünfzig, hatte für sein Alter noch überraschend lange und lockige Haare.

Dazu trug er einen gepflegten Dreitagebart. Seine Gesichtszüge waren freundlich und die blitzblauen Augen strahlten eine Mischung aus Intelligenz und Humor aus. Seinen Mund mit den vollen Lippen umspielte meist ein feines Lächeln. Trotz seines kleinen Wohlstandbauches, den man durchaus berechtigt als ›Krapfen‹ hätte bezeichnen können, waren seine Bewegungen elegant. Emilio Bombolone wirkte auf Frauen reiferen Alters äußerst attraktiv. Das wusste er und nutzte dies fallweise zu seinem Vorteil. Aber er war eben auch ein ›Flaneur‹ und somit ein intellektueller Spaziergänger, mit offenen Augen und offenem Geist für die subtilen Nuancen des Lebens.

Emilio verzog keine Miene, nahm das Gebäck und zahlte. Im Gehen bemerkte er mit einer angedeuteten Verbeugung: »Als Gott mich schuf, wollte er vermutlich angeben, meine Damen, ciao.«

Die mehrheitlich weiblichen Anwesenden blickten ihm bewundernd nach. Was für ein Mann…

*

Die Villa der Contessa

Emilio und Biscotti spazierten gemächlich zur Villa Giuliani der Contessa Caramello zurück. Das Haus wurde 1903, als Grado noch Teil der Österreichischen Monarchie war, erbaut und zählte damit zu den ersten Villen Grados. Die Contessa bewohnte den gesamten dritten Stock. Die übrigen Zimmer und Appartements der stilvollen Villa konnte man über eine Tourismusagentur buchen. Sogar ein moderner Lift war vorhanden. Als Emilio vor vielen Jahren erstmals nach Grado kam, hatte er zunächst ein Appartement gemietet. Daraus war eine ganzjährige Untermiete zu besonders großzügigen Konditionen geworden. Die unmittelbare Nähe zur Altstadt Grados und die Herzlichkeit der Contessa hatten ihm die Entscheidung, dort auf Dauer zu wohnen, leicht gemacht. Emilio brauchte sich weder um die Reinigung seiner Wohnung noch um das Wäschewaschen zu kümmern. Das erledigten für ihn die netten und fleißigen

13

Damen der Putzkolonne, die als Reinigungskräfte für die Villa zuständig waren.

Sein klimatisiertes Zuhause im zweiten Stockwerk, einst aus zwei Gästezimmern bestehend, hatte er in Absprache mit der Contessa zu einem nahezu einhundert Quadratmeter großen Appartement ausbauen lassen. Die aufwändige Renovierung hatte ihn eine sechsstellige Summe gekostet. Nun verfügte er über ein großzügiges Wohnzimmer, eine kleine, aber moderne Küche, ein geräumiges Schlafzimmer mit großem Doppelbett und begehbarem Kleiderschrank. Das Badezimmer war mit einer barrierefreien Dusche und einem Jacuzzi für zwei Personen ausgestattet. Im Wohnzimmer erstreckte sich seine umfangreiche Bibliothek über zwei Wände mit über tausend Büchern, die er größtenteils aus Wien mitgebracht hatte. Emilio hatte sich eine lederne Schlafcouch angeschafft, die auch als Gästebett diente. Ein großer Relaxsessel sowie eine kleine Bar vervollständigten sein Reich. Einen Fernseher oder Computer besaß Emilio nicht. Dafür hatte er nach dem Umbau zwei Balkone. Der kleinere, nach Süden ausgerichtete Balkon, war mit Smart-Glas-Technologie versehen, die es ermöglichte, die Transparenz der Fenster je nach Bedarf zu regulieren und vor der Sonneneinstrahlung zu schützen und die Innenräume zu kühlen. Der Nordbalkon erstreckte sich über die gesamte Längsseite des Appartements. Dort stand ein Sylter Strandkorb, den er von einer Reise mitgebracht hatte. Emilio und Biscotti hielten dort im Sommer ihre Siesta. Beide fühlten sich in ihrem Zuhause sehr wohl.

Die Contessa trat eben durch das schmiedeeiserne Tor der Villa auf die Piazza, als Emilio und Biscotti von ihrem Spaziergang zurück kehrten.

»Buongiorno riverita Contessa, come sta?[2]«

»Buongiorno Signor Bombolone! Sto bene – grazie, e Lei?«

»Grazie, sto benissimo!«

---

[2] Guten Morgen, verehrte Gräfin, wie geht es Ihnen?

14

»Was ist für heute geplant, Signor Bombolone?«, fragte die Contessa neugierig.

»Mal sehen, wenn ich keine Führung machen muss, werde ich vielleicht an den Strand gehen.«

»Dann wünsch ich Ihnen noch einen schönen Tag Signor Bombolone. Und dem lieben Biscotti auch!«

»Ihnen auch. Bella giornata, Contessa!«

Die Contessa machte sich auf den Weg zur nahe gelegenen Kapelle. Seit dem Tod ihres geliebten Gatten vor fünfzehn Jahren ging sie täglich zur Andacht. Beim Gehen hielt sich die Contessa sehr gerade und wirkte mit ihren fünfundsiebzig Jahren äußerst gesund. Da sie nie den Aufzug, sondern immer die Treppe benutzte, war das wohl der Grund für ihre Fitness. Emilio war da anders. Er benutze grundsätzlich jeden Lift, sofern einer vorhanden war. Von körperlicher Ertüchtigung hielt er wenig. Die täglichen Spaziergänge mit Biscotti reichten ihm völlig. Ein Dackel sollte aus orthopädischen Gründen ohnehin keine Treppen steigen. Was für den Dackel galt, galt somit auch für sein Herrchen. Also benutzten die beiden den Lift. Immer.

Wien

Eine Melange mit der Baronesse

Von seinem Hotel aus hatte Bornbeh nur wenige Schritte zu gehen, und so betrat er pünktlich um 10:30 Uhr die Gerstner K.u.K. Hofzuckerbäckerei im Palais Todesco. Er stieg die Treppe zum Caffè im ersten Stock hoch. Die Baronesse saß bereits an ihrem Platz am Fenster, von wo aus man das Treiben in der Kärntner Straße gut beobachten konnte und doch ungestört war.

»Guten Morgen, verehrte Frau Baronesse von Gerstl!«

Sie hielt ihm ihre behandschuhte Hand hin, die Bornbeh entgegen nahm und mit einer eleganten Verbeugung einen formvollendeten Handkuss ausführte, ohne dass seine Lippen ihren Handrücken berührten. Immerhin hatte er drei Jahre in Wien verbracht und wusste, was sich gehörte. Die Baronesse war sichtbar entzückt.

»Guten Morgen Rick, Sie erstaunen mich immer wieder. Schön, dass Sie mich in Wien treffen.«

Die Baronesse trug ein elegantes rotes Kostüm mit schwarzem hohen Kragenschluss und einem dazu passenden Hut, den sie auch im Caffè nicht abnahm. Goldene Ohrringe und eine goldene Brosche vollendeten den modischen Stil. Ihr Alter von beinahe achtzig Jahren sah man der Baronesse keinesfalls an.

»Nehmen Sie Platz Rick und bestellen Sie sich eine Melange«, befahl sie in ihrem wohlklingenden ›Schönbrunner Deutsch‹.

Bornbeh gehorchte, setzte sich und die Bedienung, die während der Begrüßung diskret gewartet hatte, nahm die Bestellung auf.

Nachdem der Kaffee serviert worden war, beugte sich die Baronesse vor und flüsterte verschwörerisch:

»Der Auchentaller hat Sie neugierig gemacht, gell?«

Bornbeh konnte einen Hauch ihres offenbar sündhaft teuren Parfüms riechen.

»Ja, in der Tat, aber ich glaube, Ihre Kunstsammlung zu kennen und weiß, dass Sie nur die zwei kleinen Aktbilder besitzen. Haben sie etwa noch ein interessantes Werk vom Auchentaller in der Sammlung? Eines, dass in keinem Werkverzeichnis aufgelistet wurde?«

»Bisher noch nicht, Rick«, antwortete die Baronesse, »aber mit Ihrer Hilfe werde ich rechtzeitig zur Auktion einen *unbekannten Auchentaller* haben, nicht wahr?«

Die Baronesse lächelte verschmitzt.

Bornbeh hatte es geahnt und er musste sich eingestehen, dass er selbst schon ähnliche Überlegungen angestellt hatte. Die Gelegenheit war günstig und mit der Provenienz derer von Gerstl wäre eine glaubhafte Dokumentation der Echtheit kein Problem. Ein unbekannter Auchentaller würde vermutlich einen hohen sechsstelligen Verkaufserlös erzielen.

Bornbeh nickte und flüsterte,»Sie haben doch sicherlich schon einen Plan, verehrte Baronesse?«

Grado

Ein interessanter Zeitungsartikel

Emilio und Biscotti nahmen ihr Frühstück auf dem Balkon ein. Einen Caffè, dazu das Cornetto und zum Abschluss den gefüllten Krapfen. Biscotti bekam seine eigene Gourmet-Mischung aus Fleisch, Topfen, Reis und geriebener Karotte. Obwohl Biscotti den Krapfen jedesmal sehnsüchtig beäugte, weigerte sich Emilio standhaft, diesen zu teilen. Außerdem war Biscottis Mahlzeit nicht gerade verlockend anzusehen. So blieb das Frühstück eine streng getrennte Angelegenheit.

Bei der Einnahme von Mahlzeiten am Balkon gab es allerdings eine latente Gefahrenquelle – die Möwen. Genau genommen waren es Lachmöwen. Die Opfer der Vögel hatten allerdings nichts zu lachen. Die Gradeser Möwen wurden mit den Jahren immer dreister und scheuten nicht davor zurück, einen unbeaufsichtigten Frühstückstisch in Sekundenschnelle abzuräumen. Emilio war daher immer mit einer großen Wasserpistole bewaffnet, wenn er sich auf dem Balkon aufhielt, um gegebenenfalls die Angriffe der Biester abzuwehren. Emilio hasste die Möwen, Biscotti – eigentlich als Jagdhund gezüchtet – hasste sie deswegen schon aus Prinzip.

*

Nach dem Frühstück las Emilio seine Zeitungen, die er jeden Morgen zugestellt bekam. Die ›Il Fatto Quotidiano[3]‹, eine überregionale und liberale Zeitung, die als einzige Italiens keine öffentlichen Gelder bezog und über einen annehmbaren Kulturanteil verfügte.

---

[3] Die tägliche Tatsache

17

Alle anderen italienischen Zeitungen interessierten ihn nicht, die waren entweder zu katholisch oder zu faschistisch, zu einseitig politisch oder schlichtweg uninteressant. Um den Kontakt zu seiner Heimat Österreich nicht ganz zu verlieren, hatte er die Tageszeitung ›Der Standard‹ abonniert. Die Blattlinie war ebenfalls liberal, mit viel Raum für Analysen und Kultur. Jeden Montag gab es eine achtseitige englischsprachige Beilage mit Auszügen aus der New York Times.

Zum Lesen genoss er seine zweite Tasse Caffè – einen Ristretto. Diesen verkürzten Espresso hatte er mit weniger Wasser, aber derselben Menge an Kaffeebohnen zubereitet, um das kräftige Aroma zu verstärken. Emilio vertraute auf einen Vollautomaten der Marke Jura und Kaffeebohnen aus dem Hause Hausbrandt.

Während Emilio las, döste Biscotti zu seinen Füßen.

Im Kulturteil des ›Standard‹ erweckte ein Artikel Emilios Aufmerksamkeit. Ein Hinweis auf eine Ausstellung ›Tra Cielo e Mare‹[4] in Grado mit Werken des Secessionskünstlers Josef Maria Auchentaller. Die Ausstellung war für die ersten zwei Wochen im Mai 2024 in Grado geplant. Durch das renommierte Auktionshaus Auctora's sollten auch einige Gemälde Auchentallers versteigert werden.

Emilio lehnte sich zurück, schloss die Augen und dachte nach. Auchentaller war ein bedeutender österreichischer Künstler und 1897 gemeinsam mit Gustav Klimt Gründungsmitglied der Wiener Secession gewesen. Auchentaller hatte Anfang des zwanzigsten Jahrhundert Wien verlassen und war mit seiner Frau Emma nach Grado gezogen. Im kleinen Fischerdorf Grado im südlichen Küstenland der Monarchie malte Auchentaller dann seine schönsten Bilder. Nach einem Entwurf des Architekten Julius Mayreder, der ebenfalls ein Mitglied der Secession war, entstand die Pension Fortino, die 1904 ihre Pforten öffnete. Das Ehepaar Auchentaller übte damals eine starke Anziehungskraft auf Grado aus, wodurch

---

4 zwischen Himmel und Meer

zahlreiche Künstler, Schriftsteller und Intellektuelle dorthin strömten. Besonders Emma tat sich hervor. Als Besitzerin des Fortino, einer Wäscherei und der kleinen Laguneninsel Morgo samt Landwirtschaft war sie äußerst erfolgreich. Nach seinem Austritt aus der Secession im Jahr 1905, den auch Gustav Klimt im selben Jahr vollzog, isolierte sich Auchentaller von der österreichischen Kunstwelt und widmete sich hauptsächlich dem Malen von Porträts und Landschaften. Die Isolation Auchentallers in Grado erschwerte den Kunstkritikern späterer Zeit seine Einordnung als Secessionskünstler. Die begrenzte Zugänglichkeit seiner Werke, die vorwiegend in Privatsammlungen zu finden waren, trugen zur geringen Bekanntheit des Künstlers bei. Erst in jüngster Zeit und Dank einer Ausstellung im Leopold Museum in Wien, begann man sich wieder an den Künstler Josef Maria Auchentaller zu erinnern. Nunmehr nannte man ihn den ›vergessenen Secessionisten‹.

Emilio freute sich über die geplante Ausstellung in ein paar Monaten. In seinen Standarderzählungen als Fremdenführer in Grado blieb das Leben und Schaffen der Familie Auchentaller nie unerwähnt. Die immer noch gerne von Touristen gekaufte Postkarte mit dem Titel ›Seebad Grado. Österreichisches Küstenland‹, hatte Auchentaller 1906 als Plakat entworfen. Seine Frau Emma und ihre Schwester Martha sind auf dem Plakat im Jugendstil verewigt worden. Das Bild ist ein wunderschönes Beispiel für den Flair des Jugendstils und die fröhliche Stimmung in Grado in den Jahren nach der Jahrhundertwende.

19

Oktober 2023

Wien

Der Fälscher auf Einkaufstour

Früher hatte Bornbeh die Villa der Gerstls in Altaussee als Fälscherwerkstatt benutzt. Die stand allerdings inzwischen zum Verkauf und die Materialen von damals waren längst entsorgt worden, um alle Spuren der Vergangenheit zu beseitigen. Für sein Vorhaben brauchte er also *neues altes* Material.

Als ›Richard Rehborn‹ hatte er sich daher auf die Suche nach alten, großformatigen Drucken begeben und einen Grafikhändler im fünften Wiener Gemeindebezirk besucht. Dort erkundigte er sich nach Werken weniger bekannter Künstler aus der Zeit der Wiener Secession. Der Händler führte ihn in sein Lager und präsentierte einige Grafiken, darunter ein großformatiges Werk des Künstlers Junkwirth aus dem Jahr 1902. Rehborn interessierte sich weniger für die Kunst selbst, sondern vielmehr für das dicke, feinfaserige Büttenpapier, das Junkwirth damals verwendet hatte. Das war ihm wichtig, denn beim handgeschöpften Papier liegen die Fasern irregulär und haben keine einheitliche Richtung so wie das moderne Maschinenpapier. Rehborn war zufrieden, erwarb noch ein passendes Passepartout und einen Aufziehkarton aus der Jahrhundertwende und zahlte den für ihn akzeptablen Preis von sechshundert Euro.

Bornbeh rief ein Taxi und fuhr zum Künstlerfachmarkt in der Neubaugasse. Dort kaufte er mehrere Kolinsky-Rotmarder Pinsel, Aquarellpapier und die speziellen Horadam Patent-Aquarellfarben. Josef Horadam verbrachte über ein Jahrzehnt damit, Rezepturen für Künstler-Aquarellfarben zu entwickeln, die ursprünglich in England entstanden waren. Im Jahr 1892 erhielt er europaweite Patente für seine Aquarellfarben. Diese Farben wurden also bereits seit über 130 Jahren verwendet. Bornbeh war sich sicher, dass bereits die Jugendstilkünstler damit gemalt hatten.

Schließlich besorgte er sich beim Stoffhändler Komolka in der Mariahilfer Straße starken, feingewebten Leinenstoff von heller Farbe. Er wechselte das Taxi und ließ sich zu seinem Airbnb-Appartement an der Alten Donau bringen. Dort angekommen, begann er unverzüglich mit der Arbeit. Er schlüpfte in seine Schutzkleidung, ähnlich jener, wie sie Tatortermittler verwendeten und begann, den zuvor gekauften Leinenstoff zuzuschneiden. Er trug eine dicke Schicht Mehlkleister auf beiden Seiten der alten Grafik Junkwirths auf und fixierte darauf den Leinenstoff. Nach dem Glätten des aufgeklebten Leinens mit dem Bügeleisen, platzierte er das überdimensionale *Sandwich* unter einer umgedrehten Tischplatte, die als improvisierte Presse diente.

Grado

Restaurantbegleiter gesucht

Emilios Mobiltelefon klingelte. Eigentlich war es *nur* ein Nokia 3310. Das erste hatte er 2008 erworben, dem Jahr, in dem er nach Grado zog. Zehn Jahre später kaufte er sich die Neuauflage dieses Kulthandys. Immer noch kein Internet und ohne Touchscreen. Mehr als telefonieren wollte Emilio ohnehin nicht. Vielleicht noch Nachrichten tippen. Der Akku hielt immer noch locker zwei Wochen.

Emilio blickte auf das typische ovale Display. Francesca Santis rief ihn immer gegen acht Uhr an. Er meldete sich:

»Pronto?«

»Ciao Emilio!«

»Ciao Francesca!«

»Störe ich dich gerade?«

»Nein. Ich habe gerade die Zeitung gelesen. Brauchst du mich heute?«

»Vielleicht. Eine reizende Dame aus Deutschland steht eben bei mir in der Agentur und hat nach einem Restaurantbegleiter für den Abend gefragt. Ich wollte dich allerdings zuerst kontaktieren. Hättest du Zeit? Die Dame würde dir übrigens gefallen!«

Francesca hatte es nicht immer leicht gehabt. Sie war das Ergebnis einer leidenschaftlichen Affäre ihrer Mutter Anfang der Neunzigerjahre mit einem Studenten in Triest. Über ihren leiblichen Vater hatte sie nie ein Wort verloren. Als Francesca noch die Schule besuchte, kam ihre Mutter bei einem tragischen Verkehrsunfall ums Leben, woraufhin ihre Großeltern sich um sie kümmerten. Dank einer Wohltätigkeitsstiftung, die sich der Förderung talentierter Jugendlicher verschrieben hatte, wurde ihre Ausbildung finanziert. Über die Hintergründe der Stiftung wusste sie jedoch nichts. Francesca schloss ihr Studium im Bereich Tourismusmanagement in Rom im Alter von dreiundzwanzig Jahren ab und machte ihren Master. Ein Jahr später gründete sie eine Incoming-Agentur in Grado. Francesca war eine zierliche, bildhübsche, aber sehr energische junge Frau. Sie hatte das dunkle Haar ihrer Mutter und vermutlich die Augen ihres Vaters geerbt. In Grado verliebte sie sich in Mauro Fellini, einen attraktiven Bademeister und Rettungsschwimmer, der bei einem der ältesten Strandbetriebe der Stadt arbeitete. Mauro kam unter mysteriösen Umständen ums Leben, und Gerüchte über eine Warnung der norditalienischen Mafia machten die Runde. Nach Mauros Begräbnis, das unter großer Anteilnahme der Einheimischen stattfand, bot Emilio Francesca schließlich seine Hilfe als Fremdenführer an.

Francescas Agentur hatte sich auf Stadtführungen, Ausflüge in die Lagune und Kultur- und Restaurantbegleitungen spezialisiert. Eine seriöse Begleitung von alleinstehenden Damen für den Besuch von Restaurants anzubieten, war eine relativ neue Marketing-linie Francescas gewesen. Emilio hatte diese Idee sofort gefallen. Alleine in einem Restaurant in einer fremden Stadt zu speisen, behagte nämlich nicht jedem. Vor allem, wenn man gut essen möchte, einem aber die Sprache nicht geläufig ist. Auch war es meist nicht so einfach, das richtige Lokal auszuwählen. In Grado hätte man beispielsweise zwischen Osteria, Trattoria, Enoteca oder Ristorante wählen können. Vielleicht würde man zuerst irgendwo einen Aperitif einnehmen, oder nach dem Essen in eine Bar gehen wollen. Eine professionelle Begleitung würde zudem die Chancen auf eine Reservierung erhöhen. Einige Gastronomen befürchteten Umsatzeinbußen bei Einzelpersonen. Tische, die ja meist für zwei und mehr Personen Platz boten, an nur einen Gast zu vergeben, war weniger lukrativ. Vor allem in der Hochsaison – und die dauerte inzwischen bis Ende September. In Begleitung wäre eine Dame zudem vor neugierigen Blicken von benachbarten Gästen ge-schützt. Die Frage, warum eine Frau es vorziehen könnte, solo zu speisen, entfiele folglich. Emilio war *der* perfekte Begleiter, insbe-sondere da er nahezu jede Art von Konversation führen konnte und tadellose Manieren hatte.

»Frag sie noch, ob sie was gegen Dackel hat, Francesca. Dann gib mir ihren Namen und ihre Telefonnummer durch und sag ihr, ich melde mich sobald als möglich!«

»Sie sagt, sie liebt Hunde sehr. Ich sende dir ihre Telefonnum-mer. Grazie und ciao, Emilio!«

Nach ein paar Minuten rief Emilio zurück. Die Dame hieß Jutta Döring, kam aus Wuppertal, Nordrhein-Westfalen und reiste nach Bologna zum jährlich wiederkehrenden Filmfestival. Sie hätte sich spontan entschlossen, einen Abstecher nach Grado zu machen, er-klärte sie. Emilio fragte sie nach ihren Lieblingsspeisen und mach-te ihr seinerseits ein paar Vorschläge. Frau Döring logierte im Ho-tel Hannover, mit Blick auf den Porto Mandracchio, nur fünf Mi-nuten von Emilios Zuhause entfernt. Sie vereinbarten, sich um sechs Uhr abends auf der sonnigen Terrasse der schönen Hotelbar zu treffen. Emilio führte ein paar Telefonate und kümmerte sich um die entsprechenden Reservierungen. Er hatte die Frau Döring am Telefon sehr sympathisch gefunden und freute sich schon auf den Abend.

Wien

Der Plan

Rick Bornbeh holte einen Kunstdruck hervor, den er im Wiener Leopold Museum um ein paar Euro erworben hatte. Das Gemälde mit dem Titel ›Die Lagune vor Grado‹ zeigte Teile der Promenade und des Wellenbrechers – der *Diga* – im Vordergrund und die damals typischen Segelboote im Hintergrund. Es wurde von J.M. Auchentaller geschaffen, der im Sommer 1900 zum ersten Mal nach Grado kam und viele Zeichnungen und Aquarelle anfertigte. Dieses Bild hatte Auchentaller Ende 1902 in Öl auf Leinwand gemalt. Obwohl es noch Jugendstil-Elemente aufwies, verliehen die Wolken, das Meer und die Segelboote im Hintergrund dem Bild eine großartige Dynamik. In ähnlichem Stil hatte bereits Gustav Klimt am Attersee gemalt.

Bornbeh hatte im Leopold Museum einige Fotos des Originals und von einigen seiner Aquarellen gemacht. Sein angemietetes Appartement hatte er inzwischen zu einem Atelier umgruppiert, justierte einen kleinen Videobeamer und projizierte das Foto an die Wand. Davor stellte er seine Staffelei auf und legte Pinsel, Schwamm und Farben bereit. Von den Aquarellpapier-Bögen des Künstlermarktes schnitt er mehrere in den Maßen des Auchentaller-Originals zurecht.

Die Idee der Baronesse von Gerstl war, das Ölgemälde Auchentallers ›Die Lagune vor Grado‹ in einer freien Fälschung in Aquarell nachzuahmen. Dieses Bild sollte sodann als eine Art Vorstudie aus dem Jahr 1901 datiert und rechtzeitig zur Ausstellung ›Tra Cielo e Mare‹ in Grado vorgestellt werden. Ihr Vater, der 1964 verstorbene Baron Theodor von Gerstl – so die konstruierte Herkunftsgeschichte – hätte das Gemälde erworben und wohl vergessen. Es wurde Jahrzehnte später in seiner Villa in Altaussee in einer Kunstmappe aufgefunden. Der Ruf ihres Vaters als Sammler würde einen glaubwürdigen Provenienznachweis sicherstellen. Den alten Sammlerstempel ihres Vaters hatte sie noch. Eine Expertise wäre natürlich auch noch nützlich. Diesen genialen Plan hatte ihm die Baronesse im Caffè Gerstner anvertraut.

Bornbeh begann zu malen. Dazu musste er das Bild jedoch immer wieder reproduzieren, bis er sicher sein konnte, den Stil des Meisters zu beherrschen. Die Aquarellmethode zu wählen, lag für Bornbeh auf der Hand. Seit dem Mittelalter diente das wasserlösliche und transparente Gummi Arabicum als Bindemittel für Farbpigmente zur Herstellung von Aquarell-, Gouache- und Temperafarben. So einfach – mehr war nicht nötig. Wenn Bornbeh daher mit Aquarell auf Papier der fraglichen Zeit malte, wäre es kaum möglich, sein Werk auf technischem Wege als Fälschung zu erkennen. Nun, altes Papier hatte Bornbeh bereits, es lag unter der Behelfs-Presse und würde in ein bis zwei Wochen für den nächsten Schritt bereit sein.

Grado

Biscotti cum tempore

In knapp eineinhalb Stunden würde sich Emilio mit Frau Döring, die ihn als Restaurantbegleiter für den Abend engagiert hatte, in der Bar des Hotels Hannover treffen. Emilio wollte sich noch etwas entspannen und das konnte er am besten bei guter Musik. Schon in jungen Jahren hatte er sich für Jazz begeistern können. Im Wien der Siebziger suchte er regelmäßig das 1972 gegründete ›Jazzland‹ auf, das sich im Keller unter der Ruprechtskirche befand. Er lauschte den Jam-Sessions von Fatty George, Oscar Klein, Joe Zawinul und anderen. Anfang der Achtziger, als Emilio zwei Jahre in

London verbrachte, pilgerte er regelmäßig durch die Clubs in West End. In Ronnie Scott's legendärem Jazz Club in Soho war er Stammgast. Emilio hatte seine kostbare Vinyl-Plattensammlung nach Grado mitgebracht. Die aufwändige, aber notwendige Schallisolierung seines Appartements war mit dem Einverständnis der Contessa erfolgt. Die Kosten hatte er natürlich selbst getragen. Er schwor auf seinen Plattenspieler des britischen Herstellers ›Rega‹ mit dem Plattenteller aus rotem Glas, der über einen gestanzten Metallarm mit der Tonarmbasis verbunden war und störende Resonanzen verhinderte. Zusammen mit den exklusiven Lautsprechern der Marke ›Teufel‹ lieferte die Anlage einen voluminösen Klang mit tollen Bässen. Emilio wählte den Mitschnitt eines Livekonzerts des Oscar Peterson Trios aus dem Jahre 1965 im Tivoli Gardens in Kopenhagen. Oscar Peterson zählte zu seinen Lieblingspianisten. Emilio legte sich in seinen Relaxsessel, hob sich den Dackel auf den Schoß und schloss die Augen, Biscotti auch.

Nach einer halben Stunde war die Platte zu Ende gespielt und Biscotti machte ihn nun darauf aufmerksam, dass es Zeit für sein Dinner wäre. Der Dackel schien seine Essenszeiten auf die Minute genau zu kennen und startete entsprechend zeitig den Countdown. Durch Gewinsel und aufdringliches Gehabe läutete er die akademische Viertelstunde – *cum tempore* – ein.

Nachdem Biscotti seine letzte Mahlzeit des Tages vertilgt hatte, machte sich Emilio frisch. Er duschte, cremte sich ein und trimmte seinen Bart. Er überlegte kurz, was er anziehen sollte und wählte dann aus seinem begehbaren Kleiderschrank eine helle Leinenhose und ein marine-blaues Hemd, das gut mit seiner Sommerbräune und seinen silbergrauen Haaren harmonierte und seine blauen Augen betonte. Er schlüpfte in ein Paar handgefertigte Loafer aus Velourleder, die er selbstverständlich ohne Socken trug. Im Oktober versprachen die Temperaturen in Grado immer noch einen lauen Abend, also verzichtete er auf ein Sakko und legte sich lediglich einen beigen Pullover um die Schultern. Zuletzt trug er sein Eau de Toilette auf, den zeitlosen Duft ›Arrancia di Capri‹ der Firma ›Acqua di Parma‹. Aus Erfahrung wusste er, dass Frauen diesen Klassiker unwiderstehlich fanden. Seit Emilio Italien als sein Zuhause betrachtete, hatte er auch darauf geachtet, ›fare una bella figura‹, also einen guten Eindruck zu machen. Dazu gehörten neben seinem gepflegten Äußeren und dem geschmackvollen Kleidungsstil auch gute Manieren. Emilio besaß das alles.

Biscotti musste nicht duschen, der war ohnehin im Meerwasser gewesen und wurde meistens noch am Strand abgebraust. Sein Parfüm war der herbe Dackelgeruch. Trotzdem machte der Dackel in der Öffentlichkeit oft die bessere Figur.

Wenn sie am Abend ausgingen, hatte Emilio immer einen passenden Schal mit, mit dem er den Dackel zudecken konnte, falls diesem zu kalt wurde. Emilio hängte sich eine schmale Herrentasche für seine und Biscottis Utensilien um die Schulter und sie machten sich auf den Weg zum Hotel Hannover.

*

Bergisches Platt

Frau Döring saß auf der Sonnenterrasse ihres Hotels und nippte an ihrem Aperol-Sprizz, als sie den geschmackvoll und salopp gekleideten älteren Herren erblickte, der ein kleines Dackelchen an der Leine führte. Frau Döring musste lächeln, denn die beiden passten wunderbar zusammen. Sie wusste sofort, das konnte nur ihr abendlicher Restaurantbegleiter Signor Bombolone sein. So einen stattlichen Italiener hatte sie allerdings nicht erwartet. Sie winkte, um auf sich aufmerksam zu machen.

Emilio betrat die Terrasse und begrüßte Frau Döring.

»Guten Abend, gnädige Frau. Ich heiße Emilio Bombolone. Das ist mein Dackel Biscotti. Ich freue mich, heute Abend Ihr Begleiter sein zu dürfen!«

28

Emilio verbeugte sich leicht, während Biscotti das Gegenteil machte, den Kopf hob, Frau Döring von unten anblickte und freudig mit dem Schwanz wedelte. Frau Döring musste unwillkürlich lachen.

»Guten Abend, Signor Bombolone. Ich bin die Jutta. *Ich* freue mich. Danke, dass Sie so kurzfristig Zeit für mich haben. Nehmen Sie doch bitte Platz!«

Emilio setzte sich und befahl dem Dackel seinen Platz unter dem Tisch. Er bestellte sich einen Campari-Soda. Er war erfreut. Frau Döring wirkte in natura noch sympathischer als am Telefon. Sie strahlte eine natürliche Anmut aus, die ihn sofort in seinen Bann zog. Sie hatte schwarzbraune Haare, die zu einem Bob geschnitten waren. Der Haarschnitt betonte ihren Hinterkopf. Sie hatte große braune Augen und ein strahlendes Lächeln. Das elegante Kleid umspielte ihre Figur auf eine bezaubernde Weise. Der Ausschnitt war dezent gehalten, ihre beeindruckende Oberweite blieb Emilio trotzdem nicht verborgen. Die weiße Strickjacke, locker um ihre Schultern gelegt, verlieh ihr eine gewisse Lässigkeit. Die Wahl einer entsprechenden Handtasche und flacher Schuhe zeugten sowohl von Stil, als auch für praktischen Sinn. Sie trug kaum Schmuck und war nur sehr dezent geschminkt. Diese Zurückhaltung brachte ihre natürliche Schönheit zur Geltung. Emilio schätzte sie auf Ende Vierzig.

Frau Döring hatte eine angenehme Stimme, konnte aber den Dialekt ihrer Heimatstadt Wuppertal nicht gänzlich verbergen. Den sogenannten ›Bergische Platt‹, den auch der vom Fernsehen bekannte Entertainer Horst Lichter sprach, hatte er immer schon lustig gefunden. Emilio befand, dass diese fröhliche Mundart sehr gut zu ihr passte.

»Nennen Sie mich doch bitte Emilio. Wir werden ein paar Stunden miteinander verbringen. Ich verspreche Ihnen, Sie werden es nicht bereuen, einen Restaurantbegleiter engagiert zu haben.«

Sie prosteten sich zu.

»Salute Jutta.«

»Salute Emilio. Ich freu mich auf den Abend. Wissen Sie, ich hab das noch nie gemacht, also ich meine, eine Begleitung zu engagieren, aber eigentlich hat mir das die Signora Santis von der Agentur vorgeschlagen. Sie sprach so nett von Ihnen, da hab ich zugesagt. Jetzt, wo wir da beinander sitzen, bin ich froh, ihrem Rat gefolgt zu sein!«

Emilio musste insgeheim Schmunzeln. Francesca hatte das also eingefädelt, so, so…

»Ja, Francesca Santis ist sehr innovativ. Als Besitzerin einer kleinen Incoming-Agentur muss sie sich immer mal etwas Neues einfallen lassen, um Erfolg zu haben. Das Angebot für eine Kultur- und Restaurantbegleitung ist ein neuer Geschäftszweig und ich mache das gerne. Mehr als ein bis zweimal im Monat werde ich ohnehin selten gebucht.«

Frau Döring wurde jetzt erst bewusst, dass ihr Begleiter ein akzentfreies Hochdeutsch sprach.

»Sagen Sie, wie kommt es, dass Sie so gut Deutsch sprechen?«

»Das liegt ganz einfach daran, dass ich Österreicher bin. Ich wurde in Wien geboren, habe dort auch den Großteil meines Lebens verbracht und bin erst vor fünfzehn Jahren nach Grado gezogen, um hier meinen Lebensabend zu verbringen. Inzwischen spreche ich ganz passabel Italienisch, aber die Einheimischen erkennen sofort meinen Akzent. So wie Sie Ihr liebenswertes ›Platt‹ nicht kaschieren können!«

Jutta musste laut lachen. »Da bucht man einen Italiener als abendlichen Begleiter und dann stellt sich heraus, dass er eigentlich ein Wiener ist. Welche Überraschungen erwarten mich denn noch?«, fragte sie augenzwinkernd.

»Einige. Ich habe vor, Sie die gastronomischen Höhepunkte der Gradeser Küche erleben zu lassen. Nebenbei werde ich Ihnen auch ein bisschen über Grado selbst erzählen. So wie Sie das mit Signora Santis vereinbart haben.«

Jutta blickte Emilio versonnen in seine unglaublich blauen Augen.

»Wenn Sie gestatten, werde ich jetzt zahlen und wir brechen auf.«

»In Ordnung, Emilio. Ich komme gleich wieder.«

*

Kekse

Emilio verlangte die Rechnung und bezahlte. Als engagierter Restaurantbegleiter war er vertraglich verpflichtet, alle anfallenden Kosten des Abends persönlich zu begleichen. Es galt, den Ruf des Kunden zu wahren. Morgen, bei Francesca würde Frau Döring ohnehin alle Rechnungen bezahlen müssen. Aber das wusste sie, denn sie hatte ja den Vertrag unterschrieben. Emilio wurde von Francesca immer rechtzeitig informiert, welches Arrangement sie mit der Kundin getroffen hatte. Frau Döring hatte einem vierstelligen Kostenrahmen zugestimmt.

Als Jutta zurückkehrte, weckte Emilio Biscotti und sie verließen die Bar.

Emilio ging mit Jutta entlang des westlichen Kais des Porto Mandracchio und sprach über die Bedeutung dieses Hafens schon zur Zeit der Römer.

»Der Hafen wurde zu Beginn des 19. Jahrhunderts ausgehoben und mit Beton verschalt, um die Boote vor Sturmflut und starkem Nordostwind zu schützen. Somit war es dann den zahlreichen Fischerbooten möglich, jederzeit einen frischen Fang in der Lagune sicherzustellen. Angeblich gab es auch einmal eine kleine Fähre, die zwischen den gegenüberliegenden Ufern des Kanals pendelte. Heutzutage kann man nur zu Fuß auf die andere Seite gelangen.«

Sie waren stehengeblieben und betrachteten den kleinen Hafen. Auf den Sportbooten und kleinen Yachten herrschte ein reges Treiben.

»1888 startete die Schifflinie Grado - Aquileia. Eine ähnliche Betriebsamkeit wird es wohl schon damals um den Hafen gegeben haben. Dampfboote brachten die Touristen, die mit der Eisenbahn aus Wien oder Prag bis nach Belvedere gefahren waren, auf die Insel.«

Jutta hatte aufmerksam zugehört.

»Und seit wann kann man mit dem Auto herfahren?«

»1936 wurde Grado endgültig mit dem Festland über eine Drehbrücke, die heutige Ponte Matteotti, verbunden. Damit war die Isolation Grados als Insel beendet.«

Sie verließen den Hafenbereich. Emilio geleitete Jutta durch die schmalen und verwinkelten Gässchen, wo sich immer wieder ein kleiner Platz öffnete, meist als Gastgarten der unzähligen Osterie und Trattorie genutzt. Noch waren viele Sitzplätze frei, die Gäste würden erst später kommen. Die Kellner standen davor und priesen ihr Lokal als das jeweils Beste an.

Jutta fiel auf, dass Emilio von fast allen gegrüßt wurde. Manchmal wurde er höflich als Signor Bombolone angesprochen, vielfach aber auch als Emilio. Noch überraschter war sie, als sie mitbekam, dass den Dackel Biscotti fast alle kannten.

Ein Lokalbesitzer nahm ein Leckerli aus der Tasche und rief »Biscotti per Biscotti?«

Emilio ließ den Dackel das Leckerli verspeisen und bedankte sich.

»Was hieß das eben, Emilio – Biscotti per Biscotti?«, fragte Jutta.

»Nun, Biscotti bedeutet auf Italienisch ›Kekse‹.«

Jutta begriff schnell.

»Er sagte also Kekse für Kekse?«

Als Emilio bejahte, lachte Jutta lauthals auf.

*

Nach wenigen Minuten waren sie aus den verwinkelten Gässchen auf die Piazza Duca d'Aosta getreten. An dieser breiten Fußgängerzone, inmitten Grados Altstadt, reihte sich ein Lokal an das andere. Dementsprechend viele Touristen waren daher unterwegs. Gleich zu ihrer rechten Hand befand sich ein unscheinbares kleines Lokal mit nur wenig einfachen Holztischen im Freien. Cremefarbene Schirme spendeten Schatten.

»Hier, Jutta, starten wir unser kulinarisches Programm. Das ist das ›la Botega‹. Genau der richtige Ort, um einen offenen Wein aus dem Collio zu genießen und ein paar Antipasti zu probieren.«

Grundsätzlich konnte man im la Botega keinen Platz reservieren, aber für seinen Stammgast Emilio machte Thobias gerne eine Ausnahme. Der brachte ihm ja auch immer wieder neue Gäste. So wie heute.

»Buonasera Signora, ciao Emilio! Hier ist euer Platz. Emilio wird Sie sicher gut beraten, Signora.«

»Grazie mille, Thobias!«

Jutta fiel als Erstes die chillige Hintergrundmusik auf. Dann ließ sie sich von Emilio die Speisekarte erklären.

»Hier gibt es köstliche kleine Häppchen, die Tartine genannt werden. Eine Tartina di Mare würde ich Ihnen empfehlen, Jutta. Als wir am Vormittag telefoniert haben, sagten Sie, dass Sie Fisch und Meeresfrüchte gerne probieren möchten.«.

»Ja, ich liebe alles, was aus dem Meer kommt!«

Emilio verschwieg, dass er im Sternzeichen ein Fisch und sein Element das Wasser war – vorerst.

Jutta studierte die Speisekarte, konnte aber nur wenig mit den italienischen Begriffen anfangen. Sie gratulierte sich nachträglich zum Entschluss, einen Restaurantbegleiter gewählt zu haben.

»Was sind Sarde in Saor, Emilio?«

»Sardinen mit Geschmack. Saor stammt vom italienischen Wort ›Sapore‹ und bedeutet Geschmack. Dieses Gericht hat seinen Ursprung in den Zeiten der Seefahrer, die die Gewürzstraße bereisten. Damals war es eine Konservierungsmethode gewesen, bei der die Sardinen mariniert und dazu in eine Mischung aus Zwiebeln, Rosinen, Pinienkernen und Essig eingelegt wurden. Diese Kombination aus süßen und sauren Aromen schützte die Sardinen vor dem Verderben und verlieh ihnen diesen besonderen Geschmack. Das Gericht ist bis heute eines der traditionellsten in Venedig und der Region Venetien. Trotzdem ist es für einen Koch immer noch eine Herausforderung, die perfekte Balance zwischen Süße und Säure zu erzielen. Probieren Sie es aus, Jutta!«

Sie bestellten Tartine, einmal mit Gamberi und einmal Sarde in Saor. Thobias orderte dazu eine Karaffe des kellerkalten weißen Hausweins. Jutta genoss das Essen. Die Sardinen auf dem angerösteten Brot schmeckten wunderbar. Biscotti hatte ab dem Zeitpunkt, als die Tartine serviert wurden, nur mehr sehnsüchtig auf den Tisch gestarrt. Er konnte zwar nicht sehen, was gegessen wurde, aber riechen. Insbesondere, wenn er selbst schon einmal etwas davon gekostet hatte. Da er jeden Morgen vom Fischer Luca ein Stückchen Krabbenfleisch erhielt, konnte er daher die Gamberi sofort identifizieren. Bevor Emilio seine letzten Bissen nahm, bekam Biscotti daher noch ein kleines Stück der Garnele. Nachdem Emilio die Rechnung beglichen hatte, machten sie sich wieder auf den Weg.

»Wo gehen wir jetzt hin?«

»Lassen Sie sich überraschen, Jutta!«

Er führte sie zurück zum Hafen, nahm aber einen kleinen Umweg in Kauf. Wieder ein Gewirr von kleinen Gässchen und versteckten Plätzen. Emilio machte Jutta auf die Kamine der Häuser aufmerksam.

»Die sehen aber lustig aus. Da haben ja einige irgendwelche Symbole drauf?« Jutta staunte. Emilio erzählte, was aus früheren Zeiten überliefert geblieben war.

»Grado ist ein Ort, der seine Wurzeln tief in der römischen Tradition hat, daher sind Hausnummern und Straßennamen hier lange

34

Zeit unüblich gewesen. Stattdessen orientierte man sich an den Kaminen der Häuser. Diese wurden oft mit Symbolen verziert, die entweder das Handwerk des Bewohners repräsentierten oder Tierfiguren darstellten, manchmal sogar einen Hinweis auf den Namen des Hausherrn lieferten, wie zum Beispiel ein Hahn, für einen, der Gallo hieß. Zusätzlich zu den Kaminen diente auch die Heilige Maria als Orientierungshilfe in den engen Gassen von Grado.«

Emilio machte Jutta auf eine solche Nische mit einem Marienbild bei einem Hauseck aufmerksam.

»Diese Marien-Winkel waren besonders nachts hilfreich, da sie mit Kerzen oder Öllampen beleuchtet waren. Diese Tradition hat bis heute überdauert. Wenn man einen älteren Einwohner nach dem Weg fragen würde, könnte die Antwort lauten: ›Gehe zum Haus mit dem doppelten Kamin und dem Hahn obenauf, dann drei Häuser weiter und bei der Heiligen Maria links abbiegen.‹ Solche mündlichen Wegbeschreibungen erweisen sich oft präziser als jeder Stadtplan oder jedes Navigationsgerät.«

Jutta staunte.

*

Eine romantische Bootsfahrt

Sie gelangten nun wieder zum Hafen zurück, die Sonne neigte sich langsam über Grado und streichelte mit ihren letzten Strahlen die Stadt. Die Konturen der Boote im Hafen verschwammen im Schatten, während Möwenschwärme in der Dämmerung ihre Kreise zogen. Die Laternen und Lampen der Tavernen rings um den Hafen tauchten diesen in einen glitzernden Goldton.

Jutta, Emilio und Biscotti waren nun bei der Hafenkneipe Bar al Porto angekommen. Die Bar lag nur wenige Schritte von der Anlegestelle der Taxiboote entfernt.

»Zum Abendessen habe ich uns einen fangfrischen Hummer reserviert, den wir im Restaurant Zero Miglia auf der anderen Seite des Hafens, ganz am Ende des Kanals, genießen werden.«

»Das klingt toll, schade, dass es die Fähre aus früheren Zeiten nicht mehr gibt. Aber ich bin gut zu Fuß!«

»Es *gibt* eine Fähre, Jutta. *Unsere* Fähre. Sehen Sie, da wartet sie auf uns. Der Fährmann ist schon bereit zum Ablegen!«

Luca, seine obligatorische Pfeife im Mund, winkte ihnen. Biscotti hatte ihn ohnehin schon entdeckt und bellte freudig. Emilio und Luca halfen Jutta über die Gangway und Luca hieß sie herzlich an Bord willkommen. Die Lämpchen, die an dem Hardtop-Verdeck angebracht waren, leuchteten bunt. Auf dem Tisch der achtern gelegenen Sitzecke standen ein Weinkühler mit einer Flasche Prosecco DOCG aus Valdobbiadene, zwei Gläser und ein Schälchen mit schwarzen und grünen Oliven. Emilio hatte noch am Vormittag im Zero Miglia einen Tisch und den Hummer reserviert. Dann hatte er Luca angerufen und ihn gefragt, ob er sich am Abend für eine kurze Bootsfahrt etwas dazuverdienen möchte und ihm erklärt, was ihm vorschwebte. Seinem Freund Emilio tat Luca diesen Gefallen gerne. Er hätte das auch ohne der großzügigen Bezahlung gemacht, die Emilio ihm versprochen hatte. Mit seiner Taxiboot-Lizenz war das Arrangement auch nach den Hafenbestimmungen kein Problem.

Jutta war sprachlos. Das hatte sie nicht erwartet. Emilio setzte sich neben Jutta, schenkte den Prosecco ein, hob sein Glas und lächelte ihr zu. Das Dackelchen hatte sich unter dem Tisch zusammengerollt.

»Genießen Sie die kurze Fahrt. Salute!«

Die Atmosphäre war erfüllt von einem Hauch von Magie. Die Sonne war mit einem letzten Gruß hinter dem Horizont verschwunden und hatte die Insel in die Nacht entlassen. Das Boot tuckerte leise dahin und die vielen Fischerboote, die am Kai des Kanals lagen, säumten die Fahrt. Jutta war von soviel Romantik überwältigt. Sie hatte immer noch kein Wort herausgebracht, seit sie an Bord gegangen waren. Ihre Augen wurden feucht, so was Schönes hatte sie schon lange nicht mehr gesehen. Sie trank einen großen Schluck des köstlichen Prosecco. Sie blickte Emilio von der Seite an und erkannte in ihm jetzt mehr als nur den attraktiven Fremdenführer. Sie sah einen Romantiker. Jutta seufzte.

»Emilio, das ist wunderschön, danke!« Sie hauchte ihm unwillkürlich einen Kuss auf die Wange.

»Oh, tut mir leid, das…«

Emilio legte ihr seine Hand sanft auf den Mund und brachte sie zum Verstummen. Dann beugte er sich zu ihr, nahm seine Hand weg und küsste sie zart auf die Lippen. »Mir tut es *nicht* leid, Jutta.« Ich genieße den Abend auch. »Ich denke, wir könnten jetzt auch ›du‹ sagen?«

Jutta hatte ganz zittrige Knie bekommen und antwortete mit belegter Stimme. »Ja, Emilio, das sollten wir wirklich!«

Sie stießen neuerlich an und tranken den köstlichen Schaumwein. Jutta lehnte ihren Kopf ganz selbstverständlich an Emilios Schulter und schaute in den glitzernden Nachthimmel.

*

Null Meilen

Sie waren bei der Osteria Zero Miglia di Mare angekommen. Der Namen ›Null Meilen‹ sollte den Abstand zum offenen Wasser bezeichnen und das Lokal lag tatsächlich am Ende des Kanals oder auch am Anfang, je nachdem, ob man ausfuhr oder einlief. Luca passierte das Lokal auf der Steuerbordseite, fuhr ein Stück weiter ins offene Wasser, wendete dort und lief wieder in den Kanal ein. Nun legte er Backbord an und half seinen Gästen an Land. Für Emilio und Jutta war ein Tisch am obersten Terrassenbereich reserviert. Dort waren sie windgeschützt. Für jene Tage, an denen die Temperaturen zu niedrig waren, um im Freien zu speisen, verfügte das Zero Miglia über einen riesigen Gastraum im Inneren. Der war auch heute wieder nahezu ausgebucht, denn diese Osteria war schon lange kein Geheimtipp mehr und die Tische im Freien waren rasch vergeben. Ohne Reservierung hatte man in der Hochsaison ohnehin kaum eine Chance. Emilio hatte um einen dritten Sessel gebeten. Auf diesen bereitete er eine winzige Decke aus, die er gemeinsam mit dem Schal immer für Biscotti in seiner Umhängetasche mit sich trug. Er legte den Dackel auf den Stuhl und deckte ihn mit dem Schal zu. Biscotti rollte sich wie ein Kringel zusammen und schlief sofort ein.

»Wenn es dir recht ist, Jutta, kümmere ich mich um die Bestellung. Was hältst du von sautierten Muscheln als Vorspeise und dann den Hummer als Hauptgang?«

»Das klingt gut, ich hab auch inzwischen wieder großen Appetit. Was sollen wir trinken, Emilio?«

»Der Hauswein hier ist zwar auch gut, aber ich denke, wir bleiben beim Prosecco, der dir offenbar sehr gut geschmeckt hat?«

»Ja, davon könnte ich mehr vertragen!«

Emilio bestellte.

»*Una bottiglia di Prosecco e un'acqua minerale naturale, per favore. Come antipasto le sautè cozze. Per secondo l'astice che ho riservato, per favore.*«

Während sie auf das Essen warteten, tranken sie ihren Prosecco und plauderten. Schließlich fragte Jutta ganz unverblümt. »Bist du eigentlich verheiratet?«

»Nein und ich war es auch nie.«

»Oh, du hast wohl nie die Richtige gefunden?«

»Ich hätte einige Richtige gefunden, aber ich wollte nie heiraten, weil die meisten verheirateten Leute auf mich eher unglücklich wirkten. Ich wollte aber nie unglücklich sein. Andere glücklich zu machen, bereitet mir mehr Freude! Inzwischen habe ich meine eigenen Routinen und ich schätze auch meine Zeit allein. Seit ich Zeit für mich habe, bin ich kaum gestresst und kann mich frei entfalten. Offenbar macht mich das Alleinsein auch kreativ. Mein Dackel ist seit drei Jahren die einzige dauerhafte Beziehung. Ich bin allerdings kein monogames Wesen. Ich mag Frauen sehr, ich fühle mich in ihrer Gesellschaft wohl. So wie mit dir eben, Jutta!«

Jutta errötete. ›Verdammt‹, dachte sie, ›ich benehme mich wie ein Teenager‹.

Zum Glück wurden die Miesmuscheln serviert. In der würzigen Tomatensauce schmeckten sie köstlich. Die Muscheln wurden in Schwimmkäfigen vor den schroffen Karstfelsen von Duino bis nach Villaggio del Pescatore gezüchtet. Emilio zeigte ihr, wie man eine leere Muschelschale wie eine Zange benutzen konnte, um das Fleisch aus den anderen zu ziehen. So mit den Fingern zu essen, fühlte sich sehr natürlich an. Bald hatten sie die erste Flasche Prosecco gelehrt. Emilio erinnerte sie immer wieder, auch Wasser zu trinken.

»Wie ist das nun bei dir, Jutta, lebst du in einer Beziehung?«

»Ich war damals sehr verliebt und hatte sehr jung geheiratet. Bald kamen die Kinder zur Welt. Zwei tolle Jungs, die inzwischen erwachsen sind. Vor fünf Jahren hat mich mein Mann verlassen. Die übliche Geschichte. Er hat sein Glück bei einer Jüngeren gefunden. Vielleicht hast du Recht, Emilio, und wir sind nicht für die Monogamie geschaffen.«

Emilio orderte noch eine weitere Flasche Prosecco. Der heiße rote Hummer wurde serviert. Er lag auf einer Servierplatte und war bereits geöffnet, die ungenießbaren Teile schon in der Küche entfernt. Emilio bat den Kellner, ihn mundgerecht zu tranchieren. Der knackte zuerst die Scheren mit einer Hummerzange und löste das Fleisch mit einem scharfen Messer. Mit einer langen Hummergabel holte er die essbaren Teile aus dem Panzer. Die Beine brach er an den Gelenken ab und den Hummerschwanz teilte er in der Hälfte. Dann arrangierte er alle Stücke auf den vorgewärmten Tellern. Ein Korb mit Weißbrot stand bereits auf dem Tisch.

»Buon appetito, Signori!«, wünschte der Kellner.

Sie begannen zu essen. Das Hummerfleisch war zart und saftig und fühlte sich am Gaumen butterweich an. Der leicht süßliche Geschmack erinnerte ein bißchen an eine Mischung aus Krabbe und Garnele. Dazu passte das Weißbrot, der Prosecco sowieso. Als sie bei den dünnen Hummerbeinen angelangt waren, zeigte er Jutta, wie man diese wie durch einen Strohhalm aussaugen konnte.

»Ich hab schon eine Ewigkeit nicht mehr ähnlich toll gespeist, Emilio!«

»Einen so gut zubereiteten Hummer bekommt man selten serviert und wenn, dann hier. Er hat mir in deiner Gesellschaft allerdings besonders gut geschmeckt!«

»Sollen wir noch einen Nachtisch bestellen, Emilio? Ich hätte jetzt Gusto auf ein Eis, mir ist inzwischen etwas warm geworden.«

Jutta verschwieg den wahren Grund ihrer inneren Hitze, obwohl es inzwischen doch schon etwas kühler auf der Terrasse geworden war.

»Man könnte zwar im Zero Miglia auch Eis bekommen, aber ich schlage dir etwas anderes vor, Jutta. Wir machen einen Verdauungsspaziergang zurück und wir holen uns den Nachtisch bei einem der besten Eisdielen in Grado. Na, was hältst du davon?«

»Ja, das gefällt mir, Emilio!«

Sie spazierten entlang des Kanals Riva Dandolo mit den vielen Fischerbooten. Ganz selbstverständlich hatte sich Jutta bei Emilio eingehakt. Nach zehn Minuten gelangten sie zur Piazza San Marco und der Villa Giuliani. Es waren noch viele Menschen unterwegs. Die Tische an den hell erleuchteten Bars, die sich von der Piazza entlang der Via Pietro Orseolo reihten, waren fast alle besetzt. An den Unterhaltungen konnte man unschwer erkennen, dass die österreichischen Gäste die Mehrheit ausmachten.

»Ich bringe Biscotti nur rasch hinauf. Es ist schon nach zehn Uhr, da sollte er längst schlafen. Ich bin gleich zurück! Warte bitte so lange hier!«

Emilio nahm den Dackel auf den Arm, sperrte das Tor auf, fuhr mit dem Lift zu seinem Appartement und legte Biscotti in sein Schlafkörbchen. Er gab ihm noch ein Leckerli, deckte ihn zu und trat zwei Minuten später wieder auf die Piazza. Jutta hatte inzwischen die romantische Hafenstimmung mit den vielen Booten mit der Kamera ihres iPhones eingefangen.

»Da wohnst du also, Emilio? Das ist ja eine riesige Villa!«

»Ich bewohne zwar ein geräumiges Appartement im zweiten Stock, aber die Villa gehört mir nicht. Die Besitzerin, die Contessa Caramello, vermietet es ganzjährig an mich. Komm, lass uns jetzt den Nachtisch holen.«

*

Auf einen Absacker ins Hannover

Nach einem kurzen Spaziergang erreichten sie die Caffè-Bar Bomben, eine traditionsreiche Lokalität, die fast zu jeder Tages- und Jahreszeit geöffnet hielt. Emilio hatte vorsorglich einen Platz reservieren lassen, da die Bar besonders in den Abendstunden ein beliebter Treffpunkt war. Mit einem herrlichen Blick auf die Boote im Hafen davor, bot sie erstklassige Cocktails und köstliche Eiskreationen.

Jutta bestellte ein Fruchteis und Emilio einen ›affogato al caffè‹[5]. Inzwischen hatte der Mond die Beleuchtung des Himmels übernommen und verstärkte das Glitzern der Sterne. Jutta warf verstohlen einen Blick auf Emilio. Insgeheim hoffte sie, dass der Abend noch nicht zu Ende sein würde. Ob es der Prosecco war, die romantische nächtliche Stimmung oder der gut aussehende und charmante Emilio – sie spürte ein Verlangen, das sie schon lange vermisst hatte. Jutta lehnte sich näher an Emilio und er legte seinen Arm um sie. Sie konnte sein Eau de Toilette riechen, es verströmte einen unwiderstehlichen, mediterranen Sommerduft. Sie ahnte, dass Emilio zu sehr Kavalier war, um den ersten Schritt zu machen. Es lag somit an ihr, wie der Abend weiter verlaufen würde.

---

[5] Ein heißer Espresso mit einer Kugel kaltem Vanilleeis obenauf. Nicht zu verwechseln mit dem Wiener Eiskaffee.

41

»Wollen wir noch einen Absacker in meiner Hotelbar nehmen, Emilio?«, flüsterte Jutta.

»Das wollte ich dir auch eben vorschlagen, komm lass uns aufbrechen.«

Das Hotel Hannover lag gleich um die Ecke und dort angekommen, nahmen sie an den Barhockern der klassischen und gut bestückten Bar Platz. Emilio bestellte einen Gin Tonic und Jutta einen Prosecco.

»Ich bin überglücklich, Emilio. Du hast mir einen so wundervollen Abend beschert. Du gibst mir das besondere Gefühl, eine Frau zu sein. Danke.«

Emilio schaute ihr tief in die Augen, hob ihr Kinn leicht an und küsste sie auf den Mund. Jutta wurde heiß, sie verspürte ein Ziehen in ihrem Bauch, das bis zu ihrem Schoß reichte. Sie nahm allen Mut zusammen und flüsterte ihm ins Ohr.

»Ich will nicht, dass der Abend schon vorbei ist. Bringst du mich auf mein Zimmer, Emilio?«

*

Wie eine Filmdiva

Jutta schloss ihr Zimmer auf, Emilio folgte ihr. Auch er hatte sich gewünscht, dass der Abend mit dieser begehrenswerten Frau zu mehr führen würde. Er hatte nur nicht erwartet, dass Jutta die Initiative ergreifen würde. Sie küssten sich leidenschaftlich, Emilio spürte ihr Verlangen. Jutta entwand sich ihm und verschwand im Badezimmer. Er setzte sich auf das Bett und streifte seine Schuhe ab. Als Jutta aus dem Badezimmer kam, trug sie nur mehr ein dünnes Nachthemd. Sie drehte die Zimmerbeleuchtung zu einem sanften Licht zurück und ließ sich in einer Anmut, die einer Filmdiva würdig war, neben Emilio nieder. Die Wölbungen ihrer üppigen Brüste hoben sich verführerisch unter dem zarten Stoff ihres Nachthemds ab. Emilio, von dem Anblick ganz betört, schob behutsam die Spaghettiträger von ihren Schultern, enthüllte ihre Brüste und liebkoste sie sanft mit seinen Lippen. Ein leises Stöhnen entwich Juttas Lippen, während sie vor Lust erzitterte. Mit geschickter Verführung entledigte sie sich ihres Seidennachthemds und war nun völlig nackt, ihr Körper ein Fest der Sinnlichkeit. Emilio war von ihrer Weiblichkeit überwältigt und spürte, wie seine Leidenschaft erwachte. Er streifte rasch seine Kleidung ab und legte sich neben sie. Voller Verlangen ergriff Jutta die Initiative, drückte Emilio auf das Bett und verwöhnte ihn zärtlich an seinen empfindlichsten Stellen. Geschmeidig setzte sie sich rittlings auf ihn und nahm Emilio geschickt in sich auf. Die feuchte Wärme und ihr intimer Duft benebelten Emilios Sinne. Gemeinsam bewegten sie sich zuerst in sanftem Rhythmus, während Emilio die Freude genoss, wie Juttas Brüste vor seinen Augen auf und ab wippten. Jutta steigerte nach und nach das Tempo, presste ihre Schenkel dabei immer fester an seine Hüften und schob ihr Becken kräftig vor. Emilio musste ihre Pobacken fest umfassen, um in ihr zu bleiben. Mit jeder Bewegung steigerte sich ihre Wollust, bis Jutta in einem erfüllten Aufschrei ihren Höhepunkt erreichte. Emilio, der während Juttas wildem Ritt Mühe gehabt hatte, sich vornehm zurückzuhalten, übernahm nun die Kontrolle. Er drehte sie behutsam zur Seite, hob ihre Hüften an, kniete sich hinter sie und drang in sie ein. Jutta stöhnte lustvoll auf. Willig folgte sie seinen Anweisungen. Er umfasste sie mit seinen kräftigen Händen und genoss den Anblick ihres prächtigen Hinterteils. Emilio konnte es sich nicht verkneifen, mit ein paar sanften Schlägen auf ihre wippenden Pobacken den Rhythmus ihrer Vereinigung vorzugeben. Bald wurde Jutta von einem weiteren Höhepunkt der Lust erfasst. Emilio folgte ihr nach und erschöpft sanken sie in das Bett, umarmt von der Hitze ihrer Leidenschaft.

Als Jutta wenig später eingeschlafen war, deckte Emilio sie zu, zog sich an und verließ leise das Zimmer.

Es war schon weit nach Mitternacht, als er sein Appartement betrat. Biscotti streckte nur kurz die Schnauze unter seiner Decke hervor, bevor er weiterschlief. Emilio duschte und ging zu Bett. Zeitig in der Früh schickte er Jutta eine liebevolle Textnachricht und wünschte ihr eine gute Fahrt nach Bologna.

*

Freudscher Versprecher

Später am Morgen, als er Biscotti Gassi führte, bedankte er sich bei Luca für seine Unterstützung und erzählte ihm, wie sehr seinem Gast die gestrige kleine Bootsfahrt gefallen hatte.

Zurück in seinem Appartement, genossen er und Biscotti ihr jeweiliges Frühstück. Emilio las seine Zeitungen. Biscotti konnte nicht Zeitung lesen, also döste er.

Pünktlich wie immer rief Francesca an.

»Buongiorno Emilio, come stai?«

»Buongiorno Francesca, sto bene. E tu?«

»Dein gestriger Gast, die Frau Döring, war vor einer halben Stunde bei mir in der Agentur und hat die Rechnung beglichen. Sie hat ein großzügiges Trinkgeld hinterlassen. Sie meinte, dass sie schon lange nicht mehr einen so schönen Abend erlebt hätte. Tja und dann hat sie sich wohl einen ›Freudschen Versprecher‹ geleistet. Sie sagte, du wärst ein begnadeter *Fremdenverführer* und sie würde dich weiter empfehlen. Ja, Emilio ich will gar nicht genau wissen, was da noch alles war. Ich kann's mir denken!«

»Ach Francesca, alles war gut. Jutta und ich haben den Abend halt wie zwei Erwachsene genossen.«

»Ach – Jutta nennst du sie? Na egal. Eigentlich ruf ich wegen einer anderen Sache an. Ich muss mich heute um meine Buchhaltung selbst kümmern. Meine Halbtagskraft ist leider erkrankt. Könntest du eine Führung für fünf Personen durch die Altstadt

44

übernehmen? Das Standardprogramm, 90 Minuten. Treffpunkt bei meiner Agentur um zehn. Machst du das, bitte?«

Emilio war eigentlich sehr müde. Immerhin war er auch nicht mehr der Jüngste und sein Gast hatte ihm gestern doch Einiges abverlangt. Er dachte versonnen an die Nacht mit Jutta und wie treffend der Namen ihrer Heimatstadt Wuppertal doch ihr nächtliches Liebesspiel beschrieb. *Nomen est Omen.* Aber Francesca brauchte ihn, das wusste er.

»Natürlich liebste Francesca, Ich mach das doch gerne für dich. Tra poco, ci vediamo![6]«

Wien

Zwei Freundinnen

Lena Neumann und Agnes Weninger saßen im Szene-Lokal Caffè Engländer in der Postgasse im ersten Wiener Gemeindebezirk. Sie hatten sich dort für den Abend verabredet. Abseits des Trubels der Stadt konnte man im Caffè Engländer herrlich entspannen. Hier fanden sich vor allem Stammgäste aus der Kreativwirtschaft ein. Lena war bei der Niederlassung des Auktionshauses Auctora's in Wien als Expertin für impressionistische und moderne Kunst angestellt und Agnes arbeitete als freiberufliche Kuratorin für verschiedene Museen. Beide hatten sich 1998 an der Universität Wien als Studentinnen der Kunstgeschichte kennengelernt und sind Freundinnen geblieben.

»Wie gehts dir Agnes?«, fragte Lena.

»Privat oder beruflich?«

»Privat, übers Berufliche reden wir später«

»Privat läuft es nicht gut, ich habe mich endlich von Karl-Heinz getrennt. Der bräuchte eher eine Mutter und Putzfrau, als eine Ge-

---

[6] bis dann, wir sehen uns

liebte. Ich hab ja noch nicht mal meine Menopause, da hätt ich schon gern öfter Sex!«

Lena lachte.

»Du und deine Liebhaber! Such dir doch mal einen reifen Mann, am besten einen Verheirateten. Der würde dann in *erster* Linie Sex mit dir haben wollen!«

»Du erzähl mir nichts von Sex, Lena. Wann hat dich denn das letzte Mal jemand im Bett verwöhnt?«

»Na gut, mir gehts vermutlich noch schlechter als dir. Das letzte Mal war ein betrunkener ›One-Night-Stand‹ mit einem Banker während einer Tagung in Mailand.«

»Und wie lange ist das her?«

»Das war im Frühjahr.«

»In welchem Jahr?«, lachte Agnes.

»Lass uns das Thema wechseln, Agnes. Mein Auktionshaus und das Leopold Museum haben ein Konsortium gebildet, um die Auchentaller-Ausstellung in sieben Monaten in Grado zu organisieren. Ich nehme an, du weißt Bescheid?«

»Ja, stell dir vor, man hat mich engagiert, um an den Vorbereitungen mitzuwirken. Ich soll ein Ausstellungskonzept entwickeln, mich um Sponsoring kümmern und Fördermittel beschaffen, ein geeignetes Objekt für die Ausstellung finden, den Transport organisieren und eine Vorauswahl der Bilder, besonders jene von den privaten Sammlern, treffen. Du kennst das ja – ich habe alle Hände voll zu tun. Aber die Bezahlung ist nicht zu verachten; sie übersteigt bei Weitem mein übliches Jahres-Einkommen. Außerdem habe ich zwei begabte Kunststudentinnen von der Universität Wien bekommen, die ihr Praktikum bei mir absolvieren. Die sind mir gerade in der nächsten Zeit eine große Hilfe.«

»*Das* wusste ich nicht, ist doch großartig Agnes! Auctora's hat mich ersucht, die Auktionswoche in Grado zu leiten, da ein paar Auchentaller-Bilder von privaten Sammlern versteigert werden sollen. Ich denke, wir werden also einige Zeit miteinander zu tun haben!«

»Das ist mal sicher und ich freue mich darauf! Kennst du eigentlich Grado?«

»Leider nein, ich werde dieses Wochenende auf einen Sprung hinfliegen. Ich will mir einen Eindruck von der Stadt machen, in der Josef Maria Auchentaller so viele schöne Bilder gemalt hat. Warst du schon in Grado, Agnes?«

»Ja, ein paar Mal, als kleines Kind mit meinen Großeltern. Ich kann mich noch gut an den wundervollen Sandstrand und das tolle Eis erinnern. Seitdem war ich nicht mehr dort.«

»Na, dann komm doch mit, du suchst doch ohnehin ein Ausstellungsgebäude!«

»Nicht dieses Wochenende, Lena. Meine Termine für die nächsten zwei Wochen lassen das leider nicht zu. Derzeit recherchiere ich viel online und bin mit einigen Anbietern in Verhandlung. Ich habe jedoch vor, im November ein paar Tage hinzufliegen, um die Objekte vor Ort zu begutachten und gegebenenfalls einen Vorvertrag abzuschließen. Ein Vertreter der Stadtgemeinde Grado wird mich begleiten. Das könnte dich ja auch interessieren?«

»Auf jeden Fall, ruf mich an, wenn ich dieses Wochenende in Grado bin. Sag mir Bescheid, wann du nach Grado kommen kannst und ich buche je ein Zimmer für dich und mich!«

Lena und Agnes plauderten noch eine Weile und genossen den Abend.

Grado

Die Pinkel-Etikette

Gleich nach dem Frühstück machten Emilio und Biscotti ihren üblichen Vormittagsspaziergang. Sie bogen zuerst in das kleine Gässchen Via Rossini ab, dann gleich nach rechts in die Via Roma und weiter ging es – über die Via Venezia – zur breiten Viale Dante Alighieri. Diese alleeartige, autofreie Promenade führte an einigen der berühmten Häusern aus den Anfängen des Zwanzigsten Jahrhunderts vorbei. Zuerst links die Villa Erica mit einer kleinen Bar davor, dann schräg gegenüber die Villa Stella Maris, das Hauptgebäude der berühmten Bianchi-Villen. Etwas weiter ostwärts stand die wunderschöne Jugendstil-Villa Reale, die in ihren Anfängen einmal Villa Anbelang hieß. Entlang der gesamten Südseite der Lagune erstreckte sich der ›Spiaggia Principale‹, der Hauptstrand Grados. Der war allerdings eingezäunt und man konnte während der Badesaison von Mai bis September nur über die Eintrittskassen zu den verschiedenen Strandabschnitten gelangen. In den Sommermonaten herrschte Hochbetrieb am Strand und Hunde waren während der Saison ohnehin nicht erlaubt. Leider auch nicht auf der sonnigen Strandpromenade. Hunde hatten allerdings ihren eigenen Strand, etwas weiter im Osten, den Lido di Fido. Er ging mit Biscotti oft dorthin, dieser liebte das Herumtollen am Strand. Bei Ebbe war die Flachküste so seicht, dass selbst dem kurzbeinigen Dackel das Wasser nur selten bis zum Bauch reichte. Nach zwanzig Minuten waren Emilio und Biscotti an ihrem Vormittagsziel, dem Parco delle Rose, angelangt. Normalerweise würde ein Tourist für diese Strecke höchstens zehn Minuten benötigen, aber mit dem Dackel dauerte es immer doppelt so lange.

Hunde kommunizieren – ähnlich wie Menschen – über Chatrooms, nur dass sie ihre Nachrichten statt mit WhatsApp, über ihre Duftmarken austauschten. Biscotti war ein sehr eifriger Leser dieser *Hundechatrooms* und gab selbst unzählige Kommentare ab – durch *pinkeln*. Emilio vermutete, dass sich Biscotti selten an die, unter gut erzogenen Hunden übliche, *Pinkel-Etikette* hielt, sondern unverblümt seine Meinung kundtat. Sein Dackel war ja auch ein Schlawiner. Na ja – und *gut* erzogen schon gar nicht.

Der Parco delle Rose war die größte Parkanlage Grados. Sie begann am östlichen Ende der langen Fußgängerzone, direkt beim Eingang zum Hauptstrand und erstreckte sich fast fünfhundert Meter weit in Richtung Osten. Im Park stand auch ein Denkmal zu Ehren des in ganz Italien berühmten Gradeser Poeten Biagio Marin. Für Biscotti war der Park ein Paradies. Unzählige Bäume und

Sträucher und sonstige markante Stellen, die nahezu alle Hunde als *Social Media Plattformen* nutzten. Biscotti las alle Beiträge. Leider war er auch ein *Langsamleser*. Selbst wenn Emilio den Dackel zu Hause ließe, würde er wohl auch nicht schneller in den Park gelangen. Er kannte ja viele Einheimische und die kannten ihn. Man grüßte sich und manchmal kam es auch zu kleinen Plaudereien. Im Italienischen klangen diese Schwätzchen fast wie Dialoge aus Theateraufführungen und dauerten entsprechend lange. Ginge er übrigens ohne Biscotti spazieren, würde man sich besorgt nach dem Wohlbefinden des stadtbekannten vierbeinigen Begleiters erkundigen. Heute kehrten die beiden nicht wie üblich am Rückweg in der Bar Odeon ein, sondern gingen wieder zur Villa Giuliani zurück. Emilio war ja für eine Stadtführung eingesprungen. Biscotti konnte er da nicht mitnehmen, denn Hunden war der Zutritt in die Sakralbauten der heutigen Führung untersagt. Das Dackelchen bekam ein Leckerli und legte sich in sein Körbchen.

*

Der Anzolo

Emilio traf pünktlich beim Tourismusbüro ein. Die kleine Agentur der Francesca Santis lag mitten in der Altstadt in der Calle Merlato.

Die Teilnehmer der Führung warteten bereits und waren mit Empfängern und Kopfhörern ausgestattet, was die Kommunikation erleichterte. Die Gruppe bestand aus zwei Paaren aus England und einer Dame aus Wien, namens Neumann. Also eine zweisprachige Führung. Für Emilio kein Problem. Er sprach fließend Englisch. Als Einundzwanzigjähriger hatte er fast zwei Jahre in London verbracht und damals halbtags in der berühmten Buchhandlung ›Foyels‹ am Charing Cross gearbeitet. Da der Campo Porta Nuova gleich neben der Agentur lag, begann Emilio auch dort mit seiner Führung und führte die Gruppe ein Stück weiter zum Campiello della Torre und wies auf die Nummer Neun. Emilio begann in Englisch zu erklären und zeigte auf den kleinen Turm:

»Das ist der letzte noch erhaltene Wehrturm aus den ersten Jahrzehnten des fünften Jahrhunderts, der einst neun Türme des *Castrum*, dem Militärlager der Römer. Die befestigte Siedlung der Spätantike war mit einer breiten Stadtmauer versehen und hatte insgesamt neun Zugänge. Die ursprüngliche Ebene befand sich zweieinhalb Meter unter dem heutigen Stadtboden. Der antike Mauerring war trapezartig und 360 Meter lang, zwischen 50 und 90 Meter breit und etwa 5 Meter hoch. Teile dieser Begrenzung sind an einigen Stellen in der Altstadt noch erkennbar. Die Grenze im Westen bildete die heutige Piazza Duca d'Aosta und in Verlängerung die Via Gradenigo.«

Emilio wollte eben für die Wienerin das Gesagte auf Deutsch wiederholen, als sie ihn auf Englisch unterbrach.

»Bleiben Sie nur beim Englischen, Signor Bombolone, ich komme gut damit zurecht!« Emilio konnte an ihrer Aussprache erkennen, dass ihr Englisch noch um einige Nuancen besser als das seine war.

Er setzte also mit seiner Erzählung fort.

»Die Befestigungen dienten primär der Stadtverteidigung, doch ihre Bedeutung reichte weit darüber hinaus. Grado entwickelte sich mit der Zeit durch seinen Hafen und seine Schutzfunktion zu einem bedeutenden sozialen, wirtschaftlichen und religiösen Zentrum. Grado hatte seinen Meeres-Hafen in die Dienste Aquileias gestellt und als Attila der Fürchterliche mit seinen Hunnen 452 die römische Großstadt zerstörte, wurde Grado zum Zufluchtsort. Noch folgenreicher für Grado selbst war aber die Flucht des Bischofs von Aquileia in das Castrum mitsamt dem Kirchenschatz. Somit wurde die Inselstadt auch zum kirchlichen Machtzentrum. Die Bewohner von Aquileia siedelten sich nach ihrer Flucht einige Zeit später auch auf den anderen Inseln der Lagune an, wodurch der Ursprung von Venedig gelegt wurde. Die Autorität des Klerus in Grado blieb bis zum Untergang der byzantinischen Herrschaft bedeutend, dann wurde Venedig jedoch zum religiösen Mittelpunkt unter der Schirmherrschaft des Patriarchen von Grado. Eine päpstliche Bulle Mitte des fünfzehnten Jahrhunderts beendete schließlich die patriarchalische Tradition Grados zugunsten Venedigs. Somit könnte man überspitzt formulieren, dass Grado die *Tochter* Aquileias und die *Mutter* Venedigs war.«

Emilio bat seine Gruppe, ihm zu folgen.

»Wir gehen nun zur Basilica di Santa Eufemia. Dort werden wir unter anderem auch ein Bodenmosaik sehen, welches das Castrum in stilisierter Form darstellt.«

Emilio führte die Gruppe über die engen und verwinkelten Gässchen der Altstadt in wenigen Minuten zum Platz vor der Basilica, dem Campo Dei Patriarchi. Von dort hatte man einen guten Blick auf die Basilica di Santa Eufemia. Emilio machte auf den Glockenturm aufmerksam, wo obenauf der große Erzengel Michael tanzte.

»Die Statue wurde im fünften Jahrhundert in Venedig gegossen und den Gradesern geschenkt. Die Einheimischen nannten den Erzengel liebevoll ›Anzolo[7]‹ und nutzen ihn bis heute als Wetterfahne. Die ausgestreckte Hand zeigt ihnen an, woher der Wind weht. Wenn Anzolo nach Triest im Osten zeigt, ist alles gut. Zeigt er nach Norden – also in Richtung der Alpen – droht Ungemach.«

Emilio verschwieg wohlweislich, dass eine ehemalige Freundin sein bestes Stück ebenso liebevoll *Anzolo* genannt hatte und geleitete seine Gruppe nun in die Basilica. Sie war und ist das Herz der Inselstadt und hatte alle Epochen überstanden. Seine Führung in der Kirche dauerte eine halbe Stunde und seine Gruppe hörte ihm aufmerksam zu. Als er mit ihnen wieder aus der Kirche trat, machte er sie noch auf die ›kleine Schwester‹ der Basilica, die Santa Maria delle Grazie und das Geburtshaus des Dichters Biagio Marin aufmerksam.

---

[7] steht für Arcangelo (Erzengel)

*

Der Wellenbrecher

Emilio erzählte über den in Grado hochverehrten Poeten.
»Biagio Marin wurde 1891 hier geboren und war ein renommierter Dichter und Schriftsteller. Er prägte nicht nur die lokale Literatur, sondern auch die Kultur der Stadt. Seine Werke hatte er hauptsächlich in ›Graisan‹, dem sehr eigenen Inseldialekt, verfasst. Seine Gedichte und Erzählungen kennen fast alle Einheimischen. Geboren im Habsburgerreich, studierte Marin in Görz, Pisa und Wien, bevor er erfolgreich im kulturellen Umfeld von Julisch-Venezien tätig war. Anfang der 1920er Jahre unterrichtete er auch in Görz. Später kehrte er nach Grado zurück und wurde Direktor des Seebads. In Triest war er als Lehrer und Bibliothekar tätig. Die Universität Triest verlieh ihm auch die Ehrendoktorwürde. Marin verstarb im Alter von über neunzig Jahren auf seiner ›Goldenen Insel‹ und hinterließ ein kontroverses, aber bedeutendes literarisches Erbe. Er genoss Anerkennung von Persönlichkeiten wie dem Filmregisseur, Dichter und Publizist Pier Paolo Pasolini und Claudio Magris, dem aus Triest stammenden und wohl weltweit berühmtesten Germanisten. Biagio Marin liegt auf der Friedhofsinsel Le Cove in einem einfachen Grab nahe der Kapelle begraben und auf der Insel Mota Safon in der Lagune gibt es ein Pasolini-Museum.«

Von der Basilica führte Emilio nun seine Gruppe zur Piazza Biagio Marin.

»Das Haus der Musik, die Casa della Musica an der Ecke des Stadtplatzes ist eines der ältesten Gebäude in Grado und wurde vor Jahrhunderten auf den Ruinen der Castrum-Mauern errichtet. Ursprünglich das Hauptquartier der Stadtkapelle unter den Habsburgern, diente es nach seiner gelungenen Restaurierung als Veranstaltungs- und Ausstellungszentrum. Vor dem Haus findet man den Fußboden des frühen achteckigen Baptisteriums, der alten Basilica della Corte, deren Überreste auf dem Ausgrabungsgelände zu bewundern sind. Die Kirche folgte der traditionellen Ost-West-Ausrichtung, symbolisch für den Übergang von Dunkelheit zu Licht beim Betreten. Der Platz – wie Sie sehen können – wurde durch moderne Glasstege mit Stahlankern zugänglich gemacht, die somit Antike und Moderne verbinden.«

Emilio forderte seine Gruppe auf, sich nun umzudrehen. Emilio wies auf das meerseitig gelegene mehrstöckige Appartementhaus hinter sich.

»Dort an der südwestlichen Ecke dieses Platzes befand sich einst ein napoleonisches Fort aus dem Jahre 1801. Nach dem Abriss der Festung um die Jahrhundertwende fand man frühchristliche Überreste. Exakt an dieser Stelle, unmittelbar hinter der Diga – dem Wellenbrecher – dem damals schönsten Platz in Grado, entstand in zweijähriger Bauzeit die Pension Fortino. Sie wurde von der Familie Auchentaller nach den Plänen des Wiener Secessionisten und Architekten Julius Mayreder errichtet und 1904 eröffnet. Josef Maria Auchentaller leistete seinen künstlerischen Beitrag, indem er sich um die Sgraffito-Dekorationen der Fassaden und des Logos der Pension kümmerte. Die Auchentallers waren *der* Motor für die rasante Entwicklung Grados zu einer touristischen Hochburg.«

»Vom alten Fortino ist nur mehr dieser Appartementkomplex mit Eigentumswohnungen und tollem Meerblick geblieben. Vom Glanz des einstigen Fortino ist allerdings nichts mehr übrig.

Wenn Sie mehr über die Anfänge des Tourismus in Grado zur Jahrhundertwende erfahren wollen und Sie vielleicht an der Geschichte der Auchentallers in Grado interessiert sind, dann wenden Sie sich bitte an die Agenturchefin Signora Santis. Wir bieten dazu eine eigene, wenn gewünscht, auch individuelle Stadtführung an. Heute endet meine Führung hier, meine Damen und Herren. Ich danke Ihnen für Ihre Aufmerksamkeit. Auf Wiedersehen und haben Sie noch schöne Tage in Grado!«

November 2023

Wien

Zwei Wochen lang hatte sich Bornbeh immer wieder mit dem Bild ›Die Lagune vor Grado‹ beschäftigt. Er hatte wiederholt Aquarelltechniken ausprobiert, indem er die Farben mehr oder weniger lasierend auftrug, um das Papier durchscheinen zu lassen. An den unbehandelten Stellen des Papiers erzeugte er so Glanzlichter, welche die Schaumkronen des Meeres und den Himmel in wunderschöner Brillanz erscheinen ließen. Auch die Diga, die im Original von 1902 im Vordergrund aufscheint, hatte er detailgenau kopiert. Bornbeh war zufrieden. Er hatte den Pinselschwung Auchentallers beim Aquillieren gefunden und konnte nun unbesorgt mit den weiteren Arbeiten beginnen. Der Kleister seines präparierten *Sandwiches* war mittlerweile getrocknet. Bornbeh begann mit dem *Splitten* des alten Papiers, wobei dies den technisch anspruchsvollsten Teil seines Projekts darstellte. Er zog beide Stoffstücke behutsam auseinander, wodurch der alte Papierbogen in zwei dünne Schichten gespalten wurde. Anschließend nutzte Bornbeh seine Badewanne, um den Papierbogen in einem warmen Wasserbad vom Leinenstoff zu trennen. Wie erhofft, erwies sich das Papier als feinfaserig und ausreichend dick, um auf einem Blatt keine Löcher und auf den entsprechenden Stellen des anderen keine Buckel entstehen zu lassen. Das Ergebnis war makellos: Rick Bornbeh hatte ein unbehandeltes, altes Aquarellpapier der Jahrhundertwende erhalten! Er schnitt nun sein Papier auf das gewünschte Maß zu. Bornbeh musste allerdings dem alten Aquarellpapier vor dem Malen noch eine spezielle Behandlung zukommen lassen. Sein Ziel war es, das erworbene alte Passepartout nach Fertigstellung seines Aquarells dort anzubringen. Wurde ein Bild längere Zeit in einem Passepartout aufbewahrt, blieben an den darunter liegenden Stellen hellere Streifen zurück. Daher musste Bornbeh diese Stellen bleichen. Da sein altes Papier aus Textilienfasern bestand, würde es auch auf die gleichen Bleichmittel wie herkömmliche Textilien reagieren. Er mischte Wasserstoffperoxid mit Wasser im richtigen Verhältnis. Eine einfache Glasplatte in der richtigen Größe benutzte er, um sein Papier so abzudecken und ließ nur die Ränder frei. Vorsichtig trug er die Bleichlösung mit einem Pinsel auf. Nach einigen Minuten trat der gewünschte Effekt ein, das Papier war an den Rändern entsprechend gebleicht. Sofort spülte er die Stellen unter fließendem Wasser ab. Bornbeh hatte das gewünschte Ergebnis erzielt – ein altes Aquarellpapier mit gebleichten Rändern in den Maßen seines Passepartouts.

Über die Baronesse wurde auf Empfehlung Bornbehs ein Lagerraum in Wien angemietet. Die renommierte Firma hatte sich auf die Aufbewahrung von Kunstobjekten spezialisiert. Der *Storage* entsprach den höchsten Sicherheitsstandards: 24-Stunden Videoüberwachung, Brand- und Bewegungsmelder, Kunden konnten nur mit persönlich definierten Codes Zugang erlangen. Die Baronesse hatte eine Koje von 12 Quadratmetern angemietet. Dort hatte Bornbeh vorläufig ein paar der weniger bedeutenden Grafiken Kurzweils und Lists und einige andere Antiquitäten aus der Gerstl-Sammlung eingelagert. Sobald der *neue, alte* Auchentaller fertig wäre, würde auch dieser dort seinen Platz finden.

Grado

Tareq al Baira aus Libyen

Der *Bücherwurm* saß fast immer auf seiner Bank im Parco delle Rose, oft auch während der Wintermonate. Sandro war vor einigen

Jahren als Zweiundzwanzigjähriger aus Libyen geflüchtet. Seit dem Sturz Gaddafis war seine Heimat nicht mehr zur Ruhe gekommen. Seine Eltern wurden in den Wirren des Bürgerkrieges getötet. Letztlich war auch Sandro das Leben zu gefährlich geworden und er sah in Libyen keine Zukunft für sich. Vier Jahre lang hatte er im luxuriösen Hotel Rixos Al Nasr in Tripolis zum Personal gezählt, bis man ihm eines Tages kündigte. Er kam 2020 als einer der wenigen Überlebenden eines heillos überfüllten Flüchtlingsbootes auf Lampedusa an und beantragte Asyl in Italien. Italien gewährte ihm vorerst das Aufenthaltsrecht. Sandros Großeltern hießen Mauri, stammten aus Süditalien und waren italienische Aussiedler, die auf der Suche nach einem besseren Leben 1911 nach Libyen kamen. Bis 1943 war Libyen eine italienische Kolonie gewesen. 1969 putschte sich das libysche Militär unter einem Revolutionsrat an die Macht, dessen Führung Oberst Gaddafi übernahm. Ein Jahr später wurden alle 20.000 Italiener aus Libyen verbannt. Auch alle Juden, Amerikaner und Briten mussten damals das Land verlassen, ihr Besitz in Libyen wurde enteignet. Sandros leibliche Eltern hatten die unheilvolle Entwicklung geahnt und sich frühzeitig falsche Papiere und Urkunden auf den libyschen Namen al-Baira ausstellen lassen. Sie zogen kurz vor der Revolution in die Anonymität der Hauptstadt Tripolis um. Italienisch sprachen sie weiter, allerdings nur zuhause und im engsten Familienkreis. Sandro hieß somit seit seiner Geburt im Jahre 1990 Tareq al-Baira. Er hatte sich allerdings kurz nach seiner Ankunft in Italien neue Papiere auf Sandro Mauri, den Namen seines Großvaters, ausstellen lassen. Ein Tareq al-Baira war in Libyen geblieben und galt seitdem für die dortigen Behörden als verschollen.

Wegen seiner ausgezeichneten Sprachkenntnisse, seiner gepflegten Umgangsformen und seiner italienischen Vorfahren, erhielt Sandro nach zwei Monaten eine Arbeitserlaubnis und durfte das überfüllte Auffanglager verlassen. Er fand rasch eine Stelle in einem renommierten Restaurant in Grado. Drei Jahre später war sein Asylverfahren allerdings noch immer nicht abgeschlossen.

Seine Aufenthaltserlaubnis musste nach wie vor alle sechs Monate verlängert werden.

*

Ein Dackel und der Philosoph Epikur

Emilio kannte Sandro seit seiner Ankunft in Grado, er hatte ihm damals geholfen, eine Daueranstellung im Ristorante da Ovidio zu bekommen. Das Restaurant war für Gradeser Fisch- und Muschelgerichte bekannt. Die gratinierten Cannolicchi, auch Schwertmuscheln genannt, zählten zu den Lieblingsvorspeisen Emilios. Sandro war ein Bücherwurm. Sooft Emilio ihn im Park sitzen sah, las er ein Buch. Meist waren es geschichtliche oder historische Bücher. Vor allem die Griechen und Römer interessierten ihn.

»Buongiorno, Sandro, come stai?«

»Buongiorno, Emilio, va bene – e tu?«

»Se la va, la va[8]. Was liest du denn da? Oh, das ist ja wohl nicht etwa die Bibel?«

»Das Alte Testament, ich dachte, wenn ich nun in Italien lebe, sollte ich vielleicht *damit* anfangen.«

Emilio wusste, dass sich Sandro seit einiger Zeit auch für die Weltreligionen interessierte. Das war durchaus verständlich. In Libyen aufgewachsen, kam Tareq mit unterschiedlichen Kulturen und Glaubensrichtungen in Berührung. Die Geschichte der Juden in Libyen beispielsweise, begann schon vor 2500 Jahren in der sogenannten ›Kyrenaika‹ – einem Landstrich im östlichen Libyen. Nach der Gründung des Staates Israel wurden nahezu alle vertrieben, Gaddafi deportierte später den Rest. Die Italiener brachten über ihre Kolonisten den Katholizismus ins Land. Es gibt immer noch zigtausende Katholiken in Libyen, auch einige koptische und griechisch-orthodoxe Christen. Der überwiegende Teil der Bevölkerung sind bis heute Sunnitische Muslime.

---

[8] wenn's geht, geht's

»Nun, das ist schwere Kost, warum tust du dir das an?«

»Ich weiß nicht genau, meine Großeltern waren katholisch, meine Mutter auch. Mein Vater war nicht sehr gläubig. Wie ist das mit dir, Emilio? Glaubst du an Gott?«

»Ich bin überzeugt, dass die Natur *nicht* das Werk von Göttern ist, die angeblich alles für uns geschaffen haben. Die Schwachstellen sind einfach zu offensichtlich!«

»Du glaubst also an gar nichts?« Sandro war erstaunt.

»Nun, selbst wenn es Götter geben sollte, sind wir offensichtlich durch ihre Existenz weder besser noch schlechter dran. Wie es mir scheint, nehmen sie nicht den geringsten Anteil an den Angelegenheiten der Menschen.«

»Und vor dem Tod hast du keine Angst?«

»Der Tod geht mich nichts an. Solange ich existiere, ist der Tod nicht da, und wenn der Tod da ist, existiere ich nicht mehr. Epikur, 300 Jahre v.u.Z. Griechischer Philosoph, lebte und lehrte in Athen. *Den* solltest du lesen, Sandro – nicht die öden Monotheisten!«

»Und woran glaubte Epikur?«

»Lust war für ihn der Anfang und das Ende eines erfüllten Lebens. So wie für mich auch.«

»*Du* meinst wohl eher Lüsternheit, Emilio! Was ist für dich eigentlich das *Gute an sich* im Leben?«

»Ich bin unsicher, was als das Gute an sich betrachtet werden sollte, wenn ich meine sinnlichen Freuden wie Geschmack, Liebe und das Hören schöner Musik außer Acht lasse. Auch die ästhetische Freude am Anblick einer attraktiven Frau und andere Sinnesfreuden vermitteln mir eher eine klare Vorstellung vom Guten. Daher kann ich auch denen nicht zustimmen, die behaupten, dass allein die Freude des Geistes *das Gute* ausmacht. Die Freude des Geistes äußert sich bei mir vor allem in der Vorfreude auf meine Vergnügen.«

»Du bist eindeutig ein Genießer!« Sandro lachte.

»Sieh dir mal Biscotti an, Sandro!«, forderte Emilio ihn auf.

Als Biscotti seinen Namen hörte, unterbrach er sein Schnüffeln und blickte erwartungsvoll zu Emilio. Sandro blickte zu Biscotti. »Mein Dackel ist der *wahre Epikureer*. Er hat keine Kontrolle über den morgigen Tag und verschiebt daher nicht ständig wie wir Menschen das Erfreuliche. Er lebt im *Jetzt* und im Einklang mit der Natur. Die Natur und auch ein wenig meine Unterstützung ermöglichen es ihm, das Notwendige leicht zu erreichen und das Schwierige nicht notwendig zu machen. Für Biscotti liegt der Ursprung und die Wurzel alles Guten in der Lust seines Bauches.«

Biscotti hatte sich schon längst wieder abgewandt und weiter auf die Suche nach *Streetfood* gemacht.

Sandro schüttelte schmunzelnd den Kopf und widmete sich wieder dem Alten Testament.

*

Auf einen Cappuccino ins Odeon

Nach ihrem Spaziergang im Parco delle Rose schlenderten Emilio und Biscotti die Viale Dante Alighieri zurück. Am Ende ihres Weges lag die ›Bar Odeon‹. Diese hatte ganzjährig geöffnet. Bei nicht zu windigem Wetter nahmen sie auf der Terrasse Platz. Biscotti bekam ein Leckerli von Emilio und Emilio bekam von der hübschen, schwarzhaarigen Kellnerin Claudia ein hinreißendes Lächeln und einen Cappuccino. Biscotti legte sich auf den Rücken und ließ sich von Claudia den Bauch kraulen. Emilio war ein bisschen neidisch auf seinen Dackel. Er hätte sich von Claudia ähnliche Streicheleinheiten auch gut vorstellen können.

»Du siehst heute wieder bezaubernd aus, Claudia!« Emilios Stimme klang etwas heiser.

»Emilio, jetzt hast du meinen Tag gerettet!« Claudia ließ von Biscotti ab, strahlte Emilio an und nahm die Bestellungen an den anderen Tischen auf.

Emilio blickte Claudia versonnen nach, wie sie sich flink zwischen den Tischen bewegte, stets bemüht, dabei ihre Schultern zurück zu nehmen und den Rücken durchzustrecken. Das brachte ihren kleinen, festen Busen zur Geltung und straffte ihren hübschen Po. Emilio verscheuchte seine Fantasien. Claudia hatte einen festen Freund. Außerdem hätte er ihr Vater sein können. Emilio seufzte, trank seinen Cappuccino und beobachtete das rege Treiben auf der Fußgängerzone. Bis Anfang November war es oft noch angenehm warm in Grado. Diese Zeit lockte besonders die älteren Touristen an, die die ruhige Atmosphäre der Insel nun in vollen Zügen genießen konnten. Vor und nach den Sommerferien waren es vor allem die Österreicher, die Grado bevölkerten, oft als treue Stammgäste, die schon seit ihrer Kindheit mit ihren Eltern oder Großeltern hierher gekommen waren. Vor einhundertfünfzig Jahren war Grado bereits ein idealer Ort für Kinder gewesen, wie der Florentiner Kinderarzt und Philanthrop Professor Giuseppe Barellai bereits 1872 erkannte. Er widmete sich als einer der Ersten der Heilung von Kindern mit Rachitis und Skrofulose und wusste, dass Sonne, Meer und Sand dafür die besten Heilmittel waren. Bis heute bot Grado reichlich davon, weshalb die Einheimischen ihre Insel nicht umsonst die ›Isola d'Oro‹ – die Goldene Insel – nannten. Der gesamte Sandstrand war nach Süden ausgerichtet und das seichte, warme Wasser ein wahres Paradies, besonders für die Kleinen.

Wer nach Grado kommt, kehrt wieder. Für die älteren Gäste war es vor allem ›il dolce far niente‹[9], das sie immer wieder nach Grado zurückkommen ließ. Emilio hatte *seine* eigene Version des Nichtstuns inzwischen zur Perfektion entwickelt. Einige der Stammgäste kannten ihn und seinen Dackel, genauso wie er sie und ihre Geschichten kannte. Man begrüßte sich herzlich, tauschte Erinnerungen aus und Emilio wurde oft nach Empfehlungen für Restaurants oder Bars der Insel gefragt. Bereitwillig teilte er sein Wissen.

---

9 das süße Nichtstun

Emilio zahlte und ging mit Biscotti zurück zu seinem Appartement. Dort legte sich der Dackel auf den warmen Balkonboden und schlief rasch ein.

Wien

Tafelspitz im Pfudl

Lena und Agnes hatten sich zum Abendessen im Gasthaus Pfudl einem Altwiener Traditionsbetrieb, gegenüber dem Caffè Engländer, verabredet. Als Lena drei Wochen zuvor alleine in Grado gewesen war, hatte Agnes sie aus Wien angerufen und gebeten, für die kommenden drei Tage eine Suite im Grand Hotel Astoria zu reservieren. Sie wolle sich ein paar geeignete Objekte für die Ausstellung ansehen und vielleicht noch ein, zwei Tage länger bleiben. Lena wollte auch mitkommen. Seit Lena nur mehr für die Wiener Niederlassung von Auctora's tätig war, hatte sie viel mehr Freizeit als früher. Sie hatte Agnes vorgeschlagen, auch eine individuelle Stadtführung zum Thema ›Auchentaller und die Anfänge des Tourismus in Grado‹ zu buchen. Sie verschwieg ihrer Freundin allerdings, dass sie insgeheim hoffte, den sympathischen Italiener wiederzusehen, der ihr Fremdenführer vor drei Wochen gewesen war.

»Wann treffen wir uns morgen und wo, Agnes?«

»Abflug in Schwechat um 09:15 Uhr. Wir sind eine Stunde später in Venedig. Wir treffen uns morgen am Abfluggate. Ich hab dich online gleich mit eingecheckt. Die Daten hast du bereits auf deinem Smartphone, Lena! Der Flughafen-Hotel-Transfer für Grado ist über die Firma Transfeero sichergestellt.«

»Ja, danke, hab ich gesehen. Wir haben im Grand Hotel Astoria einen Early-Check-In und je eine Suite. Das Wetter in Grado sieht gut aus. Ich werde also mit leichtem Handgepäck reisen. Die Auchentaller-Führung habe ich bei der Agentur Santis gebucht. Ich freue mich schon sehr auf unsere Tage in Grado, Agnes!«

»Ich auch. Ich hoffe, es kommt nicht wieder etwas dazwischen. Derzeit ist es ziemlich stressig, einige Erben und Privatsammler geben sich mit ihren Auchentaller-Bildern ziemlich zickig, obwohl sie zugesagt hatten, die Bilder und die Provenienznachweise rechtzeitig zugänglich zu machen. Wir wollen alle Gemälde spätestens bis Mitte Februar im Leopold Museum haben, um sie zu prüfen und zusammenzustellen. Der Transport nach Grado wird dann im April stattfinden. Nur der Kunstexperte Herr Maleta hat uns schon einige besonders schöne Bilder für die Ausstellung überlassen. Er ist übrigens ein direkter Nachfahre der Familie Scheid mütterlicherseits und kümmert sich mit viel Liebe um den Nachlass.«

»Das scheint ein Mammutprojekt zu werden. Aber du liebst es ja unter Druck zu arbeiten. Wir bei Auctora's stehen jedenfalls in den Startlöchern. Wir haben erst zwei Gemälde für die Auktionswoche bekommen, aber das weißt du ja.«

»Schöne Sammlerstücke! Ich hoffe jedenfalls, dass morgen alles klappt. Ich treffe mich mit dem Vertreter der Stadt Grado um dreizehn Uhr für die Objektbesichtigungen. Derzeit sind drei Objekte in der näheren Auswahl. Der Palazzo Regionale dei Congressi, die Casa della Musica und die Tagungsräume im Grand Hotel Astoria. Die liegen alle nicht weit voneinander entfernt. Willst du nicht mitkommen, deine Meinung wäre mir sehr wichtig?«

»Ja, mach ich. Mich interessiert das ja genauso. Die Räumlichkeiten und die Atmosphäre sind für eine Auktion mindestens so wichtig wie die Bilder selbst. Komm, lass uns jetzt das Essen bestellen.«

Agnes nahm einen klassischen Wiener Tafelspitz und Lena das Kalbsbutterschnitzel. Dazu tranken sie den Hauswein. Den Absacker gönnten sie sich gegenüber im Caffè Engländer.

Grado

Emilio war doch einigermaßen überrascht, als ihm Francesca mitteilte, dass eine Frau Neumann aus Wien an einer individuellen Auchentaller-Führung interessiert wäre. Emilio hatte sich schon so seine Gedanken über die dunkelhaarige attraktive Dame gemacht, die sich damals bei der Altstadtführung sehr interessiert gezeigt hatte. Er hatte sie auf Ende Dreißig geschätzt. Francesca sagte, Frau Neumann würde ein paar Tage in Grado verbringen und sie logiere im Hotel Astoria. Frau Neumann hätte ausdrücklich nach ihm verlangt und sie würde zur Führung gerne ihre Freundin mitbringen.

*

Der Kulturbeauftragte

Agnes und Lena hatten im Grand Hotel Astoria eingecheckt. Der Flug und der Transfer waren problemlos verlaufen. Nun warteten sie in der Lobby auf den Vertreter der Stadtgemeinde. Signor Enrico Morali, Gemeinderat und Kulturbeauftragter der Stadt Grado traf pünktlich ein. Er zählte eher zu den kleinwüchsigen Italienern, hatte ein rundes, freundliches Gesicht und trug eine Nickelbrille. Er war in Begleitung einer etwas älteren, aber sehr gepflegten Dame, die ihn um einiges überragte. Er stellte sie als l'avvocata Grecco, die Rechtsberaterin der Stadtverwaltung, vor. Darüber hinaus sprach sie ausgezeichnet Deutsch. Signor Morali war in den letzten Wochen der E-Mail-Kontakt von Frau Agnes Weninger gewesen. Agnes stellte ihre Freundin Lena Neumann vor, ohne auf ihren Beruf einzugehen. Die Gruppe machte sich auf den Weg. Signor Morali schlug vor, zuerst das Kongresszentrum zu besichtigen. Nach einer knappen Viertelstunde Fußweg waren sie dort.

Der Verwalter des Kongresszentrums wartete bereits und öffnete den Eingang. Signor Morali führte sie herum. Von innen wirkte die Kongresshalle überraschend größer als von außen.

Signor Morali erklärte und Signora Grecco übersetzte.

»Unser Kongresszentrum wurde vor über vierzig Jahren mit öffentlichen Mitteln errichtet. Wir befinden uns hier im Auditorium mit über tausend Sitzplätzen. Es gibt aber auch noch zwei weitere kleinere Säle. Unser Kongresszentrum zeichnet sich durch die Funktionalität und die Modularität der Räume aus. Diese Eigenschaften hatten die Architekten Avon und Zanuso sehr gut umgesetzt. Der Stil reflektiert die architektonischen Tendenzen der späten 70er und frühen 80er Jahre. Nach dem Erdbeben von 1976 in Friaul entschieden sich die Architekten für eine erdbebensichere Bauweise. Interessant ist die dynamische Raumstruktur, die auf einem 45 Meter langen Grundquadrat basiert, auf dem sich zwei weitere Quadrate, eines gedreht und eines parallel, überlappen.«

»Was meinst du, Lena?«

»Ja, es ist sicher groß genug für unsere Ausstellung, aber du wirst viele zusätzliche Beleuchtungen benötigen, um die Bilder ins rechte Licht zu setzen.«

»Nun, das Problem haben wir in den meisten Museen ja auch, wie du weißt. Das lässt sich leicht lösen. Unser Equipment ist vielfältig. Was mir aber fehlt, sind zusätzliche Wände im riesigen Auditorium. Ich meine, die vielen kleineren Räume, die wir bräuchten, um die einzelnen Schaffensperioden oder Thematiken von Josef Maria Auchentaller geordnet zu präsentieren. Wir werden wohl auch noch eine ganze Menge an transportablen Wänden herschaffen müssen.«

Signora l'avvocata hatte für Signor Morali übersetzt. Der schaltete sich nun ein. So schlecht war sein Deutsch gar nicht.

»Ich verstehe das Problem meine Damen. Aber ich kann Sie beruhigen. Herr Salvi, unser Verwalter, wird Ihnen gleich zeigen, was ich meine.«

Herr Salvi eilte zu einer großen Schalttafel und betätigte ein paar Drehknöpfe. Nun glitten einige mobile Trennwände aus den bisher kaum sichtbaren Nischen an den Seiten der großen Halle. Sie liefen auf Bodenschienen. Signor Morali erklärte. »Wir können die Halle gänzlich oder teilweise portionieren. Darüber hinaus können wir noch zusätzliche Faltwände einziehen lassen. Vor zwei Jahren hatten wir hier eine große Ausstellung zum Thema ›Eastman Kodak – erste Rollfilme in Grado‹. Da hatten wir diesen großen Saal hier ebenfalls unterteilt. Einige der Bilder der damaligen Ausstellung können Sie übrigens nach wie vor als vergrößerte Schaubilder an der Diga und der Piazza Biagio Marin sehen.«

Frau Weninger nickte anerkennend. Mit ihrem iPhone hatte sie bereits einige Fotos und Videos gemacht.

»Und wie sieht es mit den Sicherheitsmaßnahmen aus? Wir werden hier Kunstwerke in Millionenhöhe für mehrere Wochen ausstellen.«

»Das Comando Stazione Carabinieri liegt nur vierhundert Meter entfernt, fünf Minuten zu Fuß, eine Minute mit dem Auto. Die Zugänge werden Tag und Nacht bewacht. Im Inneren wird eine Wachmannschaft vierundzwanzig Stunden Dienst tun. Ich nehme an, Sie bringen auch eigenes Personal mit?«

»Ja, das werden wir dann wohl mit dem Kommandanten der Carabinieri im Detail klären. Vielleicht könnten wir noch den Rest des Gebäudes sehen, Signor Morali?«

*

Nach der Besichtigung des Kongresshauses und der Klärung weiterer Details ging die kleine Gruppe unter der Führung des Signor Morali nun zurück zur Piazza B. Marin zur Casa della Musica. Das Gebäude, in dem sich früher das Musikhaus befand, zählte zu den ältesten von Grado. Es stammte aus dem sechsten Jahrhundert und wurde unter der Erhaltung seiner ursprünglichen Merkmale liebevoll restauriert. Mittlerweile war es im Inneren jedoch eine moderne Ausstellungsstätte, die jedoch die Atmosphäre vergangener Zeiten bewahrte.

»Also das ist zwar ein wunderschönes Ausstellungsgebäude, aber es ist zu klein«, merkte Agnes an.

»Ja, etwas beengend, vor allem, wenn ich an die vielen Besucher denke. Möglicherweise könntest du aber einen *Teil* der Werke Auchentallers hier zur Schau stellen. Die Zeichnungen und die Entwürfe zur Zeitschrift Ver Sacrum vielleicht.«

»Das ist gar keine schlechte Idee, Lena. Ich muss das in jedem Fall mit dem Konsortium klären. Ich werde in jedem Fall in ein paar Wochen noch einmal herkommen und die Verträge abschließen. Dann kommt sicher auch eine Abordnung des Konsortiums mit.«

»Ich würde mir jetzt gerne noch die Tagungsräume in unserem Hotel ansehen«, sagte Lena.

Nach der Besichtigung des Kongressbereiches im Hotel Astoria, stand für Lena fest, dass dies der geeignete Ort für ihre Auktion war. Der Saal Lido würde für einhundert Personen ausreichend Platz bieten. Die angrenzenden Säle Spiaggia und Mostre wären als Büroräume geeignet und zur Verwahrung der Exponate ideal.

Agnes bedankte sich sehr herzlich bei Signor Morali und Signora Grecco für die Führung und versprach, am nächsten Tag ins Rathaus zu kommen und einige Schriftstücke auszufüllen und ein paar offene Fragen zu klären. Dann verabschiedeten sie sich voneinander und Agnes und Lena gingen ins Hotel zurück. Beide waren inzwischen sehr müde. Der gestrige Abend im Pfudl, der heutige Flug von Wien nach Venedig und nun die Führung. Zeit, die Schuhe auszuziehen und ein Nickerchen zu machen. Agnes musste zuvor noch einige Telefonate führen. Sie lud ihre Fotos und Videos auf ihr iPad und versandte einige Mails. Lena hatte rechtzeitig eine Massage im Astoria gebucht, auf die sie sich schon freute.

Für den Abend hatten die Freundinnen vor, in der Trattoria Al Timon zu speisen.

*

Heller Nougat - Dunkler Nougat

Zu der Individual-Führung mit den beiden Wienerinnen nahm Emilio seinen Dackel mit.

Emilio traf sich mit ihnen vor Francescas Agentur. Frau Neumann stellte ihm ihre Freundin Agnes Weninger vor. Agnes hatte einen hellblonden Pagenschnitt, war gertenschlank und wirkte sehr fröhlich. Sie trug einen modischen Hosenanzug. Durch ihre große, runde Brille blickte sie ihn neugierig mit wunderschönen grünen Augen an. Auch sie kam aus Wien. Frau Neumann trug ein figurbetontes Kleid und hatte ihre langen, dunkelbraunen Haare hochgesteckt. Erst jetzt fielen ihm ihre bernsteinfarbenen Augen auf. Wie die beiden so nebeneinander standen, erinnerten sie ihn an den berühmten Ildefonso-Slogan des Werbeprotagonisten Don Alonso: ›heller Nougat – dunkler Nougat‹ und er musste lächeln. Die beiden Damen waren von seinem vierbeinigen Begleiter sichtbar entzückt. Biscotti verhielt sich lammfromm und lies sich sogar streicheln. Ja, manchmal wusste auch das Dackelchen, wann ›fare una bella figura‹ angesagt war.

»Es freut mich sehr, dass Sie sich dazu entschlossen haben, die Auchentaller-Tour zu buchen, wie ich sie gerne nenne. Der touristische Aufschwung Grados ab der Jahrhundertwende und das Flair Grados von damals bis heute ist untrennbar mit den Auchentallers verbunden. *Darum* wird es heute in meinen Erzählungen gehen. Zum Unterschied von üblichen touristischen Führungen gestalte ich diese Tour gerne individuell im Rahmen eines Dialogs. Ich bitte Sie daher, mich jederzeit zu unterbrechen und so viele Fragen zu stellen, wie Sie möchten!«

Die beiden Damen nickten anerkennend. Da beide aus Wien kamen und durchaus gebildet wirkten, ging Emilio davon aus, dass sie grundsätzlich über den Jugendstil und wie er in Wien genannt wurde ›Secession‹ – Bescheid wussten.

Er fragte: »Sie haben sicherlich von Josef Maria Auchentaller gehört, der gemeinsam mit Gustav Klimt Gründungsmitglied der Wiener Secession war?«

Frau Agnes Weninger sprach als Erste. »Ja, Signor Bombolone, die Hintergründe sind uns bekannt. Das ist auch der Grund, warum uns Ihre Führung interessiert. Wir haben vor einigen Jahren die Ausstellung über Auchentaller im Leopold Museum in Wien gesehen und waren fasziniert. Sie müssen wissen, wir sind beide in der Kunstbranche tätig. Kennengelernt haben wir uns beim gemeinsamen Studium der Kunstgeschichte in Wien. In den Vorlesungen Ende der Neunziger war Auchentaller allerdings kein Thema an der Uni.« Mehr wollte Agnes nicht preisgeben.

Jetzt war es an Emilio zu staunen. Gleich zwei sachkundige Damen und beide an seinen Auchentaller-Erzählungen interessiert. Was für ein unglaubliches Zusammentreffen.

»Meine Damen, das ist wirklich ein schöner Zufall. Nun, dann lassen Sie uns dorthin spazieren, wo alles begann.«

Emilio und die beiden Freundinnen überquerten die Piazza Duca D'Aosta, gingen über den Campo San Rocco und gelangten über ein paar Stufen zum Lungomare Nazario Sauro – der breiten Strandpromenade, die entlang des Wellenbrechers führte. Die Gradeser nannten sie Diga. Emilio blieb stehen und blickte auf das Meer.

»Ich erlaube mir, meine Geschichte nicht mit dem berühmten Secessionisten, sondern mit Emma Auchentaller, seiner Frau, zu beginnen. Emma war die Tochter des Selfmade-Millionärs und Schmuckfabrikanten Georg Adam Scheid. Ihre Schwestern Martha und Minny reisten 1899 nach Grado. Ihr jüngerer Bruder Ernst war schon im Jahr zuvor hier gewesen. Sie alle wohnten im Hotel Post der Großfamilie Marchesini. Martha schrieb begeistert Briefe über Grado nach Hause und weckte so die Aufmerksamkeit Emmas. Emmas Tochter Maria, gerade sieben Jahre alt geworden, litt von Kindesbeinen an unter gesundheitlichen Beschwerden, damals ›Bleichsucht‹ genannt, weshalb die Wiener Ärzte einen Aufenthalt am Meer empfahlen. Daher reiste im Jahr 1900 die ganze Familie Auchentaller nach Grado, wo auch sie im Hotel Post unterkamen und daraus eine langjährige Freundschaft mit den Marchesinis entstand. Die Martha Auchentaller heiratete übrigens im Sommer 1903 in Budapest Victor Thonet, der...«

Frau Neumann unterbrach Emilios Ausführungen. »Thonet, einer aus der Möbeldynastie in Bistritz, Mähren?«

»Ja, Victor Thonet war der Gatte Marthas. Durch diese Heirat wurde der Grundstein für die spätere Auchentaller-Bildersammlung gelegt. Diese Sammlung umfasste Bilder, Zeichnungen, Aquarelle aus allen Schaffensperioden des Künstlers und eines der besten Porträts des Malers ›Martha Thonet auf einer Parkbank in Bistritz sitzend, 1912‹.«

»Oh ja, das Porträt haben wir 2009 bei der Ausstellung im Leopold Museum gesehen!«

*

Ein blaues Klavier

Emilio setzte seine Erzählung fort. »Auch die fünf Ölbilder Auchentallers, die ursprünglich für das Beethoven Musikzimmer der Villa Scheid im Döblinger Cottage geschaffen wurden, sind erhalten geblieben und wurden später von Victor und Martha Thonet übernommen. 1923 verkauften die Thonets dann ihre damals weltgrößte Möbelfirma. Martha und Victor zogen 1925 nach Scheibbs in Niederösterreich und pachteten den Lehenhof. Dort fanden die Bilder wieder im Musikzimmer einen würdigen Platz. Martha war übrigens eine exzellente Pianistin und spielte dort auf dem dunkelblauen Flügel. Dieses Klavier war Jahre zuvor auf Wunsch von Pepi Auchentaller extra für das Musikzimmer der Villa Scheid bei der Firma Ehrbar in Auftrag gegeben worden. Die Ära der Thonets im Lehenhof endete 1938 und die Familie zog samt Inventar in eine Villa nach Gmunden, die sich bis heute noch im Familienbesitz befindet. Martha und Victor Thonet starben beide im Jahr 1946. Herr Maleta hat übrigens eben ein Buch über deren Geschichte unter dem Namen ›Das Blaue Klavier‹ herausgebracht, das ich sehr empfehlen kann.«

Frau Neumann hatte aufmerksam zugehört. den Herrn Maleta kannten Agnes und sie von der Galerie Punkt12. »Signor Bombolone, ich bin beeindruckt. Woher wissen Sie denn so viel über die Auchentallers und die Thonets? Und woher kommt es, dass Sie so ein gepflegtes Deutsch sprechen?«

Emilio und Biscotti waren vor dem Ristorante & Bar alla Diga an der Terrasse des Hotel Marin stehen geblieben. Es war warm auf dem Lungomare geworden. Die Sonne zeigte sich von ihrer besten Seite.

»Ich schlage vor, meine Damen, wir gönnen uns hier eine Erfrischung und ich stehe Ihnen dann Rede und Antwort.«

Die Damen waren sofort einverstanden und die Kellnerin wies ihnen einen der Tische mit den bequemen blauen Sitzbänken zu. Die Damen bestellten einen Aperol Sprizz und Emilio einen Campari Soda. Biscotti bekam ein Schälchen Wasser. Das Motto des Hotels Marin war ›Da noi si sente il mare‹[10] – und das weite Meer lag unmittelbar vor ihnen…

*

Emil Moser aus Wien

Emilio blickte nachdenklich aufs Meer.

»Mein Großvater hieß Luigi Bombolone und war der Sohn einer Gradeser Fischerfamilie. 1906 wurde er als Zehnjähriger in der Pension Fortino als Page angestellt und war dort bis 1914 in unterschiedlichen Funktionen tätig. Dann kam der Krieg und mein Großvater musste an die Front. Nach Kriegsende erlernte er das Buchdruckerhandwerk und kam 1922 als Handwerksemigrant, so

[10] Bei uns spürt man das Meer

71

wie viele seiner Landsleute, nach Wien. Eine Anstellung fand er bei der Familie Moser, die eine Buchhandlung in der Domgasse im noblen Ersten Wiener Gemeindebezirk besaß. Die Bücherei war auf Sachbücher, Reiseliteratur und Biographien spezialisiert und hieß Libro Preferito. Ein paar Jahre später heiratete er die einzige Tochter des Hauses, meine Großmutter Therese Moser.«

Frau Neumann unterbrach Emilio ganz aufgeregt.

»Die Buchhandlung kenne ich... ja und du auch, Agnes. Da haben wir schon ein paar Mal eingekauft!«

»Stimmt, ist das nicht das Geschäft gegenüber dem Mozarthaus?«, Frau Weninger blickte Emilio an: »Und Sie, Signor Bombolone, sind dann eigentlich Österreicher, oder?«

»Nun ja, genau genommen Wiener. Um unseren etablierten Namen im Buchgewerbe zu bewahren, behielt meine Großmutter den Namen Moser auch nach ihrer Heirat mit Luigi Bombolone. Meine Mutter war deren einziges Kind und wurde 1930 geboren. Sie blieb ledig und ich kam als *Emil Moser* zur Welt.«

»Meine Großmutter hatte ich leider nie kennengelernt, sie starb ein Jahr vor meiner Geburt. Meinen Vater kannte ich auch nicht. Da meine ledige Mutter sehr mit der Buchhandlung und dem Mietshaus zu tun hatte, war es vor allem mein italienischer Großvater, der sich um mich kümmerte. Luigi hatte die Kochkünste Italiens nach Wien mitgebracht und lehrte mich auch die italienische Sprache. Er erzählte mir von seinen Jugendjahren in Grado und den Anfängen des Tourismus in der Inselstadt. *Daher* rührt mein Interesse an Grado und den Auchentallers, meine Damen.«

Frau Neumann und Frau Weniger schwiegen eine Zeitlang. Es war Frau Neumann, die das Schweigen unterbrach. »Verzeihen Sie unsere Neugier, aber wie ist aus Ihnen *Emilio Bombolone* geworden?«

Emilio hatte mit der Frage gerechnet. Seine Geschichte hatte er seit Jahren niemandem mehr erzählt. Nur drei Menschen in Grado kannten sie: die Contessa Caramello, Francesca Santis und Bruno Paresi. Die beiden sympathischen Wienerinnen hatten alte Erinnerungen in ihm geweckt. Er bemerkte, dass es ihm gut tat, seine Geschichte zu erzählen. Ein Geheimnis aus seiner Studentenzeit würde er jedoch weiterhin für sich behalten. Er bestellte noch eine Runde Getränke. Biscotti war inzwischen eingeschlafen.

»Wenn Sie nicht in Eile sind, meine Damen, werde ich Ihnen gerne meine kleine Geschichte erzählen. Danach werden wir die Auchentaller-Führung fortsetzen.«

»Ja, ja bitte erzählen Sie!« Es war Frau Weninger, sie schien die Neugierigere der beiden zu sein.

»Wir möchten Ihre Geschichte gerne hören, Herr Emil Moser!« Frau Neumann lächelte ihn an.

*

Foyels in London

Emilio nahm einen großen Schluck Campari.

»Ich hatte eine schöne Kindheit. Mein Großvater Luigi brachte mir das Lesen bei, noch bevor ich eingeschult wurde. Außerdem hatten wir noch ein Hausmädchen aus Böhmen, das mich sehr verwöhnte. Zu meiner Volksschule, der Stubenbastei, brauchte ich nur ein paar Minuten zu Fuß gehen. Es lag auf der Hand, dass ich danach auch gleich das gleichnamige Gymnasium besuchen würde. Zum Leidwesen meiner Lehrer war ich durch die liberale und humanistische Erziehung in meinem Elternhaus sehr aufgeweckt und hinterfragte daher öfters die gängige Lehrmeinung.«

Emilio musste unvermittelt lachen. Er erinnerte sich.

»Mein Klassenvorstand in der ersten Klasse der Oberstufe im Gymnasium erklärte mir gegen Ende des Schuljahres: ›Emil, einer von uns beiden kann im nächsten Schuljahr die Klasse nicht mehr betreten.‹ Er entschied sich leider für mich. Als meine Mutter zum Elternsprechtag erschien und fragte, was denn um Gottes Willen gegen mich vorläge, erwiderte er, ›Es ist nichts Bestimmtes, aber er ist ein Lausbub. Mit fünfzehn Jahren!‹ Ich musste also die Klasse wiederholen und bekam – zum Glück – einen weniger ernsthaften Klassenvorstand.«

Die Damen lachten nun auch. Emilio berichtete weiter.

»Nach der Matura 1987 hatte ich vorerst keine Lust auf ein Studium. Mein Großvater riet mir damals, mich doch zuerst einmal in der Welt umzuschauen. Er richtete mir ein kleines Konto ein, das mir ermöglichen sollte, die ersten Monate meiner Reisen zu finanzieren. Kennen Sie noch Interrail, meine Damen?«

»Ja, aber ab 1996, als Agnes und ich maturierten, war das Bahnreisen nicht mehr attraktiv und Interrail uncool. Wir nahmen damals schon das Flugzeug«, antwortete Frau Neumann lächelnd. Emilio hatte inzwischen nachgerechnet. Wenn die Damen 1996 mit achtzehn maturiert hatten, dann waren die beiden jetzt fünfundvierzig. Er musste schmunzeln. Bei Frau Neumann hatte er sich jedenfalls gewaltig verschätzt.

»Ich habe mir also ein Interrailticket für drei Monate gekauft und los ging's. Ich fuhr von Wien über Triest und Venedig nach Rom und dann nach Frankreich. Ich besuchte Monte Carlo, reiste entlang der Côte d'Azur bis St. Tropez und weiter über die spanische Grenze bis nach Barcelona. Auf der Rückreise nach Norden folgte ich der Atlantikküste und über Biarritz und die Bretagne kam ich nach Paris. Ich war insgesamt fast vier Monate unterwegs. Die Bahnfahrten für den letzten Monat musste ich schon extra bezahlen. Schließlich kam ich in England an und dann...London! Eine Millionenmetropole. Ich war begeistert und blieb. Ich suchte mir einen Job und dank einer Empfehlung und der Verbindungen meiner Mutter im internationalen Büchergeschäft, fand ich eine Halbtagseinstellung in einer Buchhandlung in Charing Cross. Foyels!«

Agnes unterbrach Emilios Schilderung.

»Ist das die berühmte Buchhandlung, die per Telegramm bei Hitler angefragt hatten, ob sie jene Bücher zurückkaufen könnten, die er in den 1930er Jahren hatte verbrennen lassen?«

»Ja, er hatte allerdings dem Verkauf nicht zugestimmt. Es ist auch jene Buchhandlung, wo während einer ›Literary Luncheon‹, bei dem der Vegetarier George Bernard Shaw über den Vogelschutz sprach, den Gästen ironischerweise Hühnchen serviert wurden!«

Sie alle lachten über diese Geschichten.

»Tja, ich blieb dann fast zwei Jahre in London und habe meine Freizeit in der Kunst- und Musikszene verbracht.«

Frau Neumann schüttelte den Kopf.

»Zehn Jahre später und wir hätten uns dort bestimmt kennengelernt. Ich habe 1996 eine Studienreise nach London gemacht und ein paar Monate bei einem Kunsthaus gejobbt. Wie ging es dann weiter? Was kam *nach* London?«

»Nun, auf meiner Interrailreise hatte ich in Triest das erste Mal das Meer gesehen und das hat mich nicht mehr losgelassen. Nach London schrieb ich mich dann kurz entschlossen in der Universität von Triest ein und studierte ein paar Semester Philosophie. Da ja mein Großvater aus Grado kam, bin ich immer wieder auf *seine* Insel gefahren…«

»Und dann sind Sie geblieben?« Agnes wollte es genau wissen.

»Nein, keinesfalls. Mein Großvater wurde sehr alt. Als er Ende 1991, hoch betagt starb, kehrte ich aus Triest nach Wien zurück. Da meine Mutter nun ganz alleine war, musste ich in unserem Buchgeschäft in Wien mitarbeiten und habe die Geschäftsführung nach und nach übernommen. Im Urlaub bin ich allerdings immer wieder nach Grado gereist. Damals ist in mir nach und nach der Wunsch gereift, hier einmal leben zu wollen. Meine Mutter verstarb 2005 und ich habe die Bücherei noch drei Jahre weitergeführt. Schließlich verkaufte ich alles, das Geschäft und das Mietshaus. Ich habe meinen Namen offiziell ändern lassen, in Erinnerung an meinen Großvater wurde ich von Emil Moser zu Emilio Bombolone. Das war übrigens nach dem österreichischen Namensänderungsgesetz gar nicht so einfach. Schließlich zog ich nach Grado. Seit fünfzehn Jahren wohne ich nun hier und habe in der Villa Giuliani am Hafen ein Appartement. Ein bis zweimal im Jahr fahre ich allerdings ein paar Tage nach Wien und besuche alte Freunde und entfernte Bekannte. Vor drei Jahren habe ich Biscotti aus Wien mitgebracht.«

Als Biscotti seinen Namen hörte, wachte er auf.

»So meine Damen, jetzt kennen Sie meine Geschichte. Wenn Sie möchten, können wir jetzt gerne unsere Führung fortsetzen!«

Frau Neumann und Frau Weninger hatten den Erzählungen Emilios mit wachsender Begeisterung gelauscht. Sie ließen es sich nicht nehmen, die Rechnung in der Bar alla Diga zu begleichen. Dann traten sie wieder auf die Promenade.

*

Die Auchentallers mischten Grado auf

Emilio setzte seinen Vortrag fort. Er wies auf den kleinen Park hinter dem Archäologischen Museum.

»Es war um 1900, als dort der erste Artesische Brunnen errichtet wurde und den Gradesern endlich Zugang zu sauberem Trinkwasser verschaffte. Es war also genau die Zeit, als Emma Auchentaller eintraf. Sie erwog damals, ein eigenes Haus in Grado zu erwerben, eine Pension direkt am Meer auf den Resten einer französischen Festung. Zwei Jahre später wurde ihr Traum mit großzügiger finanzieller Unterstützung durch Papa Georg Adam Scheid Wirklichkeit. 1903 zog die Familie Auchentaller dauerhaft nach Grado, Emma, ihr Mann, Josef Maria – von ihr liebevoll ›Pepi‹ genannt – Tochter Maria und Sohn Peter.«

Sie waren nun vor dem Appartementkomplex angekommen, wo einst das berühmte Fortino stand. Emilio wies aber auf das Hotel Fonzari.

»Gleich hinter der Diga, zwischen der Pension Fortino hier, dem Hotel Fonzari, das es schon seit 1897 gab und der Villa Marchesini, war eine Art Kloake, die als Wasserauffangbecken diente. Sie wurde 1912 zugeschüttet. Die Piazza Biagio Marin und das Rathaus befinden sich nun dort.«

»Im Reiseführer stand, dass es auch ein Caffè Secession gab?«, fragte Frau Neumann.

»Ja, 1905 eröffnete gleich hinter der Diga, zwischen Fortino und Villa Marchesini, die Villa Salvore mit dem Caffè Secession im Erdgeschoß. Jetzt steht dort dieses Wohnhaus, das Caffè heißt heute ›la Fenice‹. Wir kommen noch daran vorbei, aber von einer Secession ist nichts mehr zu sehen. Das Marchesini dahinter war ab 1910 die Villa Vienna und ist nun ebenfalls ein Wohnhaus.«

»Das klingt nach einem regelrechten Bauboom!«, merkte Frau Weninger an.

»Ja, genauso war es. Und damit komme ich wieder zurück zu unserem Josef Maria Auchentaller.

Grado war nicht ideal für seine Künstlerkarriere. In Wien hatte er sich bereits einen Namen gemacht. Durch die Aufenthalte in Grado verlor er jedoch den Anschluss an die Wiener Gesellschaft und die Secessionisten. Aber die Auchentallers waren *ideal* für Grado!«

»Das haben Sie schön formuliert, Signor Bombolone!« Frau Neumann gefielen die Erzählungen.

»Im Jahr 1904 wurde die Pension Fortino in Grado offiziell eröffnet und war sofort ein Erfolg. Die Pension lag direkt am Meer, mit großzügigen Zimmern, die kleine Veranden hatten und von einem Arkadenbogen überdacht waren. Der Sonnenuntergang über dem Meer muss ein unvergessliches Erlebnis gewesen sein, ebenso wie der Speisesaal, der sich auf einer weiten Terrasse zum Meer hin öffnete. Die Auchentallers luden ihre Freunde aus Wien nach Grado ein. Sie kamen zahlreich und wohnten im Fortino. Alfred Roller, Carl Moll, Wilhelm List, Max Kurzweil, Friedrich Ohmann – Baumeister der Hofburg, Otto Wagner, Egon Friedell und viele mehr. In Folge entstanden bis zum Beginn des Ersten Weltkrieges annähernd zwanzig weitere Villen.«

Sie gingen bis zum Ende der Strandpromenade und blieben vor dem hohen Wohnhaus mit den Touristengeschäften im Erdgeschoß stehen. Emilio wies auf das hohe Gebäude.

»Auch hier stand einmal eine Villa, sie wurde 1913 von Dr. Guido Zipser, einem Wiener Chirurgen, errichtet. Das Gebäude wird von den Gradesern daher immer noch das ›Zipser‹ genannt.«

Emilio führte seine Gäste nun die Stufen hinab in den kleinen Park mit dem Springbrunnen. Sie setzten sich auf eine der Bänke. Biscotti bekam ein Leckerli, weil er sich sehr brav verhalten hatte. Emilio kam nun zum Schluss seiner Erzähltour.

»Das Leben von Josef Maria Auchentaller und seiner Frau Emma lässt sich gut durch ihren regen Briefwechsel verfolgen. Emma, das Organisationstalent, stand meist in der ersten Reihe, während Josef Maria, der verschlossene Maler, hinter ihr stand, aber nicht in ihrem Schatten. Für ihn war Emma eine Art Muse, die er verehrte und oft porträtierte. Auchentaller hat hier in Grado wundervolle Bilder gemalt, die erst nach und nach wiederentdeckt wurden. Die Auchentallers prägten die goldene Insel Grado also auf zweierlei Weise: Emma legte mit ihrem Engagement einen bedeutenden Grundstein für den Tourismus, während Josef Maria Auchentaller im Stil der Wiener Secession künstlerische Spuren hinterließ. Später erwarb die Familie Auchentaller auch die Laguneninsel Morgo und gründete dort die Landwirtschaft ›Peterhof‹, benannt nach ihrem Sohn. Die zwei folgenden Weltkriege unterbrachen die Aufenthalte der Auchentallers in Grado, doch jedes Mal kehrten sie zurück. Emma verstarb jedoch 1945 und Josef Maria folgte ihr 1949. Beide liegen in Grado begraben. Zur Erinnerung und als Zeichen der Wertschätzung des Künstlers befindet sich am Haupteingang des Strandes sein berühmtes Jugendstilplakat ›Seebad Grado. Österreichisches Küstenland‹. Grado wurde zum beliebtesten Ziel des Wiener Bürgertums. In den 30er Jahren war die Hochblüte. Die Inselstadt war endlich durch eine Drehbrücke mit dem Festland verbunden. Grado war und ist auch deshalb so beliebt, weil man eigentlich auch als Nichtschwimmer ans Meer reisen konnte. Das seichte Wasser, der herrliche Strand und die Meeresluft, das sind die eigentlichen Erfolgszutaten.«

Emilio erhob sich.

»Ich hoffe, meine Damen, ich konnte Ihnen eine Vorstellung von den touristischen Anfängen Grados und dem Einfluss der Auchentallers verschaffen. Es gäbe noch viel mehr zu erzählen, aber unsere Zeit ist leider schon um. Ich wünsche Ihnen noch einen schönen Aufenthalt und genießen Sie unsere Goldene Insel!«

Die beiden Wienerinnen bedankten sich bei Emilio. Frau Neumann wandte sich ihm zu. »Meine Freundin Agnes muss leider heute Abend wieder in Wien zurück sein. Ein paar dringende Termine stehen an. Ich bleibe noch ein paar Tage. Wenn Sie morgen Zeit hätten, Signor Bombolone, würde ich mich sehr freuen, wenn Sie mir noch etwas über die anderen Villen aus der Zeit der Jahrhundertwende erzählen könnten?«

Frau Weninger blickte ihre Freundin vorwurfsvoll an. Emilio dachte nach. »Nun, das würde ich sehr gerne tun, aber das müssten Sie bitte zuerst mit meiner Chefin in der Agentur klären. Die will ich nicht übergehen. Wenn Sie mit Francesca Santis gesprochen haben, rufen Sie mich doch an und wir klären dann die Details. Hier, ich gebe Ihnen meine Nummer, Frau Neumann!«

Emilio winkte den Damen zu und ging mit Biscotti nach Hause.

»Das kommt dir wohl sehr gelegen, dass ich schon wieder zurück nach Wien muss. Da hast du den *Don Juan* ganz alleine für dich!«

»Eigentlich heißt er ja Emil Moser und kommt aus Wien, so wie wir beide. Ich muss allerdings gestehen, dass ich ihn sehr charmant finde. Du offensichtlich auch, Agnes?«

»Na, von der Bettkante würde ich ihn auch net schubsen. Vielleicht ist er ja schwul, so gut wie der aussieht?«, sagte Agnes hoffnungsvoll. Die beiden lachten und gingen zum Hotel zurück.

Wien

Der bessere Auchentaller

Zehn Tage lang war Bornbeh alias Rehborn mit dem Malen auf dem von ihm präparierten, alten Original-Papier beschäftigt. Schließlich hatte er es geschafft, das Aquarell verblüffend detailgenau wie das Ölbild Auchentallers aussehen zu lassen. Er war nun überzeugt, dass das Werk als ein echter Auchentaller akzeptiert würde. Eigentlich, fand er mit einem gewissen Stolz, war *sein* Aquarell sogar der *bessere Auchentaller*, denn die Leuchtkraft, die er beim Aquillieren erzeugt hatte, brachten die Schaumkronen und den Himmel der Lagune noch eindrucksvoller zur Geltung als das Ölbild. Schließlich signierte er das Bild im Stile des Meisters in die noch nasse Farbe mit AUCHENTALLER 1901. Bei späteren Laboruntersuchungen wäre diese ›Nass-in-Nass-Signatur‹ ein weiteres Indiz für die Authentizität. Bornbeh ließ die Farben vierzehn Tage lang im Badezimmer, bei voll aufgedrehter Heizung trocknen, erst dann brachte er das Aquarell mit den gebleichten Rändern im Passepartout an. Er achtete darauf, dass das Bild von Experten angehoben werden könnte, um auch die Rückseite zu begutachten. Die übliche Befestigungsmethode war ein geknickter Streifen Klebeband, der quasi als Scharnier am gesamten oberen Rand entlanglief. Den Mehlkleister für das Befestigungsband hatte Bornbeh nach einem alten Rezept selbst hergestellt. Somit passten nun alle Materialien und Details in die Zeit um die Jahrhundertwende. Zu guter Letzt brachte Bornbeh mit dem Original-Stempel des verstorbenen Theodor von Gerstl dessen Sammlermarke – datiert auf 1904 – auf der Bildrückseite an. Das Jahr, in welchem der Baron angeblich das Aquarellbild in Grado gekauft hatte.

Innerhalb von gerade einmal sechzig Tagen hatte der geniale Fälscher einen Auchentaller geschaffen, über den die Kunstwelt in wenigen Monaten staunen würde.

Grado

Expertin für impressionistische und moderne Kunst.

Emilio hatte sich eben einen Cappuccino bei Claudia bestellt, als er Frau Neumann über die Via Giuseppe Mazzini kommen sah. Sie hatten sich für den Vormittag in der Bar Odeon, am Anfang der Viale Dante Alighieri verabredet. Heute trug sie ein elegantes Kostüm. Die leichte Meeresbrise spielte mit ihren schulterlangen Haaren. Ihre modische Sonnenbrille hatte sie sich auf die Stirn geschoben. Um die Schulter gehängt trug sie eine große Tasche. Frau Neumann bewegte sich mit eleganter Grazie. Als sie Emilio erblickte, winkte sie ihm zu und eilte zu seinem Tisch. Emilio erhob sich.

»Buongiorno Signor Bombolone!«

»Buongiorno Signora! Non stavo più nella pelle dalla voglia di rivederLa![11]«

»Oh, Sie Charmeur! Sie haben sich offenbar in den letzten Jahren nicht nur die Sprache, sondern auch die Schmeicheleien der italienischen Männer angeeignet!« Frau Neumann lachte ihn an. Sie gaben sich die Hand und setzten sich. Als Claudia an ihren Tisch eilte, bestellte sich Frau Neumann einen Prosecco.

»Ist ihre Freundin gut in Wien angekommen?«

»Ja, Frau Weninger ist gestern von Venedig abgeflogen. Meine Freundin arbeitet sehr erfolgreich als freiberufliche Kuratorin für Kunstmuseen und Auktionshäuser und hat heute noch wichtige Termine wahrzunehmen. Sie wäre gerne länger in Grado geblieben.«

»Und was machen *Sie* beruflich, Signora Neumann, Sie sprachen gestern davon, dass Sie auch in der Kunstbranche tätig wären?«

---

[11] Ich konnte es kaum erwarten, Sie wiederzusehen

Frau Neumann blickte Emilio etwas nachdenklich an, dann nickte sie und gab sich offenbar einen Ruck.

»Ich wollte eigentlich nicht darüber sprechen, aber da Sie gestern meiner Freundin und mir so freimütig Ihre besondere Lebensgeschichte erzählt haben, will ich nicht zurückstehen. Außerdem vertraue ich Ihnen, Signor Bombolone.«

»Ihr Vertrauen ehrt mich, Signora.«

»Ich arbeite als Sachverständige und Auktionatorin für Auctora's!«

Jetzt fiel bei Emilio der Groschen. Er schlug sich mit der Hand an die Stirn. Dass er *das* nicht früher erkannt hatte. Sie war es, *Lena Neumann*, eine der derzeit erfolgreichsten Auktionatorinnen. Erst kürzlich hatte er im ›Standard‹ ein Interview mit ihr gelesen. Internationale Bekanntheit hatte sie erlangt, als sie 2005 ein Werk von Koloman Moser – einem Mitbegründer der Wiener Secession – zu einem außergewöhnlichen Hammerpreis von einer Million US-Dollar versteigert hatte, der den Rufpreis um ein Vielfaches übertroffen hatte. Sie galt als Expertin für impressionistische und moderne Kunst.

Emilio musste einfach die nächste Frage stellen. »Gehe ich richtig in der Annahme, Signora Neumann, dass Sie im kommenden Frühjahr die Auktion im Rahmen der Ausstellung ›Tra Cielo e Mare‹ in Grado leiten werden?«

»Ja, da liegen Sie richtig. Auch Frau Weninger arbeitet an dieser Ausstellung. Es tut mir leid, dass wir Ihnen das verschwiegen haben. Einer der Gründe, warum wir nach Grado kamen, war, um uns vor Ort einen Eindruck zu verschaffen. Ihre Auchentaller-Erzählungen haben uns dabei inspiriert.«

»Das freut mich. Haben Sie denn schon ein Objekt ausgewählt, wo Sie die Kunstwerke zeigen wollen, das Kongresszentrum möglicherweise?«

»Frau Weninger ist dabei, das mit dem Ausstellungskonsortium zu klären. Es gibt mehrere Optionen. Auch die Größe des Gebäudes und die Sicherheitsmaßnahmen spielen bei der Entscheidungsfindung eine Rolle. Wir wissen zwar nur ungefähr, wie viele Gemälde wir zeigen können, aber der Wert der Bilder Auchentallers geht in die Millionen. Meine Freundin wird also sicher noch ein paar Mal nach Grado reisen, um die Details zu fixieren. Die Verträge sollten bis Anfang nächsten Jahres unter Dach und Fach sein.«

»Nun, Signora Neumann, dann sollten wir wohl zu unserer heutigen Tour aufbrechen. Wie vereinbart, werde ich Ihnen am Beispiel der Villa Bianchi etwas über die touristische Entwicklung von 1900 bis heute erzählen.«

Sie bezahlten und gingen los.

*

Die Bianchi

Vor dem Haupthaus der Villa Bianchi blieben Emilio und Lena Neumann stehen. Emilio erzählte.

»Die Geschichte der Familie Bianchi reicht viele Jahrhunderte zurück. Ursprünglich in Mailand ansässig, wurden sie dort vertrieben und gelangten zuerst an den Comer See und später nach Venedig. Erfinder, Generäle und Marineoffiziere reihten sich in die Familienchronik ein. Leonardo Bianchi wurde 1846 in Venedig geboren. Als Marinekadett nahm er unter dem österreichischen Kapitän Wilhelm von Tegetthoff im deutsch-dänischen Krieg teil und überlebte nur knapp. Nachdem Bianchi den Dienst quittiert hatte, begab er sich auf Reisen. Einige Jahre später kaufte er das baufällige Schloss Rubbia bei Görz und renovierte es. Er heiratete und seine Frau brachte sechs Kinder zur Welt. Seine Gattin hatte die feuchte Luft auf Schloss Rubbia allerdings schlecht vertragen. Baron Leonardo Bianchi kannte Grado und wusste, dass die Seeluft in Grado nicht nur für Kinder, sondern auch für Erwachsene gut war. Kaiser Franz Josef I. hatte Grado eben erst zum Kur- und Seebad erhoben. Mit den Hotels sah es vor der Jahrhundertwende allerdings noch dürftig aus. Wie Sie aus meiner letzten Führung wissen, gab es neben ein paar kleineren Häusern gerade einmal zwei Hotels, das Fonzari und das Hotel Post. Somit beschloss der Baron, einen Hotelkomplex im Jugendstil zu erbauen. Er ließ fünf Villen errichten, eine für jedes seiner noch lebenden Kinder. Die umtriebige Familie Marchesini, die Besitzer des Hotels Post, stellten zu dieser Zeit auch den Bürgermeister und unterstützten den Baron beim Erwerb des Grundstückes, wie sie das auch für die Emma Auchentaller taten. Bei dem Grund handelte es sich jedoch um ödes Sumpfland und musste erst in Bauland umgewandelt werden. Das Material zur Aufschüttung wurde damals mühselig mit Booten aus Aquileia herbeigeschafft.«

Emilio führte Frau Neumann über die Via Colombo zur Strandpromenade auf die Seeseite der Bianchi-Villen. Er wies auf zwei der Villen.

»Innerhalb von nur zwei Jahren entstanden zuerst diese beiden Villen am Strand und danach die anderen drei. Das Haupthaus wurde 1901 eröffnet. Die Villen verfügten über 85 Zimmer und zehn Wohnungen mit Küche und wurden ein voller Erfolg. Da der Hausherr ein Baron war, reisten viele Aristokraten an. Oft kamen die Gäste mit eigener Köchin, Kammerdiener und Kindermädchen und blieben den ganzen Sommer. Der Baron Bianchi war darüber hinaus ein großzügiger Mäzen Grados. Er war es auch, der den Bau des ersten Trinkwasserbrunnens und ein Hospiz finanziert hatte. 1922 starb der Baron viel zu früh auf dem Familiensitz Schloss Rubbia in Görz. Die zwei Söhne hatten schon längst andere Berufe gewählt, eine Tochter war inzwischen verheiratet, es lag somit an den ledigen zwei Schwestern Louise und Marie, das Erbe anzutreten. Auf alten Fotos kann man übrigens erkennen, dass die Louise Bianchi fast zwei Meter groß war.«

»Es waren also wieder die *großen* Frauen, die einmal mehr die treibenden Kräfte waren. Wie auch Emma Auchentaller, von der Sie gestern erzählt haben», warf Lena ein.

»In der Tat. Allerdings haben sich die Bianchi-Schwestern mit der Emma Auchentaller nicht gut vertragen. Emma wollte Grado allein beherrschen. Als Emma allerdings die erste Wäscherei in Grado eröffnet hatte, profitierten die Bianchis davon.«

Lena blickte sich um. Auf den Parkplätzen der Bianchi-Villen standen fast ausschließlich Autos mit Wiener und Grazer Kennzeichen.

»Irgendwie scheint sich an der Nationalität der Gäste nichts geändert zu haben.«

»Ja, da kommen viele schon in der dritten Generation her. Deutsche oder andere werden Sie hier – vor allem in der Villa Bianchi selten antreffen.« Emilio erzählte weiter.

»Dank des Rufes Grado als Seebad, waren die Bianchis von Mai bis September völlig ausgebucht. Der Boom hielt unverändert an. Waren 1904 noch knapp über 5000 Gäste in Grado zu verzeichnen, waren es kurz vor Kriegsbeginn 1914 schon weit über 14000 Gäste. Dann war es vorbei. Das Seebad Grado wurde 1915 von den Italienern besetzt, die Villen requiriert. Vorbei war es aber nur in politischer Hinsicht, nicht aber für Grado als Seebad. Nach dem Ersten Weltkrieg kamen die Touristen wieder und jenen, die in Grado Eigentum besessen hatten, wurden ihre Besitztümer nach und nach zurückerstattet. Das galt damals auch für das Fortino der Auchentallers. Die touristische Hochblüte Grados waren die Dreißiger.

Und dann...der Zweite Weltkrieg. Neuerlich wurden die Villen vom Militär requiriert. Aber auch danach erwachte das Seebad Grado wieder und so auch seine Villen. Nach dem Krieg half Karl Bianchi, der in Innsbruck lebte, seinen Schwestern, die Bianchi-Villen wieder aufzubauen. Der ältere Sohn des Karl Bianchi, Federico, verbrachte seine Jugendjahre in der Villa Bianchi. Man erzählte sich, dass Federico einer der ersten Papagalli Grados war. Er muss ein ziemlicher Hallodri gewesen sein. Später wuchs er langsam in die Hotelführung hinein und begann, die Villen nach und nach zu modernisieren. Das war aber wegen seiner Tanten Louise und Marie nicht immer einfach. Viele Gäste kamen nach wie vor aus Österreich und Deutschland. Auch Altösterreicher von den Spannocchis bis zu den Czernins. Man erzählte sich, dass die Gräfin Emma Czernin immer für zwei Monate in der Villa Bianchi logierte.«

*

Mit einer Gabel in neue Abenteuer stechen

»Was haben die Hoteliers von Grado nach 1945 ihren Gästen an Speisen serviert? Schließlich gehörte das Seebad ja nun gänzlich den Italienern?«

»Tatsächlich bekam man in den Jahren vor dem Ersten Weltkrieg in der Küche Grados eine Mischung aus böhmisch-österreichisch-ungarischen Gaumenfreuden serviert. Die Besucher aus der Monarchie schworen auf Klassiker wie Schnitzel, Gulasch und Rinderbraten – solide Gerichte, die so verlässlich waren wie der gute alte Doppeladler. Das blieb auch vielfach noch bis 1939 so. Doch nach dem Zweiten Weltkrieg wurde die kulinarische Bühne Grados langsam umgekrempelt – und das nicht nur, weil der Koch plötzlich ›Ciao‹ statt ›Grüß Gott Herr Hofrat‹ sagte. Mit dem Wechsel zu Italien war auch die kulinarische Zugehörigkeit eine andere. Es dauerte allerdings noch zwei Jahrzehnte, bis der durchschnittliche Wiener bereit war, etwas anderes als die geliebte Heimat-Küche zu probieren. Die Revolution auf dem Teller fand eher bei den Kindern statt. Während die Erwachsenen vielleicht noch zögerten, waren die Kleinen bereits im Spaghetti-Fieber. Grado wurde zur italienischen Pasta-Hochburg und die Kinder liebten es. Und so wandelte sich Grado von einer gemütlichen Küche der Habsburger zu einem Ort, an dem sich Spaghetti, Frutti di Mare und Schnitzel einträchtig die Hand reichten – eine kulinarische Liaison, die bis heute für eine schmackhafte Vielfalt sorgt. Ein Hoch auf die gastronomische Fusion und die Kinder, die uns gezeigt haben, dass man manchmal einfach mit einer Gabel in neue Abenteuer stechen muss!«

Lena musste über Emilios Formulierung lachen.

»Heute sind die Villen längst in anderen Händen, die Bianchis haben sie vor Jahrzehnten verkauft. Und der Baron Federico Bianchi? Der genießt sein Leben nach wie vor. Seinen Friseur ›Cesare‹ in Grado besucht er immer noch und lässt sich nur von ihm seine schlohweißen Haare pflegen.«

»Gehen Sie auch zu Cesare, Signor Bombolone? Lassen Sie sich dort Ihre schönen Locken wickeln?«, fragte Lena verschmitzt.

»Ich gehe zu ›Michelangelo‹ an der Piazza XXVI Maggio am Hafen. Kann ich nur empfehlen. Meine Locken sind übrigens naturbedingt, gnädige Frau!«

»Ich kenne Frauen, die würden für solche Locken töten!«

»Und Sie, was würden Sie tun?«

Lena fasste allen ihren Mut zusammen und blickte Emilio in die Augen.

»Ich würde Sie gerne heute Abend zum Essen einladen.«

Emilio musste schlucken. »Ich nehme Ihre Einladung gerne an, Frau Neumann. Haben Sie denn schon ein bestimmtes Lokal ins Auge gefasst? Oder soll ich die Reservierung übernehmen?«

»Ich habe gehört, das Restaurant ›da Ovidio‹ soll recht gut sein. Es hat geöffnet und es liegt nicht weit von meinem Hotel entfernt.«

Lena errötete. Was hatte sie sich nur dabei gedacht, die Nähe zu ihrem Hotel zu erwähnen. Hoffentlich zog Signor Bombolone nicht die falschen Schlüsse, oder vielleicht wäre es sogar ganz schön, wenn er diese zöge? Schnell fügte sie an.

»Sie kennen ja Grado bestens, Signor Bombolone! Wenn Sie also ein anderes Restaurant empfehlen, folge ich gerne Ihren Ratschlägen.«

»Das da Ovidio ist perfekt. Gestatten Sie mir, den Tisch zu reservieren. Wäre Ihnen acht Uhr recht? Ich hole Sie fünf Minuten vorher vom Astoria ab.«

*

Moretti, Peroni und Biscotti

Biscotti stupste ihn mit seiner feuchten Hundeschnauze und weckte Emilio. Zeit für das Nachmittagsprogramm. Die Temperaturen waren mild, also entschloss sich Emilio mit Biscotti an den Strand zu fahren. Nach der Badesaison waren alle Strände auch für Hunde erlaubt und man konnte kilometerweit entlang der reizvollen Uferzone spazieren. Emilio nahm sein Rad und setzte Biscotti in den Hundekorb. Der Radweg begann unmittelbar vor Emilios Haustür. Biscotti begann lauthals zu winseln, als er bemerkte, dass sein Herrchen Richtung Meer radelte.

Als Emilio beim Strand ankam, konnte er den Racker gerade noch rechtzeitig aus seinem Hundekorb am Gepäckträger herausheben. Sofort raste Biscotti wie ein Wirbelwind über den Sand Richtung Ufer. Für das Dackelchen gab es nichts Schöneres als Sonne, Sand und Meer. Er tobte entlang des Ufers, lief immer wieder ein Stück am Wasser entlang, seine Dackelohren flatterten und der Sand spritzte hinter seinen Pfoten auf. Emilio hatte eine Frisbee-Scheibe dabei, die er ihm warf und Biscotti jagte sofort hinterher. Da die Flut bald ihren Höchststand erreichen würde, war das Wasser auch tiefer als am Vormittag, aber das störte Biscotti nicht. Sobald die Frisbee-Scheibe im Wasser landete, stürzte er sich ohne zu zögern in die Fluten und paddelte. Nichts konnte den Dackel von der Jagd nach seiner Beute abhalten. Sobald Biscotti die Scheibe im Maul hatte, raste er zu Emilio zurück. Dann begann der zweite Teil ihres Spiels, bei dem Biscotti erwartete, dass sein Herrchen ihm die Beute abjagte. Sobald Emilio ihm näher kam, schlug Biscotti einen Haken und lief in die gegensätzliche Richtung. Emilio machte eine Weile mit, dann gab er auf, denn bei dieser Variante des Spiels konnte er nicht gewinnen. Aber er hatte einen Trick: Er zog einen kleinen Ball aus der Tasche, woraufhin Biscottis Kinnlade herunterfiel und die Frisbee-Scheibe in den Sand. Nun jagte Biscotti den Ball und das Spiel wiederholte sich, bis Emilio dem Dackel erneut die Frisbee-Scheibe warf.

Dieses lustige Herumtoben des kleinen Dackels am Strand faszinierte auch Fremde und bald hatten sie einige Zuschauer. Manchmal versuchten auch andere Hunde, an dem Spiel teilzuhaben, aber Biscotti duldete das nie. Einmal hatten sogar drei Hunde gleichzeitig probiert, seinem Dackel seine Beute abzujagen, aber das Spiel hatten sie nicht gewinnen können, denn dem Kleinen mangelte es nicht an Ausdauer und er war so flink und wendig, dass die drei schließlich erschöpft aufgeben mussten.

Emilio befand, dass nun auch für den Dackel Schluss war. Die Zunge hing ihm aus dem Maul, er hechelte und er war völlig mit Sand und Schlamm bedeckt. Emilio lockte ihn mit ein paar Leckerlis, leinte ihn an und ging mit ihm zum *Hundewaschplatz*. Dort bekam Biscotti zuerst Wasser zum Trinken, dann wurde er abgebraust und mit einem Handtuch trocken gerubbelt. Emilio setzte den Dackel in seinen Fahrradkorb, wickelte ihn in eine kleine Decke und radelte in die Altstadt zurück. Bei seiner Stammbar Odeon bestellte er ein großes Peroni Nastro Azzurro. Emilio mochte den frischen mediterranen Geschmack und die unaufdringliche Bitterkeit dieses italienischen Biers. Gerade das richtige Getränk nach der sportlichen Betätigung am Strand, befand er. Sobald Emilio sein Bier bekam, setzte sich Biscotti auf. Der mochte nämlich auch Bier und das schon vom Welpenalter an. Der Dackel bevorzugte eigentlich das italienische Bier der Marke Moretti. Emilio wusste, dass sein Dackel aber auch mit einem Peroni zufrieden sein würde, tunkte zwei Finger in den Bierschaum und ließ Biscotti den Schaum abschlecken. Elektrolyte taten seinem Dackel gut. Zufrieden legte sich Biscotti wieder hin und schlief sofort ein. Emilio plauderte ein bisschen mit Claudia und gönnte sich noch ein zweites Bier.

Grado - Wien

Probier die Nachspeise, Lena

Zurück in ihrer Suite im Hotel Astoria telefonierte Lena mit Agnes.

»Na Agnes, wie sind deine Besprechungen verlaufen?«

»Überraschend gut! Die Vertreter des Konsortiums fanden die Idee, die Auchentaller-Ausstellung an zwei Standorten in Grado parallel zu präsentieren, gut und werden auch die nötigen finanziellen Mittel bereitstellen. Ob Auctora's sich schließlich für die Auktion im Palazzo Regionale dei Congressi oder das Grand Hotel Astoria entscheidet, wird sich nach dem Publikumsinteresse richten. Vermutlich werden sie dir die Entscheidung überlassen.«

»Das klingt vielversprechend. Gratuliere! Wie geht's jetzt weiter?«

»Das Konsortium hat eine angesehene Werbeagentur engagiert, die für die Promotion zuständig ist. Ich werde im Dezember und Jänner wieder nach Grado kommen. Dann sollten alle Verträge unter Dach und Fach sein. Jetzt kümmere ich mich um die Auswahl und Zusammenstellung der Bilder. Es ist unglaublich, wie viel der Auchentaller geschaffen hat und das Meiste ist der Öffentlichkeit völlig unbekannt! Wann kommst du wieder nach Wien, Lena?«

»Ich werde morgen oder übermorgen heimfliegen, die Temperaturen sind noch angenehm warm und ich genieße die entspannte Atmosphäre in Grado.«

»Apropos Entspannung, wie war die Führung mit Deinem Don Juan, seid ihr schon per du?«

Lena musste lachen. »Nein, aber ich gehe mit ihm am Abend essen. Die Führung am Vormittag war sehr informativ, ich staune über das umfangreiche Wissen des Herrn Moser, wie du ihn nennst, Agnes!«

»Irgendwie beneide ich dich. Ich gebe dir einen Rat. Falls er nicht, wie befürchtet, schwul ist, dann lass dich mal *so richtig* durch....!"

»Agnes!« unterbrach Lena entsetzt, bevor Agnes noch fertiggesprochen hatte. »Du kleines Miststück, Signor Bombolone und ich sind weder per du, noch habe ich entsprechende Absichten. Wir gehen lediglich in ein gutes Lokal essen.«

»Na dann ›Buon Appetito‹. Lass es dir gut schmecken und probier unbedingt die Nachspeise!«, sagte Agnes zweideutig und legte auf.

Lena schmunzelte. Ihre Freundin hatte einfach einen vorlauten Schnabel und war alles andere als eine Kostverächterin. Sie rief an der Rezeption an, buchte eine Massage mit anschließender Kosmetikbehandlung und verbrachte ein paar Stunden im Wellnessbereich des Hotels.

Grado

Die Kunst der Verführung 1

Nachdem Biscotti sein Abendfutter bekommen hatte, ging Emilio noch eine ausgiebige Abendrunde mit ihm spazieren. Zurück in seinem Appartement, duschte Emilio und zog sich für den Abend um. Er wählte eine hellgraue Hose und ein blau-weiß gestreiftes Hemd. Dazu trug er einen marineblauen, einreihigen Blazer. Seine schwarzen Kalbsleder-Loafer ergänzten sein Outfit. Emilio kaufte alle seine Schuhe bei Milio Gianfranco in der Viale Europa Unita in Grado.

Er gab Biscotti noch ein Gute-Nacht-Leckerli und legte ihn schlafen. Das Dackelchen war schon lange genug bei ihm, um zu wissen, dass sein Herrchen heute sehr spät heimkommen würde. Biscotti seufzte und schlief ein. Emilio machte sich langsam auf den Weg und ging zum Hotel Astoria.

*

Lena hatte sich im Wellnessbereich des Hotels verwöhnen lassen und dann noch zwei Stunden am Zimmer gedöst. Die Massagen und Behandlungen hatten ihr gut getan. Sie stellte sich nackt vor den großen Spiegel in ihrer Suite und betrachtete sich kritisch. Ihre sanft gebräunte Haut schimmerte im gedämpften Licht des Raumes. Die Konturen ihres Körpers waren immer noch gut definiert. Ihre Schultern waren leicht muskulös, aber nicht zu breit, und gingen über in schlanke Arme. Sie drehte sich ein wenig zur Seite und blickte über ihre Schultern in den Spiegel. Ihr Rücken war gerade und geschmeidig mit einer leichten Kurve, die zu ihren Hüften führte. Ihre Brüste waren wohlgeformt und hatten trotz der Schwerkraft noch ihre Fülle bewahrt. Lena strich sanft mit den Fingern über die weiche Haut ihres Busens und bemerkte, wie ihre Berührung eine leichte Gänsehaut auf ihrer Haut hinterließ. Ein sanftes Lächeln huschte über ihr Gesicht, als sie ihren flachen Bauch und die sanfte Einbuchtung ihrer Taille betrachtete. Ihre Hüften waren weiblich gerundet und der Hintern noch immer wohlgeformt. Diesen und ihre langen, schlanken Beine hielt sie mit regelmäßigem Yoga und Joggen in Form.

Lena drehte sich wieder um und betrachtete ihren Schoß im Spiegel. Ihr Venushügel war zart und glatt und schimmerte noch von der Feuchtigkeitscreme. Sie bevorzugte eine gepflegte Intimfrisur, die ihren natürlichen Haarwuchs respektierte, aber ordentlich getrimmt war – so wie heute. Da waren zwar ein paar kleine Dehnungsstreifen an ihren Oberschenkeln, Erinnerungen an ihre Schwangerschaft, die sie jedoch nicht störten. Sie waren ein Teil von ihr, genauso wie die winzigen Narben auf ihrem Knie von den Abenteuern ihrer Kindheit. Lena strich sich eine Strähne ihres schulterlangen, dunkelbraunen Haares hinters Ohr und nahm einen tiefen Atemzug. Sie war zufrieden mit dem, was sie sah – für ihre 45 Jahre sah sie auch nackt immer noch gut aus.

Lena wählt einen schwarzen Spitzen-Büstenhalter und einen schwarzen St.Tropez-Slip. Der Slip war ebenfalls aus feiner Spitze gefertigt, mit einem dezenten Blumenmuster. Auf Strümpfe verzichtete sie. Sie schlüpfte in eine schwarze Bluse aus einem leicht glänzenden Satin-Stoff. Die Bluse war tailliert geschnitten, mit einem Spitzenbesatz am Ausschnitt. Dazu kombinierte sie einen eng anliegenden, knielangen Bleistiftrock in einem tiefen Bordeauxrot. Der Rock betonte ihre Hüften und verlieh ihr eine elegante Silhouette. Ein kleiner Schlitz auf der Rückseite sorgte für Bewegungsfreiheit und eine zusätzliche verführerische Note.

*

Versace verführt auch

Lena setzte sich an den eleganten Kosmetiktisch in ihrer Suite und begann sich zu schminken. Eine leichte Feuchtigkeitscreme hatte sie schon im Wellnessbereich aufgetragen, die ihre Haut strahlend und frisch erscheinen ließ. Nun griff sie zu einer sanften Foundation, die ihren Teint ebenmäßig und natürlich aussehen ließ, ohne ihn zu beschweren. Lena wählte einen dezenten Rouge-Ton für ihre Wangenknochen, um ihrem Gesicht einen frischen, gesunden Glanz zu verleihen. Sie trug einen zarten, schimmernden Lidschatten in einem warmen Braunton auf und verwendete dezenten Mascara für die Wimpern. Sie stellte sicher, dass der Augenbrauenstift gut gespitzt war und begann mit dem Zeichnen der Härchen. Abschließend bürstete sie die Augenbrauenhärchen hoch und verblendete die Farbe. Für ihre Lippen nahm Lena einen sanften, aber dennoch eleganten Farbton – ein klassisches Rot, das ihre Lippen betonte und ihnen eine verführerische Note verlieh. Sie trug den Lippenstift mit einem Pinsel auf, um eine präzise Kontur zu gewährleisten, und fixierte ihn mit einem Hauch von transparentem Puder, damit er länger hielt. Als abendliches Parfum wählte sie

Versace Crystal Noir, einen geheimnisvollen und – wie sie insgeheim hoffte – verführerischen Duft.

Schlichte Creolen und eine zarte goldene Halskette waren der einzige Schmuck, den sie anlegte. Sie zog ihre schwarzen Stiefeletten mit einem mittelhohen Absatz an. Eine kleine, schwarze Clutch aus Leder ergänzte das Ensemble perfekt.

Lena betrachtete sich im Spiegel und war zufrieden mit ihrem Look – elegant, aber nicht übertrieben, perfekt für einen Abend in Grado. Sie nahm ihr Cape vom Haken, schloss das Zimmer hinter sich ab und fuhr mit dem Lift in die Hotellobby.

*

Ein Hingucker

Emilio schritt durch den Eingang des Hotel Astoria und sah sich um. Frau Neumann saß in einem der ledernen Fauteuils, ein halbvolles Glas Prosecco vor sich am Tisch und tippte in ihr iPhone.

Sie hatte ihn noch nicht bemerkt und Emilio verweilte kurz. An der Art, wie jemand saß, wenn er sich unbeobachtet fühlte, konnte man viel ablesen. Frau Neumann saß entspannt, aber dennoch gerade, die Schultern leicht zurückgenommen. Ihre schlanken Arme lagen eng an ihrer Taille. Ihre langen Beine hatte sie leicht zur Seite gedreht, die Knie geschlossen. Ihren Kopf hielt sie aufrecht, auch während sie in ihr iPhone tippte. Ihre gesamte Körperhaltung strahlte eine wohldosierte Mischung aus Disziplin, Gelassenheit und Selbstsicherheit aus. Emilio ging auf sie zu.

Lena sah auf, ein Lächeln huschte über ihr Gesicht und ihre Augenbrauen hoben sich, als sie Signor Bombolone auf sich zukommen sah. Er war durchschnittlich groß, hielt sich aber aufrecht und bewegte sich elegant. Sein Hemd stand ein bisschen offen und gewährte einen kleinen Einblick auf seine behaarte Brust. So braun, wie er war, musste er viel Zeit in der Sonne verbringen, dachte sie. Seine Gesichtsbräune bildete einen interessanten Kontrast und ließ seine blauen Augen hervorstechen. Mit seinem eleganten Blazer, den silbergrauen, langen Haaren und seinem Dreitagebart war er tatsächlich ein Hingucker. Er strahlte pure Lebensfreude aus und er wirkte nicht, als machte er sich Sorgen, was andere über ihn dachten. Er lächelte sie an, als er an ihren Tisch trat. Lena streckte ihm ihre Hand hin und er deutete einen Handkuss an.

»Buonasera Signora Neumann, sono felice di vederLa![12]«

»Buonasera Signor Bombolone, il piacere è tutto mio.[13]«

»Nehmen Sie doch bitte einen Augenblick Platz, ich trinke rasch noch meinen Prosecco aus.«

Emilio setzte sich und betrachtete Frau Neumann. Sie sah verführerisch aus. Der Spitzenbesatz ihre Bluse lenkte seinen Blick auf ihr wunderschönes Dekolleté. Der eng geschnittene Rock brachte die perfekt geschwungenen Hüften zur Geltung. Die dunkelbraunen Haare fielen in weichen Wellen locker über die Schultern und ihre roten Lippen lächelten ihn an.

*

Frau Neumann hat Appetit

Sie spazierten zum Ristorante da Ovidio. Da es im November am Abend schon etwas zu kühl für den Außenbereich war, hatte Emilio einen Tisch im Inneren reservieren lassen. Alberto begrüßte die beiden herzlich und geleitete sie an einen diskreten Tisch. Sie setzten sich und bestellten ihre Aperitifs.

»Was raten Sie mir, was soll ich nehmen?«, fragte Frau Neumann und schlug die Speisekarte auf.

»Wie sieht's mit Ihrem Appetit aus?«

»Ich hab fast den ganzen Nachmittag im Wellnessbereich des Astoria verbracht, ich habe richtig Hunger!«

---

[12] …ich freue mich, Sie zu sehen.

[13] …die Freude ist ganz meinerseits.

»Dann empfehle ich Ihnen als ersten Gang die Spaghetti alle Vongole und danach die Grigliata Mista. Dabei handelt es sich um eine wirklich große Portion von verschiedenen gegrillten Fischen.«

»Was nehmen Sie?«

»Ich nehme die Affettato Misto di Pesce, schaue Ihnen dann beim Essen zu und helfe Ihnen, die Reste zu vertilgen!«

Lena musste lachen. »Ach so einer sind Sie. Na wir werden ja sehen, ob ich Ihnen etwas überlasse, Signor Bombolone!«

»Nennen Sie mich bitte Emilio. Falls nichts von Ihrem Teller übrig bleiben sollte, ein süßes Dessert gönne ich mir in jedem Fall.«

Lena musste an das Telefonat mit Agnes denken, die sie beim letzten Telefonat daran erinnert hatte, die Nachspeise keinesfalls auszulassen und errötete.

»Gerne Emilio, ich heiße Lena und beim Dessert bin ich auch dabei!« Sie prostete ihm zu.

Sie bestellten ihr Menü und eine Flasche des großartigen Weißweines Vitovska Carso Bianco von Benjamin Zidarich, einem Winzer in Prepotto. Das war ein kleines Dorf hoch über dem Golf von Triest, mitten im Herzen des Karsts an der Grenze zu Slowenien. Bald wurde der erste Gang serviert und sie genossen die köstlichen Gerichte. Der Wein passte ausgezeichnet und die Flasche war schnell geleert. Emilio staunte über den Appetit von Frau Neumann. Tatsächlich verspeiste sie auch beinahe die ganze Fischplatte alleine. Für Emilio blieben nur ein paar Tintenfischchen übrig.

»Sie scheinen eine gute Kostverwerterin zu sein. Zwei große Portionen aufessen und doch so schlank. Ich hingegen kann noch so viel essen, ich nehme einfach nicht ab! Wie machen *Sie* das nur?«

Lena lachte. »Ich halte mich mit Yoga, Laufen und Schwimmen fit. Außerdem habe ich offenbar gute Gene vererbt bekommen.«

»Verzeihen Sie meine Neugier. Wie ist aus Ihnen eigentlich eine Auktionatorin geworden? Das ist ja kein üblicher Berufswunsch?«

»Ich bin in Wien in einem Zuhause voller Musik, Bücher und Kunst aufgewachsen. Mein Vater spielte Violoncello bei den Philharmonikern und meine Mutter unterrichtete am Max-Reinhardt-Seminar. Schon als Kind habe ich mit dem Cello- und Klavierspielen begonnen. In der Oberstufe nahm ich nebenbei Schauspielunterricht, bevor ich mich der Kunst zuwandte. Ausschlaggebend dafür war mein Aufenthalt in London und ein damals noch unbedeutender Job bei Auctora's. Habe ich das schon erwähnt?«

»Ja, teilweise. Sie sprachen von einem Kunsthaus in London.«

»Ja, genau. Bei Auctora's habe ich meine Liebe zur Kunst entdeckt. Zurück in Wien begann ich Kunstgeschichte zu studieren, wo ich auch meine Freundin Agnes kennengelernt habe.«

»Und dann haben Sie sich wieder bei Auctora's gemeldet?«

»Ich blieb während meines gesamten Studiums mit Auctora's verbunden und absolvierte alle meine Praktika bei den verschiedenen Niederlassungen – in Wien, London und auch in New York. Allerdings arbeitete ich anfangs nicht als Auktionatorin, sondern als Sachverständige für impressionistische Kunst. Nach meinem Abschluss begann ich dann offiziell am Hauptsitz von Auctora's in London und leitete nach und nach auch kleinere Versteigerungen. Ich habe jung geheiratet und einen Sohn bekommen. Doch unsere Ehe scheiterte, da ich beruflich viel unterwegs war. Nach vier Jahren ließen wir uns einvernehmlich scheiden. Meine Eltern kümmerten sich in Wien um ihren Enkel. Vor einigen Jahren ließ ich mich zur Niederlassung von Auctora's nach Wien versetzen, um mehr Zeit für meinen Sohn und meine Eltern zu haben Thommy hat im Herbst maturiert und ich bin mächtig stolz auf ihn!«

*

97

Emilio bestellte noch eine weitere Flasche des köstlichen Weißweins aus dem Karst. Sandro servierte ihn, doch Emilio war ganz auf Frau Neumann fixiert.

»Und wie gelingt es Ihnen, Kunstwerke zu solchen Rekordpreisen wie bei dem Koloman Moser zu verkaufen?«

»Ah, das wissen Sie? Das Geheimnis liegt darin, die zu versteigernden Objekte rechtzeitig auf den Markt zu bringen und die passenden Kunden darüber zu informieren. Auctora's ist ja keine Galerie, sondern ein Auktionshaus. Wir wollen Geld verdienen. Die zeitliche Möglichkeit für den Verkauf ist meist sehr beschränkt, daher muss man wichtige Sammler und Museen rasch und rechtzeitig informieren. Eine gewissenhafte Vorarbeit ist somit ein wesentlicher Erfolgsgarant.«

»Wie gestalten Sie eigentlich *Ihren* Auftritt als Auktionatorin?«

»Vor einem Publikum auf dem Podium aufzutreten, ist sehr ähnlich wie das Dirigieren eines Orchesters. Dabei kommen mir meine Ausbildungen als Musikerin und Schauspielerin sowie alle damit verbundenen Techniken zugute. Ich muss aber auch wissen, wer die Kunden im Saal und welche am Telefon sind. Je besser ich diese Leute kenne und somit einschätzen kann, desto gezielter kann ich auf sie eingehen.«

»Können Sie denn schon zu Beginn abschätzen, wie viel jemand für das Kunstwerk zu bezahlen bereit ist?«

»Häufig, aber nicht immer. Wenn ich weiß, dass finanzstarke Sammler anwesend sein werden, kann ich für ein bedeutendes Kunstwerk auch einen hohen Preis erzielen. Wer ein Bild kauft, entzieht es allen anderen. Gemälde dienen inzwischen ja als Wertanlage. Aber manchmal erlebt man auch Enttäuschungen, so wie unlängst ein Auktionshaus in Wien. Ein unvollendetes Spätwerk Gustav Klimts wurde versteigert. Man rechnete mit einem Rekorderlös von bis zu siebzig Millionen Euro. Der Auktionator begann bei achtundzwanzig und schnell lag der Hammerpreis bei dreißig

Millionen, dem niedrigsten Schätzwert für dieses Gemälde. Ein Käufer aus Hongkong zahlte inklusive Aufgeld also nur neununddreißig Millionen für ein Bild des berühmtesten Secessionisten. Es gab auch insgesamt nur drei Gebote. So kann es auch laufen, Emilio!«

»Na, hoffentlich haben Sie bei der Auchentaller-Versteigerung im kommenden Frühjahr mehr Glück. Apropos, wieviel verdient eigentlich Auctora's bei einer Versteigerung?«

»Ich gebe Ihnen ein Beispiel. Nehmen wir an, Sie lassen bei uns ein Bild versteigern und der Hammerpreis liegt bei fünfzigtausend Euro. Der Käufer bezahlt dann noch zusätzlich dreißig Prozent, das Bild kostet ihn also insgesamt fünfundsechzigtausend Euro und Sie, Emilio, erhalten vierzigtausend, denn von Ihnen behalten wir zwanzig Prozent ein!«

Emilio rechnet nach. »Das Auktionshaus kassiert also die Hälfte des Hammerpreises. Das habe ich nicht gewusst.«

»Nun, das klingt viel, aber die Auktionshäuser haben auch sehr viele Ausgaben. Die Pressemitteilungen, die Annoncen, die Kontaktaufnahmen mit den Museen und Sammlern, die Prüfung der Echtheit des Kunstwerkes bei zweifelhafter Provenienz. Letzteres kann schon mal tausende Euro kosten. Dazu kommen eventuell Kosten für die Restaurierung, Sicherheitsmaßnahmen, Transportkosten und vieles mehr.«

«Verdienen Sie auch am Hammerpreis mit?«

»Manchmal, Auktionatoren sind in der Regel Angestellte des Versteigerungshauses und bekommen ein Fixgehalt. Bei besonders erfolgreichen Versteigerungen zahlen manche Auktionshäuser aber auch zusätzliche Prämien aus. Auctora's ist hier besonders großzügig, die zahlen zehn Prozent vom Hammerpreis. Ich kann nicht klagen.«

*

Lena und Emilio waren bei den Nachspeisen, den *Dolci* angelangt. Sie orderten beide Zitronensorbet mit Limoncello und genossen diese Köstlichkeit beinahe andächtig.

»Ich kenne nicht unweit von hier eine wunderschöne und bequeme Lounge Bar. Die haben eine große Auswahl an Cocktails und ein tolles Gin-Sortiment. Wir könnten dorthin spazieren und uns bei angenehmem Jazz noch ein bisschen unterhalten. Na, was halten Sie davon?«, schlug Emilio vor.

»Ich wusste gar nicht, dass Sie ein Jazz-Liebhaber sind. Sie überraschen mich. Trotz meiner klassischen Musikausbildung bin ich ebenfalls ein Jazz-Fan. Ich liebe es, wenn improvisiert wird. Klassik und Jazz liegen auch sehr nahe beieinander. Im Barockzeitalter war dies gang und gäbe. Denken Sie nur an Bach. Viele Komponisten gestatteten damals ihren Solisten beträchtliche Freiheit in der Ausgestaltung ihrer Partien – sei es instrumental oder vokal, etwa bei den Koloraturen in Opern. Diese Flexibilität verschwand leider später nahezu vollständig. Es ist schließlich dem Jazz zu verdanken, dass die Kunst der öffentlichen Improvisation über ein vorgegebenes Thema wiederbelebt wurde. Ich selbst mag übrigens die Swing-Ära von 1920 bis 1940 besonders. Und Gin-Tonic mag ich auch!«

»Wir haben offenbar viele Gemeinsamkeiten, Lena. Ich werde in der Lounge Bar Duca d'Aosta anrufen – Nele ist eine Freundin von mir. So ist uns ein Tisch garantiert. Gestatten Sie?«

Lena nickte ihm lächelnd zu. Sie fand Emilios altmodische Höflichkeit, für ein Telefonat hinauszugehen, liebenswert. Sie blickte ihm nach. Der Abend war bisher wie im Flug vergangen. Emilio war ein wunderbarer Zuhörer und ein aufmerksamer Kavalier. Und ja, so wie er sie immer wieder ansah, war er ganz sicher nicht schwul! Lena wusste zwar nicht, wie der Abend weitergehen würde, aber sie freute sich jedenfalls auf den weiteren Verlauf.

Als Emilio zurückkehrte, sagte er: »So, alles erledigt, wir haben unseren Tisch. Lassen Sie uns gehen, Lena.«

»Wir müssen noch zahlen. Ich möchte das übernehmen. Ich kann das auf mein Spesenkonto setzen.«

»Tut mir leid, vielleicht ein andermal. *Ich* habe mir erlaubt, die Rechnung zu übernehmen.« Emilio hatte, während er zum Telefonieren hinaus gegangen war, bei Alberto bezahlt.

Er half Lena in ihr Cape und sie schlenderten durch die Altstadt. Er machte einen kleinen Umweg, so dass er sie noch auf einige Besonderheiten hinweisen konnte. Emilio hatte eine angenehme Baritonstimme und Lena hörte ihm gerne beim Sprechen zu. Im engen Gassengewirr reichte er ihr seinen Arm und sie hakte sich dankbar ein. Ihm nun so nahe, konnte sie den dezenten Hauch seines Eau de Toilette riechen. Es gefiel ihr.

*

Der Lausbub

Nach zehn Minuten erreichten sie die Bar Duca d'Aosta, benannt nach der gleichnamigen Piazza. Diese Bar, sehr modern und stilvoll eingerichtet, gleich neben der Markthalle gelegen, war etwas Besonderes. Das Lokal ging weit über die Grenzen eines klassischen Restaurants hinaus und bot einen Mix aus Lounge-Bar, Cicchetteria, Pinseria, Weinbar und Caffè-Konditorei an. Neben der Bar Odeon zählte das Duca d'Aosta zu Emilios Favoriten. Nele, eine außergewöhnlich schöne Frau mit einem hellblonden Kurzhaarschnitt, begrüßte Emilio und Lena herzlich und zeigte ihnen ihren Tisch. Emilio half Lena aus dem Cape, schob ihr den Stuhl zurecht und setzte sich neben sie. Dezenter Jazz erklang leise aus dem Hintergrund, eindeutig Duke Ellington.

Lena staunte über die Auswahl an Cocktails, Aperitifs, Digestifs und Weinen. Emilio hatte nicht übertrieben, auch die Auswahl an

Ginsorten war vielfältig. Lena bestellte sich einen Gin Mare Capri, Emilio einen Negroni Sbagliato.

»Was ist ein *Sbagliato*?«, fragte Lena.

»Ein *Falscher*. Der klassische Negroni besteht aus Campari, Vermouth Rosso und Gin. Der *Sbagliato* nimmt anstatt Gin einen Prosecco.« Sie prosteten sich zu.

»Es geht mich ja nichts an, aber ich bin von Natur aus neugierig. Sie sagten Nele sei eine Freundin, wie meinten Sie das?«

Emilio lachte und blickte sie an. »So wie ich es sagte, eine Freundin. Ich lebe seit fünfzehn Jahren hier in Grado und bin wohl das, was man früher als *Flaneur* bezeichnet hatte. Ich bin den schönen Dingen des Lebens zugetan, ein bisschen auch ein Müßiggänger und so lerne ich viele Menschen kennen. Nele habe ich kennengelernt, als ich noch in Triest studiert habe.«

Lena blickte ihm lange in die Augen. Dieses tiefe strahlende Blau faszinierte sie. Sie funkelten lebendig und schienen jede ihrer Emotionen widerzuspiegeln. Diese Augen hatten etwas Magisches, etwas, das ihr Herz höher schlagen ließ. Da war aber noch mehr, viel mehr. Sie konnte es spüren und sie verfiel langsam seinem Charme.

»Ich kenne eigentlich niemanden, der so lebt wie Sie, Emilio. Ich beneide Sie um diese wunderbare Einstellung. *Sie* sind der eigentliche Protagonist des *dolce far niente*. Man sollte Sie zum Botschafter Grados machen!«

»Ja, ich würde predigen, ›selig sind die Stunden des Müßigganges, denn in diesen arbeitet die Seele‹. Die Arbeit ist ein Fluch, der über die Menschen verhängt wurde, als sie aus dem Paradies des Nichtstuns vertrieben wurden«, sprach Emilio im vollen Ernst.

Lena prustete los, sie konnte sich gar nicht mehr vor Lachen halten. Auch einige Gäste blickten von den Nachbartischen zu Ihnen. Nele kam an ihren Tisch.

»Welche Sprüche lässt unser Emilio denn auf Sie los, Madam. Seien Sie auf der Hut, eigentlich sollte er statt Bombolone ›birbone‹ heißen!«

Emilio wandte sich an Nele. »Das Geheimnis eines langen Lebens liegt in der Fröhlichkeit. Ein allzu ernstes Dasein führt fast unweigerlich zu Arteriosklerose.« Jetzt stimmte auch Nele in das Lachen ein. Kopfschüttelnd drehte sie sich um und ging zurück zur Bar.

»Was heißt *birbone*?«, fragte Lena. Er blickte sie lächelnd an, kam ganz nahe und flüsterte ihr ins Ohr: »Lausbub.«

Dann küsste er sie mitten auf den Mund. Lena ließ es geschehen, denn sie spürte plötzlich die lang vermissten Schmetterlinge im Bauch. Sie schloss die Augen, öffnete ihren Mund und ließ ihre Zunge spielen, verschränkte sie mit seiner. Sie konnte nicht anders, der viel gebrauchte Standardsatz kam ihr automatisch über die Lippen.

»Zu Ihnen oder zu mir?«

»Zu Ihnen, Lena.«

Grado - Wien

Fast wie Telefonsex

Am nächsten Tag rief Agnes an und wollte von Lena wissen, wie der Abend verlaufen war.

»Lass mich dir erzählen, was passiert ist«, begann Lena aufgeregt, während sie Agnes am Telefon hatte.

»Wir waren alleine im Aufzug, seine Hände wanderten unter meinen Rock und ich konnte mich kaum wehren, aber ehrlich gesagt, wollte ich es auch nicht. Als wir im fünften Stock ankamen und die Aufzugtür sich öffnete, standen zwei ältere Paare da und starrten uns kopfschüttelnd an. Er sagte zu ihnen, ›die Dame gehört zu mir!‹ Ich wartete vor der Zimmertür auf ihn, und als er kam, fragte ich ihn: ›So, ich gehöre also Ihnen?‹ Er hatte nur gelächelt und geantwortet, ›ja, in dieser Nacht.‹ Dann öffnete ich die Tür. Er zog mich zu sich und setzte fort, wo wir im Aufzug aufgehört hatten. Ich spürte dieses heißes Ziehen von meinem Bauch bis in den

Schoß und das war garantiert keine Hitzewallung meiner beginnenden Menopause. Langsam entkleidete er mich, seine Finger glitten über meine Haut, während er meine Bluse öffnete. Bevor er weitermachen konnte, schob ich ihn jedoch sanft von mir weg. Dann begann ich, *ihn* auszuziehen, Sakko, Hemd, Gürtel, und ich dirigierte ihn zum Bett. Er ließ alles lächelnd mit sich geschehen. Vor ihm stehend, öffnete ich ganz langsam den Reißverschluss seiner Hose. Unter seinem Slip wölbte sich seine Erektion. Ich gab ihm einen kleinen Schubs, und er ließ sich auf das Bett fallen, die Hände hinter seinem Kopf verschränkt.«

Agnes brachte keinen Ton hervor, sie brannte darauf, mehr zu erfahren.

»Ich hatte ihn also gebeten, die Hände dort zu lassen, und genau in dieser Position wollte ich ihn haben, Agnes. Dann zog ich ihm langsam die Hose aus, streifte seinen Slip ab, und seine Erektion schnellte mir entgegen und ich konnte seine ersten Lusttropfen sehen! Das hat mich noch mehr erregt.«

Agnes hatte gespannt zugehört.

»Und, hast du es dann mit dem..?«« Agnes konnte kaum glauben, was Lena ihr da berichtete.

»Ja, dann kniete ich vor ihm hin, umschloss ihn mit meinen Lippen und verwöhnte ihn mit meiner Zunge. Es war eine neue Erfahrung für mich und ich genoss es, ihm diese Lust zu bereiten. Dann stand ich auf und begann mich ganz langsam vor ihm auszuziehen. Gänzlich nackt stand ich vor ihm. Ich konnte selbst nicht glauben, was ich da tat.«

Agnes fragte aufgeregt »Wie ging's dann weiter?««

»Ich konnte seine Begierde spüren und fühlte mich so sexy wie schon seit langer Zeit nicht mehr. Nun, dann bestieg ich ihn, nahm ihn auf und bewegte mein Becken. Er umfasste meine Brüste, nahm meine Nippel zwischen Daumen und Zeigefinger und drückte sie. Ich war in einem besonderen Rausch zwischen Schmerz und Lust gefangen. Ein Teil von mir wollte, dass er aufhörte, der andere, dass er weitermachte. Ich fühlte meinen Höhepunkt ganz nahe, aber er ließ es nicht zu, sondern änderte unsere Position.«

Agnes spürte bei den Schilderungen Lenas schon selbst ein Prickeln. Ihr Kopfkino spielte verrückt. Ihre Freundin erzählte weiter.

»Sein Mund wanderte zu meinem Schoß, und ich spürte seinen heißen Atem. Dann trieb er mich mit seiner Zunge fast in den Wahnsinn. Ich verspürte dieses Ziehen – du weißt schon – es begann zuerst in meinem Bauch, dann kam das Prickeln, erfasste meinen Körper, und endlich hatte ich meinen Höhepunkt, der mich wie eine Welle überrollte.«

Lena schwieg einen Augenblick, sie war durch die Erzählung selbst wieder erregt.

»Nachdem ich mich etwas beruhigt hatte, umschlang er mich fest und drang in mich ein. Er benutzte mich, und ich genoss es willenlos, benutzt zu werden. Als er mich fragte, ob es mir gefiel und ob ich mehr wolle, konnte ich nur schwach nicken. Er hatte das als ein ›Ja‹ aufgefasst, denn er drehte mich auf den Bauch und zog mich an der Hüfte nach oben, so dass ich vor ihm kniete. Da stöhnte ich lustvoll auf, denn ich wusste, was gleich passieren würde.«

Agnes stöhnte nun auch durch das Telefon, als Lena weiter berichtete.

»Er nahm mich von hinten, tief, stark. Er wusste genau was er zu tun hatte und ich genoss es, ihm so ausgeliefert zu sein. Seine Bewegungen waren kraftvoll und erfüllten mich vollkommen. Keuchend erreichten wir kurz hintereinander unseren Höhepunkt und fielen erschöpft nebeneinander auf das Bett. Ich hatte den besten Sex seit vielen Jahren!«

Dezember 2023

Wien

Thaddäus

Für den Abend hatte sich Bornbeh mit einem Wiener Kunsthändler verabredet, den er schon eine halbe Ewigkeit kannte. Thaddäus Gagelmann war ein Herr in seinen späten Sechzigern und eine beeindruckende Erscheinung. Mit seinem modischen, silbergrauen Bart, einer runden Brille und einer Lücke zwischen seinen Vorderzähnen strahlte Gagelmann eine fröhliche Eleganz aus. Was Gagelmann jedoch besonders auffallend machte, war sein exzentrischer Kleidungsstil. Er bevorzugte maßgeschneiderte Anzüge in lebhaften Farben, die teilweise aufwändig gemustert waren. Seine Hemden waren meist in rosa, gelb oder himmelblau gehalten. Bunte Krawatten und ein kontrastreiches Einstecktuch vollendeten seinen Auftritt. Gagelmanns Accessoires waren ebenso extravagant: Er trug stets eine Taschenuhr und einen Siegelring. Seine Schuhe waren handgefertigt und aus feinstem Leder. Er hätte jederzeit für ein Herrenmagazin als Model dienen können. Trotz seines ausgefallenen Modestils, war Gagelmann eine faszinierende Persönlichkeit. Ein anerkannter Kunsthändler, dessen Expertise am Kunstmarkt sehr gefragt war. Thaddäus Gagelmann war vor allem auf die Zeit des Jugendstils spezialisiert. Er thronte wie immer an seinem angestammten Platz im Al Caminetta da Mario, einem bekannten italienischen Restaurant, unweit der Wiener Staatsoper.

Als Gagelmann Bornbeh erkannte, rief er mit seinem dröhnenden Bass quer durch das Restaurant! »Rick, hallo Rick, hier bin ich!«

Bornbeh zuckte zusammen, er hasste es, in der Öffentlichkeit unnötig im Mittelpunkt zu stehen. Er eilte schnell zu Thaddäus Tisch. »Guten Abend Teddy, schön dass du Zeit für mich hast.« »Hab die Ehre, eure Lordschaft, ist doch selbstverständlich. Ich freue mich auch, dich zu sehen, Rick! Was führt dich nach so vielen Jahren wieder nach Wien?« Gagelmann hob seine Augenbrauen und blickte Bornbeh neugierig an.

Bornbeh nahm Platz. »Hast du von der geplanten Ausstellung ›Tra Cielo e Mare‹ in Grado gehört? Die Verantwortlichen wollen Grado in den Kunstwerken des Josef Maria Auchentaller präsentieren und dem *vergessenen Secessionisten* eine große Bühne bieten. Werke aus Privatbesitzen sollen erstmalig zu sehen sein, verschiedene Museen stellen Leihgaben zur Verfügung. Das Leopold Museum wird auch dabei sein.«

»Ich hab davon gehört. Vermutlich werden wieder einige zwielichtige Galeristen aus ihren Löchern gekrochen kommen und versuchen, sogenannte unbekannte oder verschollene Werke Auchentallers unter den Hammer zu bringen! Man plant nämlich auch eine große Auktion zum Abschluss. Die haben Lena Neumann als Auktionatorin gewonnen. Sie ist Expertin für impressionistische Kunst bei Auctora's in Wien und wird sich kaum hinters Licht führen lassen!«

Gagelmann nahm genussvoll einen großen Schluck Wein. »Ein Riserva Vigna Rionda, Jahrgang 2017, leuchtendes Rubinrot mit glänzendem Kern, elegante Nase, komm probier!« Gagelmann schenkte Bornbeh ein Glas ein. Sie prosteten sich zu.

»Hervorragend Teddy«, sagte Rick, nachdem er den Wein gekostet hatte, »vermutlich einer der besten Barolos von Massolino aus Seralunga d'Alba!« Der Kunsthändler nickte Bornbeh anerkennend zu. Bornbeh stellte sein Glas ab.

»Wie du dir vielleicht denken kannst, bin ich nicht nur wegen der hervorragenden Küche und der tollen Weine in Wien. Ich habe ein Problem und das hat mit dieser Ausstellung in Grado zu tun.«

Gagelmann hörte nun aufmerksam zu, was Bornbeh ihm offenbarte. Der unauffällige Mann am Nebentisch auch, der sein iPhone auf dem Tisch liegen hatte.

»Wie du weißt, habe ich noch einige Kontakte aus unserer Zeit in Wien. Vor zwei Monaten bekam ich einen Anruf einer ehemaligen Kundin von uns. Du kennst sie – die Baronesse von Gerstl.«

»Ja, natürlich erinnere ich mich noch sehr gut an sie. Wir haben sie vor fast zwanzig Jahren bei ihrem ersten Verkauf beraten, als du noch in Wien studiert hast. Wann war das noch gleich?«

»1995. Wir haben damals einen Koloman Moser für sie an das Auktionshaus Auctora's in Wien für umgerechnet neunzigtausend Euro verkauft. Zehn Jahre später wurde das Gemälde von der Lena Neumann um eine Million Dollar versteigert!«

»Die Baronesse hat mit ihrer Sammlung sehr viel Geld am Kunstmarkt verdient. Und ich auch!«, fügte Gagelmann versonnen hinzu.

»Ja, sie ist zwar schon bald achtzig, aber geistig immer noch fit. Die Baronesse beabsichtigt, die Villa in Altausse zum Verkauf anzubieten und hat mich beauftragt, etwaige Antiquitäten ihres Vaters vor Ort zu begutachten und gegebenenfalls nach Wien bringen zu lassen. Sie erzählte mir auch, dass sie von der Ausstellung in Grado in der Presse gelesen habe und die zwei kleinen Akte der Stubenmädchen von Auchentaller, die in ihrem Wiener Salon hängen, für die Ausstellung oder die Auktion zu Verfügung stellen wolle. Ich denke, sie wird dich deswegen sicher noch kontaktieren.«

»Das würde ich gerne übernehmen, die ›Aktstudie im Fortino‹ und ›Das Stubenmädel Hermine‹ könnten viel Geld bei der Auktion bringen!«

»Aber ich will dir eigentlich etwas anderes berichten, Teddy. Ihr Vater – wie du weißt, der Baron Theodor von Gerstl – war mit der Industriellenfamilie Scheid befreundet und kannte vermutlich auch den Schwiegersohn, den Josef Maria Auchentaller persönlich. Dir ist sicher das Ölgemälde mit dem Titel ›Die Lagune vor Grado‹, das erstmals 2014 wieder auftauchte, bekannt?«

»Ja. Die hängen im Leopold Museum. Geht's da etwa auch um die Sammlung Gerstl?«

»Nein, nicht direkt – oder doch irgendwie. Tja, ich fuhr also nach Altaussee, meldete mich beim Nachbarn, der auch als eine Art Aufseher fungiert und mir auf Geheiß der Baronesse den Schlüssel zur Villa gab. Da war nicht mehr viel Wertvolles. Im großen Salon entdeckte ich allerdings eher zufällig eine Kunstmappe mit einigen Grafiken von Max Kurzweil und Wilhelm List. Durchaus interessant, da war aber noch etwas – ein Bild im Passepartout, das die Lagune vor Grado zeigt. In Aquarell Teddy, signiert und mit Datum vom September 1901! Auchentaller hatte um die Jahrhundertwende in Grado ja viele Aquarelle und Zeichnungen angefertigt. Das Ölgemälde ist erst später – gegen Ende 1902 – entstanden. Auchentaller hatte das Aquarell offenbar als eine Art Vorstudie gemalt.«

Gagelmann hatte mit wachsendem Interesse zugehört und konnte nun seine Aufregung kaum mehr verbergen. »Hast du das Werk geprüft?«

»Ja, vorläufig nur dem Stil nach. Der scheint mir zu passen. Ich hatte sofort mit der Baronesse telefoniert. Sie sagte, sie könne sich an das Bild nicht mehr erinnern und sie sei aus gesundheitlichen Gründen auch schon länger nicht mehr in Altaussee gewesen. Sie erzählte mir allerdings, dass ihr Vater einer der ersten Besucher der Pension Fortino in Grado war. Emma, die Tochter von Georg Adam Scheid, hatte das Fortino 1904 eröffnet. In Grado war der Baron sicher auch mit Emmas Ehemann, dem Josef Maria Auchentaller, in Kontakt gekommen. Ich glaube, Teddy, der Baron hat das Aquarell in Grado erworben. Tja, das ist die vorläufige Geschichte und einer der Hauptgründe, warum ich dich treffen wollte. Ich brauche deinen Rat, du kennst dich in solchen Dingen ja viel besser aus.«

»Ich helfe gerne. Derzeit herrscht ohnehin eine Flaute auf dem Kunstmarkt. Inflation, gestiegene Preise überall. Selbst die Vermögenden haben den Hebel auf *abwarten* umgelegt. Ich hab also Zeit und im Dezember ist mir ohnehin meist langweilig. Wann und wo kann ich das Werk begutachten, Rick?«

Inspektor Karl Vimladil rief seinen Chef, Major Franz Unger, im Bundeskriminalamt an.

Videokonferenz
Den Haag - Wien - Triest

Die Task Force

Die ›Art and Antiquities Crime Task Force‹, kurz ARCT genannt, war eine kleine Ermittlungsgruppe der Abteilung des österreichischen Bundeskriminalamts (BK) für Kunstraub und Kunstfälschungen und einer italienischen Spezialeinheit der Carabinieri Tutela Patrimonio Culturale[14] (T.P.C.). Koordiniert wurde die ARCT von Europol in Den Haag, wobei ein Europol Liaison Officer (ELO) den Kontakt zu den nationalen Stellen hielt.

Der Anlass zur Bildung der ARCT war eine Information der Londoner Metropolitan Police gewesen. Bei einer routinemäßigen Überprüfung von Passagierdaten in Heathrow war Rick Bornbeh aufgefallen, ein Galerist und Restaurator, der unter Verdacht stand, in Steuerbetrug und Kunstfälschung verwickelt zu sein. Obwohl ihm bislang nichts nachgewiesen werden konnte, alarmierte sein Flug nach Wien im September die Londoner Polizei, die daraufhin das Wiener BK informierte. Die Wiener Spezialisten für Kunstraub und Kunstfälschung vermuteten einen Zusammenhang mit der geplanten Ausstellung und Auktion in Grado. Da Bornbeh den Wiener Experten bekannt war und die Veranstaltung in Grado stattfinden sollte, wurden die Carabinieri T.P.C. informiert. So entstand die ARCT. Man einigte sich darauf, zunächst wöchentliche Video-

---

[14] (zum) Schutz des kulturellen Erbes

konferenzen abzuhalten. Oberstleutnant Thomas Moog, der Verbindungsoffizier von Europol, eröffnete die Videokonferenz.

»Ich sehe, dass Triest und Wien zugeschaltet sind. Tenente Colonnello Alessandro Gallotti und Major Franz Unger, guten Abend! Gibt es inzwischen neue Erkenntnisse?«

»Derzeit nicht, ich habe mittlerweile meine Mitarbeiterin Signora Capitana Alice l'Ammorbidare nach Grado zum dortigen Carabinieri-Kommando dienstzugeteilt. Wir werden natürlich schon im Vorfeld die Vorbereitungen für die Ausstellung und die nötigen Sicherheitsmaßnahmen evaluieren«, meldete sich Gallotti zu Wort.

»Wie sieht's in Wien aus, Major Unger?«

»Wir haben ein Gespräch Bornbehs mit dem Wiener Kunsthändler und Galeristen Thaddäus Gagelmann in einem Wiener Restaurant abgehört. Bornbeh hat Gagelmann von einem Aquarell Auchentallers berichtet, das im Nachlass des Vaters der umtriebigen Baronesse Hemma von Gerstl aufgetaucht sein soll. Den Gesprächsmitschnitt haben wir bereits übermittelt.«

»Welche Schlüsse ziehen Sie daraus, Major Unger, und was sollten wir Ihrer Meinung nach weiterhin unternehmen?«

»Wir glauben, dass sich hier ein umfangreicher Kunstschwindel anbahnt. Möglicherweise ist die Baronesse die eigentliche Spinne im Netz. Aber die ist vorerst unantastbar, zu gut vernetzt in Politik und Kunst. Nun, wir versuchen, Bornbeh und Gagelmann weiterhin zu überwachen, aber der Anfangsverdacht alleine reicht leider nicht aus, um eine richterlich autorisierte Telefon- und Personenüberwachung genehmigt zu bekommen. Uns sind vorerst die Hände gebunden.«

»Ich danke den Herren für ihre Beiträge. Ich schau mal, was wir von Europol tun können. Wir kommen in einer Woche wieder zusammen. Schönen Abend noch!« Oberstleutnant Moog beendete die Videokonferenz.

»Inspektor Vimladil, du hängst dich an den Gagelmann dran und nimm die Wostracek mit. Als Pärchen seid ihr viel weniger auffällig. Im Gespräch zwischen Bornbeh und Gagelmann haben wir ja gehört, dass er ihm bald das Gemälde zeigen wird. Vielleicht bekommen wir dann die Gelegenheit, es uns *auszuleihen*, du verstehst mi, Vimladil?«

»Alles klar Herr Major. Ich bleib dran!«

Grado

Sildenafil

Nach der hemmungslosen Nacht in Lenas Suite vor ein paar Wochen, hatten sie sich auch für den nächsten Tag verabredet gehabt. Aber bald waren sie wieder im Bett gelandet. Zum Glück für Emilio hatte ihm seine Lieblingsärztin in Triest, für Notfälle wie diese, eine Packung mit dem Wirkstoff Sildenafil geschenkt. Lena war unersättlich gewesen, sie musste offenbar Vieles nachholen. Ohne die Wundertabletten hätte er wohl kaum ihre Erwartungen erfüllen können. Immerhin war sie zehn Jahre jünger. Er war von seiner Standfestigkeit selbst überrascht gewesen und hatte die fantasievollen Liebesspiele mit dieser begehrenswerten Frau genossen. Bevor sie zwei Tage später nach Wien abgereist war, hatte sie versprochen, in ein paar Wochen wiederzukommen. Er vermisste sie jetzt schon.

*

Emilio gegen Bobby Fischer

Inzwischen waren die Temperaturen unter zehn Grad gesunken. Emilio zog mit Biscotti täglich seine Runden. Mit Anfang Dezember war es ziemlich ruhig in Grado geworden.

Sie spazierten zur Bar Odeon. An einem der ruhigen Tische im Inneren saß sein alter Freund Bruno Paresi.

»Buonasera Bruno!«

»Ciao, Emilio e Biscotti!« Bruno freute sich, die beiden zu sehen. Er hatte sein obligatorisches Reiseschach am Tisch und spielte meistens berühmte Schachpartien nach. Emilio setzte sich, Biscotti legte sich unter den Tisch und ließ sich von Bruno kraulen. Emilio bestellte einen Espresso.

»Nun Bruno, wer gewinnt diesmal?«

»Bobby Fischer!«

»Ist das eine der Partien gegen Boris Spassky?«

Kein anderes Schach-Turnier hatte weltweit für mehr Schlagzeilen gesorgt als die Weltmeisterschaft zwischen Boris Spassky und Bobby Fischer im Jahr 1972. Grund war der Kalte Krieg. Das Duell zwischen Spassky und Fischer war damals auch das Duell USA gegen Sowjetunion gewesen.

»Ja, die Eröffnungspartie der Weltmeisterschaft.«

»Die hatte der Amerikaner aber doch verloren, oder?«

Unverhofft hatte damals der junge Herausforderer Bobby Fischer seinen schwarzen Läufer über die ganze Diagonale geschoben und den ungedeckten Bauern von Boris Spassky geschlagen. Es war der neunundzwanzigste Zug. Boris Spassky konnte es damals kaum fassen, dass sein Kontrahent tatsächlich in seine Falle getappt war, denn sein Bauer war ›vergiftet‹. Fischer verlor damals seinen Läufer und dann die Partie.

»Ja, aber diesmal gewinnt er, denn ich schlage Spasskys Bauern nicht! Willst du vielleicht den Platz des Russen übernehmen, Emilio? Du bist am Zug!« Bruno drehte das Brett so, dass die weißen Figuren bei Emilio standen.

Emilio warf einen Blick auf den Stand der Partie. Er setzte sich und nach einigen Überlegungen machte er seinen Zug. Bruno und Emilio spielten nun zügig die Partie zu Ende.

»Schachmatt, Emilio! Ich hab dir ja gesagt, Bobby Fischer gewinnt!« Bruno lächelte.

»Ich denke, dass du auch gewonnen hättest, wenn ich den Part des Bobby Fischer spielen würde! Du gewinnst doch immer. Du bist für mich einfach einige Klassen zu hoch!«

Bruno Paresi war in den Neunzigern einer der besten Schachspieler Italiens gewesen. Inzwischen spielte er nur noch zum Spaß in einem Gradeser Schachverein. Bruno hatte im letzten Jahr begonnen, ein Buch über die spannendsten Partien der Schachgeschichte zu schreiben.

»Nein Emilio, du hast doch schon einmal gegen mich gewonnen!«

Emilio erinnerte sich. Bruno war damals *sturzhagelbesoffen* gewesen und hatte die Figuren doppelt gesehen. Hätte er *diese* Partie nicht gewonnen, Schach würde er heute wohl nicht mehr spielen. Er war auf Empfehlung Brunos schon vor einigen Jahren Mitglied des Schachvereins geworden. Die Gradeser waren in den unzähligen Vereinslokalen unter sich, denn als Aufnahmekriterium galt, man musste entweder ein Einheimischer oder ein als solcher Akzeptierter sein. Emilio war Letzterer. Die Vereinslokale, die meist in der Altstadt lagen, sperrten schon vormittags auf, aber spätestens um acht Uhr abends war Schluss. Das *Achterl* Weißwein kostete in den Vereinslokalen weniger als einen Euro. Na, wenn das kein Grund für eine Mitgliedschaft war! Biscotti wurde im Schachverein ebenfalls geduldet. Weißwein bekam er allerdings keinen und beim Schach interessierten ihn nur die Holzfiguren, falls diese versehentlich unter den Tisch fielen. Inzwischen wiesen etliche Schachfiguren Bissspuren auf. Biscottis Lieblingsfigur war übrigens der Turm, denn der rollte perfekt über den Fußboden. Obwohl Schach kein Glücksspiel war, schworen manche abergläubische Vereinsmitglieder auf die Figuren mit Biscottis Spuren. Sie waren überzeugt, ihr eigenes Spiel wäre dann auch wesentlich *bissiger*.

Emilio bezahlte und da er die Partie verloren hatte, auch Brunos Getränke. Zusätzlich ließ er noch einen Caffè Sospeso[15] auf die Rechnung setzen. Das war ein alter – aus Neapel stammender – Brauch, außer dem eigenen Caffè auch einen weiteren zu bezahlen. Dieser Sospeso wurde vom Barista notiert und auf Nachfrage an einen Bedürftigen ausgeschenkt. Emilio machte das gerne. Ihm gefielen solche alten Bräuche und in Grado gab es immer mehr Einheimische, die sich den Caffè nicht leisten konnten.

Er verabschiedete sich und ging mit Biscotti nach Hause.

Wien

Woher nehmen wir eine Jungfrau?

Agnes und Lena hatten in den letzten Wochen viel zu tun gehabt.

Agnes vordringliche Aufgabe als verantwortliche Kuratorin war es, das Ausstellungskonzept zum Thema ›Tra Cielo e Mare‹ zu entwickeln. Während das Konsortium bereits die Werbemaßnahmen festgelegt hatte, konzentrierte sie sich auf Sponsoring und die Beschaffung von Kunstfördermitteln. Agnes beantragte die Auslandsmesseförderung bei der Kunst- und Kulturstaatssekretärin und führte Gespräche mit Banken und Versicherungen. Zudem versuchte sie aus dem EU-Förderprogramm ›Global Europe‹ für Kooperationen im Kultur- und Kreativsektor zu bekommen. Ihre beiden Praktikantinnen beschäftigten sich mittlerweile mit der wissenschaftlichen Dokumentation.

Lena wiederum nutzte ihre zahlreichen internationalen Kontakte zu Sammlern, Museen und Kunsthändlern, die an einem Werk Auchentallers interessiert sein könnten. Inzwischen hatten eine Galerie und zwei Privatsammler einige Werke Auchentallers für die Versteigerung in Grado angemeldet. Darunter befanden sich Plakate und Grafiken, aber auch Schmuckstücke und eine sehr schöne

---

[15] (ein) Aufgeschobener

Tischuhr, die Auchentaller um die Jahrhundertwende für seinen Schwiegervater, den Schmuckfabrikanten Georg Adam Scheid, entworfen hatte. Die Objekte waren inzwischen zu Auctora's unterwegs. Lena würde sie eingehend prüfen lassen. Ein bisschen Zeit war ja noch. Vielleicht entschied sich ein Privatier oder ein Galerist ja auch, das eine oder andere Öl- oder Aquarellbild zur Versteigerung einzubringen. Von der geplanten Auktion in Grado müssten sie schon längst gehört haben. Es wären jedenfalls hohe Preise zu erzielen, denn der Jugendstil erlebte eben eine neue Hochblüte.

Sie trafen sich wieder im Caffè Engländer.

»Du fliegst in ein paar Tagen nach Grado?«, fragte Lena.

»Ja, die Verträge mit der Stadt Grado sind unterschriftsreif. Wir sind uns mit der Stadtgemeinde einig geworden. Wie du schon vorgeschlagen hast, werden wir parallel die Kongresshalle und das alte Musikhaus für die Ausstellung und das Hotel Astoria für die Auktion nutzen. Warum kommst du nicht mit? Oder bist du an deinem Don Juan nicht mehr interessiert?«

»Ich habe Thommy zur bestandenen Matura eine Reise nach New York versprochen. Wir fliegen übermorgen für eine Woche. Mein Sohn ist mir das Allerwichtigste. Emilio kann warten!«

»Das verstehe ich. Wie läuft es denn mit den Vorbereitungen für die Auktion? Noch immer kein Sensationswerk, oder wenigstens eine tolle Fälschung?«, lachte Agnes.

»Nein, nicht mal das. Wir haben zwar einige Objekte zur Versteigerung erhalten, aber die passen eigentlich nicht in das Ausstellungskonzept in Grado.«

»Warum?«

»Dabei handelt es sich um Schmuckstücke und andere Arbeiten, die der Auchentaller für seinen Schwiegervater Scheid und seinen Schwager Victor Thonet entworfen hat.«

»Das passt nicht wirklich zu ›Tra Cielo e Mare‹. Du kannst sie ja im Schlafzimmer deines Hotel unter dem Auktionsthema ›Tra i

Seni e le Gambe della Vergine<16 versteigern!«, prustete Agnes los. Auch Lena stimmte in das Lachen ein.

»Aber woher nehmen wir eine Jungfrau?«

Der Abend verlief feuchtfröhlich.

*

Unfassbar

In der Nacht zum zweiten Adventsonntag hatte es in Wien leicht geschneit. Die Luft war klar und die Temperaturen niedrig. Rick Bornbeh und Thaddäus Gagelmann fuhren am späten Nachmittag mit dem Taxi zum Kunstlager in der Nähe des Museumsquartiers. Am gut bewachten Eingang wies sich Bornbeh mit seiner Rehborn-Identität aus, ohne dass Gagelmann dies mitbekam. Der Lift brachte sie in das Untergeschoß. Bornbeh geleitete Gagelmann zur angemieteten Koje und gab den geheimen Code ein. Die Stahltür öffnete sich mit einem Zischen und der Sauerstoffgehalt erhöhte sich. Gleichzeitig gingen die Lichter im Inneren an. Bornbeh hatte den Auchentaller auf einer neuen Staffelei – die alte hatte Einiges an Aquarellfarbe abbekommen – platziert und mit einem Tuch verhüllt. Gagelmann trat näher. Die Grafiken und Antiquitäten in den Regalen links und rechts würdigte er keines Blickes. Bornbeh konnte die Anspannung des Kunsthändlers fühlen. Er fühlte genauso. Bornbeh schloss die Tür der Koje von innen, entfernte das Tuch und gab den Blick auf das nun gut beleuchtete Aquarellbild frei. Keiner von beiden sprach ein Wort. Es war der Kunsthändler Thaddäus Gagelmann, der – nach einer gefühlten Ewigkeit – das Schweigen beendete.

»Unfassbar«, brach es aus ihm heraus. »Unglaublich! Ich bin beeindruckt!« Anschließend widmete er sich hochkonzentriert und ausgiebig der Begutachtung des Werkes.

Bornbeh sagte weiterhin nichts. In all den Jahren hatte er es sich zur Angewohnheit gemacht, zu seinen *kreativen Neuschöpfungen*

---

16 Zwischen den Brüsten und den Beinen der Jungfrau

in Anwesenheit von Sachverständigen kein Wort zu verlieren. Die Zuschreibung eines Werkes überließ er den Experten. Gagelmann war ein solcher.

*

Vimladil und Wostracek

Die Glühwein-Hütten an den vorweihnachtlichen Wochenenden hatten schon geöffnet. In Wien nennt man sie *Punschstandln*. Gagelmann kannte selbstverständlich eine geeignete und führte Bornbeh in den Innenhof des Museumsquartiers. Das Gedränge war enorm, aber sie ließen sich davon nicht abschrecken und ergatterten einen Platz an einem der Stehtische. Die unterschiedlichen Gerüche von Bratwürsten, heißen Maroni, Tannennadeln und hochprozentigen Heißgetränken vermischten sich zu einem ganz besonderen Aroma. Die – gottlob dezente – weihnachtliche Musikbeschallung tat ihr Übriges und trug zur feierlichen Stimmung bei. Anlass zu feiern hatten die beiden tatsächlich. Gagelmann, weil er überzeugt war, einen noch unbekannten, waschechten Auchentaller entdeckt zu haben. Bornbeh aus demselben Grund. Das Pärchen am Nebentisch störte sie in ihrer guten Laune gar nicht. Zwei verliebte Touristen vermutlich, die Weihnachten in Wien genossen. Inspektor Vimladil und Aspirantin Wostracek hatten tatsächlich nur Augen füreinander, die Ohren jedoch woanders.

»Wir müssen allerdings noch eine Material-Analyse in Auftrag geben. Reine Formsache, aber das gehört zum seriösen Geschäft, Rick!«

Gagelmann war nahtlos zum *Wir* übergegangen. Bornbeh nahm dies wohlwollend zur Kenntnis. So wie er den angesehenen Kunsthändler gewonnen hatte, würde das Werk auch alle anderen überzeugen. Zu den bevorstehenden technischen Analysen hatte Bornbeh die geringsten Bedenken. Ganz im Gegenteil, sie würden die Echtheit des Gemäldes bestätigen. Gagelmann hatte vorgeschlagen, das Aquarell vom Kunsthistorischen Museum in Wien prüfen zu lassen. Dieses Museum arbeitete mit dem Labor zur Materialanalyse der Akademie der Bildenden Künste zusammen. Das wesentliche Ziel einer solchen Analyse bestünde darin, Informationen über die verwendeten Materialien des Gemäldes zu gewinnen. Hierbei kämen verschiedene technische Verfahren zur Anwendung, einschließlich chemischer Analysen der Farben und Werkstoffe. Das Ergebnis würde zweifelsfrei beweisen, dass die Materialien bereits zu Lebzeiten des Künstlers existierten und dass sie auch in anderen seiner Werke zum Einsatz gekommen waren. Das Gutachten würde wohl jeden Zweifel ausräumen. Bornbeh war nur allzu gerne damit einverstanden. Er war sich seiner Sache vollkommen sicher. Das Ergebnis könnte in zwei Monaten vorliegen und in etwa Tausend Euro kosten. Ein Schnäppchen für einen *echten* Auchentaller. Der würde vermutlich eine satte Million bringen, hatte Gagelmann zuversichtlich geklungen. Bei einer guten Auktion auch mehr.

Grado

Pronto! Chi parla?

Emilio saß gerade in der Lounge Bar Duca d'Aosta, als sein Nokia läutete. Unbekannte österreichische Nummer. Er meldete sich trotzdem.

»Pronto! Chi parla?«

»Buonasera Signor Bombolone. Parla Agnes Weninger!«

Emilio war erstaunt, vermutlich hatte sie die Nummer von Lena.

»Schönen guten Abend Frau Weninger. Tut mir leid, ich habe Sie nicht gleich an Ihrer Stimme erkannt. Was kann ich für Sie tun?«

»Ich werde morgen vormittag geschäftlich nach Grado kommen. Ein paar Verträge für die Ausstellung sind mit der Stadtverwaltung zu unterzeichnen. Ein Vertreter des Konsortiums und ein

Anwalt werden mich begleiten. Die fliegen aber am Abend wieder zurück. Ich bleibe aber noch ein, zwei Tage länger, da ich noch zwei weitere Termine habe. Meine Freundin Lena hat so nett von Ihnen erzählt, da dachte ich, vielleicht hätten Sie Zeit und könnten mit mir morgen Abend essen gehen? Ganz alleine macht mir das keinen Spaß und im Hotelzimmer würde mir die Decke auf den Kopf fallen!«

Emilio fragte sich, was Lena wohl ihrer Freundin *Nettes* über ihn erzählt hatte? Frau Weninger, die schlanke Blondine, ›der helle Ildefonso-Nougat‹, wie er sich eben an seine frühere Assoziation erinnerte, war jedenfalls eine fröhliche Frau. Ein Abend mit ihr würde sicher unterhaltsam sein. Er überlegte nicht lange.

»Das würde ich mit dem größten Vergnügen tun. Wann und wo soll ich Sie abholen?«

Videokonferenz
Den Haag - Wien - Triest

Neue Erkenntnisse

Die zweite Videokonferenz der ARCT fand kurz vor Weihnachten statt und dauerte etwas länger. Die Wiener Gruppe hatte neue Erkenntnisse. Das Gespräch zwischen Bornbeh und Gagelmann am Weihnachtsmarkt waren von Inspektor Vimladil und der Aspirantin Gitti Wostracek mitgeschnitten worden. Die beiden hatten ein kleines Abhörgerät, eine *Wanze* mitgebracht, das Gespräche in einem Radius von bis zu sieben Meter mithören konnte und direkt an das Mobiltelefon von Inspektor Vimladil übertrug. Nachdem alle Teilnehmer zugeschaltet waren und sich begrüßt hatten, erstattete Major Unger Bericht.

»Es ist uns gelungen, Gagelmann und Bornbeh auf den Fersen zu bleiben. Sie haben vor wenigen Tagen ein Kunstlager ganz in der Nähe des Museumsquartiers aufgesucht. Das Storage entspricht

121

den höchsten Sicherheitsauflagen, wir konnten ihnen also nicht folgen. Wir vermuten, dass Bornbeh dort das besagte Auchentaller-Gemälde deponiert hat und Gagelmann es begutachtete. Nach einer Stunde kamen sie wieder raus und haben sich zu einem Punschstand begeben. Das Gespräch haben wir dann mitgehört.«

»Das heißt, wir wissen jetzt, wo sich das Gemälde befindet und könnten es, sofern Sie eine richterliche Genehmigung erwirken, begutachten?«

»Nein, wir haben zwar einen Anfangsverdacht und der reicht für Ermittlungen aus, nicht aber für eine Durchsuchung. Kein Richter würde das genehmigen! Aber das brauchen wir gar nicht. Der Galerist, dieser Gagelmann, hat Bornbeh überzeugt, das Gemälde vom Kunsthistorischen Museum in Wien prüfen zu lassen. Die übliche Materialanalyse würde ein Labor der Akademie der Bildenden Künste durchführen. Wir brauchen also nur noch das Gutachten abzuwarten, dann hat sich die Sache von selbst erledigt. Wenn das Gutachten positiv ausfällt, dann sind wir auf der falschen Spur. Wenn das Gutachten negativ ist und die Fälschung trotzdem auf den Markt kommt, haben wir ihn.«

»Und wie erfahren wir, wie das Gutachten ausfällt?«, fragte Tenente Colonnello Gallotti jetzt interessiert.

»Das, verehrte Kollegen, ist unser Joker.« Major Unger setzte eine geheimnisvolle Miene auf. Dann fuhr er fort. «Raten Sie mal, wo unsere Aspirantin Frau Wostracek, gearbeitet hatte, bevor sie zu uns ins BK als Spezialistin gewechselt war…genau in diesem Labor zur Materialanalyse! Und Freunde hat sie dort immer noch.«

»Wie lange wird es dauern, bis das Ergebnis feststeht?«, schaltete sich der ELO wieder zu.

»Schätzungsweise dreißig Tage. Jetzt sind mal die Feiertage, dann kommt Silvester, also vor Anfang Jänner fangen die nicht an. Ich vermute, das Ergebnis wird gegen Ende Jänner vorliegen.«

»Nun, dann schlage ich vor, wir konferieren erst wieder nach dem sechsten Jänner, es sei denn, es gibt neue Erkenntnisse oder Hinweise!«

Sie wünschten sich alle frohe Weihnachten und verabschiedeten sich.

*

Gitti und Joschi

Inspektor Vimladil und Aspirantin Wostracek hatten der Videokonferenz beigewohnt. Major Unger wollte mit ihnen noch das weitere Vorgehen während der Feiertage besprechen, als sich Frau Wostracek zu Wort meldete. »Ich habe mir die beiden aufgezeichneten Gespräche von Bornbeh und Gagelmann immer wieder angehört. Ist Ihnen aufgefallen, wie gelassen Bornbeh auf den Vorschlag Gagelmanns reagiert hat?«

»Jetzt, wo Sie es sagen…ja, er hat das womöglich einkalkuliert, oder vielleicht sogar gehofft, dass das passiert. Warum?«

»Nun, Herr Major, wie Sie zuvor in der Konferenz erwähnt hatten, war ich in diesem Labor drei Jahre mit solchen Analysen beschäftigt. Bei Bornbehs Gemälde geht es nicht um irgendein Bild, es geht um ein Aquarell, das um die Jahrhundertwende gemalt wurde. Ein Aquarell!«

Major Unger und Inspektor Vimladil schauten sie erstaunt an. Der Inspektor sprach als erster. »Und was heißt das, Gitti?«

»Das, Joschi, bedeutet, dass ein talentierter Künstler und Fälscher wie der Bornbeh, genau wusste, was er zu tun hatte, falls er tatsächlich einen oder mehrere Auchentaller gefälscht haben sollte. Ein Aquarell, mit den richtigen Farben auf einem Originalpapier aus dem betreffenden Jahr, lässt sich mit technischen Mitteln nicht als Fälschung nachweisen. Ich wette meinen Weihnachtsbaum gegen eure, dass das Labor bestätigen wird, dass es sich bei dem Bild, technisch gesehen, um ein Original handelt!«

Die beiden Männer waren baff. Major Unger nicht nur wegen der logischen Schlussfolgerungen von Frau Wostracek, sondern weil der Inspektor sie *Gitti* und sie ihn *Joschi* genannt hatte. Und *er* hatte vorgeschlagen, dass sie sich als Pärchen für die Überwachung tarnen sollten, dabei waren sie offenbar schon eins. Unger musste lachen. Sie besprachen noch die weitere Vorgehensweise. Dann lud Major Unger seine Mitarbeiter zum Punsch ein. Vom BK am Josef-Holaubek-Platz im neunten Bezirk brauchten sie nur zwanzig Minuten bis zum Palais Liechtenstein zu gehen. Im Hof und Park des Gartenpalais gab es seit einigen Jahren einen zauberhaften Weihnachtsmarkt.

Grado

Tao

Unter dem Motto ›Nadal de Oro‹ bot Grado eine einzigartige Weihnachtsatmosphäre. Von Mariä Empfängnis bis Mitte Januar verwandelten sich die Gassen und Plätze des historischen Zentrums der Insel in ein wahres Fest der Weihnachtskrippen. Zahlreiche Darstellungen der Geburt Christi konnte man bewundern. Im Hafen von Mandracchio stach eine schwimmende Krippe mit einer Casone besonders hervor. In dieser festlichen Zeit verwandelte sich das kleine Fischerdorf dank der funkelnden Lichter, der besinnlichen Stimmung und der zahlreichen Veranstaltungen, die die Gemeinde jährlich organisierte, in eine ›Insel der Weihnacht‹.

Emilio hatte als eingefleischter Epikureer zwar mit den Bibelgeschichten nichts am Hut, er genoss aber durchaus die Atmosphäre und zollte den Künstlern und Handwerkern der Krippen höchsten Respekt. Vor allem Biscotti fand die Tage rund um Weihnachten toll, denn für einen Streetfood-Gourmet war das die beste Zeit. Während sie durch die Altstadt schlenderten, hielt das Dackelchen seine Nase daher unablässig nur wenige Millimeter über dem Boden. Etwas abseits entdeckte Emilio Sandro, der sich auf einer Bank ein beheiztes Sitzkissen ausgebreitet hatte und – wie sollte es auch anders sein – in einem Buch las. Sie begrüßten sich herzlich.

»Nun, hast du alle Religionen durch, Sandro?«

»Nun, zumindest die sieben Weltreligionen, über die letzte, den Taoismus, lese ich gerade.«

»Du weißt ja, von den monotheistischen Religionen halte ich nicht viel, aber ein Leben mit Gelassenheit und Achtsamkeit zu führen, wie das der chinesische Taoismus lehrt, finde ich gut. Sich dem natürlichen Fluss der Dinge hinzugeben, anstatt gegen ihn anzukämpfen, das mache ich schon seit vielen Jahren. Wäre ich nicht schon ein Anhänger Epikurs, würde ich auch die Harmonie mit dem Tao[17] anstreben!«

»Woher weißt du soviel darüber, Emilio?«

»In jungen Jahren habe ich in Triest ein paar Semester Philosophie studiert, und der Taoismus ist doch eher eine chinesische Philosophie als eine Religion.«

»Du bist ja sowieso gottlos!«

»Nicht derjenige ist gottlos, der die Götter der Menschen verneint, sondern derjenige, der den Göttern die Überzeugungen der Menschen zuschreibt. Die Meinungen der Menschen über ihre Götter sind nämlich keine Prophezeiungen, sondern lediglich falsche Vermutungen«, zitierte Emilio Epikur. Sandro seufzte und wechselte rasch das Thema.

»Ich habe dich vor ein paar Wochen in Begleitung einer umwerfend schönen Frau bei uns im da Ovidio gesehen. Du hast mich gar nicht bemerkt, nicht mal, als ich euch den Wein serviert hatte. *Du* hattest nur Augen für diese Frau.«

---

[17] der Weg

Emilio musste innerlich schmunzeln. Sandro hatte recht. Ja, Lena war tatsächlich sehr attraktiv. »Ja, das war ein besonderer Abend.«

»Bist du in sie verliebt?«

»Liebesangelegenheiten haben mir noch nie wirklich geholfen, Sandro. Ich bin bereits zufrieden, wenn ich keinen Schaden angerichtet habe.«

Sandro musste laut lachen. Emilio war einfach ein Unikum.

*

Liebe ist auch eine Tugend

Gleich nach dem gestrigen Anruf von Frau Weninger hatte Emilio einen Tisch im Duca d'Aosta reservieren lassen. Zu dieser Jahreszeit hatten nicht mehr alle Bars und Restaurants geöffnet. Dieses schon. Nele hatte die Reservierung mit einem Schmunzeln notiert.

»Triffst du dich wieder mit der eleganten Dunkelhaarigen?«

»Äh, nein, mit ihrer Freundin, die hatte mich gestern angerufen, weil…«, stotterte Emilio etwas verlegen.

»Sag mal, wie machst du das? Was finden die Frauen nur an dir? Und schämst du dich gar nicht – die Freundin auch noch?

»Bevor du deinen lieben Ehemann kennengelernt hattest, wusstest du noch ganz genau, was es an mir zu finden gab«, erwiderte Emilio.

Jetzt war es an Nele, etwas verlegen zu werden. Sie erinnerte sich, aber das war schon sehr lange her. Da war Emilio noch Student an der Uni in Triest gewesen und sie war noch ein sehr junges Mädchen. Sie seufzte:

»Ja, da warst du jung und hattest auch noch keinen Bauch. Aber jetzt, wie alt bist du, sechzig? Wann wirst du endlich erwachsen und eignest dir ein paar altersgerechte Tugenden an?«

»Ich werd im Februar sechsundfünfzig, das fällt noch nicht unter *Erwachsen*! Zu den fünf Tugenden zählt übrigens die Liebe!

Die wähle ich wegen des Vergnügens, nicht um der Tugend selbst willen, ähnlich wie ich Medizin für meine Gesundheit wähle.«

Nele konnte nicht umhin, diesen unverbesserlichen Hallodri zu bewundern.

*

Biscotti mag rote Stiefel

Als sich Emilio und Biscotti auf den Weg machten, hatte es ganz leicht zu nieseln begonnen. Biscotti gefiel das gar nicht. Er liebte es zwar, im Meer zu baden, aber Regen, das war sein *Gottseibeiuns*. Das Dackelchen hielt sich beim Gehen eng an den Hausmauern oder suchte unter Emilios großem Schirm Schutz. Frau Weninger wartete bereits im Foyer des Astoria. Sie trug ein schwarzes Kostüm, rote Lack-Stiefel mit hohen Absätzen und darüber einen dunkelgrauen, asymmetrischen Alpaka-Mantel mit hell abgesteppten Rändern. Emilio fand, dass sie umwerfend gut aussah und das sagte er ihr auch. Biscotti erkannte die Dame wieder und beschnupperte ihre Stiefel.

»Versuchen Sie gerade mit mir zu flirten, Signor Bombolone?«

»Sie lassen mir ja keine Wahl, da kann ich gar nicht anders! Auch Biscotti findet Sie hinreißend, schauen Sie nur«, sagte Emilio lächelnd, »lassen Sie uns gehen, bevor der Regen stärker wird, zum Restaurant ist es nicht weit.«

Er spannte seinen Schirm auf und alle drei fanden darunter Schutz.

*

Quid pro Quo

Im Duca d'Aosta bekam Emilio wieder seinen Stammplatz. Er half Frau Weninger aus dem Mantel und trocknete den nassen Dackel ab. Biscotti rollte sich unter dem Tisch auf seiner kleinen Decke zusammen und schlief sofort ein. Regenwetter machte ihn müde. Emilio vermutete allerdings, dass sich das Dackelchen nur schlafend stellte, um ja nicht wieder vor die Tür zu müssen.

Nele kam an ihren Tisch und begrüßte sie.

»Sie müssen dann wohl die Freundin von Frau Neumann sein?«, stellte sie fest, »freut mich, Sie kennenzulernen!« Sie gaben sich die Hand. Nele reichte ihnen die Speisekarte.

»Ach du meine Güte, da klingt ja ein Gericht besser als das andere! Was soll ich nur nehmen?«

»Mögen Sie Austern?«

»Ja, eigentlich schon. Was sind ›Austern Gillardeau, Spéciales de Claire‹?«

»Der Rolls Royce unter den Austern. Sie kommen aus dem Südwesten Frankreichs. Der Name Spéciales de Claire ist die Bezeichnung für die Veredelung und besagt, dass das Innere der Austern mindestens zwei Monate mit frischem und klarem Meerwasser geklärt und gereinigt wurde. Diese Austern haben einen besonders reinen Geschmack. Sollen wir welche bestellen?«

»Ja, durch Ihre Beschreibung habe ich jetzt große Lust darauf bekommen! Was trinken wir, Weißwein aus dem Karst vielleicht?«

»Wäre möglich, aber Champagner passt da besser dazu. Einen trockenen Dom Perignon würde ich empfehlen. Damit hätten wir dann gleich auch unseren Aperitif.«

»In Ordnung, aber ich bestehe darauf, zu bezahlen, Signor Bombolone. Ich verfüge über ein prall gefülltes Spesenkonto und eigentlich habe ich *Sie* ja eingeladen.«

»Einverstanden, aber nur wenn Sie mich Emilio nennen und auch *du* sagen!«

»Ich bin die Agnes, sehr erfreut, Emilio!«

Nele kam an ihren Tisch und nahm die Bestellungen auf. Als Hauptgang orderten sie frische Tagliatelle mit Brandy-Garnelen und weißer Trüffelcreme.

Der Champagner wurde in einem stilvollen schwarzen Eiskübel serviert. Agnes und Emilio prosteten sich zu. Der Schaumwein schmeckte vorzüglich. Emilio betrachtete seine Begleiterin über sein Glas hinweg. Eine hinreißende Blondine im besten Alter, mit grünen Augen und einem ansteckenden Lachen, bei dem sie ihre blitzweißen Zähne zeigte. Ihr schwarzes Kleid hatte einen tiefen Ausschnitt und verführte ihn zu allerlei Fantasien. Emilio nahm noch einen großen Schluck. Ihm war warm geworden. Agnes hatte in ihrer Vergangenheit schon viele Verehrer und nicht wenige Liebhaber gehabt. Sie konnte daher an den Blicken Emilios sein Interesse an ihr spüren. Auch sie hatte ihn eingehend betrachtet und musste ihrer Freundin Lena recht geben. Er war eine Sünde wert. Die Erzählungen Lenas über den Sex mit Emilio kamen ihr in den Sinn. Oh Gott, sie versuchte diese Bilder aus ihrem Kopf zu bekommen.

»Du bist ja eigentlich ein *Aussteiger*. Ich habe nachgerechnet. Du hast uns damals bei der Auchentaller-Führung erzählt, dass du 1987 maturiert hast. Davon ausgehend, müsstest du jetzt Mitte fünfzig sein. Du sagtest, du lebst seit fünfzehn Jahren in Grado, also musst du wohl kurz nach deinem vierzigsten Geburtstag aus deinem Berufsleben ausgestiegen sein. Wovon lebst du?«

»Rechnen kannst du und neugierig bist du auch. Ich werde dir deine Fragen beantworten, aber nach dem Prinzip ›quid pro quo‹,[18] in Ordnung?« Agnes nickte.

»Ich habe dir und Lena ja damals erzählt, dass ich ein paar Jahre nach dem Tod meiner Mutter die Buchhandlung und unser mehrstöckiges Haus im ersten Bezirk verkauft habe. Nun, du weißt, wie gefragt Immobilien in der Wiener Innenstadt sind. Ich habe damals für dieses Objekt in Bestlage einen hohen siebenstelligen Euro-Betrag erhalten. Ich habe den Großteil konservativ veranlagt und kann bis heute gut von den Zinsen leben. Mit dem Rest hatte ich meine Übersiedlung hierher bezahlt. Nach einem Jahr als Mieter in der Villa Giuliani habe ich mit der Contessa ein Arrangement getroffen. Sie hatte zugestimmt, dass ich zwei Apparte-

---

[18] lat. dies für das. Prinzip, nach dem eine Person, die etwas gibt, dafür eine angemessene Gegenleistung erhält

ments auf meine Kosten zu einem Großen umbauen und für meine Bedürfnisse umgestalten dürfe. Wir und ihr Sohn sind damals übereingekommen, dass ich für jährlich dreißigtausend Euro ein lebenslanges Wohnrecht haben werde.«

»Deine Arbeit als Fremdenführer und Restaurantbegleiter ist also eher ein Zeitvertreib?«

»Es ist mehr als das. Ich mache das einfach gerne und vor allem mache ich es Francesca zuliebe. Bezahlen lasse ich mich dafür jedenfalls nicht. Wenn nötig, investiere ich auch in ihren Betrieb. Ich will, dass sie ohne Sorgen ihre Incoming-Agentur betreiben kann, sie hat in der Vergangenheit viel mitgemacht.«

Agnes hätte gern mehr über Francescas Vergangenheit erfahren, aber sie ahnte, dass ihm das Thema unangenehm sein würde. Die Austern wurden serviert. Sie war begeistert. »Oh, die haben ein leicht nussiges Aroma und sind ganz zart. Herrlich! Du hattest recht, Emilio.«

Sie aßen eine Zeitlang schweigend und tranken den köstlichen Champagner dazu.

»Ich habe dir deine Frage beantwortet. Jetzt bin ich dran, Agnes.«

»Ja frag nur.«

»Bist du verheiratet oder lebst du in einer Beziehung?«

»Ich habe kein Glück mit meinen Männern und ich habe ein vorlautes Mundwerk. Mit mir hält es keiner länger aus. Umgekehrt wohl auch nicht. Ich bin mit meinem Beruf verheiratet und liebe meine Unabhängigkeit. Also nein, ich bin Single. Wie mir scheint, sind wir uns da ziemlich ähnlich, Emilio?«

»Ja, da hast du vielleicht recht, nur dass ich keinen Beruf ausübe, sondern mich vom *jetzt und heute* leiten lasse.«

»Wie soll ich das verstehen?«

»Ich entwerte das Gegenwärtige nicht durch einem Wunsch nach etwas Unerreichbarem, weil ich weiß, dass auch das Gegenwärtige Teil dessen ist, was einst für mich erstrebenswert war.«

»Du bist ein Weiser oder sogar ein Philosoph!«

»Nur die Weise erkennt den Weisen!«, antwortete Emilio.

Agnes musste lachen, »*Weise* bin ich sicher nicht, aber wenigstens hältst du mich nicht für ein blondes Dummchen, wie die meisten Männer!«

»Der Vorteil der Klugheit besteht darin, dass man sich *dumm stellen* kann. Das Gegenteil ist schon ungleich schwieriger.«

Sie lächelten sich beide an und genossen die Tagliatelle, die eben serviert wurden.

*

Zur Freude Biscottis hatte es zu regnen aufgehört, als sie aufbrachen und zum Hotel zurückgingen. Emilio begleitete Agnes noch ins Foyer.

»Das war ein sehr schöner Abend, danke Emilio!«

»Ich habe ihn auch genossen. Danke für die Einladung! Fliegst du morgen wieder nach Wien zurück?«

»Nein, morgen vormittag muss ich noch nach Triest. Da habe ich eine Besprechung und ich kann nicht abschätzen, wie lange es dauern wird. Es geht um Sponsoring für unsere Ausstellung, die Generali-Versicherung zeigt sich interessiert. Ich habe meinen Flug sicherheitshalber auf übermorgen umgebucht. Vielleicht hast du Zeit und wir können den morgigen Abend noch mal gemeinsam verbringen?«

»Sehr gerne, das Wetter sollte sich bessern, da könnten wir durch die Altstadt bummeln und du kannst die schönen Krippen bewundern. Grado hat sich inzwischen zur ›Isola del Natale‹ verwandelt.«

»Das wäre toll! Ich ruf dich an, sobald ich aus Triest zurück bin.«

Agnes drückte Emilio noch je ein Küsschen auf beide Wangen, drehte sich rasch um und ging, ohne sich noch einmal umzudrehen, zum Lift. Emilio und Biscotti blickten der schönen Blondine nach.

*

Emilio zappelt am Haken

Als Agnes anrief, hatte er gerade seinen Spaziergang mit Biscotti hinter sich und noch auf einen Sprung bei Francescas Agentur in der Altstadt vorbeigeschaut.

»Hallo Emilio! Ich werde in einer Stunde wieder im Hotel sein. Ein bisschen muss ich dann noch arbeiten, aber ab halb fünf könnten wir uns treffen!«

»Ich müsste dann noch Biscotti füttern, aber…«, dann kam ihm eine Idee: »Agnes, du kennst doch das Caffè Bomben am Hafen. Da hol ich dich kurz nach fünf ab, geht das in Ordnung für dich?«

»Ich weiß, wo das ist. Ich werde dort auf dich warten.«

Francesca hatte ihn während des Telefonats beobachtet. Sie kannte ihren Emilio.

»War das etwa die fesche Blondine, die Freundin von Frau Neumann? Die beiden hatten vor über einem Monat eine Führung mit dir gebucht. Du führst doch was im Schilde, Emilio.«

»Du hast ein phänomenales Namensgedächtnis, Francesca. Frau Weninger ist geschäftlich alleine in Grado. Sie hatte mich gestern Abend zum Essen eingeladen. Sie fliegt morgen nach Wien zurück und ich habe mich angeboten, ihr heute noch ein bisschen was von der weihnachtlichen Stimmung Grados näher zu bringen.«

»Und sonst wirst du ihr nichts *näher* bringen?«, sie neigte ihren Kopf und machte einen Kussmund.

»Nein, Francesca. Ich gebe zu, sie ist hinreißend, aber ich werde sicher nicht den ersten Schritt machen.«

»Das musst *du* auch nicht, Emilio! Den hat *sie* ja schon längst gemacht und jetzt zappelst du bereits am Haken. Ich kenne dich schon lange genug, du wirst vielleicht nicht ja sagen, aber nein sicher auch nicht!«

132

»Komm, lass uns doch noch über das Programm für den Jahresanfang sprechen, Francesca«, versuchte Emilio einen Themenwechsel.

Francesca blickte ihn kritisch über den Rand ihrer Brille an und als sie sah, wie unwohl sich Emilio dabei fühlte, musste sie einfach lachen. Er würde sich wohl nie ändern und wenn doch, dann wäre er vermutlich nicht mehr *ihr* Emilio.

*

Nur ein Angebot

Nachdem er Biscotti abgefüttert hatte, war er alleine zum Caffè Bomben gegangen. Dort traf er Agnes allerdings nicht an und blickte sich um. Vielleicht hatte sie sich verspätet? Dann sah er sie. Sie stand am Kai gegenüber des Caffès und fotografierte gerade das schwimmende Krippenfloß. Er eilte zu ihr.

»Tut mir leid, Emilio. Das hier musste ich einfach fotografieren, das ist einfach toll. Gestern ist mir die vorweihnachtliche Atmosphäre gar nicht so aufgefallen, vermutlich weil es geregnet hat. Ich hätte nicht erwartet, wie stimmungsvoll sich Grado zeigen kann. Also, was machen wir?«

»Ich zeige dir noch weitere kunstvolle Krippen, die an den unterschiedlichsten Ecken und Plätzen der Altstadt zu finden sind und auch ein paar andere Spektakel, komm!«

»Emilio mir ist kalt, lass uns irgendwo aufwärmen.«

»Ich habe eine bessere Idee. Du hast dich doch gestern sehr für mein Zuhause interessiert. Ich zeige dir die Villa Giuliani. Bei mir kannst du dich aufwärmen und Biscotti wird sich sicher auch freuen. Ich mixe uns einen wärmenden Drink. Na was hältst du davon? Wir sind in zwei Minuten dort.«

Agnes hakte sich bei Emilio unter und sagte nur: »Gehen wir!«

*

Biscotti freute sich, sein Herrchen zu sehen und noch dazu in Begleitung der Dame mit den gut riechenden Stiefeln. Er führte einen verrückten Tanz auf und raste zwischen den beiden hin und her. Schließlich legte er sich auf den Rücken, sein Schwanz trommelte auf den Boden. Emilio streichelte ihn, Agnes kniete sich nieder und bald wurde Biscotti von beiden liebkost. Zu guter Letzt bekam er ein Leckerli und trollte sich.

»So hatte sich noch nie einer meiner Männer gefreut, wenn ich heimkam«, stellte Agnes trocken fest. Dann stand sie auf und Emilio half ihr aus ihrem Mantel. Sie blickte sich in Emilios Appartement um.

»Wow, das hätte ich nun wirklich nicht erwartet! Das ist ja wie aus der Zeitschrift ›Schöner Wohnen‹. Darf ich?«

Sie zog sich ihre Stiefel aus. Dann wanderte sie staunend herum, während Emilio einen ›Espresso Martini‹ zubereitete. Er schaltete seine Kaffeemaschine ein und stellte zwei Stielgläser in Tulpenform auf die Aufwärmplatte. Nach zwei Minuten füllte er je einen heißen, doppelten Espresso in die Gläser, rührte in jedes Glas vier Zentiliter Kaffeelikör, dieselbe Menge Wodka und gab einen Teelöffel braunen Zucker dazu. Er stellte die Gläser wieder kurz auf die Aufwärmplatte.

»Unser *Aufheizer* ist fertig Agnes!«

Sie nahmen auf der Leder-Couch Platz. Agnes genoss den wärmenden Cocktail.

»Mhmm – köstlich, genau das Richtige, Emilio! Du hast wirklich ein tolles Zuhause. Hast du das alles selbst entworfen?«

»In groben Zügen ja, aber eine befreundete Innenarchitektin aus Triest hatte mir bei der Umsetzung geholfen.«

»Aha, daher der begehbare Kleiderschrank, der lässt mein Herz höher schlagen. Das Wohnzimmer ist ja riesig und erst die vielen Bücher, deine umfangreiche Plattensammlung und die Wahnsinns-

Musikanlage. Störst du nicht die anderen Gäste im Haus, wenn du die aufdrehst?«

»Nein, mein Appartement verfügt über eine professionelle Schallisolierung nach außen und in meinem Wohnzimmer ist ein Schallabsorber installiert, der die störenden Nachhallgeräusche reduziert. Willst du mal hören?«

Er nahm eine Vinyl aus der Hülle, legte sie auf seinen Plattenspieler mit dem roten Glasteller und setzte den Tonarm auf. Aus den verborgenen Boxen erklang Duke Ellingtons ›I Can't Get Started‹ aus dem Album ›Piano in the Foreground‹ aus dem Jahre 1961 in voller Konzertlautstärke. Das Klavier, der Bass und das Schlagzeug des Trios waren so klar und abgestimmt zu hören, als ob man unmittelbar in der ersten Reihe des Konzerts saß. Agnes war beeindruckt. Dann entdeckte sie Emilios Schreibmaschine.

»Eine hellgrüne Hermes 3000, ich werd verrückt! Wer schreibt denn noch auf so was?«

»Ich. Die funktioniert hervorragend. Ich würde sie gegen keinen Laptop oder Ähnliches eintauschen wollen. Außerdem kann man sich keine Viren aus dem Internet einfangen.« Emilio drehte die Lautstärke seiner Musikanlage zurück.

»Was schreibst du denn?« Agnes war nun sehr interessiert.

»Romane, aber unter einem Pseudonym. Möglicherweise hast du schon mal eines gelesen.« Er nannte ihr einen Buchtitel.

»Das hast *du* geschrieben, ich fasse es nicht, Emilio! Der Roman war sogar auf der Bestsellerliste der Zeitschrift Spiegel. Ich habe ihn auch gelesen. Über Luca, den alten Fischer, der in einer Casone in der Lagune lebt und seine Geschichten erzählt. Richtig gut. Der Espresso Martini übrigens auch, denn ich müsste jetzt mal für kleine Prinzessinnen, wo…«

»Rechts ums Eck und dann geradeaus, den Gang nach hinten. Rechts ist das Badezimmer, falls du ein Bidet brauchst.«

Agnes stand auf und ging auf die Toilette. Nach einer Weile hörte er einen hellen Aufschrei. Dann ging sie in sein Badezimmer. Von dort vernahm er einen weiteren Aufschrei. Er begann sich langsam Sorgen zu machen, doch dann kam Agnes zurück, fast atemlos.

»Oh, tut mir leid, Agnes, ich habe ja ganz vergessen, dir die automatische Duschfunktion meiner Toilette zu erklären.«

»Ja das auch, aber das ist es nicht alleine. Ich habe dein tolles Jacuzzi entdeckt. Du bist ja verrückt, so was muss einem erst mal einfallen. Na ja, dein Badezimmer kann sowieso mit jedem Luxushotel mithalten!«

»Danke, aber wenn man schon alleine lebt, so wie ich, sollte man sich jede leistbare Bequemlichkeit gönnen. Biscotti auch, er wird übrigens von mir im Bidet gebadet.«

Agnes lachte laut, dann guckte sie Emilio treuherzig an. »Das klingt jetzt vielleicht ein etwas vermessen, aber mir ist noch immer ein bisschen kalt. Bei uns Naturblondinen ist das halt so. Wir sind empfindlicher als andere. Ein warmes Bad mit prickelnden Bläschen in deinem Whirlpool würde mir jetzt richtig gut tun, Erlaubst du mir das?…Bitte.«

»Kein Problem, Agnes, na klar. Ich schalte dir gleich ein. Du kannst dich einstweilen umziehen. Den begehbaren Kleiderschrank hast du ja schon entdeckt. Dort findest du alles, auch einen passenden Bademantel. Auch Handtücher sind ausreichend im Badezimmer vorhanden. Fühl dich wie im Wellnessbereich eines Hotels und genieße es. Die Fußbodenheizung ist bereits aktiviert. Ich schalte dir auch die kleinen Musikboxen im Bad ein, dann kannst du Duke Ellington weiterhin hören, wenn du im Whirlpool planscht. Aber schwimm nicht zu weit raus!«, fügte er grinsend hinzu. »An der rechten Wandseite über dem Whirlpool kannst du die Beleuchtung im Becken und an der Decke regeln. Die Sensoren sind wasserunempfindlich. Probier es aus, es macht Spaß. Meine Innenarchitektin würde sich freuen. Sie war besonders stolz auf diese Lichtinstallation. In der rechten Waschtisch-Schublade sind hochwertige Pflege- und Kosmetikprodukte, auch für Damen zu finden. Da ist sicher was für dich dabei. Ich bereite uns einstweilen ein Abendessen vor. Na, was hältst du davon?«

»Was ich davon halte? Das ist wie Weihnachten, Ostern und Geburtstag zusammen. Ich kann's kaum erwarten! Krieg ich auch ein Glas Prosecco mit?«

»Klar! Ich schenk einstweilen ein, während du dich umziehst.«

*

Gastroerotik

Emilio hatte vor, ›Fettuccine Alfredo‹ zu kochen. Dieses einfache Nudelgericht wurde in Rom von Alfredo di Lelio Anfang des zwanzigsten Jahrhunderts erfunden. Er bereitete nach den Gastronomie-Regeln des ›Mise en Place[19]‹ zunächst alle Zutaten vor und stellte seine Kochutensilien und das Kochwasser für die Pasta bereit. Ein Liter Wasser und einen Esslöffel Salz je einhundert Gramm Pasta besagte die italienische Regel. Fünfzig Gramm Butter und fein geriebener Parmesan waren die wichtigsten Zutaten für zweihundert Gramm Fettucine. Salz und besten Pfeffer würde er auch benötigen. Wenn Emilio kochte, sah die Küche meistens wie bei einem Fernsehkoch aus. Da die Zubereitung kaum zehn Minuten dauern würde, hatte er noch genügend Zeit. Die Teller stellte er bei fünfzig Grad in den Ofen, um sie vorzuwärmen. Zu diesem Gericht passte am besten ein Chardonnay aus dem Collio mit Aromen von Golden-Delicious-Äpfeln und reifem Pfirsich. Dann deckte er den Tisch.

Agnes kam aus dem Badezimmer, in einen seiner Vossen-Bademäntel aus Piqué gehüllt. Ihre Haare hatte sie bereits getrocknet und sie strahlte ihn mit rosigen Wangen an.

»Das war ein besonderer Genuss in deiner Wohlfühloase! Danke nochmals, Emilio. Wundere dich aber nicht über deine nächste Stromrechnung. Ich habe an sämtlichen Licht-Variationen herumgespielt und auch die Rückenmassagedüsen ausprobiert. Am besten fand ich die blaue Unterwasserbeleuchtung mit der Sternenhim-

---

[19] franz. an den richtigen Ort gestellt

137

mel-Simulation an der Decke! In dem Whirlpool haben ja zwei Personen bequem Platz. Du hättest mir ruhig Gesellschaft leisten können!«, fügte sie kokett hinzu.

»Schön, dass du es genießen konntest. Ich werde dir zum Ausgleich beim Abendessen Gesellschaft leisten. In zehn Minuten können wir essen.«

Agnes ging, um sich umzuziehen und Emilio begann zu kochen. Er gab die Fettuccine ins kochende Wasser und stellte den Timer auf vier Minuten, eine Minute früher als auf der Packung angegeben. Parallel dazu ließ er die Butter in der Pfanne schmelzen. Nach zwei Minuten gab er eine Kelle Pastawasser in die Pfanne und vermischte es mit der geschmolzenen Butter. Danach fügte er noch eine weitere Kelle Pastawasser und den Großteil des Parmesans dazu und verrührte alles in der Pfanne. Als der Timer klingelte, nahm er die Fettuccine aus dem Kochtopf, schwenkte sie in der Pfanne und streute den restlichen Parmesan dazu. Dann rührte er die Mischung vorsichtig so lange durch, bis seine Pasta von der cremigen Alfredo-Sauce überzogen war. Er gab frisch gemahlenen Pfeffer dazu und rieb etwas Muskatnuss darüber – fertig!

Agnes hatte sich inzwischen wieder angezogen und am gedeckten Tisch in der Küche Platz genommen, um Emilio beim Kochen zuzusehen. Er trug eine schwarz-weiß gemusterte Kochbluse und sogar einen Kochhut, damit keines seiner silbergrauen Haare in der Pasta landen würde. Jeder seiner Handgriffe wirkte, als ob er ein Kunstobjekt erschaffen wollte, was an seinen fließenden, präzisen Bewegungen lag. Sie musste lachen: Emilio hatte einen geradezu genussvollen Ausdruck im Gesicht. Emilio ahnte, was Agnes amüsierte.

»Ich bin ein sogenannter *Gastroerotiker*, Agnes. Essen und Sex sind ja seit jeher eng miteinander verbunden. Schon immer gab es Aphrodisiaka, und wir sagen, wir haben uns ›zum Fressen gern‹. Beides sind extrem sinnliche, oft irrationale, aber meist lustvolle Erfahrungen, die ein hohes Maß an Befriedigung bieten. Für mich ist Kochen das Vorspiel.«

»Oh, und ich bin dann wohl deine Nachspeise?«, sagte Agnes augenzwinkernd.

Jetzt musste Emilio lachen. »Da kannst du wieder die enge Verbindung von Essen und Sex erkennen. In beiden Fällen sagen wir manchmal *vernaschen*!« Emilio legte seine Kochbluse und den Hut ab. Er schenkte den Wein ein und sie aßen die dampfenden Fettuccine.

»Köstlich. Wie ein einfaches Gericht so gut schmecken kann«, stellte Agnes fest.

»Das ist der Vorteil der italienischen Küche. Sie kommt ohne Schnick-Schnack aus. Wesentlich sind die Zutaten, authentisch und frisch. Nicht ohne Grund wurde auf Initiative von Slow Food vor zehn Jahren eine Universität der Gastronomischen Wissenschaften in Pollenzo gegründet.«

Sie plauderten noch eine Weile angeregt, dann musste Agnes aufbrechen. Es war sehr spät geworden. Emilio weckte Biscotti und er brachte sie zu ihrem Hotel. Zum Abschied küsste Agnes ihn und er ließ es geschehen.

New York - Grado

Nimmersatt

Lena saß in ihrer Suite im Four Seasons Hotel in New York Downtown. Ihr Sohn Thommy war ins Schwimmbad des Hotels gegangen. Sie hatte die Beine hochgelegt und rief Emilio an. Er meldetet sich nach längerem Klingeln.

»Pronto. Ah, du bist es, Lena! Entschuldige, ich war gerade mit Biscotti spazieren und bin eben zur Tür rein. Es gießt in Strömen, wir sind beide klitschnass geworden.«

»Tut mir leid, ich hab ganz vergessen, dass du immer um halbdrei mit dem Dackel unterwegs bist. Bei uns in New York ist es zehn Uhr am Vormittag. Wie geht's euch?«

»Uns geht's gut. Bis auf das nasskalte Wetter. In Grado scheint halt auch nicht immer die Sonne. Wie gefällt es deinem Sohn in New York?«

»Der findet es ganz toll. Gestern sind wir im Central Park spazieren gegangen und dann mit dem Lift zur Aussichtsplattform des Empire State Building hoch gefahren. Am Abend waren wir am Times Square und haben uns eine Broadway Show angesehen. Heute Abend werden wir einen Jazz Club in Harlem besuchen. Morgen geht's nach China Town und Shoppen auf der Fifth Avenue. Für übermorgen haben wir noch nichts geplant.«

»Du hast ja einige Zeit in New York verbracht, muss schön sein, wieder mal dort zu sein.«

»Ich genieße vor allem die Zeit mit Thommy. Wir haben beschlossen, solche Trips öfter zu machen. Stell dir vor, der Vorschlag kam sogar von ihm!«

»Wo seid ihr denn abgestiegen?«

»Im Four Seasons, Emilio. Das liegt einfach perfekt.«

»Nobel. Da hatte unser Landsmann Wolfgang Puck übrigens sein erstes Lokal eröffnet, das CUT, mit eigenem Eingang von der Church Street aus. Zu Joe's Pizza in der Fulton Street geht ihr auch nur maximal zehn Minuten, der hat seit 1975 die beste Pizza in New York.«

Lena lachte. »Du denkst wieder mal nur ans Essen, Emilio!«

»Nein, ich denke vor allem an dich, Lena. Wobei…du schmeckst auch gut!«

»Hör auf. Ich vermisse dich, Emilio.«

»Du fehlst mir auch, Lena. Besuch mich doch bald wieder in Grado.«

»In drei Tagen fliegen wir nach Wien zurück. Weihnachten verbringen wir mit der Familie und Silvester auch. Danach würde ich gerne wieder zu dir kommen?«

»Das wäre toll, mach das. Ich habe übrigens deine Freundin, die Frau Weninger vor ein paar Tagen in Grado getroffen. Sie war wegen ein paar Terminen, die Ausstellung betreffend, angereist. Sie hatte mich angerufen und zum Essen eingeladen.« Dass sie am zweiten Abend nackt in seinem Jacuzzi gelandet war, verschwieg er lieber. Noch dazu, weil Lena selbst sein Appartement noch nie gesehen hatte.

»Oh, ich wusste zwar, dass sie nach Grado kommen würde, aber dass sie sich gleich an dich heranmachen würde, hätte ich mir denken können.«

»Sei beruhigt Lena, sie hat sich nicht an mich herangemacht. Ich habe ihr ein bisschen die vorweihnachtliche Atmosphäre mit den vielen Krippen gezeigt.«

»Ich kenne sie besser, Emilio. Sei auf der Hut. Sie ist ein kleiner *Nimmersatt* und durch und durch verdorben!«

»Aber sie ist doch deine Freundin, Lena!«

»Ja, deswegen weiß ich ja Bescheid. Sie ist übrigens pansexuell. Als wir beide noch jung waren, hat sie mich damals auch verführt!«

Sie lachten darüber. Emilio fand es vor allem interessant, dass Agnes ein Nimmersatt war. Das erinnerte ihn daran, dieses Thema bei seinem kommenden Arztbesuch in Triest anzusprechen.

»Verbringe noch ein paar schöne Tage mit deinem Sohn. Ruf mich bald wieder an, spätestens wenn du wieder in Wien bist!«

»Mach ich. Dir auch eine schöne Zeit und Bussis an Biscotti.«

Triest

Emilio mit heruntergelassener Hose

Emilio hatte eine Taxifahrt nach Triest gebucht. Er selbst besaß kein Auto. Das wäre in Grado ohnehin unnütz, also ließ er sich lieber fahren. Biscotti hatte er nach dem Frühstück zu Francesca gebracht. Die liebte das Dackelchen und Biscotti liebte sie. Emilio konnte das gut verstehen.

Eine knappe Stunde würde die Fahrt mit dem Taxi dauern. In den Sommermonaten nahm er meist die Fähre. Zweimal im Jahr hatte er einen Termin bei Dottoressa Paola Frivallecci. Sie war Ärztin für Innere Medizin und die Gruppenpraxis war auf Kardiologie und Urologie spezialisiert, nahm allerdings nur Privatpatienten. Seit seinem fünfzigsten Geburtstag suchte er sie regelmäßig auf. Das nötige Blutbild ließ er meist eine Woche vorher in Grado machen. Dottoressa Frivallecci war noch jung und das war gut so, denn Ärzte, die älter als er wären, würden vermutlich vor ihm sterben und dann müsste er sich wieder Neue suchen. Emilio kam immer gerne nach Triest. Mit einundzwanzig hatte er sein Studium an der Universität der Stadt begonnen und sie damals schätzen gelernt. Die Hauptstadt der Region Friaul-Julisch-Venetien im Nordosten Italiens, lag in einem schmalen Landstreifen zwischen der Adriaküste und dem Karst an der Grenze zu Slowenien. Triest vereinte in ihrem Stadtbild eine mittelalterliche Altstadt mit einem klassizistischen österreichischen Viertel. An klaren Wintertagen konnte man von der Piazza Unità d'Italia aus über die Adria blicken und in der Ferne die schneebedeckten Alpen erkennen. *Hinter* dem Meer!

Die moderne Praxis befand sich in der Via Bonaparte Napoleone, kaum zehn Minuten Fußweg vom Zentrum entfernt.

Er meldete sich an und setzte sich in den Warteraum. Als sein Namen aufgerufen wurde, trat er ein.

»Buongiorno Dottoressa! Schön, Sie wiederzusehen!«

»Buongiorno Signor Bombolone, come sta?«

»Bene, grazie.«

»Na, dann wollen wir mal sehen.« Sie hatte seinen Blutbefund am Bildschirm geöffnet und studierte ihn gewissenhaft. Dann blickte sie ihn über ihre Halbrandbrille an.

»Signor Bombolone, ich würde gerne noch ein EKG machen und eine Urinprobe nehmen. Dauert nicht lange.«

Die Ordinationshilfe erschien und Emilio ging mit ihr. Nach zwanzig Minuten wurde er wieder zu Dottoressa Frivallecci gerufen.

»Legen Sie sich bitte dort hin und ziehen Sie Ihre Hose etwas herunter.«

Emilio tat, wie ihm geheißen. Die Ärztin zog sich einen Handschuh über, untersuchte zuerst seinen Genitalbereich, dann forderte sie ihn auf, sich auf die Seite zu drehen und schob einen Finger in ihn, um seine Prostata zu ertasten. Bei dieser etwas unangenehmen Prozedur war es von Vorteil, dass seine Dottoressa schlanke Finger hatte. Das war einer der Gründe, warum Emilio grundsätzlich weibliche Ärzte bevorzugte.

»Sie können sich wieder anziehen, Signor Bombolone.«

Das tat er und setzte sich wieder auf den Besucherstuhl. Dottoressa Frivallecci blickte ihn mit ernster Miene über ihre Brille an. Emilio wurde etwas unwohl. Sie war zwar außerordentlich hübsch, aber jetzt schaute sie ihn wie eine Medizinerin an, die ihm gleich sagen würde, dass er nicht mehr lange zu leben hätte.

*

Mitten ins Komikzentrum

Plötzlich lachte die Dottoressa laut auf. »Tut mir leid, Signor Bombolone, nicht böse sein. Diesen Spaß kann ich mir ohnehin nur bei Ihnen erlauben. Es ist alles in Ordnung. Sie können sich wieder entspannen!« Sie kicherte noch immer.

Emilios Verkrampfung löste sich und dann musste er lächeln. Nicht nur vor Erleichterung, sondern weil er ja selbst oft ein Lausbub war und sie offenbar auch.

»Für einen Spaß bin ich immer zu haben, auch wenn er auf meine Kosten geht.«

»Danke.« Sie wischte sich ein paar Lachtränen aus den Augen.

»Über Ihre Blutwerte müssen wir aber trotzdem sprechen, Emilio. Ich darf Sie doch Emilio nennen?«

»Gerne, Paola.«

»Ihr Cholesterinspiegel ist etwas zu hoch. Das ist zwar noch im Rahmen, aber an der Obergrenze. Ich weiß von Ihnen, dass Sie sich im Prinzip sehr gesund ernähren, Emilio. Daher vermute ich, dass es am Alkohol liegt. Sie sollten vor allem die Cocktails reduzieren.«

»Ich trinke meist nur Campari Soda. Vielleicht sollte ich die Orangenscheibe weglassen?«

»Die ist noch das Gesündeste an diesem Getränk«, lachte Paola. »Im Ernst, etwas weniger Alkohol und dafür etwas mehr für die Muskeln. Mit dem Dackelchen täglich zu gehen, ist zwar kardiologisch gesehen ideal, aber im Alter baut man auch an Muskelmasse ab. Tun Sie etwas dagegen, so erhalten Sie auch ihr horizontales Hochleistungsniveau! Ja, apropos und mit Ihrem Schniedelwutz scheint soweit alles in Ordnung zu sein.«

»Der wurde in letzter Zeit etwas zu sehr beansprucht und da hätte ich eine Bitte an Sie, verehrte Paola. Sie haben mir doch bei meinem letzten Besuch im Juni eine Packung Wundertabletten für mich und meinen Freund mitgegeben. Die haben uns beiden sehr gut getan und es gab auch nur Bestnoten bei der Anwendung. Aber die Packung ist leer. Könnten Sie vielleicht…?«

Paola unterbrach ihn lachend, »Das war eine Großpackung mit fünfundzwanzig Tabletten, Emilio, und Sie sollten ohnehin immer nur die Hälfte nehmen!«, sie rechnete nach. »Dann hatten Sie ja zwei Mal pro Woche…«

Jetzt unterbrach Emilio sie. »Nein, öfter, denn ich habe ja nicht immer eine genommen!«

Er hatte offenbar mitten in ihr Komikzentrum getroffen. Jetzt mussten beide lachen und zwar so laut, dass die Ordinationshilfe bei der Tür hereinschaute, um festzustellen, ob bei der Frau Doktor und ihrem Patienten alles in Ordnung war. Als sie die Tür hinter sich geschlossen hatte, wandte sich Paola an ihn. Sie schmunzelte.

»Emilio, Sie haben mir sehr überzeugend dargelegt, dass es durchaus medizinische Gründe für eine weiterführende Medikation gibt. Außerdem scheint es mir nur loyal gegenüber Ihren, offenbar zahlreichen, Verehrerinnen zu sein, wenn ich Ihre *Standhaftigkeit* auch weiterhin unterstütze. Ich werde Ihnen, anders als beim ersten Mal, diesmal den Wirkstoff Tadalafil verschreiben. Es ist unter dem Markennamen Cialis bekannt und wirkt vierundzwanzig bis sechsunddreißig Stunden.«

Emilio schaute erschrocken drein und Paola bemerkte das. »Nein, Emilio, Sie brauchen keine Angst zu haben, dass Sie zwei Tage lang mit einem Phallus in der Hose herumlaufen. Mit sechsunddreißig Stunden ist im Prinzip gemeint, dass – wenn Sie Tadalafil heute zu sich nehmen – der Wirkstoff auch noch morgen für Ihr Lümmelchen verfügbar sein wird!« Dann blickte sie ihn nachdenklich an und fügte hinzu: »Sie sollten über eine Vasektomie nachdenken, Emilio. Mich wundert ohnehin, wie Sie bei Ihrem *ausschweifenden* Lebenswandel kinderlos geblieben sind. Aber es könnte immer noch passieren und wollen Sie mit bald sechzig noch Vater werden? Überlegen Sie es sich, ich gebe Ihnen eine Broschüre mit. Wir machen das in unserer Gruppenpraxis ambulant und schmerzfrei.«

Sie sprachen noch ein bisschen über das Thema, dann verabschiedete sich Emilio von seiner Lieblingsärztin, holte sich das Rezept bei der Ordinationshilfe und bezahlte seine Rechnung.

Er spazierte zum Buffet ›da Pepi‹ in der Via della Cassa di Risparmio. Hinter der Theke standen die Hohepriester der Fleischeslust und zelebrierten das seit Jahrzehnten gleiche Ritual: Mit einer zweizinkigen Gabel fischten sie Fleischstücke aus dem heißen Wasser und tranchierten sie mit einem großen Messer auf einer Marmorplatte. Emilio bestellte allerdings Ripperln aus dem Ofen, die er auf einem Teller in der Form eines Schweines bekam. Dazu genehmigte er sich ein Bier. Cholesterin hin oder her. Diese *Schweinerei* musste sein.

Grado

Pumps von Gionvita Rossi

Es war der Abend vor Weihnachten. Emilio hatte gerade geduscht und seine Lieblingsseife von Dr. Squatch verwendet. Dieses Naturprodukt aus Kiefernteer roch sehr männlich und die Haut fühlte sich danach weich und geschmeidig an. Allerdings hinterließ die Seife nach der Verwendung schwarze Partikel in der Duschtasse. Für jemanden, der gerne putzt, ein ideales Produkt. Emilio putzte eher nicht und wenn doch, dann keineswegs gerne. Zum Glück kümmerten sich Gabriella und ihr Reinigungsteam der Villa Giuliani um sein Appartement. Denen bezahlte er jeden Monat unter der Hand hundert Euro und gab meist noch ein großzügiges Trinkgeld.

Er zog sich gerade seinen eleganten Hausmantel aus ägyptischer Baumwolle an, als es an der Tür klopfte. Emilio schlüpfte in seine weichen Kalbsleder-Pantoffel, während Biscotti sofort lauthals losbellte. Emilio gebot ihm Ruhe und schickte ihn wieder auf seinen Platz. Emilio öffnete die Tür und da stand Frau Bartels. Sie war vor zwei Tagen im Appartement gegenüber eingezogen und kam aus Villach. Er war ihr ein paar Mal im Gang begegnet, sie hatte ihn stets angelächelt. Jetzt schien sie ihm etwas zu auffällig geschminkt und hatte offenbar auch zu viel Parfüm aufgelegt. Der Duft war allerdings durchaus verführerisch und der Anblick von Frau Bartels auch. Ihr eng anliegendes rotes Etuikleid betonte ihre Hüften und schmeichelte ihrer Figur. Dazu trug sie zierliche Pumps von Gionvita Rossi.

»Guten Abend, Herr Bombolone, entschuldigen Sie die Störung!«

»Buonasera Signora, keine Ursache. Was kann ich denn so spät noch für Sie tun?«

Frau Bartels errötete. »Nun, ich bin eben von meinem abendlichen Weihnachtsbummel heimgekommen und wollte mir, bevor ich zu Bett gehe, noch ein Glas Merlot aus dem Collio einschenken. Auf Rotwein kann ich ausgezeichnet schlafen. Ich muss wohl den Korkenzieher verlegt haben. Könnten ich mir bitte einen leihen?«

»Gerne Signora, aber es wird wohl besser sein, wenn ich kurz zu Ihnen rüber komme. Die Korken der Rotweine sitzen meist ziemlich fest. Ich helfe Ihnen gerne beim Öffnen. Ich ziehe mir nur rasch etwas an.«

»Oh, das brauchen Sie meinetwegen nicht, lassen Sie nur Ihren schönen Hausmantel an.«

Emilio meinte, aus der Stimme von Frau Bartels einen erwartungsvollen Ton herauszuhören. Er sagte Biscotti, dass er gleich wiederkäme, der hatte sich allerdings schon in sein Körbchen verkrochen. Vermutlich hatte ihn das Parfüm vertrieben. Biscotti bevorzugte eher sehr rustikale Gerüche.

Emilio holte seinen Weinöffner von Laguiole aus der Schublade, schloss die Tür hinter sich ab und folgte Frau Bartels. Als erstes viel ihm auf, dass die Stehlampe in ihrem Zimmer mit einem roten Seidentuch bedeckt war. Das sanfte rote Licht und eine flackernde Kerze erzeugten eine sehr romantische Stimmung. Im Hintergrund hörte er leisen, chilligen Jazz. Auf dem massiven Esstisch stand der Merlot. Emilio begutachtete das Etikett. Ein Toros Reserve aus Cormòns 14,5% vol – ein eleganter und kraftvoll strukturierter Wein, achtundzwanzig Monate in Barriques gereift. Er nickte anerkennend.

»Eine ausgezeichnete Wahl, Frau Bartels! *Der* zählt auch zu meinen Favoriten.«

Emilio machte sich daran, die Flasche zu öffnen. Jetzt erst fiel ihm auf, dass *zwei* Rotweingläser am Tisch standen.

Frau Bartels kam ganz nahe, ihre rot geschminkten vollen Lippen erwartungsvoll geöffnet und flüsterte:

»Wollen Sie uns nicht einschenken, Signor Bombolone?«

Emilio tat – fast wie in Trance – wie ihm geheißen.

»Salute Signora!«

»Salute Signor Bombolone. Danke für ihre Hilfe!«

»Nennen Sie mich doch Emilio, gern geschehen.«

»Ich bin die Gerda, Emilio – ich glaube, jetzt dürfen wir uns küssen?«

*

Emilio folgt dem Drehbuch

Als Gerda ihn küsste, durchströmte Emilio ein wohliges Gefühl. Der Abend schien einem Drehbuch zu folgen, hier, mit Gerda vor dem Esstisch. Gerda führte dabei offenbar Regie und Emilio fügte sich vergnügt in die ihm zugedachte Rolle. Er hatte heute Morgen bereits eine halbe Tablette des neuen Medikaments ausprobiert, das er in Triest erhalten hatte. Die Wirkung setzte bereits ein, Paola sei Dank! Ein tiefes Seufzen entrang sich Gerda, als Emilios starke, warme Hände über ihren Rücken zu den Hüften glitten und er sie eng an seinen Körper zog. Er küsste zärtlich ihren Nacken und berührte sanft mit seiner Zunge ihr Ohrläppchen. Sie erschauderte. Emilio ließ seine Hände behutsam unter ihr Kleid wandern, begleitet von Gerdas Stöhnen. Seine Überraschung war groß, als er feststellte, dass sie darunter nur einen winzigen Tanga trug, und er atmete scharf durch die Zähne ein. Emilio flüsterte ihr etwas Unanständiges ins Ohr, das ihr Verlangen nur noch mehr anheizte. Er öffnete den Reißverschluss am Rücken ihres Etuikleides und zog ihn ganz nach unten. Kurz ließ sie ihre kleinen festen Brüste sehen, die spitzen Brustwarzen erregt. Gerda drehte sich um, das Kleid glitt zu Boden und sie hielt sich an der Tischkante fest, Emilio den Rücken zugewandt. Der String-Tanga stellte ihren wohlgeformten Hintern zur Schau. Ihre Blicke trafen sich im großen Spiegel an der gegenüberliegenden Wand, in dem sie sich beide sehen konnten. Ihn befiel eine gewisse Unsicherheit und er zweifelte insgeheim, ob er nicht zu weit gegangen war. Doch als Gerda sich etwas tiefer über den Esstisch beugte und ihn über den Spiegel lächelnd anblickte, wusste er, was von ihm erwartet wurde. Er kam nun ganz nahe, küsste ihren Nacken und Gerda spürte seine zarten Berührungen. Sie bekam eine Gänsehaut bei dem Gedanken, dass dies erst der Anfang war. Sein Finger bewegte sich ganz langsam dem winzigen Saum ihres Höschens entlang, aber natürlich entging ihm nicht, dass sie inzwischen vollkommen feucht war. Behutsam strich er über ihre Spalte und schließlich steckte er seine Finger ganz in sie hinein und berührte dabei – wie zufällig – ihre Perle, bis Gerda es kaum noch aushielt. Emilio zog ihr rasch das nasse Höschen runter. Als der Tanga zu Boden fiel, stieg Gerda gekonnt mit dem rechten Fuß heraus und spreizte ihre Beine. Die Pumps behielt sie weiterhin an. Das leise Lachen Emilios fachte das Verlangen in Gerda noch mehr an. Sie konnte sich nicht erinnern, jemals einem Mann so ausgeliefert gewesen zu sein – schon gar nicht einem Fremden wie Signor Bombolone. Na ja, fremd war er ja jetzt nicht mehr – immerhin duzten sie sich schon. Aber sie hatte es schließlich geplant und genauso gewollt. Im Spiegel konnte sie sehen, dass Emilio seinen Hausmantel abgelegt hatte. Der Anblick von Emilios Erregung und seiner behaarten Brust ließ ihre Knie weich werden, und sie musste sich erneut an der Tischplatte festhalten. Sie schloss die Augen und spürte, wie er sich zwischen ihre gespreizten Beine schob, wie er in sie glitt – ganz tief – und dabei ihre geschwollene Perle streifte. Ein Gefühl der Vollkommenheit erfüllte sie, als er langsam begann, sie zu stoßen. Emilio stellte erfreut fest, dass ihre Pumps ihr Becken in eine perfekte Position für diese Liebesstellung brachte. Gerda spürte, wie Emilio ihre Pobacken leicht auseinander zog. Sie machte ein Hohlkreuz, womit sie ihm ein lustvolles Stöhnen entlockte. Nur allzu gerne hätte sie den Anblick genossen, der sich Emilios blauen Augen gerade bieten musste. Bei dieser Vorstellung wurde ihr ganz schwindelig. Gerda wimmerte im Takt seiner immer kraftvolleren Stöße, drängte ihm ihren Hintern heftig entgegen, während Emilio sie umfasste und ihre Perle reizte. Nun hielt sie es einfach nicht mehr aus. Eine

Woge erfasste sie, der Höhepunkt wollte gar nicht aufhören und sie schrie:

»Oh Gott, oh Gott, *Emiiliioh*!«

Emilio hielt einen Moment inne und betrachtete das Bild vor sich mit unstillbarer Begierde. Sie hatte einen perfekten Hintern, eine Pracht, wie von einem Künstler modelliert. Che culo![20]

Er beschloss, Gerdas Drehbuch etwas umzuschreiben, eine Fortsetzung sozusagen, und nun würde er selbst Regie führen.

»Emilio, was machst du? Da bin ich noch gänzlich unerfahren, du willst doch nicht etwa…?«

*

Versuchsapparaturen der Evolution

Es war Weihnachten, der Morgen des Heiligen Abends. Als Emilio und Biscotti nach ihrem Morgenspaziergang wieder zur Villa Giuliani zurückgekehrt waren, lag ein Briefkuvert vor der Wohnungstür. Er ging in seine Wohnung, gab Biscotti sein Frühstücksfutter, bereitete sich einen Espresso zu und setzte sich an den Küchentisch.

Dann öffnete er den Briefumschlag.

Caro Emilio.

Ich habe Dich verführt, ich weiß es und Du wusstest es auch. Du hast so wundervoll mitgespielt. Ich bereue nichts, ganz im Gegenteil. So viel Erotik hatte ich schon seit einer Ewigkeit nicht mehr. Was für eine Nacht! Ich habe jede deiner Zärtlichkeiten genossen, auch jene, die mir die letzte Jungfräulichkeit genommen haben. Eine lustvolle Erfahrung, die ich so nicht erwartet hätte. Du weißt offenbar genau, was Frauen

---

[20] Was für ein Arsch!

lieben und Du gibst es ihnen. Mir ist klar, dass man Dich nie ganz alleine für sich haben kann, denn Du hast nicht eine Frau, Du hast viele Frauen! Und ich gönne sie Dir und ich vergönne Dich den Frauen!

Ich bin schon sehr früh am Morgen nach Villach zurückgefahren, um Weihnachten mit meiner Familie zu verbringen. Ich bin verheiratet und wir führen eine gute Ehe. Aber ich bin eine Frau, die begehrt werden möchte und das hat mir in den letzten Jahren gefehlt.

Du hast mir dieses Weihnachtsgeschenk beschert. Danke.

Frohe Weihnachten,

Gerda

Emilio seufzte. Frauen waren für ihn komplizierte, fragile und schwer verständliche Versuchsapparaturen der Evolution. Aber er liebte sie trotzdem. Oder vielleicht genau deswegen?

*

Die Joghurt-Affäre

Er machte sich mit Biscotti auf den Weg zum örtlichen Schachverein. Am Weihnachtsvormittag traf man sich dort zu einem kleinen Weihnachtsbrunch. Auch Bruno war anwesend und in eine Partie gegen ein anderes Vereinsmitglied vertieft. Als Bruno sie erblickte, winkte er die beiden heran.

»Kommt, setzt euch zu uns. Du kennst ja Thobias vom la Botega.« Sie begrüßten sich und Emilio setzte sich. Biscotti spazierte einstweilen im Vereinslokal umher, suchte nach verwaisten Schachfiguren zum Spielen und bekam das ein oder andere Leckerli von den anderen Vereinsmitgliedern. Einer setzte ihm eine kleine Weihnachtsmütze auf und fotografierte ihn. Biscotti genoss es sichtbar, so viel Aufmerksamkeit zu bekommen. Wie sich später herausstellte, war der Fotograf ein lokaler Zeitungsreporter und Biscottis Bild in der nächsten Ausgabe erschienen.

»Thobias hilft mir gerade, eine der genialsten Schachpartien nachzuspielen, die ich für mein Buch verwenden werde. Es ist eine Partie aus dem Jahre 1956, als Bobby Fischer gerade einmal dreizehn Jahre alt war.«

»Warum ist die Partie so interessant?«, fragte Emilio. Er wusste, dass Bruno ein Bewunderer Bobby Fischers war. Thobias, selbst ein hervorragender Nachwuchsspieler, erklärte es ihm.

»Durch diese Partie, in der Fischer den internationalen Meister Donald Byrne mit schwarzen Figuren besiegte, wurde die Schachwelt auf ihn aufmerksam. Im elften Zug griff Fischer mit seinen Springer am linken Rand völlig ungedeckt die weiße Dame an. Ein paar Züge später opferte er seine eigene Dame und verschaffte damit dem Läufer den Zug auf das spielentscheidende Feld in der Mitte. Das waren die zwei besten Züge in der Geschichte des Schachs und ruinierten komplett die weiße Stellung des Meisters. Von da an beherrschte Fischer das Zentrum. Diese legendäre Partie hat immer noch alles, was Schach bieten kann: Überraschungen, Schönheit und Präzision. Bruno und ich spielen die Partie gerade zu Ende!«

Emilio konnte die Begeisterung der beiden spüren. Ein historisches Schachduell nachzuspielen war ein erhebendes Gefühl. Bruno machte sich während der Partie Notizen für sein Buch. Nach zehn Minuten hatten sie fertig gespielt und bestellten eine Karaffe Wein. Emilio rief Biscotti zu sich, der ihn aber ignorierte, da er gerade ein Stück Käse bekam. Emilio beschloss daraufhin, die Mittagsmahlzeit für seinen Dackel heute wegzulassen. Bruno war sehr gut aufgelegt, vielleicht lag es auch an dem guten Wein, jedenfalls gab er noch eine seiner vielen Geschichten aus der Welt des Schach zum Besten.

»Habt ihr schon mal von der *Joghurt-Affäre* gehört? Nein? also das war so…« Bruno nahm einen großen Schluck Wein und erzählte. Inzwischen waren auch andere Vereinsmitglieder aufmerksam geworden.

»An Dramatik hatte es bei der Weltmeisterschaft vor über fünfzig Jahren zwischen Karpov und Korchnoi nicht gemangelt. Die Spannungen spitzten sich wieder einmal zu, nachdem Korchnoi behauptete, dass die Essenswahl seines Gegners ein Geheimcode sei, der ihm Signale über die Stellung geben sollte. Während der Partien ließ Karpov sich nämlich immer wieder von jemandem Joghurt in verschiedenen Geschmacksrichtungen bringen. Korchnoi behauptete, dies sei eine geheime Botschaft, die Karpov helfen sollte zu betrügen. So begann die Joghurt-Affäre. Die Behauptung wurde von der Jury ernst genommen und es wurde eine Untersuchung eingeleitet. Es stellte sich heraus, dass ein Himbeerjoghurt geliefert worden war, kurz bevor Karpov in eine kritische Stellung am Brett geraten wäre. Man entschied sich für einen Kompromiss: Joghurt durfte in Zukunft zwar geliefert werden, aber nur in einer einzigen Geschmacksrichtung und immer zur gleichen Zeit während jeder Partie.«

Emilio warf ein: »Ich hätte mir an Karpovs Stelle zwar eher Wein in verschiedenen Aromen liefern lassen, aber die Idee finde ich gut!«

Man unterhielt sich noch eine Weile, dann leerten die meisten Mitglieder ihre Gläser und gingen nach Hause. Am Weihnachtstag sperrte das Vereinslokal nämlich pünktlich zu Mittag zu.

Man wünschte sich noch ein schönes Weihnachtsfest und verabschiedete sich voneinander.

Emilio und Biscotti gingen ebenfalls nach Hause. Weihnachten war für die beiden im Prinzip ein Tag wie jeder andere. Silvester würde interessanter werden.

*

Kurz vor zehn Uhr abends machten sich Emilio und Biscotti auf den Weg zur Piazza Maggio, wo das Silvesterkonzert stattfand. Die Temperatur war kühl, aber die Stimmung auf dem Platz war warm und lebendig. Familien, Freunde und Liebespaare strömten herbei, um gemeinsam das alte Jahr zu verabschieden und das Neue zu begrüßen. Als sie ankamen, hatte sich die Piazza bereits gefüllt. Die Klänge der Musik erfüllten die Luft und sie fanden überraschenderweise noch einen Sitzplatz, von dem aus man die Bühne gut sehen konnte. Emilio hatte für das Dackelchen eine Tragetasche und eine warme Decke mitgebracht, in der sich Biscotti hineinkuschelte. Die Musiker spielten voller Leidenschaft und die Menge wurde von den Melodien mitgerissen. Mit jedem Schlag der Uhr rückte Mitternacht näher. Man konnte das Knistern der Spannung in der Luft spüren, als nur mehr ein paar Minuten fehlten. Endlich schlug die Uhr zwölf und die Piazza erstrahlte in einem Meer aus Jubel und Umarmungen. Auch Fremde wünschten sich gegenseitig ein frohes neues Jahr und die Freude war greifbar. Auch Emilio bekam von vielen Damen die ihn kannten, seine Küsschen und Biscotti seine Streicheleinheiten.

Dann gingen sie nach Hause. Das anschließende Feuerwerk würde sich Emilio von seinem Südbalkon aus ansehen, der ausgezeichnete Sicht auf den Porto Mandracchio bot.

Um Punkt halb eins begann das Spektakel über dem Hafen. Bunte Lichter explodierten am Nachthimmel und spiegelten sich in allen Farben im Wasser. Biscotti störte die Knallerei Gottseidank überhaupt nicht. Er war genetisch bedingt *schussfest*, denn Dackel wurden immer schon für die Jagd gezüchtet. Er hob nur kurz den Kopf, dann schlief er weiter.

*

Emilios Nokia klingelte und sein Herz schlug schneller, als er Lenas Stimme hörte.

»Hallo Emilio!«, flüsterte sie sehnsuchtsvoll. »Ich hoffe, du kannst mich verstehen. Hörst du den Donauwalzer? Ich bin gerade mit Agnes am Wiener Silvesterpfad und es ist unglaublich! Tausende von Menschen sind hier und wir wünschen dir ein frohes neues Jahr!«

»Prosit an euch! Danke«, antwortete Emilio mit einem Hauch von Sehnsucht in seiner Stimme. »Ich stehe gerade auf meinem Balkon und genieße das atemberaubende Feuerwerk über dem Hafen. Es ist erstaunlich, wie viele Menschen sich dieses Silvester in unserer Lagunenstadt versammelt haben, fast so viele wie im Sommer. Das solltet ihr euch auch einmal gönnen.«

»Ja, aber diesmal hätte es leider nicht geklappt«, erwiderte Lena. »Agnes und ich werden jedoch in zwei Wochen wieder nach Grado reisen, geschäftlich sozusagen. Zum Glück haben wir noch Zimmer im Astoria bekommen.« Lena senkte ihre Stimme und schirmte ihre Lippen mit der hohlen Hand ab. »Ich freue mich schon so sehr auf das Feuerwerk mit dir, Emilio!«, hauchte sie ins Telefon.

Emilio spürte ein Ziehen in seiner Leistengegend, als er Lenas Worte hörte. »Biscotti und ich würden uns unglaublich freuen, wenn ihr uns besuchen kommt. Ich ganz besonders. Und ich werde es genießen, wenn ich es entzünden darf!«, flüsterte er leidenschaftlich, »und liebe Grüße auch an Agnes!«

Nachdem sie das Telefonat beendet hatte, wandte Lena sich an ihre Freundin.

»Liebe Grüße von Emilio. Er freut sich schon darauf, uns wieder zu sehen.«

»Na dich sicher mehr als mich, Lena. Ihr solltet es mal in seinem Jacuzzi treiben. Wenn er dann noch die Sprudeldüsen zusätzlich zu seinem Massagestab aktiviert, wirst du dich vermutlich in

Ekstase auflösen. Bei der Vorstellung könnte ich glatt einen *Frauensteifen* bekommen!«

Lena musste zuerst über das lose Mundwerk ihrer Freundin lachen, dann wurde sie plötzlich ernst. »Woher weißt du eigentlich, dass Emilio ein Jacuzzi hat, Agnes?!«

In der folgenden Stunde musste Agnes sehr viel Geduld aufbringen, um dem Erklärungsbedarf ihrer Freundin gerecht zu werden. Agnes erzählte ihr alles und ließ auch kein Detail aus. Lena benötigte einige Gläser Champagner, bis sie schließlich akzeptierte, dass ihre Freundin zwar nackt in Emilios Whirlpool gelandet war, er sich aber als wahrer Gentleman erwiesen hatte. Letztlich verzieh sie ihrer Freundin. Agnes war halt eine sehr freizügige Frau. Genau genommen war sie ihr sogar dankbar für diese Episode, denn sie spürte plötzlich nicht nur dieses unglaubliche Verlangen nach diesem Mann in Grado. Da war *noch* ein Gefühl, das langsam in ihr aufkeimte…

London - Wien

Christmas Pudding

Bornbeh war nach London zurückgekehrt. Mit Gagelmann hatte er vereinbart, dass man sich wieder in Wien treffen würde, sobald die technischen Analysen abgeschlossen waren und das Ergebnis feststünde. Gemeinsam mit der Baronesse würde man dann das weitere Vorgehen festlegen. In Wien hatte Bornbeh noch vor seiner Abreise alle Spuren in seiner Fälscherwerkstatt im Airbnb-Appartement beseitigt und die Schlüssel hinterlegt. Bezahlt hatte er ohnehin bereits im Vorhinein. Er hatte sich schon sehr auf das Wiedersehen mit Francis in London gefreut. Er berichtete ihm alles über seinen Aufenthalt in Wien, über den wiederentdeckten Auchentaller und die zu erwartende Entwicklung. Nun, nicht alles. Ein paar Details, dass er, Rick, beispielsweise als Auftragsfälscher für die Baronesse

tätig geworden war und sogar seinen Freund aus alten Tagen reingelegt hatte, ließ er lieber aus. Aber alles andere stimmte. Auch
dass die Baronesse ihn mit dreißig Prozent am Verkaufserlös beteiligen würde. Francis freute sich mit ihm. Am 24. Dezember bereiteten sie gemeinsam alles für das große Fest vor. Für den 25. hatten
sie ihre engsten Freunde eingeladen. Sie hängten rote Socken an
den Kamin, die mit kleinen Präsenten für ihre Gäste gefüllt waren.
Zum klassischen Weihnachtsessen am 25. Dezember gab es zu
Mittag Truthahn und zum Nachtisch den *Christmas Pudding* – eine
mit Trockenobst und Brandy zubereitete Speise. Ihre Gäste waren
begeistert. Am Nachmittag versammelten sich dann alle vor dem
Fernseher, um der traditionellen Weihnachtsansprache des King
Charles III. zuzuhören. Die Tage bis Silvester verbrachten Rick
und Francis sehr entspannt und machten ausgedehnte Spaziergänge
in den großen Londoner Parkanlagen. Mit dem Silvesterfeuerwerk
in London endete das Jahr 2023.

Bereits eine Stunde früher als in London hatten die Baronesse
Hemma von Gerstl und der Kunsthändler Thaddäus Gagelmann
unabhängig voneinander den Jahreswechsel in Wien hinter sich
gebracht. Um Mitternacht hatte die Glocke im Wiener Stephans-
dom (die *Pummerin*) mit zwölf Schlägen das neue Jahr eingeleitet.
In den Straßen der Innenstadt wurde zum Donauwalzer getanzt.

Die Baronesse, der Kunsthändler und der Fälscher blickten –
jeder für sich und an einem anderen Ort – hoffnungsvoll dem Jahr
2024 entgegen.

Jänner 2024

Grado

Böse und gute Hexen

Am fünften Januar richteten sich alle Augen auf den Porto Mandracchio. Pünktlich zum Sonnenuntergang fuhren die legendären Meereshexen, die Varvuole, mit ihren typischen Lagunenbooten ein. Der Stadtschreier Zef schlug Alarm und die Frauen eilten nach Hause, verriegelten Türen und Fenster, rieben sie mit Knoblauch ein und besprengten das Haus mit Weihwasser, um ihre Kinder zu schützen. Die Ankunft der Hexen war ein eindrucksvolles Schauspiel. In Mänteln aus Netzen, mit Draht-Hüten, Holzbeinen, langen spitzen Zähnen und glühenden Augen landeten die Varvuole unter lautem Geschrei und wilden Tänzen. Sie waren bekannt dafür, ungezogene Kinder zu rauben und Häuser zu plündern. Die Legende ging auf die Uskoken zurück, Piraten Dalmatiens, deren besonders auffällige Kleidung die Fantasie der Einwohner beflügelte. Neben der Erinnerung an die grausamen Piraten symbolisierten die Varvuole die ewige Angst vor dem unbekannten Meer. Auch Emilio und Biscotti wohnten dem Spektakel bei. Der Hafen war von einer surrealen Atmosphäre erfüllt zwischen den Lichtern, dem Nebel und den schrecklichen Schreien der Hexen. Die Hexen hatten vor nichts Angst außer vor Knoblauch, Weihwasser und… einem kleinen Dackel. Der bellte die Varvuole nämlich wütend und zähnefletschend an, wenn sie ihm zu nahe kamen. Hätten die Gradeser bereits im siebzehnten Jahrhundert einen Zwergdackel namens Biscotti besessen, Piraten und Hexen hätten Grado wohl für immer gemieden.

In der Nacht zum sechsten Jänner flog dann die Befana[21], eine mysteriöse und faszinierende Figur, auf ihrem Besen durch das Land. Sie war eine alte Frau, deren Aussehen an eine Dämonin oder Hexe erinnerte, aber ihr Herz war voller Güte und Freude. Die Kinder hängten wie jedes Jahr ihre Socken am Kamin auf, in der Hoffnung, dass Befana sie mit allerlei Naschereien und kleinen Geschenken füllen würde. Befana war zwar streng, aber gerecht. Unartige Kinder mussten sich mit einer Kohle begnügen, die sie daran erinnern sollte, dass es wichtig war, immer brav zu sein. Inzwischen hatte es sich in Italien eingebürgert, statt der Kohle eine schwarz eingefärbte süße Zuckermasse, die Carbon Dolce, zu verwenden. Die Befana brachte nicht nur Geschenke, sondern auch Hoffnung und Magie in die Herzen der Kinder, während sie durch die Nacht flog.

Biscotti fand am nächsten Morgen in seinem Fressnapf einen Markknochen vor, denn Befana hatte auch ein Herz für liebe Dackel.

*

Frau Hauptmann

Als Emilio die Signora Capitana Alice l'Ammorbidare in ihrer dunkelblauen Uniform der Carabinieri mit den scharlachroten Rockaufschlägen, den silbernen Epauletten und einem Zweispitz auf dem Kopf erblickte, blieben er und Biscotti stehen. Die großgewachsene Dunkelhaarige schritt wie eine Amazone mit erhobenem Haupt die Viale Dante Alighieri entlang. Sie war vom Kommando der Carabinieri in der Nähe des Kongresszentrums zur Station der lokalen Polizei unterwegs. Den Gradesern blieb nichts verborgen. Schon vor Wochen hatte man gehört, dass eine Capitana

---

[21] der 6. Januar ist l'Epifania (Dreikönigstag), ein Feiertag in Italien

aus Triest zu den Gradeser Carabinieri entsandt worden war, um diese bei den umfangreichen Vorbereitungen für die Auchentaller-Ausstellung im Mai zu unterstützen. Man munkelte, sie gehöre einer Spezialeinheit der Carabinieri zum Kulturgüterschutz an. Als sie das Dackelchen erblickte, erging es ihr wie den meisten Italienerinnen.

Ein Lächeln zauberte sich in ihr bildhübsches Antlitz, sie blieb stehen und sagte: »Oh, wie schön!«

Emilio antwortete schlagfertig: »Und wie gefällt Ihnen mein Dackel?«

Sie verzog keine Miene, machte einen Schritt auf Emilio zu. »Wir wurden uns noch nicht vorgestellt, oder?«

»Ich bin Emilio Bombolone und das ist mein Dackel Biscotti, sehr erfreut!«

Das Lächeln kehrte langsam wieder zurück. Sie schüttelte den Kopf. Vermutlich hatte es zuvor noch nie jemand gewagt, so offensichtlich mit ihr zu flirten und das, obwohl sie ihre Uniform trug und im Dienst war.

»Ich heiße Alice l'Ammorbidare und bin Capitana bei den Carabinieri. Wohnen Sie in Grado, Signor Bombolone?«

»Ja. Es freut mich, Sie kennenzulernen, Signora Capitana. Wir Gradeser tratschen schon seit Wochen über Sie. Wer so attraktiv ist und dann noch eine Uniform der Carabinieri trägt…Sie wissen doch, wie wir Männer ticken. Mir und meinem Dackel haben Sie jedenfalls den Morgenspaziergang versüßt.«

Jetzt lächelte sie den attraktiven Herren mit den silbergrauen Locken an. »Dann will ich Sie und Ihren süßen Bassotto[22] nicht länger von Ihrem Spaziergang abhalten. Schönen Tag noch, Signor Bombolone!« Sie drehte sich um und schritt davon. Emilio blickte ihr versonnen nach. Biscotti auch.

---

[22] Ital. für Dackel

Wien

Die Besprechung der Wiener Ermittlergruppe im BK fand kurz vor Dienstschluss statt. Aspirantin Wostracek berichtete, was ihre ehemaligen Kollegen vom Labor der Akademie der Bildenden Künste bei der Materialanalyse des Auchentaller-Aquarells herausgefunden und ihr vorab mitgeteilt hatten.

»Das Labor hat nicht nur die üblichen Tests gemacht. Durch mein Interesse wurde auch das Ihre geweckt. Obwohl das Verfahren sehr kostspielig ist, haben die Laborratten zusätzlich eine Röntgenuntersuchung durchgeführt. Damit hätte man sehen können, ob es Vorzeichnungen auf dem Originalpapier gab, oder ob die Signatur des Künstlers wesentlich später als das Aquarell hinzugefügt worden war. Nun, kurz gesagt, es handelt sich um ein Original von J.M. Auchentaller! Die umfangreiche Materialanalyse hat alle Zweifel ausgeräumt.«

»Sie haben es ja vorhergesehen, Frau Wostracek. Und Sie haben uns auch erklärt, wie ein professioneller Fälscher das hinkriegen würde. Die Frage ist, war's das oder sollen wir die Sache weiter verfolgen?« Major Unger war etwas enttäuscht. Inspektor Vimladil gab noch nicht auf.

»Die Gitti hatte recht, es wäre ja wohl auch zu einfach gewesen. Wir haben aber, falls es sich tatsächlich um eine Fälschung handeln sollte, noch ein paar Optionen. Das Bild geht ja an die Baronesse und die, das wissen wir über unsere Gesprächsmitschnitte, will es ja bei der Auktion in Grado versteigern lassen. Wir wissen auch, dass sie noch zwei weitere Bilder von Auchentaller auf den Markt bringen wird, die beiden Aktstudien. Das Auktionshaus wird also weitere Überprüfungen anstellen, die Provenienznachweise beispielsweise.«

»Sie haben Recht Vimladil. Die haben Kunsthistoriker, da gibt es sicher noch Einiges zu prüfen. Warten wir also vorerst ab. Ich gebe der ARCT über unseren Ermittlungsstand Bescheid.«

Major Unger, Inspektor Vimladil und Aspirantin Wostracek spazierten auf ein *Stehachterl*[23] zu einem Würstelstand in der Nähe. Die anschließende Diskussion, wie man nun die Wettschuld mit den schon vertrockneten Christbäumen bei der Gitti Wostracek einlösen könnte, dauerten bis spät in die Nacht.

Grado

Wenn zwei das Gleiche wollen, ist es noch lange nicht dasselbe

Lena und Agnes kehrten erneut nach Grado zurück und logierten wie gewohnt im Hotel Astoria. Ihre Zeitpläne waren vollgepackt mit Terminen und Verpflichtungen. Agnes hatte einen Termin bei Signora l'avvocata Grecco, der Anwältin der Stadt Grado und am nächsten Tag würde sie sich mit den Carabinieri in Verbindung setzen, um die Sicherheitsmaßnahmen während der Ausstellung zu besprechen. Außerdem hatte man ihr einen wichtigen Kontakt genannt, der ihr vertrauliche Informationen liefern konnte. Diese Kontaktperson war Signora Capitana Alice l'Ammorbidare, eine Verbindungsperson der Sonderabteilung für Kulturgüterschutz der Carabinieri in Grado. Agnes wollte auch Emilio wiedersehen.

Lena wiederum hatte vor, sich den Konferenzkomplex für die Auktion im Hotel Astoria genauer anzusehen und die Detailabläufe zu planen. Die Zutrittsregelungen und die Sicherheitsmaßnahmen mussten unbedingt geklärt werden. Der Manager und der Leiter des Sicherheitspersonals würden sie bei ihrer Besichtigung begleiten. Mit Zelindo Monura, einem Gradeser Maler und Sachverständigen hatte sie sich ebenfalls verabredet. Monura war bekannt für sein Fachwissen über den Jugendstil in Italien und hatte sich intensiv

---

[23] ein Glas Wein, dass man im Stehen trinkt

mit dem Secessionisten Auchentaller und seiner Malerei in Grado befasst. Emilio war es, der ihr diesen Kontakt empfohlen hatte.

Sie wollte auch Emilio unbedingt wiedersehen. Bei ihrem letzten Telefonat, wo sie auch über Agnes und sein Jacuzzi geplaudert hatten, hatte er ihr seine Assoziation mit der Ildefonso-Werbung gestanden. Sie rief ihn an. »Hallo Emilio, deine beiden Nougats sind wieder in der Stadt. Ich hoffe, du bevorzugst den Dunklen?«, flötete sie neckisch ins Telefon.

»Hm, die Frage bringt mich in einen Konflikt. Ildefonso gibt es ja nur als Nascherei mit beiden Nougatvarianten gleichzeitig. Es ist *ein* Würfel. Selbst wenn ich dunklen Nougat bevorzugen würde, müsste ich zwangsläufig beide gleichzeitig vernaschen. Was hältst du davon?«

Lena musste herzlich lachen. Emilio ließ schon wieder den Lausbub aufblitzen, aber das mochte sie ja an ihm. Er brachte sie zum Lachen. Wie hatte er damals in der Lounge Bar gesagt – ›lebe fröhlich und hab Spaß!‹

»Das hättest du wohl gerne! Kann ich dich morgen sehen?«

»Ja. Wollen wir essen gehen?«

»Nachher. Vorher habe ich noch was Anderes mit dir vor«, hauchte Lena ins Telefon. »Komm zu mir ins Hotel. Meine Zimmernummer ist dieselbe wie letztes Mal. Passt sechs Uhr für dich?«

»Gerne. Ich reserviere dann einen Tisch für acht Uhr! Ich freue mich schon auf meine Schöne!«

Kaum hatte Emilio aufgelegt, läutete sein Nokia schon wieder. Agnes.

»Hallo Emilio. Endlich ist die Leitung nicht mehr besetzt. Vermutlich hat dich Lena angerufen? Sie spricht ohnehin dauert von dir. Na, hattet ihr Telefonsex oder was hat da so lange gedauert? Na egal, ich wollte dich fragen, ob du morgen zwei bis drei Stunden Zeit für mich erübrigen könntest?«

Emilio schmunzelte. Agnes brachte ihn immer wieder aus dem Konzept, aber sie hatte Humor und das schätzte er an ihr, so wie andere Attribute auch.

»Morgen Abend hab ich schon was vor, aber tagsüber hätte ich Zeit? Worum geht's denn?«

»Ich habe morgen um zehn einen wichtigen Termin bei einer Capitana l'Ammorbidare im Carabinieri-Kommando in Grado. Da findet auch eine Videokonferenz statt. Ich kann zwar ein bisschen Italienisch, aber mir wäre lieber, ich hätte einen Dolmetscher dabei und da dachte ich an dich, Emilio?«

Emilio horchte auf. Hatte Agnes tatsächlich von der Amazone gesprochen? Was für ein Zufall.

»Mach ich gerne für dich. Wann und wo sollen wir uns treffen?«

Emilio nahm sich vor, morgen sicherheitshalber eine ganze Tablette zu schlucken.

*

Gutes tun und die Spatzen pfeifen lassen

Er traf den *Bücherwurm* nach seinem Nachmittagsspaziergang zufällig in der Bar Odeon. Im Park war Sandro heute vormittag nicht gewesen, denn es war für Grados Verhältnisse bitterkalt geworden. Da zwischen Mitte Jänner und Anfang April viele Lokale nur an wenigen Tagen die Woche offen hielten, verfügte Sandro auch über mehr Freizeit und nutzte dies für weitere Studien. Biscotti begrüßte seinen Freund aus dem Park schwanzwedelnd und bekam umgehend ein Leckerli. Emilio freute sich auch, ihn zu sehen und fragte, ob er sich zu ihm setzen dürfe. Er bestellte einen Campari Soda. Dann erkannte er das Buch, das Sandro gerade studierte. Neben sich hatte er ein Notizbuch liegen, das offenbar schon viele Einträge hatte. Sandro blickte ihn mit ernster Miene an. »Ich habe mit den sieben Weltreligionen abgeschlossen. Du hattest Recht, Emilio.

Wenn, dann ist der Taoismus noch die Akzeptabelste. Daher interessieren mich jetzt die verschiedenen philosophischen Ideen. Aber nicht die Lehren von jenen, die vor über zweitausend Jahren gelebt haben, das wäre mir zu umfangreich. Von deinem Favoriten hast du mir bereits erzählt – Epikur. Ich fang verkehrt herum an, nämlich mit den Aktuellsten!«

»Und deshalb hast du dir den Weltverbesserer unter den Philosophen, den Peter Singer vorgenommen?«

»Du weißt doch sicher, was Altruismus bedeutet, Emilio?«

»Wer anderen hilft, ohne eine Gegenleistung zu verlangen, handelt altruistisch!«

»Richtig, somit bist du nicht nur Epikureer, sondern auch ein Altruist! Du hast *mir* geholfen. Ich weiß, dass du die Besitzerin der Incoming-Agentur, Signora Santis, auch finanziell unterstützt und du hinterlässt in der Bar Odeon immer einen Caffè Sospeso. Du hast noch nie eine Gegenleistung verlangt!«

»Woher weißt du denn das alles?« Emilio war erstaunt.

»Als Kellner im da Ovidio erfährt man so Einiges. Ich treffe ja auch manchmal andere aus meiner Branche. Da wird viel geredet. Die Gradeser schätzen dich, obwohl du schon manchmal ein eigensinniger Kautz bist!«

»Meine Mutter hatte einen Spruch, den ich schon als kleines Kind kannte: ›*Fröhlich sein, Gutes tun und die Spatzen von den Dächern pfeifen lassen!*‹ Danach handle ich schon mein ganzes Leben lang. Ich bin sicher, Epikur war auch so. Was hat das aber mit Peter Singer zu tun?«

»Wer so viel Gutes wie möglich tun will, sollte besser auf seinen Verstand hören als auf seinen Bauch. Diese simple Idee ist der Ausgangspunkt einer neuen und sozialen Bewegung – des ›effektiven Altruismus‹. Peter Singer, einer der Gründerväter, zeigt, wie effektives Spenden im Prinzip möglich und erfolgversprechend sein kann.«

»Ich will ja gar nicht so viel Gutes wie möglich tun, sondern nur das Richtige. Ich höre auch selten auf meinen Verstand, sondern folge meist meinem Bauchgefühl. Ich mag auch keine Prinzipien. Ich bevorzuge Vorurteile!«

Sandro schmunzelte über Emilios Bonmot.

»Wusstest du, dass der effektive Altruismus besonders im Herzen von Silicon Valley und an der Wall Street auf fruchtbaren Boden gefallen ist? Der Ansatz, der stark auf Daten, Analysen und messbare Ergebnisse fokussiert, passt perfekt zur Welt der Tech-Unternehmer und Börsianer. Es gibt Milliardäre, die die Hälfte ihrer Gewinne und Einkommen spenden!«

»Findest du es ethisch, Milliarden durch den rücksichtslosen Verbrauch unwiederbringlicher Ressourcen zu verdienen, nur um dann die Hälfte dieses Geldes an *die* Armen zu spenden, deren Lebensgrundlagen man zuvor zerstört hat?«

»Da ist was dran, Emilio.« Sandro wurde nachdenklich.

»Hör mal Sandro, du bist so ein intelligenter und wissbegieriger junger Mann, verbringe deine Zeit doch nicht ausschließlich mit Büchern. Ich weiß wovon ich rede, ich bin ja faktisch in einem Buchladen aufgewachsen. Auf Dauer ist auch die Anstellung im da Ovidio nichts für dich. Du musst raus aus deiner Isolation!«

»Ich hatte tatsächlich vor, mich nach etwas Interessanterem umzuhören. Wo ich auch direkter mit Menschen zu tun habe, außer ihnen Speisen und Getränke zu servieren. Das hab ich ja schon vier Jahre lang im Hotel Rixos Al Nasr in Tripolis gemacht.«

Emilio hatte eine Idee. »Ich hätte da vielleicht etwas für dich. Die Agenturchefin, Signora Santis sucht jemanden für ihr Büro, der aber auch bei Bedarf Führungen übernehmen könnte. Du sprichst doch sehr gut Englisch? Das könnte dir doch gefallen?«

»Ja, aber ich weiß doch kaum was über die Kultur und Geschichte Grados. Wie soll das gehen?«

»Indem du deinen Fokus beim Lesen und Studieren genau auf dieses Thema neu ausrichtest. Ich kann dir dabei helfen, die richtigen Bücher zu lesen. Wenn du mich dann ein paar Mal bei meinen Führungen begleitet hast, weißt du, worauf es ankommt. Na, was hältst du davon, Sandro?«

»Ich denke darüber nach. Bis wann müsste ich mich entscheiden?«

»Bis Anfang Februar. Dann hast du noch zwei Monate Zeit, dich einzuarbeiten, bevor die Saison beginnt.«

Emilio schaute noch bei Francesca vorbei und erzählte ihr von seiner spontanen Idee.

»Aber Emilio, ich kann doch einen weiteren Angestellten neben meiner Halbtagskraft gar nicht bezahlen.«

»Kannst du, Francesca. Das Gehalt für Sandro für die ersten zwei Jahre übernehme ich. Er darf es nur nie erfahren!«

»Warum tust du das nur alles für mich?«

»Weil ich *altruistisch* bin, hat mir Sandro gesagt,…und weil ich dich liebe!«

Er gab ihr ein Küsschen auf die Stirn und ging mit Biscotti nach Hause. Francesca blieb noch eine Weile stehen und blickte den beiden nachdenklich nach. Sie hatte einen Entschluss gefasst.

*

Staccato

Nach dem Flug und der Besprechung mit der Gradeser Anwältin hatte Agnes für den Nachmittag eine Thalassobehandlung in der Terme Marine, der Kuranstalt von Grado, gebucht. Zuerst wurde ihr Körper mit angewärmtem reinen Meeresschlamm, der eine hohe Konzentration an Mineralsalzen besaß, eingepackt und nach einer weiteren halben Stunde mit lauwarmen Meerwasser abgespült. Nach einer Pause im Ruheraum und einem Tee bekam sie eine Algenpackung, die zur Förderung der Durchblutung und als Feuchtigkeitsspender diente. Agnes hatte zwar noch kaum Cellulite, aber sie fand, dass Algenpackungen immer eine gute Idee waren, denn sie wirkten wohltuend für ihre Haut und sehr entspannend. Zum Abschluss ihrer Wellness-Behandlungen wollte sie den herrlichen Meerwassernebel im türkischen Dampfbad genießen.

Grundsätzlich galt in italienischen Schwimmbädern Badehaubenpflicht und in Sauna- und Dampfbädern musste man Badekleidung tragen. Als Wienerin hielt Agnes wenig von solch prüden Regeln, wie auch von vielen anderen nichts. Sie hüllte sich also – nackt wie sie war – einfach in ein Badetuch. Beim Betreten des nur für Frauen vorgesehenen Dampfbades konnte sie zunächst aufgrund des dichten Nebels nicht erkennen, ob noch andere anwesend waren. Vorsichtig tastete sie sich zur Mitte der dreistufigen, mit Mosaik verfliesten Bankreihen vor, setzte sich und streifte ihr Badetuch ab. Sollten doch die anderen denken was sie wollten. Mit einem entspannten Lächeln lehnte sie sich zurück und ließ sich von den leisen, fernöstlichen Musikklängen verzaubern. Die Beleuchtung im Dampfbad wechselte von Zeit zu Zeit und tauchte den Raum in verschiedene sinnliche Farben.

Als das Licht nach einer Weile in ein warmes Gelb überging, sah Agnes durch den Nebel eine schlanke, hochgewachsene Frau neben sich sitzen. Sie erkannte sie sofort wieder, denn sie war ihr bereits im Thermal-Schwimmbad und später bei den Duschen begegnet. Die Frau hatte ihr zugelächelt und war ihr sympathisch gewesen. Es schien, als würde das Schicksal sie nun erneut zusammenführen. Mit ihren langen schwarzen Haaren und ihrem makellosen Körper wirkte sie wie eine Amazone, deren Anblick Agnes faszinierte. Sie war ebenfalls gänzlich nackt. Die Frau hatte kleine, aber feste Brüste, sanft geschwungene Hüften und einen äußerst knackigen Po. Agnes konnte nicht anders, als ihre Blicke über den Körper der Unbekannten gleiten zu lassen. Dabei fiel ihr auf, dass auch sie ihren Intimbereich völlig enthaart hatte – genau wie sie selbst. Unvermittelt fühlte sie eine sanfte Berührung an ihrem Nacken. Agnes konnte sehen, wie die wunderschöne Schwarzhaarige sich ihr zugewandt hatte und sie mit einem betörenden Lächeln ansah. Mit zarten Fingern strich sie langsam und sinnlich über ihren Rücken. Die Wassertropfen, die sich auf ihren nackten Körpern gebildet hatten, verwandelte der Dampf in einen romantischen Weichzeichner. Agnes hielt den Atem an und wagte nicht, ein Wort zu sagen. Die Unbekannte liebkoste nun mit ihrer linken Hand zärtlich Agnes Brust und ließ ihren Daumen spielerisch ihre Brustwarze umkreisen. Gleichzeitig spürte sie, wie sie ihren Hintern streichelte und einen Finger vorsichtig zwischen ihre Pospalte schob. Ein wohliger Schauer durchfuhr Agnes und sie richtete sich etwas auf, um die Berührung intensiver zu spüren. Doch bevor Agnes ihre Hände ausstrecken konnte, um die Brüste der Unbekannten zu berühren, wurden ihre Hände sanft weggezogen und die Frau flüsterte: »Nein, *diesmal* nicht!«

Agnes spürte, wie die Unbekannte ihre Hand auf ihren Oberschenkel legte und sie dorthin bewegte, wo es feuchter nicht sein konnte. Sie strich mit einem Finger langsam über ihre seidenglatte Spalte und streifte dabei immer wieder, wie zufällig, ihre erregte Knospe. Diese exquisite Marter ließ sie laut aufstöhnen. Sie warf den Kopf zurück und öffnete ihre Lippen, als sie spürte, wie der Finger der Unbekannten ganz langsam, aber unaufhaltsam immer tiefer in sie eindrang. Dann nahm sie einen zweiten dazu und übte von innen Druck an genau der richtigen Stelle aus. Agnes konnte nicht anders, spreizte bereitwillig ihre Beine, um der Lust freien Lauf zu lassen. Die Unbekannte kniete sich nun vor sie, strich ihre langen Haare zurück, schob ihren Kopf zwischen Agnes Schenkel und begann, sie mit ihren Lippen zärtlich zu liebkosen. Sie saugte und leckte und versenkte ihre Zunge in ihr. Wellen der Lust breiteten sich von Agnes Kopf über ihren gesamten Körper bis zu ihrem erregten Schoß aus. Als die Unbekannte dann mit einem atemberaubenden Zungenstaccato ihre Perle in Ekstase versetzte und gleichzeitig ihre Finger tief in sie stieß, brach ein Vulkan der Leidenschaft in ihr aus. Agnes versuchte sich aufzubäumen, doch die Unbekannte ließ das nicht zu, sondern verstärkte nur noch ihren Rhythmus mit Zunge und Fingern. Wellen von Orgasmen überrollten Agnes nun völlig unkontrolliert wie eine Flutwelle, während ihr Liebessaft aus ihr quoll und gar nicht mehr enden wollte.

Als sie langsam wieder die Besinnung zurück gewann, konnte sie sehen, wie der Meerwassernebel im türkischen Dampfbad wieder auf das helle Gelb gewechselt hatte. Die schöne Unbekannte konnte sie jedoch nicht mehr sehen. Die hatte das Dampfbad inzwischen unbemerkt verlassen.

London - Wien

Zwei Telefonate

Rick Bornbeh führte eben ein Verkaufsgespräch in seiner Galerie in der Hallam Street in London, als Thaddäus Gagelmann aus Wien anrief. Rick bat seinen Lebensgefährten und Geschäftspartner Francis, den Kunden zu übernehmen und meldete sich.

»Good evening, Teddy!«

»Hab die Ehre, eure Lordschaft. Wie laufen die Geschäfte?«

»Mäßig, könnte besser sein. Der Brexit hat seine Spuren hinterlassen.«

»Dann habe ich eine gute Nachricht für dich. Das Gutachten für Auchentallers Aquarell ist da. Die Baronesse von Gerstl und ich haben es heute erhalten! Das Bild ist echt! Kein Zweifel.«

Obwohl Bornbeh sich ziemlich sicher gewesen war, dass die Laborratten nichts finden würden, war er doch erleichtert.

»Da wird sich die Baronesse aber freuen.«

»Hat sie schon. Du solltest einen Sprung nach Wien kommen. Die Baronesse möchte, dass wir uns alle drei persönlich treffen und das weitere Vorgehen besprechen. Deswegen rufe ich an.«

»Wann soll ich kommen?«

Dann hatte Bornbeh noch ein längeres Telefonat mit der Baronesse.

171

Grado

Jacuzzi hat keine Geheimnisse mehr

Nach dem Morgenspaziergang mit Biscotti zog sich Emilio für den gemeinsamen Besuch mit Agnes bei den Carabinieri um. Er wählte eine feine beige Cordhose, ein hellblaues Oxfordhemd und ein Sakko aus Harris Tweed mit ledernen Ärmelschonern. Seine geliebte, abgetragene und gewachste Barbour-Jacke im klassischen englischen Grün vervollständigte seine – diesmal sehr britische – Kleiderwahl. Er hatte diesen Stil schon als junger Mann in London kennen und schätzen gelernt. Als er noch in Wien lebte, hatte er immer diese Art von Mode getragen. Obwohl er in Grado bei warmem Wetter fast ausschließlich nur leichte und elegante italienische Mode wählte, bevorzugte er bei nasskaltem Wetter immer noch die englische Bekleidung. Seine burgunderroten Timberland-Bootsschuhe mit den hohen rutschfesten Gummisohlen und sein Highgrove Heritage Schal ergänzten sein Outfit perfekt. Bevor er zum Hotel Astoria ging, lieferte er das Dackelchen bei Francesca ab. Biscottis Trockenfutter für seinen Mittagssnack hatte er ihr auch mitgebracht, da er nicht abschätzen konnte, wie lange die Besprechung von Agnes mit den Carabinieri dauern würde. Francesca und Biscotti freuten sich, einander zu sehen. Emilio wusste, dass sein Dackel ihn nun eine Zeitlang nicht vermissen würde.

Agnes setzte ihren Modestil, wenn nötig, als Marketing-Instrument ein. Sie hatte daher für die heutige Besprechung in der Kommandantur eine klassische weiße Bluse und eine graue, gut sitzende Hose gewählt. Dazu trug sie einen dunkelblauen Blazer aus Wollcrêpe. Ihre schwarzen Stiefeletten mit den moderaten Absätzen waren sowohl stilvoll als auch bequem. Ein eleganter schwarzer Mantel betonte ihre schlanke Figur und hielt sie gleichzeitig warm. Um ihren Winterlook zu komplettieren, hatte sie sich eine edle Wollmütze, an deren Saum ein paar hellblonde Haarsträhnen hervor schauten, aufgesetzt. Die Business-Tasche von Saint Laurent aus dunkelgrauem Narbenleder trug sie lässig über die Schulter gehängt. Ihr Dresscode unterstrich ihre Persönlichkeit und verlieh ihr ein selbstsicheres Auftreten. Agnes wartete bereits im Foyer des Astoria und hätte Emilio wegen seines überraschenden britischen Stils nicht sofort erkannt. Aber diese tolle silbergraue Haarpracht und die blitzblauen Augen machten Emilio unverwechselbar. Sie eilte freudestrahlend auf ihn zu und begrüßte ihn herzlich. Ihre grünen Augen leuchteten hinter ihrer großen schicken Brille.

»Das ist sehr, sehr nett von dir, dass du mich begleitest. Und du siehst wie ein britischer Earl aus. Respekt!«

»Na, wenn man mich so charmant bittet.« Emilio verschwieg, dass er sich auch auf das Zusammentreffen mit der Carabinieri-Amazone freute. Er hatte beim gestrigen Telefonat vorgeschlagen, ein Taxi zu nehmen, da sie zu Fuß doch zwanzig Minuten bis zum Comando Stazione Carabinieri Grado brauchen würden. Agnes hatte abgelehnt, sie wollte zu Fuße gehen, da könnte sie auch noch ein bisschen mit ihm plaudern. Also machten sie sich auf den Weg.

»Ich muss dir was gestehen, Emilio, aber bitte, bitte nicht böse sein?«, Agnes guckte ihn treuherzig an. Er musste innerlich lachen«. Was es auch immer war, er würde ihr vergeben, sie war einfach zu süß.

»Mein loses Mundwerk bringt mich oft in Schwierigkeiten. Und wenn es nicht das ist, dann mein Gesichtsausdruck. Zu Silvester habe ich mich mal wieder verplappert und Lena hat somit erfahren, dass ich in deinem Jacuzzi war. Ich habe ihr dann alles erzählt und dass du dich wie ein Gentleman benommen hast. Sie war anfangs sehr böse auf mich. Auf dich gar nicht! Wir vertragen uns aber wieder und alles ist gut!«

Emilio versuchte, sich die Szene vorzustellen und musste lachen.

»Na, dann hoffe ich, dass mein Jacuzzi nun *keine* Geheimnisse mehr hat!«

*

Mehrere Lidschläge lang

In Italien gibt es zwei nationale Polizeien mit allgemeinen Aufgaben. Dem Innenministerium untersteht die Polizia di Stato auch manchmal Vigili genannt. Die Carabinieri unterstehen grundsätzlich als Teilstreitkraft der italienischen Armee, dem Verteidigungsministerium. Wenn sie den regulären Polizeidienst versehen, dann sind sie allerdings an die Weisungen des Innenministeriums gebunden.

Das zweistöckige Gebäude der Carabinieri mit dem fast vier Meter hohen Metallgitter erstreckte sich entlang der Viale del Sole, gegenüber der Terme Marine. Der Eingang zur Kommandantur war gleich ums Eck in der Via Carlo Goldoni. Sie läuteten an der Sprechanlage mit der Videokamera und das Tor glitt auf. Agnes und Emilio traten ein und wurden vom Vice-Commandante Carlo Facionato begrüßt. Sie wurden getrennt nach Waffen und Sprengstoff untersucht und mussten ihre Mobiltelefone abgeben. Ein junger Tenente[24] rief aufgeregt seinen Vorgesetzten, als Emilio ihm sein Nokia 3310 überreichte, weil er so eine Apparatur zuvor noch niemals gesehen hatte. Er hielt es wohl für ein besonders raffiniertes Abhörgerät. Sein Vorgesetzter, ein älterer Herr, schmunzelte, als er das Gerät sah. Er gab es an Emilio zurück.

»Das können Sie ruhig bei sich tragen, Signor Bombolone!« Zu dem jungen Tenente gewandt, fügte er hinzu: »*Das* Gerät ist absolut abhörsicher. Außer telefonieren kann man damit gar nichts, mein Junge!«

Ein ziviler Angestellter überprüfte ihre Personalien und fertigte Kopien an. Dann wurden sie in einen Konferenzraum geleitet, wo bereits mehrere Personen in Uniform und in Zivil anwesend waren. Eine große Videowand und ein Whiteboard sowie ein Rednerpult gehörten zum Inventar. Wasser und eine Kaffeemaschine standen

---

[24] Leutnant

an einem Sideboard zur freien Entnahme bereit. Der Vice-Commandante übernahm die Vorstellungen der Anwesenden. Agnes stellte sich als verantwortliche Kuratorin für die Ausstellung vor und Emilio dolmetschte simultan. Die hochgewachsene Signora Capitana Alice l'Ammorbidare betrat als Letzte den Konferenzraum und alle Augen richteten sich auf sie. Sie hatte ihre schwarze Mähne zu einem französischen Zopf geflochten und trug statt der üblichen blauen Uniformhose mit den roten Seitenstreifen einen Rock, der ihre langen Beine zur Geltung brachte. Sie nickte Emilio zu. Agnes starrte die Capitana mehrere Lidschläge lang an, als ihr klar wurde, dass *sie* die attraktive Amazone aus dem türkischen Dampfbad vor sich hatte. Die Capitana lächelte und sprach als Erste.

»Sono felice di conoscerLa finalmente![25]«

Zu Emilios Verwundung hatte Agnes noch kein Wort gesagt, also reagierte er prompt für sie und dolmetschte.

»Anche la signora Weninger è molto contenta di conoscerLa, Signora Capitana.«

Jetzt musste auch Agnes lächeln, die beiden gaben sich die Hand, nahmen ihre Plätze ein und die Konferenz konnte beginnen.

*

GCHQ hört mit

Während der Einleitung durch den Vice-Commandante aktivierten zwei Techniker den Videobildschirm. Nach einiger Zeit war die verschlüsselte Verbindung erfolgreich hergestellt und Major Franz Unger von der Wiener Ermittlungsgruppe erschien im Bild. Er begrüßte die Teilnehmer, allen voran Oberstleutnant Moog von Europol und Tenente Colonnello Alessandro Gallotti in Turin. Frau Magistra Agnes Weninger wurde als verantwortliche Kuratorin begrüßt. Bei der Bemerkung, dass die Signora Capitana Alice l'Am-

---

[25] Es freut mich, Sie endlich kennenzulernen

morbidare ihre Kontaktperson sei, wurde Agnes rot. Das war gestern sicher mehr als ein bloßer Kontakt gewesen.

Major Franz Unger sprach Deutsch, während ein KI-basierter Sprachassistent ins Italienische übersetzte. Die Teilnehmer der Konferenz konnten das Gesagte, als mitlaufenden Text, gleichzeitig auf dem Videobildschirm lesen. Jeder Teilnehmer der Konferenz hatte eine Webcam und ein Mikrofon vor sich, um sich problemlos einbringen zu können.

»Inzwischen hat man sich schon damit abgefunden, dass ein Drittel aller Gemälde Fälschungen oder Kopien sind. Besonders häufig sind Werke aus der Jugendstil-Epoche betroffen. Viele dieser gefälschten Bilder befinden sich schon längst in Galerien, Museen oder bei unwissenden Sammlern. Wie bei jeder großen internationalen Ausstellung mit anschließender Versteigerung bedeutender Kunstwerke schwimmen daher viele Fische im Kielwasser mit. Manche sind harmlos, andere jedoch gefährliche Jäger. Einer der mutmaßlich begabtesten Fälscher unserer Zeit, Rick Bornbeh, der eine erfolgreiche Kunstgalerie in London betreibt, ist plötzlich nach langer Abwesenheit wieder auf dem Radar aufgetaucht.«

Unger nahm einen Schluck Wasser und fuhr fort. Agnes hatte schon von Bornbeh gehört.

»Vor fünf Monaten reiste Bornbeh nach Wien und blieb vermutlich bis Mitte Dezember. Dort traf er die Baronesse Hemma von Gerstl, die den Nachlass ihres Vaters Theodor von Gerstl verwaltet. Dieser war um die Jahrhundertwende Kurator am Österreichischen Museum für Kunst und Industrie und erwarb Werke von Künstlern wie Max Kurzweil, Josef Engelhart und Wilhelm List. Mitte der 1990er-Jahre restaurierte Bornbeh während seines Studiums in Wien, einige dieser Bilder und verkaufte sie mit Hilfe des Kunsthändlers Thaddäus Gagelmann für die Baronesse. Zwei von neun Bildern wurden später als Fälschungen entlarvt, doch Bornbeh und die Baronesse konnten nie belangt werden. Plötzlich tauchte ein bisher unbekanntes Aquarell auf, das Bornbeh angeblich in der Villa von Gerstls Vater entdeckt hatte. Ein Zufall?«

Unger übergab das Wort an Gitti Wostracek.

»Wir haben Gespräche zwischen Bornbeh und Gagelmann in Wien mitgehört. Bornbeh behauptete, das Aquarell ›Die Lagune vor Grado‹ sei eine Vorstudie zu Auchentallers berühmtem Ölbild. Gagelmann zeigte großes Interesse und schlug eine Prüfung durch das Kunsthistorische Museum vor. Das Werk wurde allerdings als echt eingestuft.«

Nachdem über einige Details gesprochen wurde, machte die Konferenz eine viertelstündige Pause, während der Emilio sich an Agnes wandte.

»Wenn das Aquarell echt ist, warum interessiert das die Ermittler?«, fragte er.

»Die Echtheit wurde nur durch Materialanalyse bestätigt, was Fälschungen nicht ausschließt«, erklärte Agnes. Die Capitana, die zu dem Gespräch hinzugekommen war, ergänzte: »Wenn Bornbeh authentisches Papier aus der Jahrhundertwende verwendet hatte, lässt sich eine Fälschung im Aquarellstil technisch nicht nachweisen. Allerdings, nur weil nichts Falsches gefunden wurde, kann Bornbeh auch noch nicht endgültig beweisen, dass sein Bild echt ist. Es fehlt noch der Provenienznachweis.«

Die Pause endete und die Konferenz wurde fortgesetzt. Unger zeigte Bilder von Bornbeh, der Baronesse von Gerstl und dem Kunsthändler Gagelmann.

»Europol vermutet, dass die Baronesse schon seit vielen Jahren eine internationale Kunstfälscherbande leitet und Bornbeh ihr Hauptakteur ist. In den nächsten Wochen könnten noch weitere ominöse Werke auf den Markt kommen, um sie bei der Auktion in Grado anzubieten. Unser Ziel ist es, *eine* Bornbeh-Fälschung nachzuweisen. Dann wird das Kartenhaus der Bande, oder besser gesagt, das *Bilderhaus* in sich zusammenstürzen.«

Capitana l'Ammorbidare fragte nach den Beweisen für diese Vermutungen.

Oberstleutnant Moog von Europol erklärte: »Ich verstehe Ihre Bedenken, Signora Capitana. Bis vor Kurzem hatte ich die auch.

Aber vor wenigen Tagen machte Bornbeh einen schweren Fehler. Er fühlte sich wohl allzu sicher, weil er seit Jahren nichts mehr mit den Strafverfolgungsbehörden zu tun gehabt hatte. Der britische Geheimdienst GCHQ[26] hörte allerdings ein längeres Gespräch zwischen Bornbeh und der Baronesse von Gerstl ab und hat den Gesprächsmitschnitt an Europol weitergeleitet. Deren gründliche Auswertung bestätigt unsere Vermutungen.«

Die Mehrzahl der Personen, die keine entsprechende Sicherheitsfreigabe hatten, so auch Agnes und Emilio, mussten den Konferenzraum verlassen. Dem Rest wurden danach die brisanten Details des Gesprächsmitschnitts enthüllt. Nach der Konferenz wies Signora Capitana l'Ammorbidare Agnes in das weitere Vorgehen ein, soweit dies nicht gegen ihre Sicherheitsauflagen verstieß. Emilio wartete solange auf Agnes und begleitete sie dann ins Hotel Astoria zurück.

Dort traf sich Agnes mit Lena in ihrem Zimmer. Die beiden führten ein längeres Gespräch.

*

Lustvolle Freuden

Kurz vor sechs Uhr hatte Emilio das Astoria betreten, den Lift in den fünften Stock genommen und an Lenas Suite angeklopft.

Nackt, bis auf einen winzigen Slip, hatte sie ihm geöffnet und war ihm wortlos um den Hals gefallen. Nach einem nicht enden wollenden Kuss half sie Emilio beim Ausziehen. Es konnte beiden nicht schnell genug gehen und sie landeten im Bett. Lenas Anblick und ihr Lächeln versprachen Emilio lustvolle Freuden. Nichts Anrüchiges, sondern Zärtlichkeit und Hingabe...

Emilio nahm sich Zeit, liebkoste mit der Zunge ihre Brüste. Wenn er sie dann anhauchte, bekam sie eine Gänsehaut, ihre Nip-

---

[26] Government Communications Headquarters (deutsch Regierungskommunikationszentrale)

pel standen senkrecht nach oben. Dann wanderte er tiefer, küsste ihren Nabel, streichelte über ihre Taille und zog ihr den Slip aus. Sie hielt aufgeregt die Luft an. Er küsste die Innenseiten ihrer Oberschenkel und näherte sich ihrem Lustzentrum. Sie stöhnte auf, als er ihre intimste Stelle mit den Lippen berührte und mit der Zunge eindrang. Sie hatte sich nun weit geöffnet. Emilio richtete sich auf und schob sein Becken zwischen ihre Schenkeln. Mit ihren Beinen umschlang sie seine Hüften, verschränkte ihre Fersen auf seinem Hintern und zog ihn an sich. Sie umfasste seine harte Lanze mit ihrer Hand und führte ihn dorthin, wo sie ihn spüren wollte. Tief in ihr. In sie einzudringen löste in Emilio ein so intensives Gefühl aus, dass er glaubte, gleich zu kommen. Er kämpfte gegen die verlockenden Reize an, zwang sie, stillzuhalten und biss sich selbst schmerzhaft auf die Lippen. Sie war so begehrenswert. Erst als er sich wieder kontrollieren konnte, begann er, sich langsam in ihr zu bewegen. Ihre stöhnenden Laute und wie sie den Kopf nach hinten warf, brachten ihn beinahe um den Verstand. Emilio drückte sich tief in sie und massierte ihre harte Knospe mit seinem Daumen. Dann steigerte er das Tempo, angetrieben von ihrer Lust, die jeden seiner Stöße mit kleinen, kreisenden Hüftschwüngen beantwortete. Er umfasste ihre prallen Pobacken mit beiden Händen, zog sie ganz an sich heran und genoss ihre lustvollen Reaktionen. Er war sich sicher, dass sie seine harte Anspannung in sich spüren konnte. Ihre Hingabe war ein Vergnügen, das er mit tiefen, langsamen Stößen auskostete. Er konnte sich kaum daran sattsehen, wie sie sich über die Lippen leckte und ihm mit ihrem ganzen Körper zeigte, wie sehr sie genoss, was er mit ihr anstellte. Ihre Verbindung war wie ein leidenschaftlicher Tanz, der sie beide an die Grenzen der Ekstase und schließlich darüber hinaus führte.

Danach lagen sie eine ganze Weile erschöpft nebeneinander.

»Wie spät ist es, Emilio?«, fragte Lena irgendwann.

»Gleich halbacht Uhr.«

»Du hast doch für acht im da Ovidio reserviert? Wir sollten uns also auf den Weg machen. Ja, übrigens – wir sind zu viert!«

Emilio war etwas verwirrt, ließ sich aber nichts anmerken. Er hatte nichts gegen Überraschungen. Beim Weg zum da Ovidio, holten sie noch Biscotti bei Francesca ab. Jetzt wären sie zu fünft.

*

Der siebente Dackelhimmel

Alberto begrüßte sie herzlich und führte sie zu ihrem Tisch in einem diskreten Eck des Lokals. Lena und Emilio bestellten einen Aperitif und teilten Alberto mit, dass sie mit der Bestellung noch etwas warten würden, da in einer Viertelstunde noch zwei weitere Gäste kämen. Da Lena und Emilio ihr Wiedersehen im Bett verbracht hatten, fanden sie erst jetzt Zeit für ein richtiges Gespräch, das aus vollständigen Sätzen bestand anstatt gestöhnten Wortfetzen.

»Wie war dein Treffen mit Zelindo Monura?«, fragte Emilio neugierig.

»Er hat ein schönes Studio in der Via Gradenigo und war sehr freundlich. Er lässt dich übrigens herzlich grüßen!«, antwortete Lena.

»Konnte er dir helfen?«

»Noch nicht, aber er weiß, worum es geht. Sobald wir die Gemälde nach Grado überstellt haben, wird er Agnes und mir helfen, diejenigen mit unklarer Provenienz oder Zuordnung zu prüfen. Er hat die nötige Expertise. Und er besitzt eine umfangreiche Sammlung alter Fotos von Grado um die Zeit der Jahrhundertwende!«

»Das kann sich als sehr hilfreich beim Vergleich mit den Bildern Auchentallers erweisen, besonders wenn Zelindos Fotos datiert sind.«

»Ja, übrigens hatte er vor knapp drei Jahren einen Beitrag zur Ausstellung ›Eastman Kodak – erste Rollfilme in Grado‹ geleistet.«

»Stimmt, die Ausstellung habe ich mir im Palazzo Regionale dei Congressi angesehen.«

In diesem Moment wurden sie unterbrochen, denn ihre Gäste waren eingetroffen.

Am Nachmittag hatte Agnes Lena über die Neuigkeiten informiert, die sie bei der Konferenz mit den Carabinieri erfahren hatte. Nach längerer Diskussion beschlossen die beiden, auch Emilio einzuweihen. Agnes hatte daraufhin die Capitana angerufen, die ihr ihre Privatnummer diskret zugesteckt hatte. Nach anfänglichen Bedenken stimmte die Capitana schließlich zu, sich heute Abend zu einem unverbindlichen Abendessen mit Lena, Agnes und Emilio im da Ovidio zu treffen. Obwohl es von Seiten der Damen anfangs gewisse Vorbehalte gegen dieses Treffen gegeben hatte, freuten sich zwei der Anwesenden hingegen sehr: Emilio, der gleich mit drei attraktiven Damen den Abend verbringen durfte. Der andere Begeisterte war Biscotti. Da war diese Blondine, deren wohlriechende Stiefel er noch von einem früheren Besuch in seinem Zuhause kannte. Dann die Dame mit den braunen Haaren, an die er sich vage erinnerte und bei der er zu seiner Verwunderung auch den Duft seines Herrchens wahrnahm. Besonders gefiel ihm die große Schwarzhaarige, die ihm vor ein paar Tagen bei einem Spaziergang zugelächelt hatte. Ihre langen Beine wurden ausgiebig beschnuppert, und das Dackelchen genoss die Streicheleinheiten, die sie ihm zukommen ließ.

Biscotti fühlte sich wie im siebenten Dackelhimmel. So viele wohlriechende Frauenbeine, so viele streichelnde Hände – was für ein Abend!

*

181

Nachdem sich alle begrüßt und auch Agnes und die Capitana l'Ammorbidare ihre Aperitifs bestellt hatten, ergriff Lena das Wort:

»Ich freue mich, Signora Capitana, dass ich Sie endlich persönlich kennenlerne und Sie Zeit gefunden haben, sich mit uns zu treffen. Meine Freundin Agnes hat mir die aktuellen Erkenntnisse über die Absichten des Fälscherringes mitgeteilt. Sie wissen ja bereits, dass ich bei Auctora's als Auktionatorin bei der kommenden Ausstellung tätig sein werde. Ich habe also quasi ein berufliches Interesse an den Ermittlungen. Mein Freund Emilio weiß noch kaum etwas davon. Ich bin aber überzeugt, dass er, ein profunder Kenner der Geschichte der Auchentallers in Grado, eine wertvolle Unterstützung vor Ort sein könnte. Signor Bombolone ist bestens vernetzt und für seine Verschwiegenheit lege ich meine Hand ins Feuer.«

Emilio kam aus dem Staunen nicht heraus. Lena hatte ihn als ihren Freund vorgestellt und von einem Fälscherring hatte er erst am Vormittag in seiner Rolle als Dolmetscher von Agnes gehört. Er wollte sich dazu vorerst nicht äußern, sondern erst einmal abwarten. Die Capitana hatte Lena ruhig und aufmerksam zugehört, bevor sie antwortete.

»Ich danke Ihnen, Frau Neumann, für Ihre Erklärungen. Ich hatte anfangs – berufsbedingt – Bedenken gehabt, das Treffen hier im da Ovidio betreffend. Agnes hatte mich jedoch eines Besseren belehrt. Ich muss auch gestehen, dass ich über Sie, Frau Neumann und Sie, Signor Bombolone, zuvor Informationen über das Wiener BK eingeholt habe. Nachdem man Sie beide erwartungsgemäß als vertrauenswürdig eingestuft hatte, habe ich von meinem Vorgesetzten, Tenente Colonnello Alessandro Gallotti in Triest die Genehmigung erteilt bekommen, Sie umfassend über den Stand unserer Ermittlungen zu informieren. Wir von den Carabinieri T.P.C. glauben inzwischen auch, dass Sie uns vor Ort sehr nützlich sein könnten.«

Da Alberto nun an den Tisch kam, um die Bestellungen aufzunehmen, unterbrachen sie ihre Konversation. Die Damen konnten sich nicht für ein Abendmenü entschließen und so schlug Emilio vor, den Branzino al Sale, Wolfsbarsch in der Salzkruste für vier Personen zu nehmen. Das wurde freudig akzeptiert. Alberto sagte, dass sie sich etwas gedulden sollten, da das Gericht frisch zubereitet würde. Er stellte ihnen eine Karaffe Spumante vom Fass auf den Tisch und ging in die Küche.

Die Capitana l'Ammorbidare berichtete zuerst kurz über den Verdacht der Fälschung und den Inhalt des Telefongesprächs, das der britische Abhördienst aufgezeichnet hatte. »Die Baronesse Hemma von Gerstl hatte sich über die positive technische Analyse des unbekannten Auchentaller-Aquarells erfreut gezeigt und Rick Bornbeh für seine hervorragende Arbeit gedankt. Sie plane, zwei zusätzliche kleinere Akte Auchentallers für die Ausstellung in Grado zur Verfügung zu stellen, die Bornbeh offenbar schon vor Jahren für sie restauriert hatte, und habe vor, diesbezüglich mit dir, Agnes, als Kuratorin in Kontakt zu treten. Bornbeh hatte seine Bedenken bezüglich der strengen Überprüfung durch Sie, Frau Neumann, als Auktionatorin und ihren Analysten von Auctora's geäußert und empfohlen, das Aquarell erst zu einem späteren Zeitpunkt in die Kunstszene einzuführen. Die Baronesse war davon unbeeindruckt geblieben und hatte erklärt, dass sie noch ein letztes Mal die Experten täuschen wolle, wie in all den Jahren zuvor. Sie und Bornbeh verständigten sich darauf, gemeinsam mit Thaddäus Gagelmann nach Grado zu reisen und das ›Spektakel vor Ort zu genießen‹.«

Emilio war natürlich aufgefallen, dass die Amazone mit Agnes *per du* war. Er hatte ja schon am Vormittag bemerkt, dass da irgendwas zwischen den beiden lief, konnte sich aber noch keinen Reim darauf machen. Er meldete sich allerdings aus einem anderen Grund zu Wort. Als er noch in Wien lebte, hatte er schon von der Baronesse gehört. Sie war ja durchaus eine bekannte Persönlichkeit in der Wiener Gesellschaft. Er hatte sich schon am Vormittag bei der Konferenz so seine Gedanken gemacht.

»Wie sind eigentlich die Baronesse und dieser Rick Bornbeh unter Verdacht geraten?«

»Die ersten Verdachtsmomente kamen 2017 auf, als im Raum Berchtesgaden im Mercedes des tödlich verunglückten Leopold von Falkenstein zwei kleinere Ölbilder, alte Leinwände auf Keilrahmen und mehrere hunderttausend Euro Bargeld gefunden wurden. Die Ölgemälde trugen die Signaturen von Heinrich Vogeler und Otto Eckmann, zwei deutschen Secessionisten, hatten jedoch in den Werkverzeichnissen schon lange als verschollen gegolten. Das und die Tatsache, dass der Großraum München und Berchtesgaden im Besonderen als Hotspot für Kunsthehlerei bekannt war, erweckte das Interesse der Kunstfahndung des Bayerischen Landeskriminalamtes.

Auf einem der Keilrahmen war eine Sammlermarke des Vaters der Baronesse von Gerstl aus Wien angebracht, die zudem die einzig lebende Verwandte von Falkenstein war. In einer Befragung durch das österreichische Bundeskriminalamt gab sie an, das Bild ›Frühling II‹ von Heinrich Vogeler, das angeblich aus dem Nachlass ihres Vaters stammte, vor Jahren an Leopold verschenkt zu haben. Von einem zweiten Bild habe sie keine Ahnung. Warum er es bei sich trug und so viel Bargeld mit sich führte, konnte sie nicht erklären. Das LKA hatte die Bilder von einem spezialisierten Münchner Labor untersuchen lassen. Am Bild ›Frühling II‹ wurde die Sammlermarke entweder nachträglich angebracht oder das Gemälde später, als auf der Marke mit 1898 angegeben, erworben. Beim Bild ›Drei Schwäne‹ von Otto Eckmann entdeckte man das Pigment Titanweiß, das zum Entstehungszeitpunkt des Gemäldes noch nicht existiert hatte, wodurch es als Fälschung entlarvt wurde. Die aufwändige Fälschung war insofern bemerkenswert, da selbst die Originale am Markt nur geringe Summen erzielt hätten.«

»Und welche Rolle könnte der ›von Falkenstein‹ gespielt haben, Signora Capitana?«, fragte Emilio.

»Wir von der Kunstfahndung glauben, dass der ›Poldi‹, wie die Baronesse den Leopold von Falkenstein genannt hatte, in ihrem Auftrag die Antik- und Kunstmärkte in Europa abklappern sollte, um Leinwände und Bilder aus der Jahrhundertwende zu kaufen, damit Rick Bornbeh sie dann kreativ übermalen konnte. Bei dem Ölgemälde von Otto Eckmann, an dem die Experten das Pigment Titanweiß entdeckt hatten, wurde Poldi beim Einkauf vermutlich selbst reingelegt. Einem Profi wie Bornbeh wäre so ein Fehler nie passiert. Mit einer Schwarzlichtlampe hätte er das im Nu herausgefunden. Das andere Bild hatte man Poldi offenbar mitgegeben, um es zu verkaufen. Der Aufkleber der Sammlung Gerstl war ein eindeutiger Hinweis gewesen. Die große Menge Bargeld, die bei Leopold von Falkenstein am Unglücksort gefunden wurde, lieferte ausreichende Verdachtsgründe für die Einleitung eines Finanzstrafverfahrens. Die Überprüfung durch die Finanzstrafbehörde erbrachte ein überraschendes Ergebnis. Sein Finanzakt aus dem Jahre 1995 wies Poldi als mittellos aus, er bezog sogar Sozialhilfe. Bis 2017 hatte er jedoch über drei Millionen Euro auf verschiedenen Konten, unter anderem in Liechtenstein und Andorra, geparkt. Die Sozialhilfe bezog er immer noch. Somit gehen wir davon aus, dass die Einkaufsreisen Poldis bereits 1995 starteten und die Baronesse und Rick Bornbeh zwanzig Jahre lang über den Wiener Kunsthändler Thaddäus Gagelmann – mit oder ohne sein Wissen – Fälschungen auf den Kunstmarkt gebracht hatten. Mit dem Tod Poldis endete dann offenbar die Betrugsserie. Die Spezialisten in Wien, in Deutschland und in Den Haag haben einige Werke, die Gagelmann aus der umfangreichen Sammlung Gerstl erworben oder weiterverkauft hatte, nachverfolgen können. Nahezu alle Gemälde waren zuvor in entsprechenden Werkverzeichnissen aufgelistet gewesen und galten als verschollen. Diese Gemälde hatte Bornbeh dann vermutlich auferstehen lassen. Das war der geniale Fälscher-Plan und er scheint funktioniert zu haben. Falls unsere Annahme stimmt, wurden so mindestens zweihundert Gemälde von deutschen und österreichischen Secessionisten innerhalb von zwanzig

Jahren in den Kunstmarkt eingeschleust. Fast alle Werke, die angeblich aus der Sammlung Gerstl stammten, fanden später ihren Weg in die verschiedenen Museen und Auktionshäuser in Europa und Übersee und ihre Werte vervielfachten sich. Selbst die anerkanntesten Kunstexperten hatten bis zum heutigen Tag nie Zweifel an deren Authentizität gehegt! Die Baronesse und vermutlich auch Rick Bornbeh müssen zig Millionen verdient haben. Zurzeit werden ihre Finanzgebarungen von den Steuerbehörden verschiedener Länder überprüft. Bornbeh war übrigens schon einmal 2018 aus ähnlichen Gründen unter Verdacht geraten.«

Lena hatte die ganze Zeit geschwiegen und staunend zugehört. Sie erinnerte sich an ein Gemälde, das ihr Auktionshaus einige Jahre bevor sie bei Auctora's anfing, aus der Sammlung Gerstl erworben hatte. Es hatte sich um den Koloman Moser gehandelt, dessen Werk ›Wiesenblumen am Waldrand‹ sie drei Jahre später zu einem Rekordpreis versteigerte und sich dadurch als Auktionatorin einen Namen gemacht hatte. Damals hatten die Experten beim Ankauf des Gemäldes keinerlei Zweifel an der Echtheit gehegt. Ihre Firma hatte fast zehn Jahre bis zur Auktion abgewartet, bis der Hype um die Secessionisten den Kunstmarkt erfasste. Auch sie selbst hatte das Gemälde damals gründlich geprüft und als authentisch befunden. Nach den Schilderungen der Capitana kamen ihr nun jedoch erhebliche Zweifel.

»Müssen wir davon ausgehen, dass es sich bei allen Gemälden aus der Sammlung Gerstl um Fälschungen handelt?«

»Nein. Der Vater der Baronesse, Baron Theodor von Gerstl, stand in seiner Zeit mit vielen Wiener Künstlern in Kontakt und erwarb frühzeitig authentische Werke von einigen Secessionisten, Koloman Moser und möglicherweise auch von Auchentaller. Er verstarb 1964 und vermachte seine Kunstsammlung seiner einzigen Tochter, Hemma von Gerstl. Dank der Signaturstempel, mit denen der Wiener Nachlassverwalter Herbert Prandtl damals die Provenienz der Bilder aus der Sammlung des Barons bestätigte, und der Tatsache, dass Rick Bornbeh erst Anfang der 90er Jahre in Wien auftauchte, können wir davon ausgehen, dass einige Werke aus der Sammlung Gerstl tatsächlich echt sind. Wir wissen jedoch leider nicht, welche!«

Der Branzino wurde serviert und während Sandro die Salzkruste öffnete, den Fisch gekonnt tranchierte und auf vier vorgewärmten Tellern anrichtete, erklärte Emilio die Zubereitung.

»Der Fisch wird von den Kiemen befreit und innen gut ausgewaschen. Fenchel und Sellerie werden in grobe Würfel geschnitten und mit gehacktem Knoblauch, Zitronenthymian, Lorbeerblättern sowie Olivenöl vermischt. Mit dieser Masse werden dann der Bauch und das Maul des Fisches gefüllt. Zwei Kilogramm Meersalz werden mit einem Eiklar in einer Schüssel gut vermengt. Dann wird auf dem Backblech zuerst eine dünne Schicht Salzmasse aufgetragen, der Fisch darauf gesetzt und mit der restlichen Salzmasse eingepackt. Nach dreißig Minuten bei zweihundert Grad im Ofen, ist er fertig! Buon appetito, meine Damen!«

Sie bestellten noch einen Krug des köstlichen Spumante und genossen den wunderbaren Fisch.

*

Kein einziger gerichtsfester Beweis

»Sie sprechen hervorragendes Deutsch, Signora Capitana! Respekt!«, zeigte sich Emilio verwundert.

»Das liegt wohl daran, dass ich Südtirolerin bin. Oder soll ich Sie lieber Emil Moser nennen, Signor Bombolone?«

»Touché!«, sagte Emilio. Jetzt musste die Runde lachen.

»Josef Maria Auchentaller entstammte übrigens auch einer Südtiroler Familie, wurde zwar in Wien Penzig geboren, trotzdem zog es ihn ans Meer, so wie Sie, Signora.«

Die gedrückte Stimmung, die sich bei den Schilderungen der Capitana eingeschlichen hatte, war beinahe verflogen. Auch Biscotti wurde für seine Geduld belohnt und bekam seinen Anteil am Wolfsbarsch. Natürlich ohne Gräten.

Es war Lena, die das Thema der Fälschungen neuerlich aufgriff.

»Soweit ich Sie verstanden habe, Signora Capitana...« Die Capitana unterbrach, »Nennen Sie mich doch bitte Alice!«

»Sehr gerne, Alice. Ich heiße Lena. Wie es scheint, hat Europol viele Indizien für einen der größten Kunstskandale seit Wolfgang Beltracchi gesammelt, jedoch keinen einzigen Beleg für eine Fälschung. Das abgehörte Telefongespräch war aufschlussreich, stellt aber auch keinen eindeutigen Beweis dar. Rick Bornbeh und die Baronesse sind zu raffiniert. Wie können wir sie entlarven?«

»Sie haben recht, Lena. Noch fehlt uns ein gerichtsfester Nachweis für eine Fälschung, aber die Werke werden noch geprüft. Ein *einziger* Beweis einer Fälschung reicht uns. Auch Sie, Lena und Agnes, können zur Entlarvung beitragen. Ihr werdet bald die drei Auchentaller-Werke angeboten bekommen. Vielleicht finden eure Experten ein Beweisstück?«

Emilio mischte sich ein. »Naturwissenschaftliche Methoden, wie die Überprüfung der Pigmente, haben bisher wenig Erfolg gezeigt. Die Untersuchung des Kunsthistorischen Museums in Wien hat das Aquarell ›Die Lagune vor Grado‹ als authentisch eingestuft. Ich schlage vor, den Fokus auf Archivforschung, historische Dokumente und Fachliteratur zu legen. Offensichtlich plant die Baronesse zwei Aktmalereien von J.M. Auchentaller, ›Aktstudie im Fortino‹ und ›Das Stubenmädel Hermine‹, für die Ausstellung in Grado anzubieten. Emma Auchentaller hatte hunderte Briefe an ihre Eltern, die Industriellenfamilie Scheid, geschrieben und über Personal und Gäste in der Pension Fortino Buch geführt. Hier sollten wir ansetzen: Gab es überhaupt ein Stubenmädchen Hermine? War Baron Theodor von Gerstl jemals in Grado? Wann wurden die Aktstudien in das Werkverzeichnis aufgenommen? Was hat es mit der Galerie Leclerc auf sich, deren Etiketten sich auf diesen Bildern befinden? Zelindo Monura, ein Künstler hier in Grado, besitzt überdies eine umfangreiche Sammlung alter Eastman-Kodak-Fotos von Grado um die Jahrhundertwende. Die Fotos könnten beim Vergleich mit den Auchentaller-Gemälden aufschlussreich sein, da sie datiert sind.«

Die Damen hatten nachdenklich zugehört. Capitana Alice l'Ammorbidare sprach als Erste.

»Sie könnten Recht haben, Signor Bombolone. Die ARCT-Ermittlungsgruppe hat ähnliche Überlegungen angestellt. Ihre Analyse bestätigt mir, dass Ihr Beitrag bei den Nachforschungen wichtig ist.«

»Was wäre, wenn wir alle Werke, die uns die Baronesse für die Ausstellung in Grado zur Verfügung stellen will, einfach ablehnen? Wir gingen dann kein Risiko ein, übers Ohr gehauen zu werden!«, warf Agnes ein.

»Das stimmt, aber die Werke würden trotzdem in den Kunstmarkt eingebracht werden. Nur auf anderem Weg. Der Nachweis einer Fälschung wäre für uns dann ungleich schwieriger. Es ist ja leider so, dass der Kunstmarkt, der permanent nach frischer Ware giert, auch nicht immer so genau hinschauen *will*, denn letztendlich profitieren alle Beteiligten. Die Galerie freut sich über einen echten Secessionisten, der Sammler schmückt sich mit einem authentischen Auchentaller und der Experte erhält eine prozentuale Beteiligung am Verkaufserlös. Problematisch ist zudem, dass in manchen Bereichen weltweit nur wenige Experten existieren, deren Urteile jedoch über ein Vermögen entscheiden«, antwortete die Capitana resigniert.

Die vier diskutierten noch eine ganze Weile bis zur Sperrstunde im da Ovidio.

Dann machten sich Agnes mit Alice und Lena mit Emilio getrennt auf den Weg. Er nahm Lena erstmals in sein Appartement in der Villa Giuliani mit. Bald stellte sich heraus, dass seine Entscheidung, zum Frühstück eine ganze Wundertablette seiner Dottoressa geschluckt zu haben, goldrichtig war.

*

Gemeinsam Duschen

Als Emilio erwachte, konnte er hören, dass die Dusche lief. Der Gedanke an Lenas nackten Körper ließ ihn sofort hellwach werden. Er stand auf und öffnete leise die Tür zu seinem Badezimmer. Der Anblick war überwältigend. Wasser bahnte sich seinen Weg über ihren makellosen Körper. Sie lächelte ihn an und als sie seine Erregung bemerkte, lockte sie ihn mit einem Finger und sagte »Komm sofort zu mir!«

Das ließ er sich nicht zweimal sagen. Sein Körper drängte sich an ihren, seine Sehnsucht danach, ihre Haut zu spüren, wuchs. Er küsste sie leidenschaftlich, ihre Zungen spielten miteinander. Ihre Lippen schmeckten wunderbar, seine wanderte weiter zu ihrem Hals. Er knabberte zärtlich an ihrem Ohrläppchen. »Ich werde dich zuerst waschen und dann....«, sagte er.

»Ja, bitte, Emilio! Und lass ja keine Stelle aus!«, sagte Lena und stellte das Wasser ab.

Emilio verteilte mit seinen Fingern den Schaum auf ihren Schultern, massierte sie sanft und glitt langsam ihre Arme hinunter. Sie hob ihre Hände über ihren Kopf, bot ihm alles an. Er seifte sie zuerst an den empfindlichen Innenseiten ihrer Arme ein. Dort war sie sehr kitzlig und sie musste lachen. Nun widmete er sich ihren Brüsten, dort war sie zum Glück nicht kitzlig. Im Gegenteil, ihr Rücken bog sich leicht durch. Ihre Brüste drängten sich seinen Händen entgegen, ihre Brustwarzen verhärteten sich unter seinen Berührungen. Seine Finger spielten mit ihren Brustwarzen.

»Hör jetzt ja nicht auf, Emilio!« Das hatte er auch nicht vor.

Sein Verlangen, sie sofort zu nehmen, war groß, aber er hielt sich zurück. Seine Finger glitten zu ihrem Bauch, zeichneten Schaummuster bis zu den Hüften und zu ihrem Dreieck. Er kniete sich vor ihr hin und umfasste ihre Pobacken. Zuerst seifte er ihre Oberschenkel ein, dann die Waden. Er küsste ihren Schoß und ließ seine Hände über ihre Innenschenkel wieder nach oben gleiten. Sie stellte ihre Beine auseinander, ihre Hand zog seinen Kopf näher heran. Seine Finger erkundeten ihr Dreieck, fühlten ihre Erregung. Er faltete sie dort mit den Fingern leicht auseinander und genoss ihren Duft. Er saugte sanft an ihrem sensiblen Lustknöpfchen. Ihr Zucken spornte ihn an. Mit der Zunge folgte er seinen Fingern, die ihrer Lustgrotte öffneten. Sein Zeigefinger massierte ihre samtige Enge, während sein Mund weiter ihre Perle liebkoste. Nun gab sie spitze Schreie von sich, das erregte ihn noch mehr. Wie er sie wollte!

»Dreh dich um!«, befahl er.

Willig drehte sie sich um, stützte sich mit den Handflächen an der verfliesten Wand ab und machte ein Hohlkreuz. Was für ein prächtiger Anblick! Emilio streichelte ihren Hintern. Er verteilte Duschgel auf ihren Rundungen, massierte und knetete sie. Sein Körper drängte gegen ihren. Als sie seine harte Erregung zwischen ihren Pobacken spürte, schob sie sich ganz eng an ihn heran.

»Nimm mich! – Jetzt!«, stöhnte sie.

Emilio glitt tief in sie und sie nahm ihn gänzlich in sich auf. Er stellte die Dusche wieder an und spürte das warme Wasser zwischen ihren Körpern. Er umfasste ihre Brüste mit beiden Händen und drückte leicht zu. Seine Stöße wurden heftiger, ihr Körper drängte sich ihm entgegen und sie spannte ihre Beckenbodenmuskeln immer wieder an. Er musste sich diesen exquisiten Kontraktionen entgegenstellen, um nicht aus ihr herauszurutschen. Dann änderte sie leicht ihre Position und stellte ein Bein auf die kleine gemauerte Sitzbank in der Dusche. Damit verdrehten sich ihre Hüften, und ihr prächtiges Hinterteil bot sich ihm noch einladender dar. Er zog sich zuerst gänzlich aus ihr zurück, um diesen göttlichen Anblick einen Moment zu genießen. Das Wasser rieselte auf ihren herrlichen Hintern, folgte ihrer Pospalte und floss weiter bis zu ihrem Lustzentrum. Emilio drang tief in sie ein und füllte sie völlig aus. Nun umspielte das warme Wasser auch ihn. Er fühlte, wie sie unaufhaltsam dem Höhepunkt entgegen strebten. Seine rechte

Hand wanderte hinab, streichelte ihren Bauch und glitt zu ihrem Dreieck, während die andere Hand ihre Hüfte festhielt. Ihre Lustschreie begleiteten den Rhythmus ihres Liebesspiels. Er konnte sich kaum noch beherrschen. Seine Finger massierten ihre geschwollene Perle. Er spürte, dass nun auch sie so weit war. Bei jedem seiner Stöße gab sie spitze Schreie von sich. In seinen Lenden baute sich ein Vulkan auf. Dann zuckte ihr Körper heftig, sie schrie ihre Lust heraus und er folgte den Sturzwellen ihrer Verzückungen.

Sie ließen noch eine Weile das warme Wasser über ihre Körper laufen. Einer lausbübischen Eingebung folgend, drehte Emilio den Wasserregler – von ihr unbemerkt – plötzlich auf ›eiskalt‹ und flüchtete aus der Dusche. Er war sich nicht sicher, ob Lenas gellender Aufschrei tatsächlich noch von der Schallisolierung seines Appartements unterdrückt worden war.

Zwei Tage später waren Lena und Agnes wieder nach Wien zurückgekehrt. Dort gab es eine Menge zu tun. Emilio kehrte wieder zu seinem gewohnten Tagesablauf zurück.

Februar 2024

Grado

Schulte und die Erschaffung der Welt

Hermann Schulte war mal wieder in Grado aufgetaucht. Das Ehepaar Schulte besuchte die Stadt regelmäßig und logierte stets in der Villa Giuliani. Hermann, ein Berliner und daher von Emilio wenig liebevoll als ›Piefke‹ bezeichnet, hatte vor langer Zeit einen Bestseller geschrieben und wurde 2008 auf der Frankfurter Buchmesse als *die Neuentdeckung* gefeiert. Leider konnte er nie wieder an diesen Erfolg anknüpfen und versuchte sich seitdem mit mäßigem Erfolg in der Welt der Reisegeschichten. Besonders fasziniert war er von der Region Friaul-Julisch-Venetien. Hermann war in etwa im gleichen Alter wie Emilio, hatte aber weniger Haare auf dem Kopf. Nun, fast alle Männer in Emilios Alter hatten weniger Haare als er. Rebecca Obermaier wurde in München geboren und hatte schon als Kind ständig Langeweile. Obwohl ihre Eltern zum wohlhabenden Geldadel der Stadt zählten, zeigten sie wenig Interesse an ihrer heranwachsenden Tochter. So tat die junge Becky alles, was ein gelangweilter Teenager eben tut. Während ihres Studiums in München lernte sie den zwanzig Jahre älteren Schriftsteller Schulte kennen und verliebte sich Hals über Kopf in ihn. Trotz des Widerstands ihrer Eltern entschied sie sich, ihn zu heiraten, denn sie glaubte damals, ein Schriftsteller sei im echten Leben genauso romantisch und leidenschaftlich wie seine Romanfiguren. Doch das Gegenteil war der Fall – sie war die Romantikerin. Da sie in ihrem Beruf sehr erfolgreich und finanziell unabhängig war, musste sie nicht auf Hermann angewiesen sein. Eine Scheidung kam für sie nicht infrage, da dies bedeutete, dass ihre Eltern damals Recht gehabt hätten. Außerdem war Hermann ein pflegeleichter Partner, der ihr jeden Wunsch erfüllte. Was er ihr nicht geben konnte, suchte sie sich anderswo.

Emilio versuchte, dem Piefke so gut es ging aus dem Weg zu gehen. Schließlich hatte er die Angewohnheit, Emilio ständig mit Empfehlungen zu bombardieren. ›Signor Bombolone, Sie sollten unbedingt das Ristorante al Cavalluccio in Duino besuchen und den Hummer probieren‹ oder ›Warum machen Sie nicht einen Ausflug mit einem der Fischer zu seiner Casone?‹ Emilio kannte all diese Tipps längst, aber der Piefke ließ sich nicht beirren und hatte immer wieder neue Ideen für ihn. Einmal hatte sich Schulte sogar einer von Emilios Stadtführungen zum Thema Kulinarik in der Lagunenstadt angeschlossen. Und natürlich hatte er auch da eine geniale Idee für ihn parat gehabt. ›Sie könnten doch nach der Führung die Touristen überreden, die verschiedenen Spezialitäten in der Markthalle zu kaufen und sich am Umsatz beteiligen lassen‹. Emilio war sich ziemlich sicher, dass schon die Erschaffung der Welt auf eine Anregung des Herrn Schulte zurückzuführen war – jedenfalls muss er dabei irgendwie seine Hand im Spiel gehabt haben. Rebecca tat ihm allerdings leid. So jung und schön, so romantisch und doch ständig missverstanden. Kein Wunder, dass sie die meiste Zeit in der Terme Marine verbrachte, um sich verwöhnen zu lassen. Ehrlich gesagt, hätte er die attraktive Rothaarige auch gern verwöhnt – wenn er sich nur trauen würde. Jedes Mal, wenn sie ihm schöne Augen machte, hätte er fast nachgegeben. Aber da war noch Schulte, der wachte eifersüchtig über sie und Emilio war sicher, dass er auch handgreiflich werden könnte.

Wien

Die prachtvolle Wohnung der Baronesse Hemma von Gerstl befand sich in bester Wiener Innenstadtlage und stammte noch aus der Zeit des Biedermeier. Mit großzügigen 250 Quadratmetern und vier Meter hohen Räumen beeindruckte sie bereits beim Betreten. Die Wände waren mit aufwändigen Stuckverzierungen geschmückt und spiegelten die kunstvolle Handwerkskunst der Epoche wider. In den Wohnräumen dominierte fein gearbeitetes Fischgrätparkett, das in seinem Glanz und seiner Musterung den Zimmern eine warme und einladende Atmosphäre verlieh. Die Flure und Empfangsräume waren mit poliertem Marmor ausgelegt, dessen kühle, glatte Oberfläche für vornehme Eleganz sorgte. Ihr Zuhause war ein wahres Schatzkästchen an Kunst und Kultur. In nahezu jedem Raum konnte man Gemälde, Skulpturen und Antiquitäten finden, die den exquisiten Geschmack der Baronesse zeigten. Ihre Bibliothek beherbergte eine beeindruckende Sammlung von ledergebundenen Erstausgaben. Vor einer Fensterfront stand ein massiver Schreibtisch aus helltönigem Holz, von dem aus man einen Blick auf die breite Fußgängerzone hatte. Überall in der Wohnung zeugten edle Vasen, antike Uhren und handgefertigte Leuchter von der Liebe der Baronesse zur Kunst. Diese Wohnung war eigentlich ein lebendiges Museum, das die Kultur und den Charme vergangener Zeiten in seiner schönsten Form einfing. Besonders auffällig war der große Salon, in dem die Baronesse regelmäßig ihre Soireen gab. Hier versammelten sich ihre Gäste aus der gehobenen Wiener Gesellschaft. Der riesige Raum wurde von einem glänzenden schwarzen Bösendorfer-Flügel beherrscht, der etwas erhöht auf einem Podium stand. Die schweren, seidenen Gardinen in satten Farben rahmten die hohen Fenster ein und filterten das Licht, das sanft über die kunstvollen Möbel und Teppiche streifte. In diesem Salon empfing die Baronesse ihre heutigen Gäste, Thaddäus Gagelmann und Rick Bornbeh. Nur Bornbeh wusste, dass fast alle der erlesenen Gemälde an den Wänden kreative Neuschöpfungen waren.

»Es freut mich sehr, meine Herren, dass Sie meiner Einladung gefolgt sind. Wir haben Einiges zu besprechen. Darf ich Ihnen Tee oder Kaffee anbieten?«

Die Baronesse betätigte eine Tischglocke, prompt erschien das Dienstmädchen und nahm die Wünsche auf. Wobei der Ausdruck *Mädchen* etwas unpassend erschien, denn die Haushaltshilfe war vermutlich auch schon über sechzig. Die Baronesse bemerkte Gagelmanns kritischen Blick.

»Jeva kommt aus der Ukraine. Sie musste vor zwei Jahren aus Mariupol fliehen. Ich habe hier eine kleine Einliegerwohnung. Da lasse ich sie kostenlos wohnen und sie hilft mir halt ab und zu. So wie heute.«

Nachdem Kaffee und Tee serviert worden waren, sprach Thaddäus Gagelmann den Grund des Treffens an. »Sie haben mir am Telefon bereits mitgeteilt, verehrte Baronesse, dass ich das neu entdeckte Aquarell Auchentallers für die Ausstellung und die Auktion in Grado einreichen solle. Ich fühle mich geehrt und freue mich, nach so vielen Jahren wieder einmal für Sie tätig sein zu können!«

»Ja Teddy, ich freue mich auch. Und ich möchte, dass Sie meine zwei Akte, die der Auchentaller von den Stubenmädchen gemalt hatte, für die Ausstellung ebenfalls zur Verfügung stellen. Mit der Kuratorin, Frau Magistra Agnes Weninger, habe ich gestern bereits telefonisch Kontakt aufgenommen!«

»Wollen Sie diese Ölgemälde ebenfalls zur Versteigerung frei geben?«

»Tja, ich weiß nicht so recht, sagen Sie es mir, Teddy. Sind die denn auch wertvoll genug?«

»Niemand kann sagen, wieviel ein Bild tatsächlich wert ist, verehrte Baronesse. Wesentlich ist nur, ob jemand bereit ist, dafür viel Geld zu bezahlen. Ich glaube allerdings, dass sie sicher einen hohen sechsstelligen Betrag erzielen würden. Wir sollten sie allerdings im Doppelpack anbieten und ein Limit bei mindestens dreihunderttausend setzen!«

Die Baronesse nickte, sichtlich zufrieden. »Und das Aquarell?«

»*Das* könnte einen Rekordpreis bei der Auktion erzielen, davon bin ich überzeugt. Als Rick es mir im Dezember gezeigt hatte, war ich von der unglaublichen Brillanz der Farben beeindruckt. Überlassen Sie den Rufpreis ruhig der Auktionatorin.«

»Nun, dann machen Sie das so. Erledigen Sie bitte alle Formalitäten für mich. Wenn alles klappt, so bekommen Sie – wie schon früher – Ihre dreißig Prozent aus dem Verkaufserlös, Teddy! Rick soll Ihnen behilflich sein, das möchte ich so.«

Bornbeh hatte entspannt zugehört. Es verlief alles so, wie er und die Baronesse es schon telefonisch besprochen hatten. Nun wandte er sich an sie. »Ich habe für uns Zimmer in Grado gebucht und zwar vom vierzehnten bis zum neunzehnten Mai. Die Auktion wird am Siebzehnten stattfinden, also am Freitag. Für Sie, verehrte Baronesse, habe ich die letzte Suite mit angrenzendem Zimmer für Ihr Dienstmädchen Jeva im Grand Hotel Astoria ergattern können. Teddy und ich wohnen im Hotel Fonzari. Die Flüge sind gebucht und die Zubringer ebenfalls, so wie Sie es gewünscht hatten!«

Jetzt war es Gagelmann, der überrascht dreinschaute. Er hatte sich schon gewundert, warum auch Rick beim Treffen mit der Baronesse anwesend sein sollte.

»Da staunen Sie, Teddy!«, lachte die Baronesse. »Ich habe Rick gebeten, das alles zu arrangieren. Ich wollte noch ein letztes Mal mit meinen alten Freunden aus der Kunstbranche ein schönes Spektakel erleben. Wir kennen einander nun schon bald dreißig Jahre. Ich lade Sie beide nach Grado ein und ich freue mich sehr darauf!«

Sie besprachen noch einige Details und plauderten dann entspannt und fröhlich über alte Zeiten.

*

Nicht ›anonym‹ sondern ›pseudonym‹

Das Wiener Ermittlerteam der ARCT hielt im BK das wöchentliche Meeting ab. Zusätzlich zu Major Unger, Inspektor Vimladil und Aspirantin Wostracek, war diesmal auch ein hoher Beamter der österreichischen Finanzpolizei, Sektionschef Karl-Heinz Altmann, anwesend. Seine altmodische Art und sein formelles Auftreten fiel sofort auf. Er war Anfang sechzig, trug einen makellos gebügelten Anzug und eine Fliege. Sein sorgfältig gepflegter Schnauzer und die randlose Brille verliehen ihm eine distinguierte Erscheinung.

Major Unger begrüßte ihn und stellte sein Team vor. Dann bat er ihn um die Erkenntnisse, die sich aus den Nachforschungen über die Finanzen der Baronesse und des Kunsthändlers Gagelmann in der Zwischenzeit ergeben hatten. Der Sektionschef räusperte sich umständlich, blickte auf seine Notizen und begann:

»Bevor ich auf unsere Ergebnisse eingehe, will ich Ihnen zuerst etwas über Kryptowährung erklären, meine Herrschaften!«

Herr Altmann hatte eine gepflegte und sonore Stimme, er hätte jederzeit auch als Radioansager für klassische Musik arbeiten können.

»Kryptowährungen, die bis zum Februar 2021 erworben wurden, konnten nach einem Jahr Haltefrist immer steuerfrei verkauft werden. Seit einer Gesetzesänderung ist jedoch bei einer Veräußerung von Kryptowährung in Fiatgeld[27], wie beispielsweise den Euro, immer ein Sondersteuersatz von über siebenundzwanzig Prozent an das österreichische Finanzamt fällig.«

»Was hat das mit der Finanzgebarung von Hemma von Gerstl und Thaddäus Gagelmann zu tun, Herr Altmann?«, meldete sich Aspirantin Wostracek zu Wort.

---

[27] Fiatgeld unterscheidet sich vom Warengeld. Letzteres besitzt neben seinem Tauschwert auch einen inneren Wert, wie zB Gold oder Getreide

»Mit Gagelmann nichts, mit der Baronesse alles. Wir haben uns die Steuererklärungen aus den Jahren 1995 bis 2018 angesehen und mit den uns inzwischen bekannten Verkäufen aus der Sammlung Gerstl verglichen. Die Baronesse war in ihrer Finanzgebarung sehr geschickt vorgegangen. Sie hat die Erlöse alle brav beim Finanzamt angegeben. Nach Abzug der Steuern hat sie dann in Bitcoin investiert. Vermutlich ab 2012. Damals war ein Bitcoin knapp einen Dollar wert gewesen. Zehn Jahre später erhielt man sechstausend Dollar dafür. Die Baronesse muss zu diesem Zeitpunkt bereits Multimillionärin gewesen sein – steuerfrei!«

Sektionschef Altmann legte eine Kunstpause ein, während ihn die drei Ermittler staunend anblickten. Dann fuhr er fort: »Von Seiten der Finanzstrafbehörde liegt beim derzeitigen Stand unserer Nachforschungen kein Steuerbetrug vor, weder bei der Baronesse noch bei Gagelmann.«

»Und wo hat die Baronesse ihre steuerfreien Millionen aus den Erlösen der Kryptowährung geparkt?«, fragte Major Unger.

»Jetzt verstehen Sie vielleicht, warum ich Ihnen am Beginn meiner Präsentation den Hinweis auf die Problematik der Kryptowährungen *vor* 2021 gegeben habe. Zur Zeit wissen wir nichts über den Verbleib der Millionen. Wir suchen aber weiter. Wesentlich ist, dass *Krypto* nicht *anonym*, sondern nur *pseudonym* ist. Bei den meisten Kryptowährungen sind die Kaufs- und Verkaufsdaten über die ›Blockchain‹ – einer unveränderlichen Echtzeit-Aufzeichnung von Transaktionen und Besitzverhältnissen – nachvollziehbar. Der Vorteil der Kryptowährung ist also gleichzeitig ihr größter Nachteil, wenn es um Steuerbetrug geht. Das Bundesministerium für Finanzen hat schon vor einiger Zeit einen ›Financial Intelligence Unit‹ ins Leben gerufen, um mit entsprechenden Technologien und unseren Experten diverse Handelsplattformen und Kryptobörsen zu überwachen. Wir wollen Geldwäsche und Steuerbetrug rechtzeitig erkennen. Wir können dann in Verdachtsfällen auf die Handelsdaten von Kryptobörsen zugreifen. Das tun wir gerade. Wir werden die Millionen finden.«

»Aber nicht in den nächsten drei Monaten, oder?«, fragte Unger nach.

»Vermutlich nicht.«

Sektionschef Altmann sah, dass die drei Kunstfahnder enttäuscht dreinblickten. Er wusste, dass sie mehr von der Finanzstrafbehörde erwartet hatten. Er gab ihnen einen Rat: »Wenn es Ihnen, meine Herrschaften, gelingt, eine einzige Fälschung aus der Sammlung Gerstl aufzudecken, können *wir wiederum* den bewussten Verkauf dieses Gemäldes aus den Steuerakten der Gerstl belegen. Dann hätten Sie einen strafrechtlich gültigen Nachweis des Betruges! Das bedeutet mindestens sechs Jahre Haft!«

Nachdem sich der Sektionschef verabschiedet hatte, setzten sich die Fahnder noch einmal zusammen.

»Wie man sich täuschen kann. Dieses Expertenwissen hätte ich dem alten Herrn nie zugetraut. Ich bin sehr beeindruckt. Aber gewonnen haben wir dabei nichts, oder?«, sprach Unger aus, was auch die anderen dachten.

»Na ja, wir sind halt wieder am Anfang. Dabei müssten wir nur *eine* verdammte Fälschung finden!«, knurrte Gitti Wostracek.

»Was sollen wir tun, Herr Major?«, fragte Inspektor Vimladil.

»Ich spreche mit *unserem* Sektionschef im BK und auch mit Europol. Ich werde euch beide ab März nach Grado entsenden. Hier in Wien können wir ohnehin nichts mehr tun. Ihr werdet mit den Carabinieri T.P.C. vor Ort zusammenarbeiten. Ab April sollen die Bilder für die Ausstellung in Grado eintreffen. Du, Gitti, als unsere Kunstexpertin, bist dann dort goldrichtig und dein Joschi wird für deine Sicherheit sorgen. Wie ist dein Italienisch, Vimladil?«

»Gleich gut, wie mein Kantonesisch, Herr Major!«

Endlich hatte die kleine eingeschworene Gruppe wieder zu ihrer üblichen Heiterkeit zurückgefunden.

Triest

Jimmy Fontana singt während der OP

Emilio hatte lange über den Vorschlag von Dottoressa Paola Frivallecci nachgedacht. Schließlich hatte er sie kontaktiert und sich nach einem längeren Telefongespräch für eine Vasektomie entschieden. Er hatte seine ganz privaten Gründe. Sie hatte ihm vorgeschlagen, den Eingriff noch im Februar machen zu lassen. Sie meinte, jetzt wäre ohnehin noch keine *Hochsaison* in Grado. Emilio dachte schmunzelnd über diese Doppeldeutigkeit nach.

Nun saß er in ihrem Wartezimmer und hatte ein mulmiges Gefühl, obwohl sie ihm alle seine Fragen beantwortet hatte. Seine größte Sorge – wie die aller Männer – war gewesen, dass die Vasektomie Einfluss auf seine Erektionsfähigkeit und die Dauer seiner Erektion haben könnte. Diese Sorgen hatte sie ihm genommen. Das mulmige Gefühl war aber geblieben.

»Signor Bombolone, bitte in den OP-Raum drei!«, wurde er über Lautsprecher aufgerufen.

Emilio musste alle seine Kleider ablegen und bekam ein Krankenhaushemd. Dann wurde er von einer Operationsschwester für den Eingriff vorbereitet. Üblicherweise wurde auch der Intimbereich enthaart und als sie gerade beginnen wollte, blickte sie Emilio überrascht an: »Oh, Sie haben sich ja schon selbst rasiert, Signor Bombolone!«

Emilio ließ sich schon seit Jahren in einem Kosmetikstudio in Grado regelmäßig seinen Intimbereich epilieren, weil er das hygienischer fand. Er sagte augenzwinkernd: »Ich finde, so sieht er besser aus, oder?«

Die OP-Schwester war auch nicht auf den Mund gefallen. »So wirkt er jedenfalls größer, als er vermutlich ist!« Dann mussten beide lachen. Die OP-Schwester nutzte Emilios entspannte Phase und gab ihm rasch die örtliche Betäubung mittels einer Spritze in den Hodensack. Jetzt lachte Emilio nicht mehr.

Er musste ein paar Minuten warten, bis das Lokalanästhetikum wirkte.

»Wie ich sehe, haben Sie schon Bekanntschaft mit Schwester Serena gemacht, Emilio«, stellte die Dottoressa fest, die in ihrem OP-Anzug eben hereinkam.

»Ja und ihr Name, *die Heitere*, wird ihr gerecht!«

»Wir haben das zwar schon am Telefon besprochen, aber ich erkläre Ihnen noch einmal den Ablauf. Sie können dann immer noch abbrechen. Wir setzen die ›Non-Scalpel-Technik‹ ein, verwenden also kein Messer. Wir spreizen ihre Hodensackhaut mit einer speziellen Klemme. Durch die Dehnung der Haut werden ihre Samenleiter freigelegt. Dann trenne ich die beiden Samenleiter und kürze sie um etwa zwei Zentimeter. Die Enden veröde ich und verlege sie in verschiedene Gewebeschichten ihres Hodensacks. Zuletzt vernähe ich die Haut mit sich später selbst auflösenden Fäden. Mein Eingriff wird maximal eine Viertelstunde dauern. Zu Ihrer und meiner Entspannung spielen wir Musik!«, erklärte ihm die Dottoressa. »Was möchten Sie hören?«

»Jimmy Fontana[28]!«, sagte Emilio spontan.

»Alexa, spiel *Sapore di sale!*«, befahl Schwester Serena der KI und die Musik begann. Die OP auch.

*

Der ideale Mann

Nach der OP musste Emilio noch eine Viertelstunde ruhig liegen bleiben. Dabei leistete ihm Schwester Serena Gesellschaft. Dann zog er sich wieder an und wurde zur Nachbesprechung aufgerufen.

---

[28] Jimmy Fontana, der bürgerlich Enrico Sbriccoli hieß, wurde 1934 in Camerino in den Marken geboren und war ein italienischer Sänger, Komponist und Schauspieler. Zu seinen bekanntesten Liedern gehörten *Che sarà* und *Il mondo*, welches Ennio Morricone arrangierte.

»Wie fühlen Sie sich, Emilio?«

»Beschnitten, Paola!«, antwortete er etwas nachdenklich.

Als seine Ärztin den vor ihrem Schreibtisch sitzenden Emilio betrachtete, erfasste sie eine Welle des Mitgefühls. Dieser attraktive Mann mit seinen blitzblauen Augen, den lockigen Haaren und seinem gepflegten Äußeren, der immer Humor und Gelassenheit ausstrahlte, sah nun eher wie ein Häufchen Elend aus. Einem Instinkt folgend stand sie auf, setzte sich neben ihn, nahm seine Hand und blickte ihn an. »Emilio, Sie müssen nicht traurig sein, alles ist ja gut verlaufen. Nach ein paar Tagen Schonung und sexueller Enthaltsamkeit ist alles wieder gut. Falls Sie etwas Schmerzen haben, geht das rasch vorbei. Ich gebe Ihnen zur Sicherheit Paracetamol mit. Sie haben den richtigen Schritt getan. Sie sind ein Vorbild für die Männerwelt, denn Verhütung ist nicht nur Frauensache!«

»Ja, das verstehe ich und Sie haben in allem Recht, Paola. Ich bin auch froh, dass Sie mir dazu geraten haben – und das war vollkommen richtig! Trotzdem ist da noch etwas Anderes. Es gibt halt das Bild des idealen Mannes und diesem Bild entspreche ich nun nicht mehr, weil ich kein Kind mehr zeugen kann. Mein Selbstwertgefühl ist etwas angekratzt!«

Paola nahm sein Gesicht nun in beide Hände, blickte ihn ganz zärtlich an und küsste ihn ganz sanft.

»Sie sind der ideale Mann, Emilio und ich bin stolz auf Sie! Was Sie uns Frauen offenbar geben, hat nichts – absolut gar nichts – mit Zeugungsfähigkeit zu tun! Ihr Charisma, Ihr Humor, Ihr Charme und offenbar Ihre Kunst der Verführung sind es, was uns Frauen dahinschmelzen lässt. Glauben Sie mir, Emilio, wäre ich nicht glücklich verheiratet, auch ich würde mich gerne von Ihnen verführen lassen!«

Während Paolas Worten kehrte in Emilios Gesicht langsam ein Lächeln zurück. Er wischte sich verstohlen eine Träne aus dem Augenwinkel. »Sie hätten Psychologin und Therapeutin werden sollen, Paola! Danke, jetzt geht es mir wieder besser!«

»Dann kann ich Ihnen ja nun unbesorgt ein paar Anweisungen mit auf den Weg geben.« Paola kehrte wieder hinter ihren Schreibtisch zurück.

»Emilio, die nächsten fünf Tage sollten Sie gar keinen Geschlechtsverkehr haben. Wenn Sie sich danach nicht sicher sind, ob Ihre Partnerin verhütet, sollten Sie ein Kondom benutzen. Es braucht nämlich mindestens zwanzig Ejakulationen, bis Ihre Samenleiter frei sind. Schlussendliche Sicherheit gibt uns nur ein Spermatest. Sobald Sie diese Anzahl erreicht haben, machen Sie einen Termin bei uns für ein sogenanntes Spermiogramm. Vor diesem Test dürfen Sie dann achtundvierzig Stunden keinen Sex haben. Finde ich in zwei aufeinander folgenden Analysen keine Samenzellen mehr, können Sie auf Verhütungsmaßnahmen verzichten!«

Emilio hatte nachgerechnet. Wenn er einige Ejakulationen in Heimarbeit übernehmen würde und er vielleicht Schultes Gattin Rebecca überzeugen könnte, sich seiner anzunehmen, könnte er in zwei Wochen...

»Gut, dann komme ich in vierzehn Tagen wieder. Bis bald, Paola!« Er stand rasch auf und ließ seine Ärztin zurück, die ihm zuerst verblüfft und dann zunehmend grinsend nachschaute, bis sie letztlich schallend lachte.

Grado

Jane Fonda wird siebenundachtzig

Gegen Mittag war Emilio wieder in Grado und ging schnurstracks zur Agentur von Francesca, um Biscotti abzuholen. Er hatte vor einiger Zeit auch mit ihr über die Vasektomie gesprochen und sie um ihren Rat gebeten. Sie hatte seine Entscheidung unterstützt und ihm zugeredet.

Biscotti stürzte bei seinem Eintreten sofort freudig bellend zu seinem Herrchen.

»Na, Emilio, wie ist es gelaufen, tut's weh?«, fragte Francesca mitfühlend.

»Nein, gar nicht, und es ist problemlos abgelaufen. Ich bin aber noch nicht *clean*!« Dann erzählte er ihr von den notwendigen zwanzig Samenergüssen. Als er ihr auch noch seine Überlegungen zur Zielerreichung darlegte, bekam Francesca einen Lachanfall.

Als sie sich wieder beruhigt hatte, fragte sie: »Warum hast du es denn so eilig damit? In den letzten fünfzehn Jahren hattest du ja auch keine Bedenken?«

»Na, wegen Lena. Sie verhütet nicht und wir…«, bevor Emilio weitersprechen konnte, unterbrach Francesca: »Ja, und ihr treibt es wie die Karnickel, so viel habe ich auch schon mitbekommen. Wie alt ist sie denn, Emilio?«

»Sie wird heuer sechsundvierzig, aber sie sieht mindestens zehn Jahre jünger aus!«

Francesca zog ihr iPad heraus und tippte kurz auf dem Touchscreen herum. Dann las sie ihm vor: »Also, wenn eine Frau über vierzig ist, hat sie in den fruchtbaren sechs Tagen pro Monat weniger als acht Prozent eine Chance, schwanger zu werden. Und ab fünfundvierzig kannst du es so gut wie vergessen. Wie jung deine Lena auch aussieht, ist dabei völlig egal. Jane Fonda wird dieses Jahr siebenundachtzig. Die sieht auch noch top aus. Aber glaub mir, selbst bei einer Adoption würde sie keine Kinder mehr kriegen!«

Emilio wurde nachdenklich und schwieg einen Moment. Bevor er etwas sagen konnte, kam ihm Francesca zuvor.

»Emilio, es besteht kein Grund, deine Entscheidung in Frage zu stellen. Du musst nur nicht *auf Samen komm raus* so schnell wie möglich zeugungsunfähig werden!«

»Danke dir. Du hast recht, aber manchmal treffe ich auch noch jüngere Frauen!«, antwortete Emilio augenzwinkernd.

Bevor Francesca antworten konnte, erschien Sandro, der den letzten Satz Emilios gehört hatte. Francesca hatte ihn auf Empfehlung Emilios Anfang Februar eingestellt und ihr neuer Mitarbeiter befand sich nun in der Einarbeitungsphase. Er erlernte die Buchhaltung und das Terminmanagement der Agentur. Außerdem hatte er sich der Website der Agentur angenommen, die unbedingt überarbeitet werden musste. Es hatte sich herausgestellt, dass Sandro ein Softwaretalent war und über eine rasche Auffassungsgabe verfügte.

»Ja, das kann ich bestätigen, Signora Santis!«, sagte er. »Freut mich, dich zu sehen, Emilio!«

»Ciao, Sandro, freut mich auch! Ich habe von Francesca gehört, dass du dich sehr gut eingearbeitet hast und du ihr schon jetzt eine große Hilfe bist.«

»Und es macht auch Spaß. Ich freue mich schon auf unsere ersten gemeinsamen Führungen. Die Bücher, die du mir geliehen hast, hab ich schon fast alle durch!«

Sie unterhielten sich noch eine Weile, dann machte sich Emilio mit Biscotti auf den Heimweg.

*

Becky ergreift die Initiative

Emilio hatte sich strikt an die Anweisungen der Dottoressa zur fünftägigen Enthaltsamkeit gehalten. Gestern war Herr Schulte zu einer mehrtägigen Reise in die Anbaugebiete des Collio Goriziano und des Collio Orientali del Friuli aufgebrochen, um die neuen Weinjahrgänge zu verkosten und mit den Winzern zu sprechen. Emilio dachte, dass er wieder ein Buchprojekt im Sinn hatte, das vermutlich genauso erfolglos sein würde wie alle früheren. Hoffentlich erteilte er den Winzern nicht auch noch seine berüchtigten Ratschläge.

Rebecca *Becky* Schulte war allein zurückgeblieben und hatte ihre Kur in der Terme Marine begonnen. Als Emilio von seinem Nachmittagsspaziergang mit Biscotti zurückkehrte, sprach sie ihn im Flur an. »Buonasera, Signor Bombolone, darf ich Sie etwas fragen?«

»Buonasera, Signora Schulte, was kann ich für Sie tun?«

»Nun, ich weiß, dass Sie zeitweise für die Agentur Santis arbeiten. Mein Mann hatte ja vor zwei Jahren auch schon eine Führung bei Ihnen gemacht. Zufällig ist mir heute in der Terme ein neues Prospekt dieser Incoming-Agentur aufgefallen und ich habe es durchgeblättert. Unter den vielfältigen Angeboten für die heurige Saison waren auch Restaurant- und Kulturbegleitungen angeführt. Ist das vielleicht Ihr Metier, Signor Bombolone?«

»Ja, unter anderem, Signora, aber die Saison beginnt bei uns offiziell erst im April.«

»Das weiß ich, das stand dort auch. Übrigens ein tolles Layout, so wie die neue Website, die ich mir gleich angeschaut habe. Mein Mann ist für die nächsten drei oder vier Tage unterwegs und kehrt auch abends nicht nach Grado zurück. Derzeit haben nicht alle Restaurants in Grado geöffnet und ganz alleine wollte ich auch nicht fortgehen. Da dachte ich…« Becky wurde plötzlich ganz verlegen, »…ach, vergessen Sie es, ich…«

Emilio unterbrach sie: »Und da dachten Sie, ich könnte doch mit Ihnen einen netten Abend verbringen? Das mache ich gerne, es ist mir ein Vergnügen, Signora Schulte. Ich hole Sie um sieben ab. Mein Dackel geht buchstäblich als *Anstandswauwau* mit!«

»Danke, ich freue mich schon, Signor Bombolone.«

»Ciao Signora, a dopo.«

Emilio hatte gleich zwei Gründe, zufrieden zu sein. Die Arbeit von Sandro zeigte offenbar erste Früchte und die aufregende Rothaarige hatte den ersten Schritt gemacht. Er sah dem Abend erwartungsvoll entgegen. Ein Problem hatte er allerdings noch zu lösen. Becky war zwanzig Jahre jünger als ihr Mann – also maximal sechsunddreißig. Er machte daher noch einmal kehrt und ging zur Farmacia Madonna di Barbana. Die Dottoressa, eine sehr kompetente und attraktive Pharmazeutin, hatte ihn schon ein paar Mal bedient und jedes Mal amüsiert angeblickt, wenn er wieder einmal das Rezept für seine Wunderpillen einlöste. Diesmal hatte er Präservative geordert.

»Wie viele brauchen Sie denn, Signor Bombolone?«, fragte sie lächelnd, »und welche Größe?«

Emilio wurde etwas verlegen und sagte es ihr. Mit einer großen Tasche verließ er rasch die Apotheke und ging zur Villa Giuliani zurück.

Die Apothekerin jedoch führte im Anschluss mit ihrer Freundin, der Dottoressa Frivallecci aus Triest, ein längeres Telefongespräch, bei dem die Damen – entgegen der ärztlichen Schweigepflicht – viel zu lachen hatten.

*

Das sinnliche Eintauchen in das Hier und Jetzt

Emilio hatte in der Lounge Bar Duca d'Aosta seinen Stammplatz reservieren lassen. Das Lokal hatte auch im Februar geöffnet, außerdem genoss er die Atmosphäre. Nele begrüßte ihn und Biscotti herzlich. Emilio stellte ihr seine Begleiterin vor. »Signora Schulte hat kurzfristig einen Restaurantbegleiter benötigt – und da sind wir!«

»Freut mich, Signora, willkommen im Duca d'Aosta!« Nele betrachtete verstohlen die junge Begleiterin Emilios. Sie hatte auffällig rotes, welliges Haar, das in einem eleganten Bob-Stil geschnitten war. Ihr Make-up war dezent und betonte die Augen mit silbernem Lidschatten, der ihnen ein sanftes Leuchten verlieh. Ihr schlanker, geschmeidiger Körper war von einem eng anliegenden schwarzen Kleid umhüllt, das ihre Figur perfekt zur Geltung brachte. Das Kleid reichte bis knapp über die Knie und hatte einen dezenten Ausschnitt, der gerade genug von ihrem Dekolleté zeigte, um Neugier zu wecken, aber nichts preisgab. Ihr Hals wurde von einer schlichten Silberkette geschmückt, die perfekt mit ihren Ohrringen harmonierte. Sie trug schwarze Pumps, die ihre langen Bei-

208

ne noch mehr betonten. Eine Frau mit solch einer lasziv erotischen Ausstrahlung hatte Nele noch nie gesehen. Emilio wohl auch nicht. Sie nahm sich vor, ihn zu fragen.

»Das ist ein wunderschönes Lokal, Signor Bombolone, da war ich mit Hermann noch nie!«

Das wusste Emilio bereits, denn bei der Reservierung hatte er Nele gefragt, ob sie jemals eine Reservierung für einen Hermann Schulte vorgenommen hatte. Sie hatte verneint.

»Nun, viele Touristen nehmen vormittags hier ihren Caffè, wissen aber nicht, dass das Duca d'Aosta eines der besten Restaurants Grados ist. Ich komme mindestens einmal in der Woche hierher. Was möchten Sie denn essen, Signora?«, fragte Emilio, »oder soll ich Ihnen etwas empfehlen?«

»Bestellen Sie einfach für mich mit. Ich lasse mich gerne überraschen und bin für neue Erfahrungen immer offen!«

»Gut, dann werden wir als Vorspeise ›Moleche fritte‹ essen und als Hauptgericht ›Scorfano al forno‹!« Emilio gab bei Nele die Bestellung auf und orderte auch einen Krug eiskalten Spumante.

»Ich bin schon neugierig, was ich da probieren darf«, sagte sie, »und Hunger habe ich auch schon.«

»Nennen Sie mich doch bitte Emilio! Die Speisen erkläre ich Ihnen, wenn sie serviert werden.«

»Alle sagen seit meiner Jugend Becky zu mir, das sollten Sie auch, Emilio!«

»Das kann ja nicht so lange her sein – ihre Jugend meine ich, Becky!«

Sie lächelte und die beiden prosteten sich zu.

»Wie verbringen Sie eigentlich ihre Tage, Emilio. Es muss doch vor allem im Winter recht einsam sein. Und Partnerin haben Sie, soviel ich weiß, auch nicht, oder?«

»Ich habe doch Biscotti, wir beide genügen uns völlig. Uns ist nie langweilig. Mein Dackel und ich sind beide Genießer und das zelebrieren wir ausgiebig – *vor allem* im Winter.«

Biscotti hatte sich bei seinem Namen aufgesetzt und von Emilio ein kleines Leckerli bekommen. Zufrieden legte er sich wieder nieder.

Emilio erzählte Becky ein bisschen von seinem Leben in Grado. Er berichtete ihr von der Faszination der Inselstadt, von den ausgedehnten Strandspaziergängen und den Ausflügen mit Luca dem Fischer in die Lagune. Er beschrieb ihr die Magie, wenn die Sonne hinter dem Horizont verschwindet und die Insel in die Nacht entlässt und erzählte von den unzähligen kulinarischen Genüssen. Die Erotischen ließ er vorsichtshalber weg. Becky hatte während seiner Erzählung einen Ellenbogen auf die Tischplatte aufgelegt, ihr Kinn mit leicht geneigtem Kopf in der Handfläche abgestützt, Emilio unentwegt angeschaut und ihm mit leicht geöffnetem Mund aufmerksam zugehört.

»Emilio, Sie sind so anders als Hermann, der meint, immer etwas unternehmen zu müssen, während ich lieber das sinnliche Eintauchen in das *Hier und Jetzt* bevorzuge.«

Emilio fiel erst jetzt ihre leicht aufgeworfene Oberlippe auf – pure Erotik.

»Man sollte halt der Zeit mehr Zeit geben, Becky!«

*

Strandkrabben und ein Drachenkopf

Die Vorspeise wurde serviert und Emilio erklärte ihr die ›Moleche‹.

»Im Herbst und Frühling werfen diese Strandkrabben ihre Panzer ab, inzwischen manchmal aufgrund der Klimaerwärmung schon im Februar, so wie in diesem Jahr. Der Zeitraum von wenigen Stunden nach der Häutung bis zum Beginn des biologischen Zyklus, in dem sich der Panzer regeneriert, macht aus einer Krabbe eine ›Moleca‹. In Venedig schreibt man sie ohne ›L‹. Ihr Name leitet sich von ›molle‹ ab, was ›weich‹ bedeutet. In anderen Ländern nennt man sie auch Butterkrebs oder Soft Shell Crab. Den Fischern bleiben meist nur wenige Tage, um sie zu fangen. Diese hier sind traditionell frittiert zubereitet. Buon appetito, Becky!«

Sie genossen diese seltene Mahlzeit schweigend.

Emilio bestellte noch einen Krug Spumante und Wasser.

»Verzeihen Sie meine indiskrete Frage, aber haben Sie Kinder, Becky?«

»Leider nein, ich hatte vor zehn Jahren Gebärmutterhalskrebs. Die Ärzte haben ihn zum Glück heilen können, aber Kinder kann ich keine mehr bekommen. Inzwischen gibt es ja Gottseidank eine vorbeugende Impfung gegen Humane Papillomaviren (HPV), die allerdings in Deutschland relativ teuer und auch umstritten ist. Ich engagiere mich in einem gemeinnützigen Verein für die kostenlose Impfung ab dem neunten Lebensjahr und veranstalte jährlich eine Spendengala, um Betroffenen die bestmögliche Therapie zukommen zu lassen.«

»Ich habe schon mitbekommen, dass das ein umstrittenes Thema ist. Wahrscheinlich so wie bei COVID-19. In Österreich ist die HPV-Impfung seit heuer übrigens kostenlos!«

»Davon habe ich gehört. Das wollen wir auch in Deutschland erreichen! Ich habe jetzt eine andere Frage. Wieso sprechen Sie so gut Deutsch, Emilio? Und warum wissen Sie als Italiener so viel über Österreich?«

Das Hauptgericht wurde serviert. »Lassen Sie uns zuerst den Drachenkopf genießen, den die Italiener Scorfano nennen. Er ist eine besondere Delikatesse. Nach dem Essen werde ich Ihre Frage dann beantworten!«

Während der Fisch an ihrem Tisch filetiert wurde, erklärte Emilio die Zubereitung: »Nachdem die dornigen Stacheln des ausgenommenen Fisches entfernt sind, wird er in eine mit Öl gefettete und mit ein paar Petersilienblättern bestreute Auflaufform gelegt. Dazu kommen Kirschtomaten, Oliven und geschälte Knoblauchzehen im Ganzen. Das Ganze wird mit Oregano bestreut. Nach einer halben Stunde bei 180°C im Backofen ist er fertig. Sie sehen, das Fleisch ist weiß und fest und wird Ihnen sicher sehr gut schmecken!«

»Guten Appetit, und danke für die Rezeptbeschreibung!«

Dann genossen sie schweigend den Fisch.

»Das war köstlich! Ich bin sehr froh, Ihnen die Menüwahl überlassen zu haben«, sagte Becky und nahm noch einen großen Schluck Spumante.

»Nun, Sie haben ja auch einen Restaurantbegleiter gebucht. So etwas gehört zu meinen Aufgaben!«

»Was gehört denn noch zu Ihren Aufgaben?«, fragte sie mit hochgezogenen Augenbrauen.

Emilio musste lachen: »Dass ich beispielsweise zuerst ihre Frage zu meinen Deutschkenntnissen beantworte. Aber lassen Sie uns zuvor noch einen Digestif bestellen!«

*

Die Lachwelle

Sie bestellten Santonego[29] und Espresso. Emilio erzählte die Geschichte über seine Herkunft, den Großvater Luigi, die Jugendjahre, seine Reisen und erläuterte ihr schließlich seine Entscheidung, nach Grado auszuwandern. Becky hörte zu, stellte ein paar wenige Fragen und genoss den ruhigen und entspannten Erzählstil Emilios.

Nachdem er geendet hatte, sagte Becky bewundernd: »Ihre Lebensgeschichte ist wirklich eine beeindruckende Reise voller Höhen und zum Glück nur wenigen Tiefen. Sie umfasst lebensverändernde Ereignisse und allmähliche Entwicklungen, die Sie zu dem gemacht haben, was Sie heute sind und formten, was Sie in Zukunft sein werden. Ihre Erzählungen offenbaren eine Vielzahl von Stationen, doch nur wenige, die Sie dauerhaft begleiten. Es geht

---

[29] Grappa mit Meereswermut, einer aromatische Wasserpflanze, die typischerweise in der Lagune von Grado wächst und Santonego genannt wird

bei Ihnen nicht um den üblichen Lebenslauf mit Schule und Berufsleben, sondern um das, was Sie wirklich geprägt hat und zu der außergewöhnlichen Person werden ließ, die Sie heute sind. Ihre Geschichte enthüllt Ihre wahre Identität und die gefällt mir, Emilio!«

Emilio war völlig perplex von der geradezu meisterhaft formulierten Analyse Beckys und gleichzeitig fühlte er sich geschmeichelt.

»Sie hätten Psychologin werden sollen, Becky!«

»Ich habe ein Psychologie-Studium mit einer postgraduellen Fachausbildung zur klinischen Psychologin abgeschlossen!«

»Das hätte ich jetzt so gar nicht vermutet, weil....«, stotterte Emilio herum.

»Weil ich mit meinem Verhalten, meinem Aussehen und meiner Wirkung auf Männer so gar nicht dem Rollenbild einer Akademikerin entspreche?«

»Ja!«, gab Emilio unumwunden zu, »haben Sie denn eine bestimmte Fachrichtung?«

»Klinische Sexualpsychologie.«

Emilio, den normalerweise nichts so leicht aus der Fassung brachte, brauchte einen Augenblick, um das Gehörte zu verarbeiten. Was dann folgte, schaffte es sogar in die Lokalzeitung Grado Gazzetta.

Unglaubliche Lachwelle im Duca d'Aosta
Das beliebte Restaurant Duca d'Aosta in Grado wurde vergangene Woche Schauplatz einer unvergesslichen Lachwelle.
Signor Emilio Bombolone, der stadtbekannte Connaisseur, reagierte auf eine überraschende Bemerkung seiner charmanten Begleiterin. Was dann folgte, war ein Spektakel, das niemand im Restaurant so schnell vergessen wird.
Signor Bombolone begann zu lachen, zuerst verhalten, dann immer lauter. Seine bildhübsche Tischdame wurde von seiner Heiterkeit mitgerissen und stimmte in das Lachen mit ein.

Die beiden verfielen in einen regelrechten Lachkrampf, der
schnell auf die umliegenden Gäste übergriff. Innerhalb we-
niger Minuten lachte das gesamte Lokal herzhaft mit.
Sogar Biscotti, Signor Bombolones Zwergdackel, bellte be-
geistert dazu.
Es dauerte eine ganze Weile, bis sich alle wieder einigerma-
ßen beruhigt hatten. Doch die Erinnerung an diesen heiteren
Abend, untermalt von Signor Bombolones großzügigen Lo-
kalrunden, wird den Anwesenden sicherlich noch lange ein
Lächeln ins Gesicht zaubern.
Lachend grüßt die Redaktion der Grado Gazzetta

Es war weit nach der Sperrstunde, als sie das Lokal verließen.
Becky hatte sich bei Emilio eingehängt, weil sie etwas wackelig
auf den Beinen war. Der einzige, der noch nüchtern war, war Biscotti, aber selbst er sah sehr müde aus. Als sie die Villa Giuliani
erreichten, entschied Emilio kurzerhand, Becky in seinem Appartement schlafen zu lassen, da sie kaum noch stehen konnte. Die
letzten Meter bis zu seiner Tür trug er sie auf beiden Händen.
Nachdem er aufgesperrt hatte, brachte er sie in sein Schlafzimmer,
legte sie auf sein Bett, zog ihr die Pumps aus und nahm ihr die
Halskette ab. Sie war inzwischen eingeschlafen. Er brachte sie
sanft in die Seitenlage, stellte einen Kübel neben das Bett und
dämmte das Licht. Außerdem legte er noch einen Bademantel und
ein Handtuch ans Fußende. Dann machten es sich er und Biscotti
im Wohnzimmer bequem.

Biscotti schlief rasch ein. Emilio jedoch blieb lange wach und
sein vom Alkohol benebelter Geist kreiste um eine nackte Sexual-
psychologin, ungenutzte Präservative und die Frage, wie lange die
Wirkung der Tadalafil-Tablette, die er am Nachmittag genommen
hatte, noch anhalten würde. Über diesen komplexen Gedankengän-
gen schlief er schließlich ein.

*

Diesmal war es Biscotti, der sein Herrchen weckte. Emilio stand rasch auf, zog sich an und schrieb eine kurze Notiz für Becky, die er ihr auf das Nachtkästchen legte. Sie lag noch immer genauso da, wie er sie gestern Nacht gebettet hatte. Ihr leises Schnarchen sagte ihm, dass es ihr gut ging. Dann schnappte er sich das Dackelchen und sie machten ihre Morgenrunde. Bei der Bäckerei Panificio Gaddi nahm er diesmal jeweils zwei Cornetti und Bomboloni. Er hatte das unbestimmte Gefühl, dass die schnippische Verkäuferin genau wusste, warum. Er mutmaßte, dass der gestrige Abend sich vermutlich bereits wie ein Lauffeuer unter den Einheimischen verbreitet hatte. Den Gradesern blieb leider nichts verborgen. Zum Glück ahnte Emilio noch nichts vom kommenden Artikel in der Grado Gazzetta.

Zurück in seinem Appartement, stellte er fest, dass Becky noch schlief. Er gab Biscotti sein Morgenfutter und ging unter die Dusche. Dann bereitete er das Frühstück zu. Er presste frischen Orangensaft, machte zwei weiche Eier, die er warm stellte und deckte den Tisch. Dann machte er sich seinen ersten Espresso. Als er gerade mit dem Lesen seiner Zeitungen beginnen wollte, stand plötzlich Becky vor ihm. Sie hatte den Bademantel angelegt. Biscotti beschnupperte sofort ihre Beine.

»Der Kaffee duftet köstlich, der hat mich geweckt. Darf ich zuvor Ihr Badezimmer benutzen?«

»Ja natürlich. Dusch- und Kosmetikartikel, auch für Damen, sind sicher reichlich vorhanden. Originalverpackte Zahnbürsten, sowie Handtücher auch. Nehmen Sie sich so viel Zeit, wie Sie wollen. Ich warte mit dem Frühstück auf Sie.«

»Danke. Und auf das Frühstück freue ich mich schon!«

Nach einer Weile kehrte Becky im Bademantel zum Frühstückstisch zurück, ein Handtuch als Turban um ihre feuchten Haare geschlungen. Emilio stellte überrascht fest, dass sie ungeschminkt noch viel natürlicher und reizvoller aussah. Sie war offenbar eine klassische Naturschönheit. Er machte ihr einen Cappuccino und für sich einen Ristretto. Sie genoss ihr Frühstück augenscheinlich mit großem Appetit.

»Das war ein toller Abend gestern, Emilio! Ich muss mich für mein Verhalten entschuldigen, ich habe eindeutig mehr Alkohol getrunken, als ich vertrage. Sie allerdings haben sich wie ein Gentleman verhalten. Das weiß ich zu schätzen!«

»Ach Becky, ich bin es, der sich entschuldigen muss. Als Restaurantbegleiter bin ich für meine Kundin verantwortlich. Ich hätte es gar nicht so weit kommen lassen dürfen!«

»Papperlapapp, Emilio! Einigen wir uns auf ein Unentschieden! Außerdem habe ich schon lange nicht mehr so gelacht. Es war einfach grandios. Ich bereue gar nichts!«

Sie genossen ihr Frühstück. Schließlich blickte Becky nachdenklich auf und fragte Emilio: »Ich kann ja verstehen, dass Sie überrascht waren, als Sie von meiner Ausbildung zur Sexualtherapeutin erfahren haben. Ich habe das bei Männern öfters erlebt. Das hat etwas mit dem Kopfkino zu tun. Aber Sie, Emilio, Sie scheinen mir eher der Typ Mann zu sein, den so etwas normalerweise nicht in seiner Männlichkeit erschüttert. Ich bin also etwas verwirrt. Wieso haben Sie eigentlich so gelacht? Mein Beruf kann doch unmöglich der Grund dafür gewesen sein?«

Emilio hatte das Thema schon erwartet. Seine Hoffnung, dass der Alkohol diese Episode aus Beckys Gedächtnis gelöscht hatte, war leider nicht erfüllt worden. Er gab sich einen Ruck und sprach ganz offen. Er erzählte ihr von der Vasektomie, den notwendigen zwanzig Ejakulationen, von Cialis, dem Kauf einer Großpackung Präservative und dass er vorgehabt hatte, das *Problem* innerhalb von vierzehn Tagen zu lösen. Er sagte ihr, dass die gestrige Erwähnung ihres Berufes ihn weniger wegen der Tatsache an sich erheitert hatte, sondern weil ihm in diesem Augenblick bewusst geworden war, welcher ein Idiot er doch eigentlich war. Er hätte gar nicht

216

über sie oder ihren Beruf gelacht, sondern über die Situation an sich.

Becky hatte ihm zuerst ungläubig, dann immer staunender und zuletzt höchst amüsiert zugehört. Schließlich musste sie lauthals lachen und Emilio stimmte erleichtert mit ein.

Dann sagte sie: »Aber dein Plan könnte immer noch funktionieren! Ich bin Ärztin geworden, um anderen zu helfen. Ich werde dich von deinen Problemen *befreien* und wir haben drei Tage und Nächte Zeit dafür!«

Dass Becky wie selbstverständlich zum ›du‹ übergegangen war, trat angesichts ihres weiteren Verhaltens vorläufig in den Hintergrund. Sie stand auf, wandte Emilio den Rücken zu und ließ den Bademantel langsam von ihren Schultern zu Boden gleiten. Dann ging sie splitternackt in Emilios Schlafzimmer.

*

Anzolo zeigt stramm nach Norden

Rasch entledigte er sich seiner Kleider und folgte ihr. Sie lag auf dem Bauch und er bewunderte den eleganten Schwung ihres Rückens. Ihr prachtvolles Hinterteil hätte einem Gemälde von Tizian entspringen können. Sein ›Anzolo‹ zeigte sofort stramm nach Norden. Becky sah seine Begierde und ihre Augen weiteten sich amüsiert.

»Komm zu mir!«, forderte sie ihn auf, drehte sich in einer lasziven Bewegung langsam auf den Rücken und bot ihm ihren sündhaften Körper an. Ein Kribbeln schoss in seine Lenden. Doch Emilio ließ sich Zeit, genoss noch einen Augenblick den atemberaubenden Anblick dieser nackten Schönheit in seinem Bett. Dann kostete er jeden Moment des aufregenden Vorspiels aus. Seine Lippen wanderten über ihren Körper, zärtlich und leidenschaftlich zugleich. Keinen Zentimeter ihres sinnlichen Körpers ließ er unberührt. Er konnte spüren, wie ihre glatte, samtige Haut unter seinen

Berührungen erschauderte. Sie stöhnte immer wieder auf, jede seiner Liebkosungen schickte eine Welle des Entzückens durch ihre Glieder. Endlich, nach einer scheinbaren Ewigkeit, spreizte sie ihre schlanken Beine. Er hatte nun ihre rosige Textur direkt vor seinen Augen. Sie sah aus wie die fleischgewordene Versuchung, ein unwiderstehlicher Anblick köstlicher Weiblichkeit. Kein einziger Mann hätte diesen Reizen widerstehen können. Emilio schon gar nicht. Längst war ihr Schoß feucht geworden, die silberne Feuchtigkeit glänzte an den Innenseiten ihrer Oberschenkel. Ihre Brustwarzen hatten sich aufgerichtet, empfindlich reagierten sie auf seine zärtlichen Berührungen. Emilio kniete sich zwischen ihre weißen Schenkel, die sich sofort um seine Hüften klammerten. Mit den Fersen trommelte Becky fordernd gegen seinen Rücken, eine eindeutige Aufforderung nach mehr. Ihre Bereitschaft war unverkennbar und Emilio folgte ihrer Einladung. Im Zeitlupentempo eroberte er die Wärme ihres Inneren, das ihn gierig aufnahm. Becky schloss vor Glück die Augen, ihre Lippen öffneten sich und sie stöhnte lustvoll auf. Ihr Hals spannte sich dabei elegant und Emilio konnte ihren Herzschlag pochen sehen. Sie erwiderte jede seiner Bewegungen und spannte dabei ihre kräftige Beckenbodenmuskulatur an. Diese Kontraktionen, mit denen sie ihn massierte, waren kaum auszuhalten. Dabei stieß sie jedes Mal einen Lustschrei aus, dessen Lautstärke stetig zunahm. In einem berauschenden Rhythmus schwangen ihre Körper vor und zurück. Der Raum war erfüllt vom unvergleichlichen Parfüm der Duftessenzen purer Erotik. Emilio hielt immer wieder inne, um dem pochenden und verlockenden Reiz in seinen Lenden nicht zu früh nachzugeben. Doch Becky ließ das schließlich nicht mehr zu, packte energisch seine Pobacken, zog ihn tief in sich und steuerte ihre gemeinsamen Bewegungen zu einem atemberaubenden Tempo. Immer dichter drängte sie ihr Becken an ihn, und schließlich wurde sie in einen Strudel der Lust fortgerissen. Ihre kurzen Schreie waren inzwischen zu einer durchgehenden Arie der Wonne angeschwollen. Schlagartig hielt sie jedoch inne und öffnete die Augen ein wenig. Ihr Blick wurde abwesend und ihr ganzer Körper plötzlich von einem Zittern erfasst, das in nicht enden wollende Zuckungen überging. Becky krallte in Ekstase ihre Fingernägel in Emilios Hintern und hielt ihn, wie in einem Schraubstock gefangen, zwischen ihren Schenkeln fest. Er konnte spüren, wie ihr heißer Schoß pulsierte. Aus Emilio brach nun ein wahrer Lavastrom hervor, der gar nicht mehr enden wollte.

Sie hielten sich noch lange in den Armen, bis sie schließlich einschlummerten.

*

Der Griff der Kleopatra

Emilio war von seinem Vormittagsspaziergang mit Biscotti zurückgekehrt. Er öffnete die Badezimmertür und da lag sie – in seinem Jacuzzi. Sie lächelte ihn erwartungsvoll an. Er verstand, zog sich rasch aus und kletterte zu ihr ins wohlig warme Wasser.

»Ich konnte nicht widerstehen, Emilio. So ein Sprudelbecken ist einfach zu reizvoll. Komm, lass uns gemeinsam entspannen!«

Emilio lehnte sich zurück und nahm ein paar Einstellungen am Whirlpool vor. Dann regelt er das Lichtspiel an der Decke und im Wasser. Schließlich erklang leiser, romantischer Jazz von Apples Lounge Akademie. Nach ein paar Minuten kam Becky näher und fasste zwischen seine Beine. Emilio reagierte unwillentlich und sofort auf ihre geschickten Berührungen. Dann stellte sie Dinge mit ihm unter und über Wasser an, die ihm den Atem raubten. Schließlich erhob sie sich etwas, drehte ihm den Rücken zu und ließ sich ganz behutsam auf seinen Schoß nieder.

»Emilio, ich will, dass du dich völlig passiv verhältst. Lass mich machen und genieße es!«

Becky beugte sich leicht vor, Emilio hatte nun ihren prächtigen Hintern unmittelbar vor sich. Er zwang sich, ihn nicht sofort anzufassen. Was dann aber geschah, hatte er noch nie mit einer Frau erlebt. Nach endlos langer Zeit voller Wonnen, bei der Becky seine

Erregung ins Grenzenlose gesteigert hatte, war er es, der sein Stöhnen nicht mehr unterdrücken konnte. Als er endlich am höchsten Gipfel der Lust erlöst wurde, brüllte er nur mehr. Becky hatte es sich ihm gegenüber im Wasser bequem bequem gemacht und betrachtete ihn liebevoll. Emilio öffnete schließlich die Augen und seufzte tief. Dann sah er sie an.

»Was auch immer du da mit mir gemacht hast, es war die absolut lustvollste Erfahrung meines Lebens, Becky!«

»Man nennt es den ›Griff der Kleopatra[30]‹! Nur ganz wenige Frauen beherrschen ihn und noch weniger Männer ertragen diese exquisite Massage lange genug. Du bist da eine rühmliche Ausnahme! Du hast über eine halbe Stunde durchgehalten. Die Sprudeldüsen deines Jacuzzi haben unser Liebesspiel überdies perfekt begleitet. Ich habe es auch sehr genossen!«

Nach drei Tagen verließ Becky Emilios Appartement. Hermann Schulte war von seiner Reise ins Collio zurückgekehrt. Emilio war von seiner erotischen Weltreise mit seiner wundervollen Sexpsychologin in den Alltag zurückgekehrt. Sie hatte ihm ohne irgendwelche Tabus Liebesspiele gezeigt, die er nie mehr vergessen würde. Ohne seine Wunderpillen hätte er das Erlebte ohnehin nicht *durchstehen* können. Becky hatte ihm aber noch augenzwinkernd einen Rat mitgegeben. Er möge doch etwas gegen seinen ›Embonpoint[31]‹ tun, denn manche Liebesstellungen würde er erschweren. Da auch seine Ärztin erst kürzlich empfohlen hatte, mehr für seine Muskulatur zu machen, hatte sich Emilio entschlossen, ein modernes Rudergerät für zuhause anzuschaffen. In zwei Tagen würde er wieder nach Triest fahren. Er war sich ziemlich sicher, dass Dottoressa Paola Frivallecci nicht eine klitzekleine Samenzelle vorfin-

---

[30] Auch als Pompoir oder Schamlippenkuss bekannt. Bis heute hält sich das Gerücht, dass diese Technik zu den besonderen Leidenschaften der Kleopatra zählte. Das könnte allerdings nur Julius Cäsar bestätigen.

[31] Altmodischer Ausdruck im Französischen, der elegant und charmant einen leichten Bauchansatz beschreibt.

den würde. Einen ziemlich wund gescheuerten Emilio mit zerkratztem Rücken allerdings schon.

*

Die Contessa war mal eine Partymaus

Als Contessa Marta Luisa Caramello bei Emilio anklopfte, war er einigermaßen überrascht. Sie begegneten sich zwar häufig auf dem Flur oder der Piazza vor der Villa und wechselten ein paar Worte, aber sie war erst zwei Mal in seinem Appartement gewesen. Etwas musste vorgefallen sein. Die Lustschreie der letzten Tage waren es sicher nicht, denn seine teure Schallisolierung funktionierte hervorragend. Er bat sie herein und geleitete sie ins Wohnzimmer. Sie nahm auf der bequemen Ledercouch Platz. Emilio wusste, dass sie gerne Limoncello trank und servierte ihr einen eisgekühlten Dolce Cilento Limoncello aus seiner Bar. Die Contessa sah sich aufmerksam um und sagte dann: »Ich muss schon sagen, Sie haben es wirklich sehr schön hier, Signor Bombolone!«

»Ja, dank Ihrer Großzügigkeit konnte ich es so gestalten. Aber Sie sind doch sicher nicht nur wegen meiner Einrichtung gekommen, verehrte Contessa?«

»Nein, Signor Bombolone. Sehen Sie sich mal an, was in der heutigen Ausgabe der Grado Gazzetta steht. Sie und Frau Doktor Schulte haben es sogar auf die Titelseite geschafft!« Sie reichte ihm die Zeitung.

Emilio las mit großen Augen den Artikel. Als er dann noch die gestochen scharfe Farbaufnahme von sich und Becky entdeckte, die zeigte, wie sie mit den anderen Gästen der Lounge Bar Duca d'Aosta um eine sechs Liter Methusalem-Champagnerflasche tanzten, war ihm die Verzweiflung ins Gesicht geschrieben. Die Contessa hatte ihn die ganze Zeit beobachtet. Als sie seine Miene sah, musste sie lächeln und erinnerte sich an frühere Zeiten. In den wilden 70er Jahren war sie Stammgast in den angesagtesten Clubs von

Rom und Capri gewesen, wie dem ›Piper Club‹ oder dem ›La Canzone del Mare‹. Dort hatten sich die Reichen und Schönen versammelt und die Nacht zum Tag gemacht. Jimmy Fontana sang seine Schnulzen. Die Nächte waren erfüllt von glamourösen Partys, Champagner und berühmten Gästen wie Jackie Onassis, Brigitte Bardot, Gianni Agnelli und natürlich Gunter Sachs. Gerade mal knapp über zwanzig hatte sich Marta Luisa unglaublich sexy gefühlt. Sie und ihre Freundinnen probierten alles aus: Freie Liebe, Marihuana, Alkohol und andere verbotene Dinge. Ein paar Mal landete sie sogar in den Ausnüchterungszellen der Polizeistationen. Es waren wilde und wundervolle Zeiten. Die 70er Jahre waren eine Zeit des Hedonismus und der Extravaganz, in der die Clubs von Rom bis Capri als Bühnen für ein schillerndes Gesellschaftsleben dienten. In einem dieser Clubs hatte sie dann einige Jahre später die Liebe ihres Lebens gefunden, den Conte Vincente Caramello, der leider vor fünfzehn Jahren verstorben war. Seitdem ging sie täglich zur Andacht und betete für ihn.

»Schuldig im Sinne der Anklage, sehr geehrte Contessa«, sagte Emilio zerknirscht.

»Wissen Sie, Signor Bombolone, ach was – ich nenne Sie ab sofort Emilio. Nach meiner täglichen Andacht gehe ich meist noch in die Enoteca da Pino in der Via Galileo Galilei. Touristen findet man dort kaum vor. Bei Pino erfährt man alles, oft – bevor überhaupt etwas passiert ist!«

»Ich bitte um Verzeihung für mein Verhalten. Es wird nicht wieder vorkommen!«

»Oh, das wird es. Sie können ja gar nicht anders. Ich weiß schon seit Jahren alles über Ihre amourösen Abenteuer, Ihre Restaurant- und Barbesuche und die anderen Eskapaden. Aber ich weiß Gott sei Dank auch von Ihrer Hilfsbereitschaft und Großzügigkeit, wie Sie Sandro geholfen haben, Francesca Santis unterstützen oder Luca, den Fischer, dem Sie einen modernen Motorsegler gekauft haben, nicht wahr?«

Das Boot hatte er Luca von seinen Tantiemen spendiert, die er für den Roman über die Casonieri bekommen hatte. Immerhin war es ja *seine* Geschichte gewesen.

»Ja, ich versuche Gutes zu tun!«

»Nun, *diesmal* haben Sie aber gewaltig daneben gehauen. Mein langjähriger Gast, Herr Schulte, war vor zwei Stunden bei mir, die Grado Gazzetta in der Hand. Seien Sie froh, Emilio, dass Sie gerade mit Biscotti spazieren waren. Herr Schulte war sehr wütend. Nun, er und seine Frau sind vorzeitig abgereist und er versprach, nie mehr nach Grado zu kommen! Ihretwegen.«

»Was kann ich tun, um das wieder in Ordnung zu bringen, Contessa Caramello?«

Die Contessa seufzte, blickte ihn an und sagte: »Indem Sie mir noch einen Limoncello einschenken und mir alles – und ich meine *wirklich alles* – erzählen und mich Marta Luisa nennen.«

Das tat er. So viel gelacht hatte die Contessa schon seit Jahren nicht mehr.

*

Am nächsten Tag fand Emilio zwei kleine Briefchen in seinem Postkasten vor. Das eine war ein Geburtstagswunsch von Marta Luisa. Emilio war in einem Schaltjahr auf die Welt gekommen und zwar exakt am 29. Februar 1968. Das Heurige war auch eines.

›*Geschätzter Emilio.*
Ich wünsche Ihnen alles Gute zur vierzehnten Wiederkehr des Tages Ihrer Geburt! Alles Liebe und bleiben Sie so....
Marta Luisa‹

Das zweite Briefchen enthielt eine Nachricht von Becky. Sie hatte eine Daunenfeder beigelegt, die betörend nach Ihrem Parfüm duftete.

›*Emilio.*
Dumm gelaufen, aber ich bereue gar nichts. Auch wenn mein Hermann nie mehr nach Grado reisen wird, gilt das nicht für mich. Ich komme wieder, auch deinetwegen!
Becky‹

März 2024

Wien

Die dubiose Galerie Marino

Agnes und Lena hatten sich für den Abend im Museumsquartier (MQ) verabredet. Für die Vorbereitung der Ausstellung in Grado hatte das Konsortium im Leopold Museum eine große klimatisierte und perfekt gesicherte Halle angemietet. Dort wurden alle Leihgaben gelagert und zunächst nach Titel, Entstehungsjahr, Malweise, Maßen, Material, Ort und Thema sowie dem aktuellen Besitzer katalogisiert. Darüber hinaus wurden sie mit den Werkverzeichnissen abgeglichen und der Herkunftsnachweis überprüft. Bei Unstimmigkeiten wurden die Werke an die Abteilung zur Provenienzforschung des Leopold Museum übergeben. Agnes hatte den für die Ausstellung nutzbaren Grundriss des Palazzo Regionale dei Congressi in Grado maßstabsgetreu mit breitem Malerband auf den Boden übertragen. Anschließend begannen sie und ihre Studenten, die Gemälde zu ordnen. Bald einigte man sich darauf, die Werke Auchentallers nach drei Kriterien zu sortieren: Werke Auchentallers, die keinen direkten Bezug zu Grado hatten, wurden separat gehalten und die übrigen nach ihrem Entstehungsjahr geordnet. Seine unzähligen Werbeplakate und Grafiken würden einen eigenen Platz in der Ausstellung finden. Gemälde, die für die Auktion angemeldet werden sollten, befanden sich noch im Begutachtungsverfahren bei Auctora's in Wien. Kopien in Originalgröße hatte Lena jedoch inzwischen an Agnes liefern lassen.

»Das sieht ja schon recht eindrucksvoll aus. Wieviele Werke hast du jetzt beisammen?«

»In der Halle befinden sich inzwischen fast dreihundert Exponate. Zwanzig weitere hängen noch in den öffentlich zugänglichen Ausstellungsräumen des Leopold Museum. Die werden bis April aber auch bei mir landen. Ein gutes Dutzend befindet sich noch im Zollfreilager[32] in Ports France in Genf. Ich schätze, dass wir dreihundertvierzig Ausstellungsstücke in Grado präsentieren können.«

»Das ist toll. Ich sollte mich eigentlich freuen, aber das Wissen um die wahrscheinlichen Fälschungen belastet mich sehr, Agnes!«

»Mir geht es genauso. Stell dir vor, wir haben noch vier weitere Auchentallers mit dem Sammlerstempel vom Gerstl und dem Etikett der Galerie Leclerc, Allegorien in Pastell. Sie wurden uns erst im letzten Moment von einer kleinen Galerie in Triest zur Verfügung gestellt und ebenfalls für die Auktion angemeldet. Der Besitzer der Galerie ist ein gewisser Lorenzo Marino. Kennst du den? Die Bilder müssten bei Auctora's morgen angeliefert werden. Der Provenienznachweis wurde nicht angezweifelt. Allerdings handelt es sich ebenfalls um verschollene Werke!«

»Nein, von einer Galerie Marino hab ich noch nie etwas gehört. Komm Agnes, lass uns ins Caffè Leopold gehen. Ich brauch jetzt einen Drink!«, schlug Lena vor,

Agnes sperrte die massive Stahltür ab und aktivierte die Alarmanlage. Eine ›24/7‹[33] Wachmannschaft kontrollierte zusätzlich alle Zugänge des Museums. Das Caffè Leopold, Teil des Museumskomplexes, war eine urbane Mischung aus Caffè, Restaurant und Bar, also ein bisschen wie das Duca d'Aosta in Grado. Agnes und Lena ergatterten noch einen ungestörten Eckplatz und bestellten zwei doppelte Gin Tonic.

»Wie geht ihr jetzt bei Auctora's mit den Auchentallers weiter vor?«

---

32 Freilager erleichtern den internationalen Handel. Geografisch sind sie Inland, zoll- und steuerrechtlich jedoch exterritorial

33 24 Stunden, 7 Tage die Woche, also ununterbrochen. 'Twentyfourseven' war ursprünglich ein Begriff aus der Welt des Militärs

»Die Chefetage ist der Ansicht, solange die Werke nicht als Fälschung nachgewiesen werden, bleiben sie authentisch. Wir wollen ja schließlich Geld verdienen – viel Geld. Man hat zumindest zugestimmt, dass ich das Provenienzforschungsteam vom Art Loss Register in London zur Überprüfung engagiere. Das ALR hat zwar weit über siebenhunderttausend Exponate in seiner Datenbank gelistet, beschäftigt sich aber hauptsächlich mit geraubter Kunst. Ich habe wenig Hoffnung, dass etwas gefunden wird.«

»Und was machst du dann?«

»Nichts. Was soll ich machen? Ich werd die Gemälde wie geplant versteigern und versuchen, einen möglichst hohen Hammerpreis zu erzielen!«

»Das nenn ich einen Hammer!«

»Du sagst es. Komm, wir nehmen noch einen Drink!«

Triest

Emilios Kopfkino

Emilio hatte einen Termin bei Dottoressa Paola Frivallecci für den Spermatest nach seiner Vasektomie vereinbart. Im Wartezimmer musste er sich etwas gedulden, dann kam Schwester Serena zu ihm und forderte ihn auf mitzukommen. Er wurde in eine kleine Kabine geleitet, die mit einem Bidet, einem Waschbecken und einem Relaxsessel ausgestattet war. Ein Bildschirm und eine kleine Musikanlage waren ebenfalls vorhanden.

»Signor Bombolone, für den Test brauchen wir eine frische Spermaprobe von Ihnen!«, sagte Serena und gab ihm einen großen Becher mit Deckel. »Ich lasse Sie jetzt eine Zeit lang alleine. Masturbieren Sie bitte in das Gefäß. Zur Stimulation halten wir auch einige pornografische Videos in HD bereit, falls Ihnen das hilft. Hier ist die Fernbedingung. Sie können aus verschiedenen Kategorien wählen, je nach Ihrer sexuellen Präferenz. Wenn Sie fertig sind, läuten Sie bitte. Haben Sie noch Fragen?«

»Ja. Muss ich den Becher voll machen, Schwester Serena?«

»Nein, Signor Bombolone, eineinhalb Milliliter, also etwa ein Drittel eines Teelöffels Ihres Ejakulats genügen für den Test!«, sagte sie lachend und schüttelte den Kopf. Dann drehte sie das Licht etwas sanfter, schloss die Tür hinter sich und ließ Emilio alleine zurück.

Emilio brauchte keinen Porno zur Stimulation. Sein Kopfkino würde völlig ausreichen. Er konnte sich anfangs nur nicht gleich entscheiden, mit welcher der begehrenswerten Frauen der letzten Monate er nun in seiner Fantasie Sex haben wollte. Zuerst dachte er an Becky und den Griff der Kleopatra, aber auch die Spielereien mit Lena unter der Dusche waren fantastisch gewesen. Und dann erst der vorweihnachtliche Sex mit Frau Bartels – che culo! Er spürte schon das Ziehen in seinen Lenden und öffnete seine Hose. Schließlich entschied er sich für etwas Neues: Einen ›Ménage-à-trois‹ mit Agnes und Alice gleichzeitig und schloss die Augen.

»Na, das ging aber schnell, Signor Bombolone!«, sagte Schwester Serena, als sie nach seinem Klingeln hereinkam, »was haben Sie sich den für ein Filmchen angesehen?«

»Gar keins. Ich habe mir *Sie* im Bett vorgestellt und was Sie mit mir alles *angestellt* haben. Ich muss schon sagen, oh la la!«, schwindelte Emilio ihr treuherzig dreinblickend vor.

Jetzt wurde sogar die sonst so taffe Schwester Serena bis über beide Ohren rot. Als ihr Emilio grinsend auch noch seinen gut gefüllten Becher reichte, geriet sie völlig aus der Fassung. Sie nahm ihn mit zittrigen Fingern entgegen, drehte sich rasch um und sagte ihm, dass er im Wartezimmer wieder Platz nehmen solle.

Nach einer Viertelstunde wurde er zur Dottoressa gerufen. Die thronte hinter ihrem Schreibtisch und schaute sehr belustigt drein.

»Ich hätte nie erwartet, Sie tatsächlich bereits nach zwei Wochen wieder hier zu sehen, Emilio.«

»Es sind zehn Tage, seit ich bei Ihnen war, geschätzte Paola!«, antwortete er mit ernster Stimme, »und die letzten achtundvierzig Stunden hatte ich, wie vereinbart, keinen Sex!«

Sie schüttelte ungläubig den Kopf. »Ich gehe davon aus, dass Sie die notwendigen Samenergüsse nicht ausschließlich in Heimarbeit erreicht haben, oder?«

»Genau genommen gar keine, bis auf den Heutigen!«

Sie musste laut lachen. »Irgendwann müssen Sie mir mal davon erzählen, Emilio. Aber jetzt wollen wir zuerst prüfen, was das Spermiogramm ergibt.«

Die Dottoressa verdünnte die Samenflüssigkeit und verteilte die Probe auf einem kammerartigen Objektträger. Dann schob sie das Präparat unter das Elektronenmikroskop, blickte durch das Objektiv, veränderte ein paar Einstellungen und übertrug dann das Bild auf den angeschlossenen Bildschirm. Nach einer Weile sagte sie: »Sehen Sie selbst, Emilio!« Sie drehte den Bildschirm, so dass er ihn sehen konnte.

»Ich kann nichts erkennen!«

»Weil da auch nichts mehr ist! Wir überprüfen das in einem Monat zur Sicherheit noch mal, aber ich denke, die Vasektomie war ein voller Erfolg. Gratuliere, Emilio!«

»Muss ich jetzt wieder…«, wollte Emilio sagen, aber die Dottoressa unterbrach ihn, »Nein, Emilio. So wie ich das beurteile, dürfen Sie ihr unermüdliches Lümmelchen sorgenfrei einsetzen!«

Nach der Rückfahrt schaute er noch einen Sprung bei der Farmacia Madonna di Barbana in Grado vorbei. Er stellte der Dottoressa die noch ungeöffnete Großpackung an Präservativen auf den Tisch.

»Dafür habe ich keine Verwendung mehr. *Sie* aber, könnten damit eine Zeitlang Ihren Eigenbedarf decken. Ciao!«

Grado

Eine Reise in die Vergangenheit

Luca hatte sie eingeladen, mit ihm am frühen Morgen in die Lagune hinauszufahren. Emilio weckte Biscotti noch bei völliger Dunkelheit und machte mit ihm eine kleine Morgenrunde. Das Dackelchen war anfangs gar nicht begeistert, aber als sie dann zu Lucas Boot abbogen, wuchs seine Begeisterung. Luca wartete bereits im Porto Mandracchio und sie gingen an Bord.

Anfangs konnten sie wenig sehen. Dunst lag über dem schwarzen Wasser. Ganz langsam und fast lautlos glitten sie dahin. Dann, gegen sechs Uhr, als die ersten Sonnenstrahlen aus dem Osten die Lagune streiften und die Nebelschwaden behutsam auflösten, konnte man meinen, der Schöpfung sei der Farbmalkasten aus den Fingern geglitten. Die Sonne spiegelte sich im Wasser, zuerst golden, dann, als sich der Himmel darüber allmählich färbte, rot, dann rosa. Als sich die Naturlandschaft der vielen kleinen Inseln ihre Grüntöne wie Turmalin und Jade in den Farbenreigen einbrachte, wechselte das Wasser schließlich zu seinem typischen Aquamarin. Luca, Emilio und Biscotti tauchten ein in diesen Zauber und schipperten im ganz eigenen Tempo die Lagunenküste entlang. Lucas Motorsegler hatte kaum Tiefgang und so konnten sie auch ganz nahe an die kleinen versteckten Inseln heranfahren. Die Strandkrabben flüchteten beim Herannahen des Bootes und immer wieder sprangen kleinere und größere Fische aus dem Wasser, um die ersten Insekten des Tages zu fangen. Im Frühjahr wurden durch regulierte Bewässerung viele Jungfische durch einen in Richtung Meer fließenden Wasserstrom in die Lagune gelockt.

Emilio war wie immer tief beeindruckt von der Flora und Fauna dieser einzigartigen Inselwelt. Tamarisken, Ulmen, Pappeln und Kiefern sorgten schon seit jeher für einen unglaublichen dichten Baumbestand. Das morgendliche Trällern und Zwitschern der Vögel war vielfach zu vernehmen. Graureiher standen in Ufernähe im flachen Gewässer und stocherten mit ihren langen Schnäbeln im Schlamm. Stockenten hatten jetzt ihre Brutzeit, und die Erpel kümmerten sich emsig um das Futter für ihre Partnerinnen. Die Möwen und Seeschwalben zogen ihre ersten Kreise und manchmal ließen sich vereinzelt Rehe und Wildschweine blicken. Schließlich erreichten sie den massiven Bootsanleger der Isola della Serpe, auf der die Casone von Luca stand. Ursprünglich war die Hütte, wie alle Casoni, nur mit dem Material erbaut worden, das auf den Inseln immer zur Genüge vorhanden gewesen war: Holz der Robinien und Ulmen, Schilfrohr und Stroh. Im Inneren hatte es nur einen einzigen großen Raum mit einer Feuerstelle gegeben. Die Tür war grundsätzlich nach Westen ausgerichtet, um die Casone vor den aus Osten kommenden Winden zu schützen. Mit der finanziellen Unterstützung Emilios hatte Luca die ursprüngliche Casone modernisieren können, mit gemauerten Wänden, massiven Fenstern und Türen, Strom aus einer modernen Photovoltaikanlage mit einer Speicherbatterie und fließendem Wasser, sodass er sie nun ganzjährig bewohnte. Das Dach war zwar immer noch mit Stroh bedeckt, aber in der massiven Variante der Rieddächer, ähnlich derer auf Sylt. Ein kleinerer Anbau war inzwischen auch dazugekommen, den Luca im Sommer als Ferienhaus über die Agentur Santis vermietete. Manchmal, so wie heute, kamen auch Emilio und Biscotti zu Besuch. Luca hatte keine Kinder und keine Verwandten. Er war der Letzte in der jahrhundertealten Fischertradition seiner Vorfahren. Unweit des Bootsanlegers hatte Luca ein Hebenetz[34]. Seines war ein großes, quadratisches Fischernetz, das er unter die Wasseroberfläche absenken und wieder hochheben konnte, um die darüber schwimmenden Fische zu fangen. Das Hochziehen des Netzes erfolgte mit einer Seilwinde, die über eine Umlenkrolle an einem einfachen Kran montiert war. Direkt vor dem Ufer hatte Luca im Wasser kurze Bretterzäune quer zum Ufer angebracht, die viele kleine Fische als Einstand nutzten.

---

[34] auch Daubel, Fischergalgen oder Fischerwaage genannt

Biscotti war längst an Land gesprungen und erkundete gewissenhaft die zweitausend Quadratmeter große Insel.

»Ich war schon länger nicht mehr hier, Luca. Wunderschön hast du es hier! Die Bootsfahrt war wieder ein großartiges Erlebnis!«

»Dank deiner Großzügigkeit ist die Casone jetzt auch für mich ein Ort zum Leben geworden. Ich habe meine kleine Wohnung in Grado inzwischen aufgegeben und schlafe hier oder auf meiner Eignerkabine am Boot. Wenn mein Vater das sehen könnte, er würde es nicht fassen können!« sagte Luca nachdenklich, »Komm, jetzt werden wir uns frischen Fisch fangen, Emilio!«

Luca kurbelte das Hebenetz ins Wasser und warf ein paar Krümel Fischfutter hinterher. Dann machten sie sich daran, den Frühstückstisch auf der überdachten Holzveranda der Casone zu decken. Emilio hatte frisches Gebäck aus seiner Panificio mitgebracht. Luca nahm seinen Bialetti-Espressokocher in Betrieb. Dann kurbelte er das Netz wieder aus dem Wasser. Die Weite der Maschen war so bemessen, dass zu kleine Fische durchschlüpfen konnten, aber zwei größere Meeräschen waren im Netz gefangen. Rasch nahm er sie aus und spülte das Innere im Wasser der Lagune. Der Geruch lockte das Dackelchen an und er tauchte schwanzwedelnd aus dem Unterholz auf. Das Dackelchen war gänzlich mit Schlamm und Sand bedeckt, aber sichtlich glücklich. Luca gab ihm ein kleines Stück des rohen Fischfilets. Emilio hatte inzwischen den Gasgrill in Betrieb genommen. Luca filetierte und würzte die Äschen, dann klemmte er sie in einen mit Olivenöl beträufelten Fischbräter und bereitete die Filets bei indirekter Hitze zu. Beim unwiderstehlichen Duft des gegrillten Fisches begann Emilios Magen zu knurren.

Luca reichte ihm ein Stück Gebäck und sagte: »Mai si manja sul stomigo svodo!«[35]

---

[35] niemals auf nüchternen Magen essen

Zehn Minuten später war der Fisch perfekt gegart und sie genossen das köstliche Mahl. Auch Biscotti bekam seinen Anteil und alle waren zufrieden.

Nach dem Frühstück zündete sich Luca seine Pfeife an. Emilio nahm einen weiteren Espresso und genoss die Wärme der noch tief stehenden Frühlingssonne. Biscotti war sofort wieder auf die Jagd nach irgendetwas gegangen.

»Ich habe dir doch einmal erzählt, dass mein Vater und dein Großvater Luigi sich gekannt haben müssen. Sie waren etwa im gleichen Alter und beide Kinder von Fischern und Casonieri. Um 1900 haben sie genau hier gespielt!«

»Woher weißt du das, Luca?«

Luca stand auf, ging in die Hütte und kam mit einem Foto zurück. Es war ein uraltes, vergilbtes Eastman-Kodak-Bild. Darauf waren zwei Männer und zwei Jungen zu sehen, im Hintergrund die alte Casone. Er reichte es Emilio, der es genau betrachtete und erstaunt die unverwechselbaren Gesichtszüge des kleinen Luigi entdeckte.

»Wo hast du das her?«

»Das Foto habe ich bei den Renovierungsarbeiten gefunden und zunächst beiseitegelegt. Vor Kurzem habe ich es wieder hervorgeholt. Auf der Rückseite waren fast unleserlich ein Datum und vier Namen notiert. Zelindo Monura, den du kennst, hat mir geholfen, es mit seinen Geräten zu entziffern. Es handelt sich um die Namen deines Urgroßvaters und meines Großvaters. Die beiden Jungen im Vordergrund sind Luigi Bombolone und mein Vater. Aufgenommen genau hier, im März 1900! Wer das Foto gemacht hat, werden wir wohl nie erfahren.«

Emilio war gerührt. Luca hatte offenbar bis heute gewartet, um ihn an einem Märztag, 124 Jahre nach der Aufnahme dieses Fotos, mit einer Fahrt zu seiner Insel zu überraschen.

»Du kannst es behalten, ich habe von Zelindo eine Kopie machen lassen!«, sagte Luca.

Sie plauderten noch eine Weile, dann suchte Emilio sein Dackelchen, das er bald friedlich schlummernd auf einer Sandbank fand. Luca räumte währenddessen auf und dann fuhren sie langsam nach Grado zurück. Es war kurz vor Mittag, als sie im Porto Mandracchio anlegten. Beim Aussteigen überreichte Luca Emilio noch ein dickes versiegeltes Kuvert.

»Ich habe vor einer Woche beim Notar mein Testament und eine Generalvollmacht machen lassen. Ich bin alt und habe keine Verwandten. Du, Emilio, bist der Einzige, mit dem ich näher bekannt bin. Vielleicht sind wir ja sogar entfernte Verwandte, wer weiß das schon. Seelenverwandt sind wir allemal. Ich möchte, dass du die Papiere verwahrst. Die Duplikate liegen beim Notar!«

Emilio wusste, dass es unangebracht wäre, etwas darauf zu sagen. Er nickte, nahm die Papiere entgegen und ging mit Biscotti nach Hause.

*

Richard Löwenherz war auch da

Francesca hatte Emilio gebeten, eine außerplanmäßige Führung für ein älteres Ehepaar aus England zu übernehmen. Sie kannte die Gäste schon länger und hätte die Führung gerne selbst gemacht, aber sie sollte in englischer Sprache erfolgen. Sie schlug Emilio vor, Sandro mitzunehmen, damit er etwas lernen könne.

Also führten Emilio und Sandro das Ehepaar durch die beeindruckende Basilika Santa Eufemia in Grado, das Herzstück der Altstadt und eine der letzten romanischen Kirchen aus der Zeit der Völkerwanderung. Sandro hörte aufmerksam zu und zeichnete gleichzeitig alles mit seinem iPhone auf. Emilio verwies auf die antike Geschichte des Gebäudes und beschrieb, wie die Kirche trotz ihrer Größe und der bedeutenden Kunstwerke ein Gefühl der Geborgenheit ausstrahlte.

»Wer in das kollektive Bewusstsein der Gradeser eintauchen möchte, sollte eine Sonntagsmesse im Hochsommer besuchen. Die Frauen schwingen bunte Fächer und es wird gelacht, gesungen und geweint. Besonders ergreifend wird es, wenn der Kirchenchor am Ende des Gottesdienstes die inoffizielle Hymne von Grado, das Fischerlied ›Madonna del Mare‹, anstimmt.«

Dann erzählte er von den archäologischen Ausgrabungen, die auf dem Gelände stattfanden und die Überreste früherer Kultstätten ans Licht gebracht hatten. Diese Ausgrabungen umfassten eine Aula aus dem späten vierten Jahrhundert und eine Basilika aus der zweiten Hälfte des fünften Jahrhunderts, bekannt als die ›kleine Petrus-Basilika‹. Emilio erläuterte, wie Bischof Nicetas von Aquileia in den frühen Jahren des fünften Jahrhunderts das Fundament für eine neue Kirche gelegt hatte, deren Überreste sich noch heute unter der aktuellen Basilika befinden. Er erklärte weiter, dass die Basilika im Jahr 579 unserer Zeitrechnung vom Patriarchen Elija eingeweiht und der Heiligen *Euphemia*, einer Märtyrerin von Chalkedon, gewidmet wurde. Emilio betonte die historische Bedeutung der Stadt Chalkedon, heute ein Stadtteil von Istanbul, die einst als Austragungsort eines großen ökumenischen Konzils gedient hatte. Während er seine Gruppe durch das Innere der Basilika führte, machte Emilio auf die im Originalzustand erhaltene, architektonische Struktur aus Sand- und Ziegelsteinen aufmerksam, die bei der Restaurierung im 19. Jahrhundert weitgehend wiederhergestellt worden war. Er beschrieb die zwei Säulenreihen, die das dreischiffige Langhaus bilden, und erwähnte, dass verschiedenste Marmorsorten in unterschiedlichen Bauphasen verwendet wurden. Besonders hob Emilio den beeindruckenden Mosaikboden hervor, der mit helleren Teilen erneuert wurde und mit Inschriften sowie geometrischen und symbolischen Gravuren verziert war.

»Das ist vermutlich eines der letzten Meisterstücke alter Mosaiktradition und das größte seiner Art im nördlichen Italien. Nach eineinhalbtausend Jahren zieht es noch immer abertausende Besucher an! Die Dekorationen sind nicht nur ästhetisch, sondern auch symbolisch bedeutsam. Wenn Sie genau hinsehen, können Sie die Wellen des Meeres erkennen!«

Emilio führte seine Gäste weiter zu den mittelalterlichen Meisterwerken der Basilika, der romanischen Kanzel mit den Symbolen der vier Evangelisten und der darüberliegenden maurischen Kuppel in einem eher unpassenden Rosa. »Manche Experten vermuten darin den großen Einfluss Venedigs. Andere Kunsthistoriker sehen Einflüsse aus anderen Ländern. Vermutlich hat es auch den einen oder anderen Kreuzritter hierher verschlagen. Angeblich auch Richard Löwenherz!«

Hinter der Umzäunung, die den Hochaltar und den Fußboden umschloss, zeigte er ihnen den Boden, der das antike Castrum und die angrenzende Lagune darstellte. Im nördlichen Seitenschiff wies Emilio auf eine Nische. »Hier wird die ›Madonna degli Angeli‹ verwahrt. Beim jährlichen ›Festa del Perdòn di Barbana‹ spielt sie eine entscheidende Rolle. Es ist der Höhepunkt des Jahres in Grado, eine Schiffsprozession, die seit fast achthundert Jahren immer am ersten Julisonntag stattfindet und sogar als eine der ältesten Prozessionen Italiens gilt. Die Prozession über das Meer beginnt schon früh am Morgen und wird von der ›Stella del Mare‹ angeführt. Das ist jenes Boot, das die Statue der Madonna degli Angeli transportiert. Zu diesem Anlass wird auch die Drehbrücke geöffnet, die Grado mit dem Festland verbindet und die Zivilbehörde übergibt den Ordensbrüdern von Barbana eine symbolische Gabe.«

Am Ende des rechten Kirchenschiffs wies Emilio auf das Salutatorium hin, einen kargen Raum mit einem Mosaikboden, in dem der Patriarch den Klerus empfangen hatte. Emilio verwies auf einen schlichten Stuhl:

»Da steht der sagenumwobene Bischofsstuhl, der dem heiligen Markus gehört haben soll. Man erzählt sich, dass er einst von den Byzantinern in Alexandria geraubt und irgendwie bis nach Konstantinopel gelangt war. Im siebten Jahrhundert hat angeblich Kaiser Herakleios den Stuhl dem Patriarchen von Grado geschenkt!«, erläuterte Emilio und fügte dann hinzu: »Leider handelt es sich bei unserem Exemplar nur um eine Nachbildung aus Gips, denn als die päpstliche Bulle im fünfzehnten Jahrhundert die patriarchalische Tradition der Inselstadt zugunsten Venedigs beendete, nahmen die Venezianer auch gleich den Stuhl als Reliquie mit. Wir Gradeser nehmen das nicht sehr ernst, denn wir zweifeln ohnehin an der Echtheit solcher Reliquien!«

Schließlich führte Emilio die Gruppe zum frei zugänglichen Lapidarium, einer stillen Oase hinter der Apsis, wo archäologische Funde aus verschiedenen Epochen ausgestellt waren. Das Ehepaar bewunderte die umfangreiche Sammlung von Grabsteinen und Marmordekorationen, die aus christlichen, byzantinischen und mittelalterlichen Zeiten stammten. Schließlich gelangten sie zum Baptisterium, das seine achteckige Form und Spuren eines alten Mosaikbodens aus dem sechsten Jahrhundert bewahrt hatte. Hier befand sich auch das Taufbecken, das an die Tradition des Untertauchens erinnerte. Emilio beendete seine Führung mit einem Hinweis auf die antiken Sarkophage aus der Römerzeit, die in Grado gefunden worden waren, und er übersetzte eine der merkwürdigen Inschriften aus dem Lateinischen:

»Hier ruhen Ehegatten, die viele Jahre harmonisch und ohne sich zu beschweren, zusammenlebten!«

Das ältere Ehepaar aus England musste lachen und meinte, dass dies auch als Anleitung für ihre eigene Ehe gelten könnte. Sie seien nämlich schon seit einem halben Jahrhundert verheiratet und würden sich auch nicht beschweren wollen.

Emilio und Sandro holten sich noch zwei Espressi in der Bar Odeon. Sandro hatte noch einige Fragen, die Kirche betreffend, und notierte sich gewissenhaft Emilios Antworten.

*

»Du plauderst so locker über die Geschichte der Stadt. Wo nimmst du alle diese Details her?«, fragte Sandro.

»Als erfolgreicher Fremdenführer solltest du zusätzlich zu den geschichtlichen Fakten Einiges im Gepäck haben. Abgesehen vom Wissen über Land und Leute, eine gute Allgemeinbildung, ein paar Fremdsprachen, eine gehörige Portion Kommunikationsgeschick, Organisationstalent und vor allem – Humor! Denn Tourismus ist ja schließlich Unterhaltung! Die meisten Eigenschaften besitzt du bereits, der Rest ist Erfahrung.«

»Und wie gehst du mit den schwierigen Leuten in einer Gruppe um, den Besserwissern und den Störenfrieden?«

»Unsere Gäste spiegeln eher zwei andere gesellschaftliche Trends wider, nämlich die Überalterung und die Individualisierung. Sie buchen zwar zumeist Gruppenführungen, möchten aber trotzdem, dass auf ihre individuellen Wünsche und Bedürfnisse eingegangen wird. Das kann oft stressig werden, aber mit humorvollen Antworten bekommst du das in den Griff. Anstrengend wird es, wenn ich auf zahlreiche geistige, seelische und körperliche Gebrechen Rücksicht nehmen muss. Manchmal denke ich, dass ein Drittel der Gruppe besser eine Führung mit ärztlicher Begleitung gebucht hätte!«, antwortete Emilio und fügte dann hinzu, »drei Themen sind Tabu: Politik, Religion und Geringschätzung von Menschen und deren Lebensumstände!«

Sandro schmunzelte, dann wurde er neugierig. »Sag, wie gehst du mit den attraktiven und allein reisenden Damen um? Flirtest du mit denen?«

»Also gut Sandro, für dich füge ich noch ein viertes Tabu bei Gruppenführungen hinzu. Bevorzuge niemals eine Person in deiner Gruppe, egal wie sympathisch und attraktiv sie auch sein mag. Behandle alle gleich!«

»Das hab ich verstanden. Wie kommt es aber dann, dass du mit gar nicht wenigen dieser *Tabu-Damen* im Bett landest? Halb Grado weiß davon! Wie verführst du sie dann?«

Emilio seufzte und bestellte sich noch einen Campari, bevor er antwortete. »Du wirst es nicht für möglich halten, Sandro, aber ich bin beim weiblichen Geschlecht eher der schüchterne Typ!«

Als Sandro ihn lachend anstarrte, fügte Emilio hinzu: »Lach nicht, das ist die Wahrheit. Es sind fast immer die Frauen, die mit *mir* flirten und den ersten Schritt wagen. Wenn ich die Dame sympathisch finde und es zwischen uns passt, dann wird auch mehr daraus, das gebe ich zu.«

Sandro schüttelte ungläubig den Kopf. Emilio lehnte sich etwas zurück und beschloss, den jungen Sandro in ein Geheimnis einzuweisen.

»Aus meinen Jahren in Wien sind mir nicht viele Freunde geblieben. Zu einem liebenswerten Ehepaar halte ich jedoch regelmäßig Kontakt. Die beiden reisen jedes Jahr nach Grado und wir schreiben uns Briefe oder telefonieren. Die Sylvie spricht Italienisch auf höchstem Niveau und ist Autorin. Sie hat schon einen Reiseführer über Grado herausgebracht. Derzeit schreibt sie an einem heiteren Roman über einen Flaneur, der in Grado lebt und mit seinem Dackel die Schönheiten der Insel genießt.«

»Denn kenn ich!«, lachte Sandro. »Der heißt nicht zufällig Emilio?«

Emilio nickte. »Ja, so ist es. Ich liefere ihr halt immer wieder einige Anregungen und Informationen zu Grado und meinem Leben hier. Besonders interessiert zeigte sie sich in letzter Zeit an den sinnlichen Details meiner angeblich so vielen Affären.«

»Dann wird das vermutlich ein Erotikroman?«, fragte Sandro neugierig.

»Ganz und gar nicht!«, schmunzelte Emilio, »sie zeigte sich verwundert darüber, dass meine Liebschaften so viel jünger waren und ›was die denn an einem *alten Knacker* wie mir finden würden‹, wie sie sich für eine Autorin ihrer Klasse nicht sonderlich gewählt ausdrückte.«

»Das würde mich jetzt auch interessieren.«

»Man sagt, wir Menschen wurden aus dem Paradies vertrieben, weil wir uns verführen ließen. Es war nur ein Apfel, doch die Kirche behauptet bis heute, es sei der Sex gewesen. Das ist Unsinn, denn Sex war nicht die erste Verführung. Wir lassen uns von so vielen Dingen verführen: einem Parfüm, der Schönheit eines Kunstwerks, Musik, dem Zauber der Natur oder auch nur der Romantik eines Augenblicks. Natürlich auch von anderen Menschen oder deren Pheromonen. Frauen sind während des Eisprungs besonders empfänglich dafür, ihr Verlangen nach Sex ist dann deutlich höher. Biscotti wittert das sofort. Auf seinen Instinkt kann man sich verlassen. Darüber hinaus ist das Gehirn wohl das erotischste Organ, das wir besitzen. Es braucht oft nur eine romantische Umgebung, auf die wir reagieren. Mit anderen Worten, oder wie die jungen Leute es nennen, *anbaggern* reicht nicht aus, um das Herz einer Frau zu gewinnen.«

»Das erklärt aber noch immer nicht, was du tust, damit Frauen so auf dich stehen.«

»Da hast du etwas mit meiner Sylvie gemeinsam. Ich denke, je zurückhaltender ein Mann sich verhält, desto mehr bemühen sich die meisten Frauen, ihm zu gefallen, denn das liegt in ihrer Natur. Sie sehnen sich nach Bewunderung. Wenn sie beginnen, dir schöne Augen zu machen, musst du nur den Weg mitgehen, den sie dir vorgeben – aber nicht zu schnell! Achte mal besonders auf den Text des Songs ›*Nice `N´ Easy*‹ von Frank Sinatra.«

Sandro tippte sofort auf seinem Smartphone herum und dann erklang die unverwechselbare Stimme von ›Old Blue Eyes‹:

We're on the road to romance – that's safe to say
But let's make all the stops along the way
The problem now of course is – to simply hold your horses
To rush would be a crime – cause nice and easy does it every time…

»Ich glaub ich hab jetzt verstanden, was du mir sagen wolltest, Emilio. Die Kunst der Verführung ist offenbar, *sich* verführen zu lassen!«

*

Beunruhigende Erkenntnisse

Inspektor Vimladil und Aspirantin Wostracek von der Wiener Kunstfahndergruppe wurden von Capitana Alice l'Ammorbidare herzlich in das Team T.P.C. aufgenommen. Sie teilten sich ein kleines Büro mit der Capitana im Kommandogebäude der Carabinieri in Grado. Im Wohntrakt der Kaserne standen ihnen großzügige Gästezimmer zur Verfügung. In den ersten Wochen im März brachten sie sich gegenseitig auf den aktuellen Stand der Ermittlungen. Zweimal wöchentlich tauschten sie per Videochat Informationen mit Wien, Triest und Den Haag aus. Major Unger informierte sie zudem über vier weitere Gemälde Auchentallers, die von einer Galerie in Triest zur Auktion angemeldet worden waren und deren Besitzer ein gewisser Lorenzo Marino war. Zuerst stellten sie Nachforschungen zu Lorenzo Marino im Internet an. Die Galerie Marino verfügte über eine Website und eine Adresse in Triest. Sie baten daher die Triester Kollegen, die angegebene Adresse zu überprüfen. Rasch stellte sich heraus, dass es sich dabei nur um einen Briefkasten in einem unauffälligen Bürogebäude handelte. Unter der Telefonnummer erreichte man nur eine Mobilbox. Die Capitana l'Ammorbidare gab nun den Namen in das Suchregister des Innenministeriums ein. Nachdem sie auf *Enter* gedrückt hatte, erschien ein Warnfenster: ›*Zugriff durch DIA gesperrt!*‹

»Was bedeutet das?«, fragte Gitti Wostracek, die der Capitana über die Schulter geblickt hatte.

»Einen Volltreffer!«, antwortete die Capitana, »aber leider nicht für uns.«

241

»Warum?«

»Die Direzione Investigativa Antimafia (DIA) entspricht dem, was in Deutschland und Österreich als 'Antimafiabehörde' bekannt ist. In Italien setzt sie sich aus der Polizia di Stato, den Carabinieri und der Guardia di Finanza zusammen und untersteht dem Innenministerium in Rom. Alle Aktionen im Zusammenhang mit Ermittlungen und Strafverfahren gegen die Mafia werden von speziellen Staatsanwaltschaften, den Direzione Distrettuale Antimafia (DDA), koordiniert. DIA und DDA wurden übrigens vor über dreißig Jahren als Reaktion auf die brutalen Morde durch die Mafia an den Untersuchungsrichtern Giovanni Falcone und Paolo Borsellino durch die Mafia gegründet.«

»Das heißt, Lorenzo Marino ist ein Mafioso?«, schaltete sich nun Inspektor Vimladil ein.

»Oder er hat Kronzeugenstatus. Vermutlich ist oder war er ein aktives Mitglied der ›Società del Serpente‹[36], die einflussreichste und größte Mafiaorganisation in Friaul-Julisch Venetien.«

»Wenn also ein mutmaßliches Mitglied der Società über eine dubiose Galerie in Triest vier Auchentaller-Bilder für eine Auktion in Grado anmeldet, was bedeutet das dann, Signora Capitana?«, fragte Inspektor Vimladil.

»Ich kann nur spekulieren, da der Zugang zu den relevanten Informationen weit über meiner Besoldungsgruppe liegt. Aber ich vermute, dass es um Geldwäsche geht. Kunst ist ein sehr attraktiver Bereich für Geldwäsche, da dort große Geldsummen bewegt werden, die Anonymität und Verschwiegenheit in der Kunstwelt hoch sind und oft illegale Aktivitäten wie Raub, Diebstahl oder Fälschung vorkommen. Für die Mafia ist das also ein idealer Weg, um Drogengelder zu waschen! Aus meiner Perspektive betrachtet, rücken Kapitalverbrechen immer mehr in den Hintergrund, während Kapital aus Verbrechen in den Vordergrund tritt.«

»Aber wie wird die Herkunft des Geldes verschleiert?«

---

[36] ›Gesellschaft der Schlange‹, wird auch ›die Gesellschaft‹ (La Società) genannt.

»Zum Beispiel, indem der Verkäufer anonym bleibt. Man gibt einfach ›Collection of a Gentleman‹ als Herkunft des Kunstwerks an. Oder man kauft oder verkauft die Kunstwerke über Briefkastenfirmen, die ausschließlich dazu dienen, den wahren wirtschaftlichen Eigentümer zu verschleiern!«

»So eine Briefkastenfirma wie die Galerie Marino?«

»Wahrscheinlich.«

Die drei beriefen eine Videokonferenz ein und informierten ihre Vorgesetzten.

April 2024

Grado

Die Unsterbliche aus Uruguay

Jedes Jahr im April rollen die ersten Bagger an den Stränden von Grado an, um die Liegeplätze für den Sommer vorzubereiten. Auch die ersten Sonnenschirme werden bereits aufgestellt. Einige dieser Schirme waren dieses Jahr rosa, um auf die Brustkrebs-Vorsorge aufmerksam zu machen. In der Hochsaison würden dann qualifizierte Ärzte direkt am Strand kostenlose Haut-Screenings anbieten. Zu Ostern kamen immer viele Besucher auf die Insel, obwohl diesmal das Wetter sehr verregnet war. Auch Biscotti hatte keinen Spaß an den Spaziergängen im Regen und drückte sich stets dicht an die Hauswände, um möglichst trocken zu bleiben. Während er Wasser von unten – also beim Schwimmen – liebte, mied er es von oben. So verbrachten Emilio und Biscotti mehr Zeit *in* Bars und Restaurants als draußen. Im 'Odeon' trafen sie wieder einmal Bruno Paresi, der eine Zeit lang verreist war.

»Ciao, Bruno, lange nicht gesehen!«, begrüßte ihn Emilio.

»Ciao, ihr zwei! Wie gehts euch?«, antwortete Bruno. Biscotti stürzte schwanzwedelnd auf ihn zu, denn Bruno hatte ihm ein aus Olivenholz geschnitztes Spielzeug, einen Schachturm, mitgebracht.

»Uns geht es gut. Wo hast du den Turm her?«

»Aus Toronto. Ich habe mir das Kandidatenturnier für die Schachweltmeisterschaft angesehen, bei dem der Herausforderer des Titelverteidigers ermittelt wurde. Stell dir vor, das Turnier hat ein gerade einmal siebzehn Jahre alter Bursch gewonnen!«

»Wie spielen diese jungen Talente? Sind die Partien so spannend wie früher bei Karpov oder Fischer?«

»Leider nicht. Der Chinese Ding Liren ist zwar ein verdienter Schachweltmeister, aber auf dem Brett dreht sich immer noch alles um Magnus Carlsen. Auch wenn er seinen Titel abgegeben hat, geht es immer auch um Charisma. Carlsen hatte erklärt, nur dann noch einmal anzutreten, wenn sein Gegner Alireza Firouzja, das französisch-iranische Wunderkind wäre.«

»Hast du eine Partie von Carlsen in deinem Schachbuch vorgesehen, Bruno?«

»Ja, das wird die vorletzte in meinem Buch sein. Für das Abschlusskapitel befasse ich mich gerade mit der sogenannten ›Uruguayischen Unsterblichen‹!«

»Das klingt spannend, erzähl mal!«

»Die Uruguayische Unsterbliche zählt zu den spektakulärsten Schachpartien. Es war das Jahr 1943, als diese Partie in Montevideo zwischen Bruno Molinari und Luis Roux Cabral gespielt wurde. Die Begegnung enthielt brillante Kombinationen von Cabral, der mit Schwarz spielte. Obwohl er gegen Ende des Spiels zwei Türme weniger hatte und drei seiner Figuren bedroht waren, konnte Molinari seine Niederlage nicht mehr verhindern. Cabral setzte ihn in fünf unerbittlichen Zügen matt! Durch die Bemerkung eines Korrespondenten einer Schachzeitschrift, es sei ›eine Partie, die für die Unsterblichkeit bestimmt ist‹, wurde sie weltberühmt. Komm, Emilio, wir spielen die letzten Züge nach!«

Das taten sie und plauderten noch lange. Biscotti hatte mittlerweile das scheinbar unverwüstliche Olivenholz Spielzeug in seine Einzelteile zerlegt und war über seinem Tatort eingeschlafen.

Wien

Grados Lachwellen schlagen hohe Wellen

Zur selben Zeit saßen Agnes und Lena im Caffè Leopold. Drei Stunden zuvor hatten sie sich in der angemieteten Halle des Leopold Museums getroffen, um die Exponate für die Ausstellung ›Tra Cielo e Mare‹ durchzugehen. Mit den dreizehn Werken, die bei Auctora's für die Auktion in Grado zugelassen wurden, verfügten sie nun über insgesamt dreihundertfünfzig Kunstwerke von Josef Maria Auchentaller. Der Versicherungswert betrug über siebzig Millionen Euro.

»Wann beginnt der Transport nach Grado?«, fragte Lena und nahm einen Schluck von ihrem Campari Soda. Seit sie dieses Getränk mit Emilio entdeckt hatte, war sie fast süchtig danach.

Agnes beobachtete ihre Freundin besorgt. Sie hatte bemerkt, dass Lena sich in letzter Zeit verändert hatte. Die Gründe könnten die beginnenden Wechseljahre, ein erhöhter Alkoholkonsum oder die Sehnsucht nach Emilio sein. Vielleicht machte ihr auch die Tatsache zu schaffen, dass sie einige mutmaßliche Fälschungen versteigern musste.

»Am kommenden Dienstag«, antwortete Agnes. »Zuerst bringen wir unser gesamtes Equipment in die Kongresshalle, bauen alles auf und schulen das Sicherheitspersonal. Eine Woche später transportieren wir dann die Gemälde nach Grado. Dafür werden wir fünf große Sattelschlepper benötigen, begleitet von einer ständigen Polizeieskorte. Spätestens am 23. April, so unser Plan, wird alles für die Ausstellung bereit sein. Auch die Casa della Musica wird entsprechend vorbereitet. Wir haben dann noch eine gute Woche bis zur großen Eröffnungsgala am 3. Mai.«

»Bist du durchgehend in Grado anwesend?«

»Ja, sechs Wochen. Ich muss mich ja auch noch um die Rückabwicklung und den Heimtransport kümmern. Das wird eine teure Hotelrechnung für das Konsortium, aber ich habe es mir verdient!«

»Das hast du ganz gewiss! Ich bin sehr stolz auf dich. Du freust dich sicher auch darauf, deine neue Freundin wiederzusehen?«

Agnes wurde ganz verlegen und gestand: »Ja, Alice und ich haben uns ineinander verliebt. Sie ist zwar zehn Jahre jünger als ich, aber es passt einfach. Sie ist die Dominante, besonders im Bett. Ich hätte nie gedacht, dass ich mit einer Frau den erfülltesten Sex meines Lebens haben würde! So wie du mit Emilio, nehme ich an.«

Lena schluchzte plötzlich auf und Tränen liefen ihr über die Wange. Agnes stand auf, setzte sich neben ihre Freundin und legte einen Arm um sie.

»Was ist denn nur los mit dir, meine Große?«, flüsterte sie mitfühlend und reichte ihr ein Taschentuch. Lena schnäuzte sich umständlich und schluchzte dann neuerlich: »Er ist ein Schuft, es ist aus!«

Lena kramte ihr iPhone hervor, tippte darauf herum und hielt Agnes den Bildschirm vor die Nase. »Die Online-Ausgabe der Grado Gazzetta abonniere ich, seit ich Emilio kennen gelernt habe. Heute habe ich die Seite seit Längerem wieder einmal geöffnet und mir die Ausgaben Februar bis März angeschaut. Und siehe da, das finde ich!«

Agnes las staunend den ins Deutsche übersetzen Artikel über die Lachwelle im Duca d'Aosta. Als sie dann auch noch das Foto von Emilio und einer Rothaarigen sah, wie die beiden um eine riesige Champagnerflasche tanzten, musste sie einfach lachen. »Und *darüber* regst du dich auf? *Das* hat doch nichts zu bedeuten. Du weißt doch, dass er ein Charmeur und Hallodri ist. Genau deswegen seid ihr zwei ja im Bett gelandet. Mehrmals, soviel ich weiß. Du bist doch nicht etwa eifersüchtig? – Oh, mein Gott, jetzt wird mir alles klar – du bist verliebt!«

Lena nickte, schluchzte noch mehr und flüsterte: »Ich vermisse ihn so sehr, den Schuft! Und ja, ich liebe ihn, den Mistkerl! Aber die Rothaarige auf dem Foto ist sicher zehn Jahre jünger als ich und sieht verdammt sexy aus. Der will von mir sicher nichts mehr wissen!«

Agnes reichte ihr ein weiteres Taschentuch. Sie empfand nun tiefes Mitgefühl für ihre Freundin, eine sonst so starke und erfolgreiche Frau, die jetzt wegen eines Mannes in Tränen aufgelöst war. »Du rufst ihn jetzt sofort an und stellst ihn zur Rede!«, befahl sie ihr.

»Nein, das kann ich nicht! Außerdem habe ich erst gestern mit ihm telefoniert!«

»Und worüber habt ihr euch da unterhalten?«

»Na, dass er sich freut, wenn ich in zwei Wochen wieder nach Grado komme und so.«

»Was meinst du mit ›und so‹?«

»Na dann hatten wir halt Telefonsex. Das haben wir schon ein paar Mal gemacht!«

Agnes musste innerlich lachen. Alleine die Vorstellung, was die zwei sich am Telefon so entgegen stöhnten, während sie an sich selbst rummachten, fand sie durchaus erheiternd – und auch erregend. »Dann ist ja eh alles in Ordnung. Außerdem weißt du ja gar nicht, ob er mit der Rothaarigen überhaupt was hatte. Ich war damals splitternackt in seinem Jacuzzi und wir hatten keinen Sex.«

»Sagst *du*!«, schmollte Lena.

»Na komm – ruf ihn an. Aber zuerst gehst du für kleine Prinzessinnen und richtest dein Make-up wieder her. Ich bestell uns noch zwei Drinks!«

Grado

Gerade noch mal die Kurve gekratzt

Emilio freute sich jedesmal auf das Telefonat mit Lena. Alle paar Tage nahmen sie sich Zeit dafür. Biscotti freute sich ebenso, wenn er die Stimme Lenas aus dem Lautsprecher vernahm. Er wollte dann unbedingt das Nokia beschnüffeln, weil er glaubte, sie hätte sich darin versteckt. Erst gestern hatten sie noch spät in der Nacht telefoniert, als sie beide bereits im Bett lagen. Wie meistens hatte

Lena die Initiative ergriffen und zu ihm gesagt: »Ich hoffe, du schläfst noch nicht. Wäre schade. Ich habe gerade einen Finger in mir und bin bei der Vorstellung, es wäre deiner, ganz feucht geworden. Beschreib mir sofort all die schmutzigen Details, die du mit mir anstellen möchtest, Emilio!« Bei diesen heftigen Szenen bedauerte Emilio manchmal, dass sein Nokia die Funktion Videoanruf nicht besaß.

Heute kam das Telefonat überraschend. Er war gerade von seinem Abendspaziergang mit Biscotti heimgekehrt. Lena begann ohne Umschweife: »Wer war die Rothaarige, die es mit dir auf die Titelseite geschafft hat?«

Emilio hatte ganz vergessen, dass er Lena empfohlen hatte, die Grado Gazzetta zu abonnieren. Das war gar nicht gut. Ihm blieb gerade mal eine Zehntelsekunde, um sich eine glaubwürdige Antwort einfallen zu lassen.

»Äh, das stand wohl in der zehnten Wochenausgabe, Anfang März. Ich hatte in der Vorwoche meinen Geburtstag in der Duca d'Aosta gefeiert. Ich bin ja in einem Schaltjahr geboren, am neunundzwanzigsten Februar, wie du weißt, und heuer ist wieder ein Schaltjahr. Da habe ich ein paar Lokalrunden geschmissen und wir haben getanzt!«

»Der Zeitungsartikel sprach von *charmanter Begleitung* und *bildhübscher Tischdame*. Du kanntest sie also schon?«

»Na ja. Sie heißt Rebecca Schulte und kommt jedes Jahr für ein paar Wochen mit ihrem Mann Hermann nach Grado. Sie wohnen immer in der Villa Giuliani. Wir sind also quasi Nachbarn. Ihr Gatte war für zwei Tage für Recherchen im Collio unterwegs, also habe ich sie spontan zu meiner kleinen Geburtstagsfeier eingeladen. Ich wollte nicht alleine sein und sie wohl auch nicht.«

»Das kann ich mir gut vorstellen. Und weil ihr beide *sooh* einsam gewesen seid, habt ihr nach der Party nachbarschaftlich gefickt!«, sprach Lena etwas lauter ins Telefon.

An diesem Punkt des Verhörs brauchte Emilio zum Glück nicht zu schwindeln. Er konnte also elegant die ›Kurve kratzen‹ und sagte wahrheitsgemäß: »Nein, wir hatten nach der Party keinen Sex. Wir sind beide schlafen gegangen. In getrennten Betten! Lena, *dolcezza mia*[37], du wirst doch nicht etwa eifersüchtig sein? Dazu hast du gar keinen Grund!«

Lena klang etwas besänftigt, als sie antwortete: »Doch, bin ich. Diese Rothaarige ist so viel jünger als ich und wenn sie in natura nur halb so attraktiv ist wie auf dem Zeitungsbild, dann…«

Emilio unterbrach sie, bevor sie weitersprechen konnte. »Wenn du wieder bei mir in Grado bist, beweise ich dir, wie begehrenswert *du* bist. *Ti scoperò finché non ce la fai più.*[38]«

»Was war das im Italienischen, Emilio?«

»Sag ich dir, wenn wir später noch Fernintimitäten am Telefon austauschen. Ruf mich wieder an, *dolcezza mia!*«

Drei Stunden später schliefen beide befriedigt ein und alles war wieder gut.

*

Ein Golfwagerl für Agnes

Die Sattelschlepper mit dem Equipment für die Ausstellung trafen um drei Uhr früh am Palazzo Regionale dei Congressi in Grado ein. Agnes war bereits am Vortag angereist. Zusammen mit Alice hatte sie sich in der La Caina Pizzeria Trattoria am Campo San Niceta, mitten in der Altstadt Grados, zum Abendessen verabredet. Alice hatte vorgeschlagen, auch die beiden Wiener Kollegen einzuladen. Im Rahmen der Vorschriften informierten die drei Kunstfahnder sie über den Stand der Ermittlungen. Agnes wusste mit den vertraulichen Informationen sorgfältig umzugehen, da sie eine Geheimhaltungsklausel in ihrem Vertrag unterzeichnet hatte. Verstöße

---

[37] meine Süße

[38] Pendant zu ›Ich werde dich mit Haut und Haaren vernaschen‹. Wörtlich: ›Ich werde dich ficken, bis du es nicht mehr aushältst‹

dagegen hätten in Italien strenge Strafen nach sich gezogen. Über die Verdachtsmomente in Bezug auf die Mafia erfuhr Agnes jedoch nichts. Die vier verstanden sich auf Anhieb gut und es wurde ein unterhaltsamer Abend. Agnes und Alice lachten oft über die Wuchteln[39] der zwei Wiener Originale, Gitti und Joschi. Obwohl Alice als Südtirolerin hervorragend Deutsch sprach, hatte sie Schwierigkeiten, das Wienerische zu verstehen, sodass Agnes häufig dolmetschen musste. Kurz vor Mitternacht machten sich alle auf den Weg zum Kommando der Carabinieri. Agnes ging danach die wenigen Minuten zur Kongresshalle weiter. Ihre zwei Kunststudentinnen und die fünf Techniker des Leopold Museums kümmerten sich um das Entladen der Fracht aus Wien. Herr Salvi, der Verwalter des Kongresszentrums, war ebenfalls vor Ort und half mit zwei seiner Mitarbeiter aus. Bis sechs Uhr früh hatten sie das umfangreiche Ausstellungsequipment in der Kongresshalle deponiert. Die Sattelschlepper machten sich eine Stunde später wieder auf den Rückweg nach Wien.

Agnes bedankte sich bei allen für die gute Arbeit und ordnete an, dass sich alle am Nachmittag wieder einfinden sollten. Für die Techniker und die beiden Kunststudentinnen waren Zimmer in den umliegenden kleineren Hotels reserviert und Agnes verteilte die Schlüssel.

Nachdem das Wachteam eingetroffen war, nahm Agnes ihre Freundin mit in ihre Suite im Hotel Astoria. Besuche im Gästetrakt der Carabinieri, wo Alice ein Zimmer hatte, waren nicht erlaubt. Agnes hatte daher für die kommenden sechs Wochen auch Alice als Gast eintragen lassen. Das Hotel stellte ihr zudem einen elektrischen Golfwagen zur Verfügung, mit dem sie schneller zwischen der Ausstellung, dem Kommando der Carabinieri, dem Haus der Musik und dem Hotel pendeln konnte. Alice fand, dass sie mit ihrem Mountainbike flotter sei.

---

[39] Wienerisch: Pointen

*

Biscotti verliebt sich

An einem kühlen, wolkenverhangenen Aprilmorgen sah Emilio
zum ersten Mal die hochgewachsene Frau mit ihrem Hund, während er mit Biscotti am Strand spazieren ging. Schon von Weitem
fiel sie ihm auf. Sie trug verwaschene Jeans, deren Hosenbeine
aufgerollt waren und einen weiten Strickpullover. Ihr locker um
den Hals geschlungener Schal flatterte leicht im Wind. Barfuß
schritt sie, fast wie auf einem Laufsteg, der Wasserlinie entlang,
während die Wellen sanft ans Ufer rollten. In der Hand trug sie ihre
Sandaletten, während ihre weiße Malteserhündin fröhlich am Wasser entlang sprang. Emilio war fasziniert von der stillen Schönheit
und der Grazie, die diese Frau ausstrahlte. Er konnte den Blick
nicht von ihr abwenden, doch sie hatte ihn noch gar nicht bemerkt,
war offenbar ganz in Gedanken versunken und hatte den Blick aufs
Meer gerichtet. Seine Faszination wuchs, als er sah, wie Biscotti,
der normalerweise anderen Hunden gegenüber sehr zurückhaltend
war, sich offenbar sofort zu der kleinen Malteserhündin hingezo-
gen fühlte. Doch weder die Dame noch ihre Hündin beachteten
vorerst Emilio oder Biscotti.

Es war Biscotti, der den ersten Schritt wagte. Der kleine Dackel
legte sich unvermittelt auf den Sand an der Wasserlinie und ver-
sperrte so den Weg. Als die Malteserhündin ihn bemerkte, lief sie
voraus und begann, ihn neugierig zu beschnuppern. Bald darauf
tobten die Hunde ausgelassen am Strand umher. Sie jagten sich
gegenseitig, wichen einander aus und wechselten ständig die Rollen, als ob sie ein Spiel daraus machten. Die Dame blieb stehen, als
sie die Szene bemerkte und sah den beiden umhertobenden Hunden
eine Weile lächelnd zu. Emilio kam näher, erfreut über das uner-
wartete Zusammentreffen.

»Es sieht aus, als würden unsere Hunde sich gut verstehen!«,
bemerkte er und nutzte die Gelegenheit, um ein Gespräch zu be-

ginnen. Aus der Nähe bewunderte er ihre langen, pechschwarzen Haare, die in weichen Wellen über ihre Schultern fielen. Ihre makellose Haut schimmerte olivfarben und ihre dunkelblauen, fast violetten Augen verliehen ihrem Gesicht einen unverwechselbaren Ausdruck. Ihre ganze Erscheinung war einfach atemberaubend.

»Bella ist grundsätzlich zu allen Hunden freundlich, sogar zu vorwitzigen Dackeln, Signor…?«

»Bombolone. Piacere!« Emilio deutete eine kleine Verbeugung an.

»Altrettanto[40]. Bella giornata, Signore!«, sagte sie und ging weiter. Auf ihren Pfiff hin ließ Bella sofort von Biscotti ab und lief folgsam zu ihrem Frauchen.

Biscotti setzte sich perplex auf sein Hinterteil und starrte der schönen Malteserhündin verliebt nach. Emilio setzte sich nicht auf seinen Allerwertesten, blickte der schönen Dame aber ebenfalls nach.

*

Das Fahndungsteam bewundert die Gemälde

Fünf große Sattelschlepper rollten diesmal im Morgengrauen heran, begleitet von einer italienischen Polizeieskorte, die sie zur Kongresshalle in Grado führte. Vor Ort übernahm die inzwischen verstärkte Wachmannschaft den Schutz der Kunstschätze und des Ausstellungsgeländes. Das Entladen der wertvollen Fracht, die viele Millionen wert war, verlief dank der akribischen Planung von Agnes reibungslos. Schon nach einer Stunde waren die dreihundertfünfzig Kunstwerke an ihren vorgesehenen Plätzen, auch jene Exponate, die für die Casa della Musica vorgesehen waren. Doch erst am Vormittag war Agnes mit dem Ergebnis zufrieden. Inspektor Vimladil, Aspirantin Wostracek und die Capitana ließen es sich nicht nehmen, einen ersten Blick auf die wertvollen Gemälde zu

---

[40] Gleichfalls

werfen. Selbst für die erfahrenen Kunstfahnder war es ein eigenartiges Gefühl, zu wissen, dass sich unter diesen Werken wahrscheinlich einige Fälschungen befanden. Gitti und Joschi interessierten sich besonders für das Aquarell, das angeblich als Vorstudie zu Auchentallers Ölbild der Lagune vor Grado entstanden sein soll und bisher allen Überprüfungen standgehalten hatte. Die beiden Gemälde hatte Agnes unmittelbar nebeneinander platzieren lassen.

»Es ist unglaublich, Gitti, aber mir gefällt das Aquarell besser als das Ölbild!«, sagte Joschi.

»Ja, mir gehts genauso. Das liegt vor allem an der Brillanz der Farben, die durch das lasierende Auftragen die Glanzlichter so eindrucksvoll zur Geltung bringen.«

»Oder es liegt daran, dass Rick Bornbeh der bessere Maler ist!«, stellte Joschi trocken fest.

Trotz zahlreicher Informationen und Verdachtsmomente war die ARCT mit ihren Ermittlungen kaum weitergekommen. Auch das Provenienzforschungsteam des Art Loss Register in London hatte keine neuen Erkenntnisse liefern können. Die Situation war frustrierend.

Agnes lud das gesamte Team zum Brunch in die nahegelegene Enoteca da Pino ein. Emilio hatte auf die Bitte von Agnes, Tische für ein Dutzend Personen reservieren lassen und versprochen, später ebenfalls vorbeizuschauen.

*

Emilio war eben auf dem Weg zum Brunch in die Enoteca, als Lena anrief. Er hatte den Anruf schon erwartet, denn sie wollte ihm mitteilen, wann – in den nächsten Tagen – sie nach Grado kommen würde.

»Buongiorno Emilio!«

»Buongiorno. Wann kommst du, dolcezza mia?«

»Es tut mir sehr leid, aber ich werde frühestens Anfang Mai, einen Tag vor der Eröffnungsgala der Ausstellung, nach Grado kommen können. Mein Vater hat gestern Abend einen Herzinfarkt erlitten, und man hat ihm sofort einen Stent eingesetzt. Die OP ist gut verlaufen, aber er wird noch ein paar Tage zur Beobachtung im Krankenhaus bleiben müssen. Ich versuche inzwischen, eine Pflegekraft zu finden, die sich um meinen Vater kümmern kann, wenn er wieder entlassen wird. Meine Mutter würde das alleine nicht schaffen – sie wird bald achtzig!«

»Das verstehe ich. Deine Eltern sind jetzt wichtiger. Lass dich von der Ausstellungseröffnung nicht unter Termindruck setzen. Es reicht ja, wenn du zur Auktion anreist, oder?«

»Nun, mal sehen. Wie gehts dir, mein Schatz?«

»Gut. Die Temperaturen sind noch etwas frisch, aber morgen soll es richtig sommerlich werden. Jetzt gehe ich gerade zu einem Brunch, den deine Freundin für ihr Team spendiert. Gestern Nacht wurden alle Kunstwerke für die Ausstellung angeliefert und sie haben bis zum Morgen gearbeitet. Agnes hat das großartig hinbekommen.«

»Ich weiß. Sie ist hervorragend und unter Druck läuft sie zur Höchstform auf. Lass sie von mir grüßen und erzähl ihr von meinem Vater.«

»Mach ich, kannst mich jederzeit anrufen, Lena. Mille baci per te![41]«

»Hab dich lieb, Emilio. Ciao!«

---

[41] Tausend Küsse für dich

Mai 2024

Grado

Übers Wasser wandeln

In den letzten Apriltagen war es sehr warm geworden. Die ›stabilimenti balneari‹[42] sperrten diesmal schon am ersten Mai auf. Nicht nur wegen des schönen Wetters, sondern auch angesichts der vielen Gäste, die man zur Ausstellung Tra Cielo e Mare erwartete. Auch Emilio nützte den Tag, um an den Strand zu gehen und suchte den Spiaggio Imperiale auf. An diesem Strandabschnitt entlang der Promenade, nicht weit von den Bianchi-Villen entfernt, befand sich ein kleines schmiedeeisernes Tor, das den Zaun zum Meer hin unterbrach. Das Tor im Jugendstil trug die Initialen F.J. für Franz Joseph und einen bronzenen Doppeladler. Seit der Kaiser 1892 das Tor durchschritten hatte, blieb es verschlossen, der Schlüssel verschollen. Diese Geschichte hielt sich hartnäckig, obwohl der Kaiser nie in Grado gewesen war und somit auch nie den Strand betreten hatte. Emilio jedoch betrat den Strand schon seit vielen Jahren. Der Spiaggio Imperiale lag am nächsten zu seinem Appartement. Er musste lediglich seinem täglichen Spazierweg bis zur Viale Dante Alighieri folgen und dann bei der Kreuzung mit der Via Marconi die wenigen Schritte bis zur Viale Regina Alena gehen. Dort war der Eingang. Weniger als zehn Minuten hatte er gebraucht, obwohl er langsam gegangen war.

Wenn Emilio nicht für Francesca als Fremdenführer einspringen musste, konnte man ihn bei schönem Wetter am Vormittag fast immer am Strandabschnitt Bianco Uno finden. Emilio verfügte

---

[42] Strandbäder

257

dort über eine der wenigen begehrten Strandkabinen. Seit Jahren mietete er immer dieselbe Kabine für die gesamte Saison. Dieser Luxus kostete ihn inzwischen über neunhundert Euro, aber er schätzte die Annehmlichkeit einer Kabine unmittelbar am Strand. Die Kabinen sahen aus wie winzige Strandhäuschen. Er zog seine Badeshorts und ein weißes Leinenhemd an, setzte einen Strohhut und eine Sonnenbrille auf, schlüpfte in seine Ledersandalen und ging schnurstracks zur angesagten Strandbar Numero Uno. Diese war nur wenige Schritte von seiner Kabine entfernt. Er bestellte sich einen Campari Soda mit viel Eis und nahm an einem der Tische Platz. Emilio schätzte diesen uritalienischen Cocktail. Eigentlich könnte man ihn auch als Medizin ärztlich verschreiben lassen, mutmaßte er, denn der Campari enthielt Zutaten wie Chinin, bittere Kräuter, Rhabarber, Granatapfel, Gewürze, Ginseng, Zitrusöl, Orangenschalen und die Rinde des seltenen Kaskarillabaumes. Diese Essenzen ergaben das einzigartige Aroma. An sonnigen Tagen das ideale Getränk an einem Strand. Sonst auch. Emilio nahm einen großen Schluck, lehnte sich entspannt zurück und blickte auf das Meer. Er genoss dieses optische, akustische und olfaktorische Erlebnis jedes Mal aufs Neue. Die Sonne funkelte über den weiten Spiegelflächen der Lagune, ihre warmen Strahlen ließen den feinen Sand in goldenem Glanz erstrahlen. Das Meer veränderte seine Farben mit jedem Moment – mal zeigte es sich im satten Türkisblau, dann schimmerte es silbrig, während die niedrigen Wellen sanft ans Ufer glitten. Selbst die Wolken schienen sich dem Spiel anzuschließen, indem sie Schatten über das Wasser warfen und so ein faszinierendes Zusammenspiel von Licht und Farbe erschufen. Emilio konnte stundenlang aufs Meer blicken, nichts wirkte beruhigender auf ihn.

Ebbe war vor einer Stunde gewesen. Die Tide stieg nun wieder langsam, der Höchststand würde am späten Nachmittag erreicht werden. Fast einen Meter würde das Wasser dann höher stehen. Emilio trank aus, stapfte zum Ufer, legte seine Sandalen ab und wandelte im Wasser. Nicht wie Jesus über dem Wasser, aber auch nicht wesentlich tiefer. Alle hier machten das so. Das Meer reichte ja gerade mal bis zu den Knöcheln und war daher wunderbar warm. Außerdem war das Gehen auf dem schlammigen Untergrund genauso wirksam wie eine Fußreflexzonen-Massage. Natürlich hätte er auch schwimmen gehen können, einige Molen reichten von den Strandabschnitten weit ins Meer zu den tieferen Stellen. Er blieb in Strandnähe. Dort traf er meistens Bekannte. Dann stand man im warmen Wasser, ließ sich die Füße umspülen und plauderte über das Wetter, die horrenden Preise für Liegestühle und Sonnenschirme oder den zunehmenden Verkehr in der Stadt. Niemals jedoch über Politik oder Kirche. Das war verpönt. Kurz vor Mittag war es Zeit, heimzugehen. Die Sonne stand hoch, brachte den Sand zum Glühen und außerdem erwartete Biscotti sein ›Mittagsservice‹. Emilio duschte, zog sich um und ging zur Villa Giuliani zurück. Der Dackel begrüßte ihn wie immer überschwänglich und bekam sein Futter.

Er machte sich ein Tramezzino mit Tomaten und Mozzarella zurecht. Dazu genoss er einen Friulano. Der Weißwein aus dem Collio vom Winzer Mario Schiopetto hatte ein Bouquet aus zitrusartigen Säuren und salzigen Mineralien, während sich nach und nach ein Aroma aus tropischen Früchten entwickelte.

Zufrieden mit dem bisherigen Tagesverlauf und inzwischen sehr müde, hielten Emilio und Biscotti Siesta in ihrem Original Sylter Strandkorb am Nordbalkon – mindestens zwei Stunden.

*

Niemals bei einer Vernissage über die Bilder sprechen

Es war ein warmer Frühlingsabend, als die Vernissage für die seit Monaten beworbene Ausstellung Tra Cielo e Mare zu Ehren des Künstlers Josef Maria Auchentaller stattfand. Die Einwohner Grados hatten lange gebraucht, um die Bedeutung dieses berühmten

Secessionisten und seiner Frau Emma für den Tourismus der Inselstadt zu erkennen.

Doch nun war der Moment gekommen. Viele der Werke Auchentallers würden zwei Wochen lang im Palazzo Regionale dei Congressi zu bewundern sein. Einige Exponate, wie die Skizzen für die Zeitschrift Ver Sacrum und diverse Zeichnungen waren in der Casa della Musica zu besichtigen. Im Grand Hotel Astoria würde der Höhepunkt der Ausstellung, die Auktion stattfinden und von der in Fachkreisen geschätzten Auktionatorin Lena Neumann geleitet werden. Der erneute Hype um die Secessionisten ließ Rekordpreise erwarten und die Presse würde zahlreich anreisen, um diesem besonderen Spektakel beizuwohnen. Die Vernissage war jedoch ausschließlich für geladene Gäste vorgesehen. Agnes, die Kuratorin der Ausstellung, hatte diese ›private Besichtigung‹, wie man eine Vernissage noch vor der offiziellen Eröffnung nannte, monatelang geplant. Ihre Aufgabe war es gewesen, ein unterhaltsames Event mit gezielten Höhepunkten zu gestalten, bei dem dennoch die ausgestellten Kunstwerke im Mittelpunkt stehen sollten. Sie war also gespannt, wie der Abend verlaufen würde. Die High Society traf nach und nach ein und der Abend verwandelte sich in ein Schaulaufen der Eleganz und des Stils. Teure Limousinen hielten vor dem Eingang des Kongressgebäudes und aus den Fahrzeugen stiegen Männer in maßgeschneiderten Anzügen und Frauen in atemberaubenden Kleidern, die mit ihrem Schmuck funkelten. Die Gäste bewegten sich mit einer gewissen selbstbewussten Lässigkeit, die nur jenen vorbehalten war, die sich in solchen Kreisen zu Hause fühlten. Einige waren jedoch auch zu Fuß gekommen, teilweise in durchaus legerer Kleidung. Das waren jene, die an der Kunst und nicht am Gekünstelten interessiert waren. Der Raum war erfüllt von einem leisen Murmeln, als die Anwesenden sich in Grüppchen in der riesigen Aula sammelten und in eleganter Zurückhaltung Gespräche führten. Man konnte das Klingen der Gläser hören, während die Bedienung in makellosen Uniformen diskret durch die Menge glitt und Häppchen auf silbernen Tabletts anbot.

Eine der geladenen Gäste war Isabella d'Estaccio, jene attraktive Dame, der Emilio vor ein paar Tagen am Strand begegnet war. Diese elegante und beeindruckende Frau in ihren frühen Fünfzigern hatte ihr Leben dem Glanz und Glamour der Modewelt gewidmet. Geboren in Mailand, eroberte sie schon in jungen Jahren die Laufstege der Welt als gefragtes Model, hauptsächlich für die renommierte Modemarke Armani. Nach ihrer erfolgreichen Modelkarriere war sie in die Chefetage des Unternehmens aufgestiegen, wo sie im Marketing brillierte. Ihre Fähigkeit, Trends zu erkennen und ihre unerschütterliche Eleganz hatten sie zu einer unschätzbaren Beraterin und Botschafterin der Marke gemacht. Ihr schlanker, hochgewachsener Körper erinnerte noch immer an die Zeit, als sie über die Laufstege der Welt geschritten war, mit einer Haltung, die sowohl Selbstbewusstsein als auch eine gewisse Distanz ausstrahlte. Ihr Leben hatte sich vor fünf Jahren abrupt geändert, als ihr Ehemann, ein deutscher Philanthrop, unerwartet verstarb. Dieser Verlust veranlasste Isabella, sich aus dem Berufsleben zurückzuziehen und eine ruhigere, kontemplative Lebensweise anzunehmen. Sie war sehr wohlhabend, ein Vermächtnis ihres Ehemannes und ihrer eigenen erfolgreichen Karriere.

Agnes, die Kuratorin, trug ein schlichtes, aber perfekt geschneidertes dunkelblaues Kleid, das ihre Figur und ihre blonden Haare zur Geltung brachte und beobachtete das Geschehen mit einem zufriedenen Lächeln. Sie hatte alles bis ins kleinste Detail geplant und nun konnte sie sehen, wie die Veranstaltung Form annahm. Die Gäste, die Gespräche, das Ambiente – alles fügte sich zu einem harmonischen Ganzen zusammen. In den kommenden Stunden würde sich zeigen, ob sich die intensiven Vorbereitungen ausgezahlt hatten, doch für den Moment genoss sie die Atmosphäre, die zwischen Aufregung und gediegener Eleganz schwebte. Dass Lena an diesem Abend nicht dabei sein konnte, tat ihr leid. Sie hatte Emilio und ihrer Freundin Alice nach dem Brunch in der Enoteca da Pino je drei der begehrten Einladungen zugesteckt und ihnen angeboten, beliebige Begleitpersonen mitzubringen. Anschließend hatte sie ihnen erklärt, worauf es bei einer Vernissage ankam.

»Das Outfit nicht überbewerten. Ein Blazer für die Herren und ein leichtes Sommerkleid für die Damen sind genau richtig. Diejenigen, die zur *großen Abendgala* erscheinen, interessieren sich meistens nicht wirklich für die Ausstellung; sie stellen sich lieber selbst zur Schau! Regel Nummer zwei, sich niemals mit sogenannten Experten unterhalten, geschweige denn einen solchen mitbringen. Ja – und nicht zu vergessen, keinesfalls über die Bilder sprechen, das ist die wichtigste Regel von allen!«, hatte Agnes lachend hinzugefügt.

Emilio hatte Francesca Santis und die Contessa Caramello mitgebracht. Die Capitana war mit ihren Fahndungskollegen aus Wien erschienen.

*

Die Contessa macht eine sensationelle Entdeckung

Der amtierende Bürgermeister eröffnete die Veranstaltung mit einer Rede, die hauptsächlich als endlose Aufzählung der anwesenden Honoratioren diente. Schließlich standen Wahlen bevor. Anschließend ergriff der Vorsitzende des Kuratoriums das Wort, bevor er an die charmante Kuratorin übergab. Agnes begrüßte die Gäste herzlich. Dann wurde die Aula abgedunkelt, und an drei Seiten des Raumes senkten sich riesige Leinwände für eine beeindruckende Rückprojektion.

Die folgenden zwanzig Minuten versetzten die Anwesenden in Staunen. Agnes hatte in Zusammenarbeit mit dem renommierten Gradeser Künstler Zelindo Mauro und einem Videoexperten der Filmakademie Wien einen Kurzfilm geschaffen. Dieser zeigte alte Kodak-Eastman-Fotografien mit wichtigen Lebensstationen des Künstlers J.M. Auchentaller, seine Werke, sowie die Beiträge seiner Frau Emma zur touristischen Entwicklung von Grado. Die eindrucksvolle Collage wurde durch Untertitel in Italienisch, Deutsch und Englisch ergänzt. Der Höhepunkt der Präsentation war die musikalische Untermalung und ein Bilderreigen gegen Ende des Films. Zu den Fotografien der beeindruckenden Wandvertäfelungen und Gemälde, die die fünf Sätze von Beethovens Pastorale malerisch umsetzten, erklangen ausgewählte Auszüge aus seiner VI. Symphonie. Diese 1899 entstandenen Bilder gehörten zum berühmten Beethoven-Musikzimmer der Villa Scheid, das Auchentaller Ende des 19. Jahrhunderts für seinen Schwiegervater gestaltet hatte. Die Originale waren allerdings nicht in der Ausstellung zu sehen. Zum krönenden Abschluss erschien auf den Leinwänden sein populärstes Werk, das Plakat ‹Seebad Grado. Österreichisches Küstenland›.

Nach dem Applaus bedankte sich Agnes bei den Gästen und der Stadtgemeinde. Schließlich durchtrennten der Bürgermeister und der Vorsitzende gemeinsam das blaue Band, die Seitentüren öffneten sich und die Besucher strömten in die Ausstellungsräume.

Emilio begleitete die Contessa, die er nun Marta Luisa nennen durfte, und Francesca durch die Ausstellungsräume. Gemeinsam bewunderten sie die Werke Auchentallers. Das erste Gemälde, ein Porträt seiner Frau Emma aus dem Jahr 1901, war in Öl auf Leinwand gefertigt. Danach erreichten sie ein kürzlich entdecktes Aquarell, die ›Vorstudie zur Lagune vor Grado‹ von 1901, das neben dem berühmten Ölgemälde ›Die Lagune vor Grado‹ von 1902 hing. Die Contessa und Francesca fanden das Aquarell schöner, und insgeheim stimmte Emilio zu. Zum Verdacht einer Fälschung schwieg er.

Sie betrachteten die ersten Aktbilder aus den Jahren 1904 bis 1906, darunter ›Die flüchtigen Frauen‹ und ›Versuchung‹, beide in Öl auf Karton gemalt. Die Gruppe bewunderte auch die stimmungsvollen Hafenansichten und Meeresbilder. Besonders beeindruckte sie ›Die tönenden Glocken‹, ein Gemälde des Glockenturms der Basilika, das Auchentaller aus seinem Atelier in der Pension Fortino gemalt hatte. Die Allegorien, die der Künstler zwischen 1904 und 1908 zu den abstrakten Themen Leidenschaft, Musik, Eitelkeit und Theater in Pastell auf Papier schuf, hinterließen ebenfalls einen großen Eindruck auf die drei.

Sie gelangten zu den Bildern aus den Dreißigerjahren, in denen Auchentaller posthume Porträts und faszinierende Aquarelle der norditalienischen Landschaft schuf. Besonders hervorzuheben waren einige seltene Aktmalereien, die lange als verschollen galten. Die Contessa blieb vor zwei dieser Gemälde stehen, las aufmerksam die Etiketten und schien besonders von den Titeln fasziniert zu sein.

»Das ist ja eigenartig!«, sagte sie. »In meinem Salon hängen zwei Akte, bei denen dieselben Titel auf der Rückseite vermerkt sind. Die Bilder habe ich erst kürzlich wieder beim Abstauben in der Hand gehabt. Die Motive unterscheiden sich jedoch deutlich!«

Emilio wurde hellhörig. »Sind die auch von Auchentaller, Marta Luisa?«

»Das weiß ich nicht. Mein späterer Gatte, der Conte Caramello, hatte in jungen Jahren unsere Villa vom Vorbesitzer, dem Marchese Verginella, gekauft. Nach dem Krieg war der Marchese wegen seiner Verbindungen zu Mussolini zur ›persona non grata‹ geworden und hatte beschlossen, Italien zu verlassen. Er brauchte dringend Geld und mein Gatte übernahm daher auch das Inventar der Villa. Die zwei schönen Akte, die diesen hier in der Ausstellung ähneln, ließ er im Salon hängen. Da hängen sie immer noch. Er hatte sich nie um die Herkunft oder Bedeutung der Bilder gekümmert. Ich auch nicht. Bis heute!«

Emilio wusste um die Verdachtsmomente, die beiden Aktstudien betreffend, durfte sich aber nicht dazu äußern.

»Wenn Sie wollen, Marta Luisa, könnte ich eine Begutachtung organisieren. Ich kenne die Kuratorin, Frau Magistra Weninger. Ihre Experten sind auch in Grado. Dann hätten Sie rasch Gewissheit, ob Ihre Aktbilder echte Auchentaller sind. Die wären dann natürlich besonders wertvoll!«

»Ja, ich denke, ich werde Ihrem Rat folgen, Emilio. Es ist aber doch sehr eigenartig, oder?«

»In der Tat, insbesondere weil diese Akte hier auch zur Auktion nächsten Freitag angemeldet wurden, wie auf den Etiketten vermerkt ist. Ich telefoniere noch heute mit der Kuratorin. Vielleicht ist es besser, wenn vorerst kein Außenstehender von Ihrer Entdeckung erfährt, Marta Luisa!«, sagte Emilio eindringlich und zu Francesca gewandt: »Das gilt natürlich auch für dich!«

*

Für den Playboy ausgezogen

Emilio hatte die hochgewachsene, elegante Dame zuerst gar nicht bemerkt, so sehr hatte ihn die Geschichte der Contessa gefesselt. Doch plötzlich stand sie unmittelbar neben ihm und betrachtete aufmerksam die Aktbilder. Das war sie! Er hatte sie und ihre weiße Malteserhündin erst vor ein paar Tagen am Strand getroffen. Heute hatte sie ihre langen, rabenschwarzen Haare streng zurückgekämmt und mit einem Haarreifen befestigt. Wieder war Emilio von ihren nahezu violetten Augen und ihrem olivfarbenen Teint fasziniert. Dem Dresscode der Vernissage entsprechend, trug sie ein lang geschnittenes, königsblaues Jackett von Armani, dessen taillierte Form und tiefer Ausschnitt nichts preisgaben, sondern alles der Fantasie des Betrachters überließen. Emilio konnte seine Gedanken kaum zügeln. Ihre eng anliegende schwarze Hose aus glänzendem Satin betonte ihre langen Beine perfekt, und mit den hohen Absätzen ihrer Sandaletten überragte sie ihn um einige Zentimeter. Sie machte nicht den Eindruck, als ob sie ihn wahrgenommen hätte. Den sehr dezenten Duft ihres Parfüms nahm Emilio jedoch nur allzu deutlich wahr. Er fand ihn ebenso betörend wie alles an ihr.

»Emilio, kommen Sie? Wir wollten uns noch die Plakate betrachten!«, rief ihm die Contessa zu und beendete damit abrupt die Szenerie.

Emilio eilte den beiden Damen nach und wollte sich gerade entschuldigen, als Francesca sagte: »Weißt du eigentlich, wer die Dame war, die eben neben dir stand?«

»Nein, ich habe sie vor ein paar Tagen das erste Mal bei einem Strandspaziergang getroffen.«

Die Contessa schaltete sich ein: »Jetzt, wo Sie darauf zu sprechen kommen, Francesca, fällt es mir auch wieder ein. Mein Gott Emilio, Sie Ärmster haben sie gar nicht erkannt, sondern nur auf ihr Dekolleté gestarrt. Typisch Mann!«

Emilio wollte gerade sagen, dass durch die Größe dieser Dame und die Nähe zu ihm seine Augen ja kaum etwas anderes hatten wahrnehmen können, ersparte ihm Francesca seine Antwort.

»Das, Emilio, war Isabella d'Estaccio, eines der begehrtesten Models der Neunziger Jahre. Armani hatte sie entdeckt und gefördert und die Männerwelt lag ihr zu Füßen. Die Klatschpresse berichtete damals ständig über sie. Ich glaube, sie hat sich auch einmal für die Zeitschrift Playboy ausgezogen. Ein paar Jahre später heiratete sie jedoch einen sehr vermögenden Deutschen, gab den Laufsteg auf und zeigte sich kaum noch in der Öffentlichkeit. Für Armani arbeitete sie jedoch weiterhin als Testimonial. Ich meine gelesen zu haben, dass ihr Mann vor ein paar Jahren verstorben ist.«

»Sie kommt übrigens jedes Jahr im Frühjahr nach Grado zur Kur. Ich habe sie vor zwei Jahren einmal in der Sauna getroffen. Obwohl sie vermutlich schon Fünfzig ist, für den Playboy hätte sie immer noch was zu bieten!«, fügte die Contessa verschmitzt hinzu.

Eine Viertelstunde später hatten sie sich wieder in der Aula eingefunden, einen Stehtisch ergattert und tranken noch ein Glas Prosecco.

»Was Ihre Bekannte, die Kuratorin Weninger da auf die Beine gestellt hat, ist wirklich beeindruckend. Ich bin Ihnen sehr dankbar, Emilio, dass Sie mich heute zur Vernissage mitgenommen haben. Auch wegen der Akte in meinem Salon!«

»Ich auch, Emilio! Das war eine wundervolle Veranstaltung. Danke!«, fügte Francesca hinzu.

Als Emilio mit seinen beiden Begleiterinnen auf den gelungenen Abend anstieß, bemerkte er nicht, dass Isabella d'Estaccio ihn von einem der entfernteren Tische nachdenklich betrachtete. Zum Glück wusste sie nichts von Emilios Vorhaben, in den nächsten Tagen bei seinem Freund von der Libreria Thomann auf der Piazza Duca d'Aosta vorbeizuschauen, um ihn nach Ausgaben der Zeitschrift Playboy aus den Neunzigern zu fragen.

*

Die Post ist da

Mit Beginn der Badesaison war den Hunden der Zutritt zu den Stränden untersagt, sodass Strandspaziergänge mit den Vierbeinern nur noch frühmorgens möglich waren, lange bevor die Bäder öffneten. Emilio beschloss, seinen Morgenspaziergang mit Biscotti bis zum Spiaggio Imperiale auszudehnen, in der Hoffnung, dort Isabella d'Estaccio zu begegnen. Von der Contessa wusste er, dass sie im Grand Hotel Astoria wohnte und diesen Strandabschnitt vermutlich für ihre Spaziergänge mit ihrer Malteserhündin bevorzugte. In den vergangenen zwei Tagen war Emilio frühmorgens mit Biscotti dorthin gegangen, jedoch ohne Erfolg. Diesmal machte er auf dem Rückweg einen kleinen Abstecher zum Astoria und sah gerade noch, wie Signora d'Estaccio mit ihrer Hündin aus der Richtung der Piazza Biagio Marin kommend im Hotel verschwand. Er vermutete, dass sie den alten Strand aufgesucht hatte, und beschloss, am nächsten Tag ebenfalls zur Costa Azzurra, wie er auch genannt wurde, zu gehen. Am Vormittag wollte er noch den kleinen Buch- und Zeitschriftenladen Thomann in der Piazza Duca d'Aosta aufsuchen. Sein Freund hatte für ihn im Internet jene Ausgabe des Playboy recherchiert, in der Isabella d'Estaccio in den Neunzigern das begehrte großformatige Poster im Mittelteil zierte. Das Heft sei gestern mit der Post angekommen und Emilio könne es sich abholen, hatte er ihm mitgeteilt.

*

Kunstexperten in der Villa Giuliani

Emilio hatte gleich nach dem Frühstück Agnes angerufen und ihr von den *Doppelgänger-Gemälden* der Contessa berichtet. Diese wiederum informierte ihre Freundin Alice von den Carabinieri und die Nachricht verbreitete sich wie ein Lauffeuer innerhalb der Kunstfahnder-Task-Force. Innerhalb einer Stunde hatte die ARCT die neue Lage bewertet und einen Entschluss gefasst.

Punkt zehn Uhr läuteten zwei der nach Grado mitgereisten Experten des Leopold Museums bei Emilio und baten ihn, sie zur Contessa Caramello zu begleiten. Emilio ging mit ihnen einen Stock höher und klingelte an der Tür. »Wie angekündigt, verehrte Marta Luise, sind die Experten hier, um Ihre Bilder auf Authentizität zu prüfen.«

»Das ging aber schnell, Emilio! So eilig hätte ich es gar nicht gehabt.«

Emilio konnte ihr nicht verraten, dass es sogar brandeilig war und die Zeit drängte. Er konnte ihr auch nicht sagen, dass ihre Bilder möglicherweise der Schlüssel zur Aufklärung eines der größten Skandale in der Kunstwelt sein könnten.

»Die Umstände sind gerade günstig. Die Experten sind wegen der Ausstellung nach Grado mitgereist und verfügen über das nötige Equipment, um die Echtheit Ihrer Bilder zu verifizieren. Außerdem kostet Sie die Überprüfung nichts, die ansonsten sehr teuer wäre. Die Herren werden Ihnen nur ein paar Fragen zur Herkunft der Bilder stellen, sie verpacken und vorläufig ins Labor mitnehmen. Man hat mir versichert, dass die Überprüfung in spätestens drei Tagen abgeschlossen sein wird. Dann bekommen Sie die Bilder zurück und wissen auch, ob es sich um Originale von J.M. Auchentaller handelt.«

»Nun gut, kommen Sie herein, meine Herren! Danke, Emilio, dass Sie sich so engagiert haben!«

Videokonferenz
Den Haag - Triest - Wien - Grado

Manganblau war erst ab 1935 erhältlich

Diese Videokonferenz war anders. Man konnte förmlich die Spannung spüren, die alle Teilnehmer erfasste, als Capitana Alice l'Ammorbidare das Ergebnis der Echtheitsüberprüfung durch die Experten des Leopold Museums verkündete.

»Echt. In mehrfacher Hinsicht. Erstens, naturwissenschaftlich eindeutig, da keine falschen Pigmente oder Materialien nachgewiesen wurden. Zweitens: die Provenienz, die anhand der Sammlermarken des Marchese Verginella und dem Kaufdatum 1932 von unseren Experten bestätigt wurde. Drittens ist es unzweifelhaft Auchentallers Malstil aus dieser Zeit. Der entscheidende Beweis kam jedoch von zwei alten Fotos aus jener Zeit, als die beiden Mädchen noch im Fortino gearbeitet hatten. Ein Gradeser Künstler und Sammler von alten Eastman-Kodak-Bildern, Herr Zelindo Mauro, hatte sie in seiner umfangreichen Sammlung entdeckt. Emma Auchentaller machte damals viele Bilder von der Pension Fortino, auch von ihren Angestellten. Das ›Stubenmädchen Hermine‹ ist eindeutig auf dem Ölgemälde identifizierbar. Ihr Name war auch auf der Rückseite des Fotos vermerkt. Auch die Person, die als ›Aktstudie im Fortino‹ gemalt wurde, konnte anhand der Fotos identifiziert werden. Sie hieß übrigens Paula. Obwohl Auchentaller die Akte der Mädchen erst ein paar Jahre später gemalt hatte, sind ihre Gesichter doch zweifelsfrei zu erkennen. Die Experten wissen auch von Porträts, die Auchentaller wesentlich früher von den Stubenmädchen gezeichnet hatte. Sie vermuten, dass er die Akte später anhand dieser Vorlagen gemalt hatte. Bei den Aktbildern, die wir von der Baronesse für die Auktion erhalten hatten, fehlt allerdings jegliche Ähnlichkeit. Eine neuerliche Materialanalyse ergab außerdem, dass beide Gemälde Pigmente der Farbe Manganblau enthielten, die jedoch frühestens ab 1935 erhältlich war. Da ist dem Herrn Bornbeh wohl ein schwerer Fehler unterlaufen. Ich denke, das sollte reichen!«

Die Erleichterung über diese Entdeckung stand allen Beteiligten ins Gesicht geschrieben. Es war Oberstleutnant Thomas Moog, der Verbindungsoffizier und Koordinator von Europol, der das Wort ergriff.

»Ich bin beeindruckt, meine Damen und Herren. Das war hervorragende Arbeit und ich gratuliere allen Beteiligten im Namen von Europol! In Den Haag waren wir jedoch auch nicht untätig und haben eine interessante Entdeckung gemacht. Die Galerie Leclerc in Paris, deren Aufkleber auf vielen Gemälden aus der Sammlung Gerstl angebracht sind und als Expertennachweis für die Echtheit herhalten, existiert in der realen Welt nicht. Sie ist eine Fiktion, geschaffen Anfang der Neunziger über einen Mittelsmann. Die Galerie wurde zwar offiziell angemeldet, hatte eine Adresse und ein Firmenkonto, war jedoch immer nur ein Briefkasten. Die Galerieaufkleber wurden ganz legal gedruckt und auf vielen Exponaten angebracht. Das Firmenkonto diente vermutlich dazu, die Herkunft von Geldern zu verschleiern. Jedenfalls müssen wir daher davon ausgehen, dass es sich bei den vier Pastellbildern, die von der ominösen Galerie des Lorenzo Marino aus Triest ebenfalls zur Auktion angemeldet wurden, auch um Fälschungen handelt. Für die Fälschungen der beiden Akte, die uns die Baronesse andrehen wollte, haben wir dank der erfolgreichen Ermittlungen in Grado jedenfalls gerichtsfeste Beweise. Wir können die Bande also hochgehen lassen! Da der Betrug auf italienischem Hoheitsgebiet stattfindet, wäre es die Aufgabe der Carabinieri T.P.C., die Verantwortung für die weitere Vorgangsweise zu übernehmen. Was haben Sie vor, Tenente Colonnello Gallotti?«

»Ich nutze zuerst die Gelegenheit, mich bei meiner Stellvertreterin, Capitana l'Ammorbidare, für ihre Arbeit zu bedanken. Dir, Major Unger, und deinen Mitarbeitern danke ich für die freundschaftliche Zusammenarbeit zwischen Wien und Grado, und Ihnen, Herr Oberstleutnant Moog, für die professionelle Koordination der ARCT. Ich möchte allerdings noch intern das weitere Vorgehen absprechen. Einer ersten Lagebeurteilung zufolge tendiere ich dazu, noch etwas abzuwarten und den Zugriff erst im Rahmen der kommenden Auktion vorzunehmen. Die Überprüfung der Zimmerreservierungen für den Mai haben ergeben, dass die Baronesse von Gerstl, Herr Rick Bornbeh und Herr Thaddäus Gagelmann, ab dem vierzehnten bis einschließlich neunzehnten Mai in Grado sein werden. Wenn wir also vor Ort zugreifen, ersparen wir uns eine aufwändige internationale Fahndung. Außerdem ist Grado eine Insel, die können uns nicht mehr entkommen, wenn sie einmal hier sind!«

Dem stimmten alle Beteiligten zu. Die Gradeser berieten sich noch eine weitere Stunde mit dem Tenente Colonnello in Triest. Er versprach, schon in der nächsten Woche persönlich nach Grado zu kommen und in der Zwischenzeit die vorläufigen Beweise der zuständigen Staatsanwaltschaft vorzulegen und die richterlichen Haftbefehle zu besorgen.

Grado

Aufregung bei den Frauen

Die Contessa hatte ihre Gemälde zurückbekommen. Diesmal kamen die Experten des Leopold Museums in Begleitung der Capitana Alice l'Ammorbidare. Die beiden Spezialisten erklärten der Contessa, mit welchen Methoden sie zweifelsfrei nachgewiesen hatten, dass ihre Bilder echte Auchentallers und sehr wertvoll waren. Als die Contessa folgerichtig fragte, was es denn mit den Doppelgängern bei der Ausstellung auf sich hätte, verwiesen die beiden Experten an die Capitana und verabschiedeten sich hastig.

Alice l'Ammorbidare führte daraufhin ein langes Gespräch mit der alten Dame, die – wie sich bald herausstellte – eine äußerst hohe Auffassungsgabe besaß. Als Alice sie dann noch in die Pläne der Carabinieri T.P.C. einwies, entwickelte die Contessa eine regelrechte Begeisterung und versicherte der sympathischen Capitana ihre uneingeschränkte Mitwirkung. Die formal übliche Verschwiegenheitserklärung unterzeichnete sie anstandslos.

Alice hatte den Eindruck, dass die Contessa die Aussicht auf ein Abenteuer aufregend fand.

Nach dem Gespräch mit der Contessa traf sich Alice mit ihrer Freundin Agnes in ihrer Suite im Astoria und wies sie detailliert in ihre Pläne ein. Agnes versprach, auch Lena Neumann zu informieren. Die Spannung und Aufregung der letzten Stunden führten schließlich dazu, dass die beiden im Bett landeten.

Die Atmosphäre war von einer elektrisierenden Spannung durchzogen, als Agnes sich in die Arme von Alice schmiegte. Ihre Lippen fanden sich in einem zärtlichen Kuss, der mit jedem Atemzug an Intensität gewann und das Verlangen in ihnen entfachte. Alice ließ ihre Hände sanft über den sinnlichen Körper ihrer Freundin gleiten, ihre Finger erkundeten jede Kurve und jeden Winkel mit einer raffinierten Mischung aus Neugier und brennendem Verlangen. Die Leidenschaft zwischen den beiden Frauen entflammte in einem feurigen Reigen, während sie immer lustvollere und intimere Berührungen austauschten, die ihre Sinne berauschten. Die beiden liebten es besonders, ihre erogenen Zonen zunächst mit den Lippen zu verwöhnen und dann mit spielerischer Zärtlichkeit ihre Zungen einzusetzen, wobei sie immer wieder ihre Positionen wechselten und sich dabei gegenseitig höchstes Entzücken bereiteten. Als sie schließlich einige exquisite, speziell für Frauen entworfene Spielzeuge ins Spiel brachten, taumelten sie in einen wahren Lustrausch. In dieser magischen Sphäre voller Fantasie und Begierde wurde jede Berührung, jeder Kuss und jedes Stöhnen zu einem sinnlichen Versprechen, das die beiden mit prickelnder Energie ausfüllte. Nach einer gefühlten Ewigkeit, in der sie alle lustbringenden Praktiken zwischen zwei Frauen durchkostet hatten, fielen sie schließlich vollkommen zufrieden und erschöpft in einen tiefen, friedlichen Schlaf.

*

Das Armani-Model in seiner natürlichsten Form

Morgens, kurz nach sechs, nutzten nur hartgesottene Frühaufsteher oder Hundebesitzer den halben Kilometer langen Strandabschnitt der Costa Azzurra für einen Spaziergang. Diesmal taten das Emilio und Biscotti auch. Das Dackelchen witterte sofort die weiße Malteserhündin Bella ganz am anderen Ende des Strandes und stürmte los. Der Sand spritzte hinter seinen Pfoten hoch und die Dackelohren flatterten. Auch Bella lief sofort los. Die beiden Hunde begegneten sich auf halbem Weg und begrüßten sich freudig. Dann tobten sie zusammen vergnügt am Strand herum. Biscotti buddelte immer wieder kleine Strandkrabben aus, die er Bella quasi als Leckerli überreichen wollte. Die traute sich offenbar nicht, diese ins Maul zu nehmen und brachte Biscotti ihrerseits an Land geschwemmten Seetang als Gegengeschenk. Emilio und Isabella d'Estaccio hatten sich inzwischen ebenfalls in der Strandmitte getroffen und verfolgten sprachlos das köstliche Schauspiel, das ihnen ihre Hunde boten. Diese stoben immer wieder auseinander, offenbar um Nachschub zu holen. Nach einer Weile lag auf einem kleinen Sandhügel, der aus dem seichten Wasser ragte, ein Häufchen Seetang, in dem sich einige verletzte Krabben tummelten. Isabella d'Estaccio hatte längst ihr iPhone gezückt und machte eifrig Fotos.

»Wenn unsere Hunde diesen Krabbensalat jetzt auch noch gemeinsam verspeisen, wäre das einen Beitrag in der Zeitschrift ›Nature‹[43] wert, was meinen Sie, Signora?«, fragte Emilio.

»Da könnten Sie recht haben, Signor Bombolone!«, sagte sie schmunzelnd, ohne den Blick von den Hunden zu lassen. »Ich habe so was noch nie bei meiner Bella beobachtet. Und Ihr Dackel, macht der das öfter?«

»Nein, dieses Verhalten habe ich noch nie bei Biscotti gesehen. Er scheint verliebt zu sein. Kann ich ja verstehen. So einer süßen Hundedame ist er noch niemals begegnet!« Emilio verschwieg, dass er selbst auch noch nie so einer wunderschönen Frau begegnet war.

»Biscotti, was für ein treffender Name, Signore! Ja, man kann sehen, dass die zwei verliebt sind. Aber ihr Dackelchen kann zum Glück keinen Schaden anrichten, Bella ist sterilisiert.«

Emilio hütete sich zu erwähnen, dass er seit seiner Vasektomie auch keinen Schaden mehr anrichten könne und sagte stattdessen: »Wie Sie sehen können, Signora, sind beide offenbar ohnehin mehr am Seafood interessiert!«

»Das hat Bella von mir, deswegen komme ich so gerne nach Grado. Einerseits wegen des Klimas, aber vor allem der Kulinarik wegen.«

»Da haben wir etwas gemeinsam, Signora. Genau deswegen lebe ich seit über fünfzehn Jahren auf der Insel und habe auch vor, meinen Lebensabend hier zu verbringen!«

»Ich kann das gut verstehen, Signor Bombolone. Verzeihung, ich habe mich ja noch gar nicht vorgestellt, wie unhöflich von mir, tut mir leid. Ich heiße Isabella d'Estaccio.«

»Sehr erfreut, Signora d'Estaccio!« Emilio wurde von der Erinnerung an das Titelbild, das sie im Playboy zierte, überwältigt. Die Zeitschrift hatte sie als ›*Eleganz und Sinnlichkeit: Das Armani-Model in seiner natürlichsten Form*‹ angepriesen. Sein Kopf wurde

---

[43] Nature internationales Journal, das die besten, von Experten begutachteten Forschungsergebnisse aus allen Bereichen der Wissenschaft veröffentlicht

unwillkürlich von den Bildern im Blattinneren überflutet, die ungefragt Besitz von seinen Gedanken ergriffen hatten und ihre Selbständigkeit einnahmen.

»Jetzt müssen Bella und ich aber wieder zurück zum Hotel. Das *richtige* Frühstück wartet!«, beendete die Signora sein Kopfkino.

»Auf uns auch, Signora. Wenn Sie gestatten, begleiten wir Sie ein Stück. Wir haben den selben Weg.«

Zurück auf dem Lungomare leinten sie ihre Hunde an und gemeinsam schlenderten sie zum Hotel Astoria. Meistens gingen sie schweigend nebeneinander und genossen das Plätschern des Wassers sowie das Licht, das sich über die weiten Spiegelflächen des offenen Meeres und der Lagune ergoss. Emilio wagte hin und wieder einen verstohlenen Seitenblick auf Isabella und bewunderte ihre Anmut, wie sie diese Stimmung geradezu in sich aufzusaugen schien. Dabei entdeckte er auch eine gewisse Traurigkeit in ihrem Gesicht.

Isabella d'Estaccio war über sich selbst erstaunt. Sie hatte den Morgen am Strand genossen und jetzt auch den Spaziergang. Die beiden Hunde verstanden sich und Bella schien glücklich zu sein. Signor Bombolone war ein angenehmer Begleiter mit vorzüglichen Manieren. Es war fast fünf Jahre her, seit ihr geliebter Ehemann verstorben war. Seitdem hatte sie keinen Mann mehr an ihrer Seite gehabt. Viel zu schnell erreichten sie das Grand Hotel Astoria und verabschiedeten sich voneinander.

»Wie lange bleiben Sie denn noch in der Stadt, Signora d'Estaccio?«, fragte Emilio.

»Bis zur Auktion am Freitag, ich interessiere mich für ein Gemälde.«

»Dann begegnen wir uns ja vielleicht noch einmal? Es würde mich jedenfalls freuen!«

»Ja, mich auch, Signor Bombolone, und Bella ebenso! Vielleicht morgen? Wieder am Strand?«

»Wir werden da sein! Bella giornata!«

Es war gar nicht so einfach, die beiden Hunde voneinander zu trennen. Emilio lockte Biscotti schließlich mit einem Leckerli und eilte mit ihm zur Villa Giuliani zurück.

Emilio hatte sich mittlerweile eine Rudermaschine aus Eschen-Vollholz angeschafft, die mit einer Wassertrommel ausgestattet war und ihm ein authentisches, realistisches Rudererlebnis bot. Dieses elegante Trainingsgerät stellte nicht nur eine effektive Möglichkeit dar, seine Fitness zu steigern, sondern fungierte zudem als ein beeindruckendes Möbelstück in seinem Zuhause. Mehrmals in der Woche widmete er sich seinem Training und mit Zufriedenheit bemerkte er, dass sich sein Körperbau mittlerweile etwas gestrafft hatte.

*

Emilio plagt das Gewissen

Bereits zwei Mal in den letzten Tagen hatten Emilio und Signora Isabella d'Estaccio sich zum gemeinsamen morgendlichen Strandspaziergang mit ihren Hunden verabredet. Die goldene Morgensonne tauchte das Meer in ein warmes Licht, während die sanften Wellen an den Uferstrand rollten. Beide schätzten die friedvolle Stille und die besondere Atmosphäre, die nur das Meer bieten konnte, während sie ihre Hunde beim ausgelassenen Spiel beobachteten.

Worte waren zwischen ihnen selten, doch das Schweigen hatte auch seine eigene Sprache. Emilio, der normalerweise nicht um Worte verlegen war, übte sich bewusst in Zurückhaltung. Obwohl er so viele Fragen an die faszinierende Frau an seiner Seite hatte, wagte er es nicht, das zarte Band zwischen ihnen zu stören. Isabella d'Estaccio war dankbar für diese unausgesprochene und stille Übereinkunft. Zu oft hatten Männer in den vergangenen Jahren ihre Nähe gesucht, meist getrieben von oberflächlichem Verlangen. Auch sie sehnte sich manchmal nach Nähe und Zärtlichkeit, doch

276

die Erinnerung an die innige Liebe und das Glück ihrer Ehe mit ihrem verstorbenen Mann hielt sie davon ab, sich dieser Sehnsucht hinzugeben.

Für den Abend hatte sich Lena angekündigt. Ihr Vater war vor einer Woche aus dem Krankenhaus entlassen worden, und sie hatte es geschafft, eine Rund-um-die-Uhr-Betreuung zu organisieren: Zwei ausgebildete Krankenschwestern aus der Slowakei würden sich alle zehn Tage abwechseln. Das geräumige Haus der Neumanns in Wien-Döbling bot genügend Platz, und alle würden sich dort wohlfühlen. Auch ihre Mutter war erleichtert über die Unterstützung gewesen. Lena war noch ein paar Tage in Wien geblieben, um sicherzustellen, dass alles reibungslos funktionierte, bevor sie schließlich ihren Flug buchte. Drei Tage vor der Auktion würde sie in Grado ankommen.

Emilio wurde von Gewissensbissen geplagt. Er freute sich sehr darauf, Lena wiederzusehen und sie endlich in die Arme schließen zu können. Doch gleichzeitig war da diese atemberaubende Frau, die still und doch im tiefen Einverständnis neben ihm ging. Ihr Schweigen versprach mehr als tausend Worte. Emilio musste sich eingestehen, dass er beide Frauen gleichermaßen begehrte. Er wusste, dass eine Entscheidung unausweichlich war, aber er konnte sie noch nicht treffen. Nicht jetzt.

Comando Stazione Carabinieri Grado

Insubordination

Am späten Nachmittag traf die Baronesse Hemma von Gerstl zusammen mit ihrem Dienstmädchen Jeva im Grand Hotel Astoria ein. Thaddäus Gagelmann und Rick Bornbeh hatten jeweils ein Zimmer im Hotel Fonzari bezogen. Die beiden Hotels lagen praktisch gegenüber. Für den Abend waren sie im Restaurant auf dem

Dach des Hotels Astoria, dem Settimo Cielo, zum Abendessen verabredet.

Tenente Colonnello Gallotti, Leiter der Carabinieri T.P.C., hatte das Kommando über das Fahndungsteam in Grado übernommen. Das Einverständnis der zuständigen Staatsanwaltschaft für das weitere Vorgehen lag vor und drei internationale Haftbefehle hatte er ebenfalls im Gepäck. In wenigen Tagen plante man, zuzuschlagen. Ein zehnköpfiges Überwachungsteam würde die Verdächtigen nun ununterbrochen im Auge behalten. Die richterliche Verfügung schloss auch die Überwachung der Telefongespräche mit ein.

»Wie steht es mit Lorenzo Marino?«, fragte Gallotti, der mit seinem Team im Besprechungsraum saß.

»Er hat schon seit längerem zwei Zimmer im Hotel Hannover reserviert. Er wird morgen erwartet und hat vor, sich registrieren zu lassen, um eine Bieternummer für die Auktion zu bekommen«, antwortete Capitana l'Ammorbidare.

»Wer bezieht das zweite Zimmer?«

»Ein gewisser Vittorio Greco. Auch seine Daten sind im Suchregister durch die Antimafiabehörde gesperrt und auch er hat eine Bieternummer gelöst. Beide werden also bei der Auktion am Freitagabend anwesend sein.«

»Ist mit der Contessa Caramello alles geklärt?«

»Ja. Sie schien regelrecht begeistert von ihrer Mitwirkung an der Schurkenhatz, wie sie es nennt.«

»Ich hoffe, sie wird nicht zu übermütig!«, lachte Gallotti und wandte sich an die beiden vom Wiener Ermittlerteam. »Werden Sie heute Abend am Nebentisch im Settimo Cielo Platz nehmen?«

Aspirantin Gitti Wostracek antwortete anstelle von Inspektor Vimladil, der weder Italienisch noch Kantonesisch verstand. »Ja. Signora Capitana meinte, ein verliebtes Wiener Pärchen bei einem romantischen Dinner würde kaum auffallen.«

»Wenn ich richtig informiert bin, haben Sie Gagelmann und Bornbeh bereits einmal als Pärchen beschattet. Auf dem Weihnachtsmarkt in Wien, oder? Besteht nicht die Gefahr, dass sie Sie erkennen?«, fragte Gallotti nach.

»Nein, das war im Winter und wir waren dick eingemummt. Für heute Abend haben Peppino und ich ein völlig anderes Outfit gewählt. Nicht mal unsere Eltern würden uns wiedererkennen, Signor Tenente Colonnello!«

Gallotti beendete die Besprechung und dankte allen für ihre bisherige Arbeit.

Beim Hinausgehen fragte Inspektor Vimladil Gitti: »Ich habe kaum etwas von dem Gespräch verstanden, aber wer ist Peppino?«

»Das bist du, Joschi. Im Italienischen nennt man dich Giuseppe, Spitzname Peppino, also Joschi!«, lachte Gitti.

Peppino fand die Insubordination seiner Gitti allerdings gar nicht lustig. Heute Nacht würde er sie Gehorsam gegenüber einem Vorgesetzten lehren. Im Bett.

Grado

Ein Dolchstoß in Emilios Herz

Emilio hatte Biscotti nach dem Abendspaziergang in seinem Appartement schlafen gelegt und machte sich dann eilig auf den Weg zum Hotel Astoria. In der Hotellobby traf er auf Lena, und nach einer liebevollen Begrüßung fuhren sie zusammen in den siebten Stock. Zum Glück waren sie allein im Aufzug, sodass sie sich leidenschaftlich und ausgiebig küssten. Lena hätte am liebsten sofort den Stopp-Knopf gedrückt, um Emilio im Lift zu vernaschen.

Agnes und Alice hatten einen Tisch für vier Personen im Restaurant Settimo Cielo, das hoch über den Dächern von Grado lag, reserviert. Das À-la-Carte-Restaurant des Hotel Astoria bot einen atemberaubenden Panoramablick auf die gesamte Stadt. Bei warmem Wetter waren die Tische auf der Terrasse in der Nähe des Pools besonders begehrt, da man von dort auf das glitzernde Meer und die malerischen Dächer der Altstadt blicken konnte. Agnes und

Alice entschieden sich jedoch für einen diskreten Tisch im Innenraum. Als Lena und Emilio eintrafen, hatten die beiden Freundinnen bereits Platz genommen und alle vier begrüßten einander herzlich.

»Wisch dir den Lippenstift ab, Emilio!«, sagte Agnes mit einem Augenzwinkern und alle mussten lachen.

Sobald sie wieder Platz genommen hatten, tauschten sie zunächst private Neuigkeiten aus. Lena berichtete von den stressigen Tagen, die sie damit verbracht hatte, eine Pflegekraft für ihren Vater zu finden, und Agnes erzählte von ihrer erfolgreichen Vernissage. Alice fiel auf, dass Emilio um die Taille schlanker geworden war und sprach ihn darauf an.

»Emilio, haben Sie etwa dem guten Essen abgeschworen oder hat die Sehnsucht nach Ihrer Lena an Ihrem Bauchfett genagt?«, fragte Alice scherzhaft.

»Jetzt, wo sie es sagen, fällt es mir auch auf und blass ist er auch«, meinte Lena. »Emilio, du bist doch nicht etwa krank?«

Emilio war inzwischen tatsächlich blass geworden, doch nicht wegen der Neckereien der Damen am Tisch. Ein paar Tische weiter saß Signora d'Estaccio mit einem jungen, äußerst attraktiven Mann und schien sich prächtig zu amüsieren. Zum Glück hatte sie ihn noch nicht bemerkt und das sollte wohl auch besser so bleiben.

»Ich habe mir eine Rudermaschine zugelegt und trainiere jetzt ein paar Mal die Woche«, antwortete Emilio. »Ich will für meine junge Freundin fit bleiben!«

»Ich dachte immer, ein guter Hahn wird ohnehin nicht dick?«, warf Agnes grinsend ein.

»Mir hat dein kleines Bäuchlein gefallen, Emilio!«, verteidigte Lena ihren Liebhaber und sah dabei bedeutungsvoll in die Runde.

Zum Glück wurde Emilio durch das Erscheinen des Kellners von dieser peinlichen Unterhaltung erlöst. Er und Lena bestellten Risotto mit Meeresfrüchten für zwei Personen, Agnes wählte die Spaghetti mit Hummer alla Busara und Alice das Tempura mit Scampi, Riesengarnelen, knusprigem Gemüse und Teriyakisauce.

Sie orderten auch eine Flasche Weißwein aus dem Collio und eine große Karaffe Wasser. Bevor das Essen serviert wurde, stießen sie mit einem Glas Prosecco auf ihr Wiedersehen an. Danach wurden Lena und Emilio in die Pläne zur Überführung der Fälscherbande eingeweiht. Als Lena erfuhr, welche Rolle ihr dabei zugedacht war, wurde sie ganz aufgeregt. Alice beruhigte sie und erklärte, dass die Haftbefehle bereits vorbereitet seien, aber man erst die Auktion abwarten müsse, um die betrügerische Absicht hinter den Fälschungen nachzuweisen und um höhere Strafen zu sichern. Von der Anwesenheit der Mafia in Grado hatte Alice außerhalb des Ermittlerteams noch niemandem erzählt.

Dann deutete sie mit einem Kopfnicken auf die Terrasse. »Dort draußen sitzen gerade die Baronesse, der Fälscher und der Galerist und amüsieren sich prächtig – aber schaut nicht zu auffällig hin!«

Emilio bemerkte am Nebentisch ein Pärchen, das ihm irgendwie bekannt vorkam. Auch Agnes hatte sie entdeckt.

»Ja, das sind sie, falls ihr die zwei Verliebten am Nebentisch der Fälscherbande meint. Inspektor Vimladil und Aspirantin Wostracek. Ihr kennt sie bereits, aber Lena noch nicht. Sie sind vom Kunstfahnderteam in Wien und unterstützen uns seit drei Wochen in Grado. Sie zeichnen alles auf, was die Bande bespricht.«

Lena war beeindruckt von der Professionalität, mit der die Ermittler vorgingen und beruhigte sich wieder. Doch dann ließ Agnes mit einer neuen Entdeckung aufhorchen.

»Ich glaub's ja nicht, aber wisst ihr, wer da ein paar Tische weiter sitzt? Schaut mal unauffällig zu der hochgewachsenen Frau mit den langen schwarzen Haaren und dem dunkelblauen Cocktailkleid. Ihr erkennt sie sicher!«

Alice schüttelte den Kopf, aber Lena erkannte sie sofort. »Du hast recht, das ist Isabella d'Estaccio, das ehemalige Topmodel von Armani aus den Neunzigern. Sie sieht immer noch umwerfend aus! Und ihr Begleiter, der ist doch mindestens zwanzig Jahre jünger! Übrigens, ich glaube, in meinen Unterlagen gelesen zu haben, dass sie sich für die Auktion hat registrieren lassen und ein schriftliches Gebot hinterlegt hat.«

Emilio fühlte sich, als würde ein Dolch sein Herz durchbohren. Jetzt wusste er auch, warum Signora d'Estaccio seinen dezenten Annäherungsversuchen widerstanden hatte. Es gab offenbar einen Liebhaber, der dreißig Jahre jünger war als er. Als Agnes noch anmerkte, dass sich Isabella auch einmal für den Playboy ausgezogen hatte, beschloss er, das Heft so schnell wie möglich zu vernichten. Doch er spürte auch eine gewisse Erleichterung – nun musste er sich keine Vorwürfe mehr machen. Er entspannte sich und versuchte, das Thema zu wechseln, doch es war zwecklos. Lena und Agnes tauschten weiter alle ihre Informationen über das berühmte italienische Topmodel aus. Schließlich wandte sich Alice, die aufgrund ihres Alters noch nie von dem berühmten Mannequin gehört hatte und sich langweilte, an Emilio.

»Wir haben immer noch ein Problem mit dem Auchentaller-Aquarell. Es gibt keinen einzigen Beweis für eine Fälschung, noch dazu gefällt es jedem Museumsbesucher.«

»Mir auch, Alice. Ich wüsste allerdings auch nicht, wie man es als Fälschung nachweisen könnte.«

Das Essen wurde serviert und die vier genossen die köstlichen Speisen. Sie bestellten noch eine weitere Flasche Weißwein und der Abend schien gerettet. Emilio beobachtete, wie Signora d'Estaccio das Restaurant mit ihrem jungen Begleiter verließ. Agnes und Lena blickten ihr bewundernd nach.

»Sie bewegt sich noch immer so elegant wie früher auf dem Laufsteg«, seufzte Lena.

Was die beiden wohl jetzt treiben werden. Ob sie sich im Bett wohl auch so elegant bewegt?«, fragte Agnes und bohrte den Dolch noch tiefer in Emilios Herz. Selbst Alice schüttelte über das lose Mundwerk ihrer Freundin den Kopf.

Emilio und Alice hingegen wussten genau, was sie selbst bald mit ihren Partnern treiben würden, und beeilten sich zu bezahlen.

*

In der Hitze der Nacht

Kaum hatten sie die Suite betreten, warf sich Lena Emilio um den Hals, drängte ihren Körper an ihn und griff mit einer Hand in seinen Schritt.

»Wir haben Zeit«, flüsterte Emilio.

»Haben wir wirklich genug Zeit? Ich kann da unten was anderes spüren!«, sagte Lena neckisch. »Ich habe solche Lust auf dich. Ich kann nur daran denken, deine Lippen auf meiner Haut zu spüren und dass du Dinge mit mir anstellst, von denen ich früher nicht einmal geträumt hätte!«

Emilio verstand dies als ein klares Signal und küsste sie leidenschaftlich. Er öffnete jeden Knopf ihrer Bluse einzeln, streifte sie ab und legte ihre schönen Brüste frei. Lena liebte es, wie seine Lippen ihren Hals und ihren Busen berührten. Ihre rosigen Knospen richteten sich auf. Sie zog schnell ihren Rock aus und stand nun fast nackt vor ihm. Jeder Gedanke schien unwichtig, als sie sich an ihn lehnte und sie gemeinsam auf das breite Bett sanken. Lena gab sich dem sinnlichen Vergnügen vollkommen hin. Emilio zog sich rasch aus und seine warme Haut drückte sich an ihre, während sie den Duft seines Eau de Toilette wahrnahm. Sie genoss es, seine warmen Hände auf ihrer Haut zu spüren. Seine Berührungen steigerten ihr Verlangen immer weiter. Er erfasste den Saum ihres Höschen, zog es nach unten und streifte es ihr ab. Lenas erotische Träume der letzten Wochen schienen wahr zu werden. Ihr Körper brannte vor Verlangen. Seine Lippen wanderten langsam über ihre Haut und verführten sie, sich ihm vollkommen hinzugeben. Sie bekam Gänsehaut, als er auch seine Zunge einsetzte. Lena spürte ein elektrisierendes Kribbeln, das von ihrem Busen in ihren Schoß wanderte. Automatisch öffnete sie ihre Schenkel. Emilio fuhr sanft mit seinen Händen die Innenseiten ihrer Oberschenkel.

Seine Finger näherten sich behutsam ihrem Zentrum. Lena konnte es vor Verlangen kaum noch aushalten. Als er schließlich ihr Lustzentrum erreichte, entlockte er ihr ein genussvolles Stöhnen. Mit seiner Zunge drang er in sie ein und kostete ihren Geschmack. Er spielte mit ihrer Perle, mal sanft saugend, mal einen Hauch von Luft darüber blasend. Er verwöhnte sie an den empfindlichsten Stellen. Gleichzeitig streichelte er mit seinem Zeigefinger ihren Damm und ihre Pospalte, während sein Daumen in sie eindrang. Lena bebte vor Lust und presste ihren Schoß an ihn, während er mit seinem Daumen und dem Zeigefinger sanften Druck ausübte. Mit jeder seiner Berührungen näherte sie sich der Erfüllung, bis sie schließlich eine Woge des Entzückens erfasste und sie sich stöhnend aufbäumte.

Als sie wieder zu sich kam, umarmte sie ihn, zog ihn zu sich und küsste ihn leidenschaftlich. Nun wollte sie ihn endlich in sich spüren und drängte ihm ihr Becken entgegen. Sie spürte, wie er in sie eindrang und nahm ihn tief auf. Emilio genoss es, in diesem begehrenswerten Heiligtum dieser sinnlichen Frau zu sein. Ihrer beiden Hüften bewegten sich rhythmisch, sie verloren sich in ihrer Lust und verwöhnten sich gegenseitig. Dann zog er sich aus ihr zurück, kniete sich vor sie hin und hob ihre Beine an. Lena umfasste intuitiv ihre Kniekehlen und zog sie zu sich heran. Ihr Becken stand nun steil nach oben und Emilio bekam ihre ganze glitzernde, weibliche Pracht unmittelbar angeboten. Langsam schob er sich ganz tief in sie hinein. Es war eine aufregende Position, bei der sie an Stellen in ihrem Inneren berührt wurde, die sie zuvor nie bewusst wahrgenommen hatte.

»Es fühlt sich unglaublich gut an, was du da mit mir machst!«, stöhnte Lena voller Lust.

Emilio reagierte mit kraftvollen und intensiven Bewegungen, während Lenas Lustzentrum pulsierte. Jeder Stoß zeugte von seiner Hingabe und sie genoss es in vollen Zügen. Sie war gefesselt von der Intensität des Moments, aber das war genau das, was sie wollte. Sie spürte, wie sich jede Bewegung zu einem Höhepunkt der Ekstase aufbaute. Das Tempo wurde schneller und sie keuchte mit weit geöffneten Lippen und leckte sich mit ihrer Zunge darüber. Emilio lenkte sie geschickt und verstärkte ihr Vergnügen, bis sie erneut den Gipfel der Lust erreichte.

Sie lagen eine Weile eng umschlungen und Emilio küsste und streichelte sie weiterhin. Lena merkte, wie das Ziehen in ihrem Schoß wieder anwuchs.

Lena folgte einem Instinkt, kniete sich vor ihm hin, reckte ihm ihren prächtigen Hintern entgegen und flüsterte: »Ich will, dass du es mir wieder besorgst, so wie beim ersten Mal.«

Emilio küsste zuerst ihre intimsten Stellen, bevor er sie von hinten nahm. Sie stöhnte vor Freude auf. Mit einer Hand hielt er sie an der Hüfte fest und mit der anderen stützte er ihr Kinn und zog ihren Kopf leicht zurück. Sie musste unweigerlich ein Hohlkreuz machen und fühlte sich in diesem unerbittlichen Griff gefangen. Emilio hatte nun gänzlich die Kontrolle und Lena war überrascht, wie sehr sie diese Situation genoss und was Emilio mit ihr tat. Er stieß immer kraftvoller zu. Sie hörte das rhythmische Klatschen ihrer Körper und das erregte sie noch mehr. Nach nur wenigen Sekunden erreichte sie mit einem erfüllenden Seufzen einen weiteren Höhepunkt und ein unglaubliches Gefühl der Lust durchströmte sie. Doch Emilio hörte nicht auf, sondern steigerte sein Tempo. Sie spürte, wie er in ihr anschwoll und ihr wurde heiß. Schließlich spannte sich sein ganzer Körper an und in einem letzten kraftvollen Stoß entlud er sich in mehreren pulsierenden Wellen. Lena wurde in einen weiteren Lustrausch mitgerissen, bevor das Vibrieren ihrer beiden Körper langsam abklang und sie in einer erfüllenden Ruhe zurückließ. Als Emilio sich in ihren Armen entspannte, lächelte Lena glücklich über die tiefe Vertrautheit, die sich in der Hitze ihrer Leidenschaft entwickelt hatte.

*

Im Gästezimmer der Carabinieri holte Inspektor Vimladil spät in der Nacht noch seine Handschellen hervor, um der Aspirantin Wostracek eine Lektion in Gehorsam zu erteilen. Die Spannung war in der Hitze der Nacht greifbar, während die Vorfreude auf das, was kommen würde, seinen Puls beschleunigte.

Am nächsten Morgen erwachte er überrascht, auf dem Rücken liegend, und spürte die Kälte der Gitterstäbe und Handschellen, die seine Hände festhielten. Ein aufregendes Kribbeln durchfuhr ihn, als er realisierte, in welcher Lage er sich befand. Gitti trat gerade aus dem Bad, ihre nackte Haut strahlte im Licht und sie präsentierte sich ihm auf eine verführerische Art. Mit einem spielerischen Lächeln drehte sie sich einmal im Kreis und ihr Schoß kam verlockend nah an sein Gesicht, während sie ihm einen tiefen Einblick in ihre Sinnlichkeit gewährte. Als sie sah, wie sehr ihn das erregte, verging sie sich sehr unartig an ihm. Er fügte sich gehorsam in die ihm zugedachte Rolle, bis sie ihn gnädigerweise von seiner Marter erlöste. Joschi nahm sich vor, Gitti in Zukunft öfters zur Insubordination aufzufordern.

*

Jannik

Emilio hatte nicht vorgehabt, seinen Morgenspaziergang mit Biscotti wieder am Strand der Costa Azzurra zu machen. Der Anblick seiner begehrten Signora d'Estaccio, wie sie am Vorabend glücklich lachend mit einem attraktiven jungen Mann unterwegs gewesen war, hatte ihm beinahe die Laune verdorben. Doch nicht ganz, denn Lena hatte in der letzten Nacht im Hotel seine trüben Gedanken erfolgreich verscheucht. Spät nach Mitternacht war er schließlich in die Villa Giuliani zurückgekehrt und hatte den alten Playboy aus den Neunzigern kurzerhand im Papierkorb entsorgt.

Nun, an der Viale Europa Unita, wollte Emilio gerade nach links zum Spiaggio Imperiale abbiegen, doch Biscotti zog entschlossen nach rechts und sah ihn mit einem vorwurfsvollen Blick an. Es war sinnlos, dagegen anzukämpfen – das Dackelchen wollte unbedingt zu seiner Freundin, der Malteserhündin Bella, die er sicher wieder am Strand der Costa Azzurra treffen würde. Emilio fasste sich ein Herz; wenn Biscotti sich das erste Mal in seinem Leben verliebt hatte, wollte er ihm nicht im Weg stehen.

Wie schon in den letzten Tagen stürmte Biscotti los, sobald er Bella entdeckte und Signora d'Estaccio ließ ihre Hündin ebenfalls von der Leine. Zu Emilios Erleichterung war ihr Liebhaber nicht an ihrer Seite. Stattdessen eilte sie ihm freudig entgegen und winkte ihm schon von Weitem zu. Doch ein stechender Schmerz durchfuhr Emilio, als er dachte, dass ihre Fröhlichkeit vielleicht das Resultat einer erfüllten Nacht mit ihrem Lover sein könnte.

»Einen wunderschönen guten Morgen, Signor Bombolone! Ist das nicht ein herrlicher Anblick, wie die zwei verliebten Hunde sich freuen, zusammen zu sein?«

»Ihnen auch einen schönen guten Morgen, Signora!«, erwiderte Emilio bemüht freundlich. »Sie wirken heute so, als ob auch Sie verliebt wären?« Er konnte sich diesen kleinen Seitenhieb einfach nicht verkneifen.

»Ja, sieht man das? Haben Sie Kinder, Signor Bombolone?«

»Außer meinem Dackelchen habe ich keine Verwandten mehr, Signora.«

»Das ist schade. Gestern hat mich mein Sohn besucht. Er reist viel und ich sehe ihn kaum. Nach dem Tod meines Mannes vor fünf Jahren ist er das Einzige, was mir geblieben ist. Gestern hat er einen Abstecher nach Grado gemacht, um seine Mutter zu besuchen. Ich habe mich unheimlich gefreut. Jannik und ich haben einen wundervollen Tag zusammen verbracht und abends im Settimo Cielo köstlich gespeist. Leider musste er schon um vier Uhr früh abreisen, um seinen Flug nach München zu bekommen. Jetzt werde ich wohl ein paar Tage von dem kurzen Mutterglück zehren müssen. Können Sie das verstehen, Signor Bombolone?«

Emilio war zunächst sprachlos. Dann dämmerte ihm, was für ein Narr er gewesen war und schließlich musste er innerlich lachen.

»Ja, das verstehe ich nur zu gut. Man sieht es Ihnen an – Sie strahlen regelrecht. Außerdem haben Sie in den letzten paar Minuten mehr gesprochen, als bei all unseren bisherigen Begegnungen zusammen!«

»Oh, entschuldigen Sie, Signor Bombolone, aber Sie sind im Moment der Einzige, dem ich mich anvertrauen kann – und ein guter Zuhörer sind Sie auch noch. Danke dafür!«

»Ich höre Ihnen gerne weiter zu, verehrte Signora und schweige ebenso gern mit Ihnen. Wir könnten aber auch mal gemeinsam essen gehen, wenn Sie möchten.«

Signora d'Estaccio blickte ihm lange in die blauen Augen und Emilio fürchtete schon, er habe das zarte Band, das sich gerade zwischen ihnen gebildet hatte, zerrissen.

»Das würde ich tatsächlich gerne, Signor Bombolone. Ich bleibe noch bis zur Auktion in Grado. Wenn wir uns morgen früh mit unseren Hunden wieder hier treffen, könnten wir ja etwas ausmachen.«

Sie nahmen ihre Hunde an die Leine und verabschiedeten sich voneinander. Zuhause angekommen, fischte Emilio den Playboy wieder aus dem Papiermüll.

*

Keine Zeit für Emilio

Lena und Agnes standen kurz vor der Auktion im Hotel Astoria und hatten noch viel zu erledigen. Die zu versteigernden Kunstwerke konnten noch bis vierundzwanzig Stunden vor Beginn der Auktion besichtigt werden. Anschließend würden die verbleibenden Werke, die sich noch in der großen Kongresshalle befanden, unter strengsten Sicherheitsvorkehrungen ebenfalls in die Tagungsräume des Hotels gebracht.

Um einen reibungslosen Ablauf zu gewährleisten, hatte Auctora's Fachleute und Sicherheitsexperten nach Grado entsandt, darunter Schätzmeister, Vertriebsassistenten, Gutachter und Netzwerktechniker. Einige unabhängige Sensalinnen[44] fungierten als Makler für anonyme Sammler und Museen, die entweder bis zu einem bestimmten Betrag oder live per Telefon mitbieten würden. Schriftliche Gebote mussten bis zwölf Stunden vor Auktionsbeginn eingereicht werden, wobei für diese Gebote der Auktionatorin persönlich die Aufgabe zufiel, bis zum maximalen Ankaufslimit des Käufers mit zu bieten. Für Exponate über zwanzigtausend Euro war darüber hinaus eine Sicherheitsleistung in Form einer Kaution erforderlich.

Lena und Agnes diskutierten gewissenhaft über die Reihenfolge der zu versteigernden Objekte. Sie orientierten sich am Schätzpreis und berücksichtigten die Limits der Verkäufer. Lena plante, den Rufpreis bei fünfzig Prozent des Schätzwertes anzusetzen und am Anfang in Zehn-Prozent-Schritten zu steigern. Die Baronesse von Gerstl hatte darauf bestanden, dass die zwei Akte nur im Doppel und mit einem Limit von dreihunderttausend Euro angeboten würden. Experten hielten dies auch aus kunsthistorischer Sicht für sinnvoll. Insgesamt sollten dreizehn Exponate versteigert werden.

Ein Highlight der Auktion war ein Aquarell, das als Vorstudie zu Auchentallers Ölgemälde der Lagune vor Grado galt. Der Schätzwert lag bei einer Million Euro, weshalb der Rufpreis auf eine halbe Million festgelegt wurde. Auf Anraten Gagelmanns hatte die Baronesse hier kein Limit gesetzt. In den letzten Wochen hatten sowohl Privatsammler als auch Museen großes Interesse an bestimmten Exponaten gezeigt, insbesondere an dem unbekannten Aquarell. Lena spürte, dass hier eine Sensation in der Luft lag, und

---

[44] Plural von Sensal*in. Makler

auch internationale Medien zeigten großes Interesse. ›Rai uno[45]‹ würde die Auktion sogar live übertragen.

In den nächsten achtundvierzig Stunden wartete noch viel Arbeit auf Lena. Gemeinsam mit den Netzwerktechnikern und dem technischen Personal würde sie ein paar Probeläufe der gesamten Infrastruktur durchführen, um sicherzustellen, dass alle Systeme – vom Bietersystem über die Telefonleitungen für Live-Gebote bis hin zur Videoübertragung – einwandfrei funktionierten. Zudem würde sie die wichtigsten potenziellen Bieter direkt kontaktieren, um sicherzustellen, dass diese alle notwendigen Informationen erhielten, insbesondere zur Registrierung und zum Ablauf der Auktion.

Lena musste sich auch intensiv mit ihrer eigenen Moderation auseinandersetzen. Sie überlegte, wie sie bestimmte Exponate besonders hervorheben und interessante Hintergrundinformationen einfließen lassen könnte, um das Interesse der Bieter zu steigern. Gemeinsam mit dem Sicherheitspersonal musste eine Strategie für mögliche unvorhergesehene Situationen entwickelt werden – etwa technische Ausfälle, Verzögerungen oder Probleme bei der Gebotsabwicklung. Ein Notfallplan musste erstellt werden, um in solchen Fällen rasch reagieren zu können. Glücklicherweise war die Zusammenarbeit mit dem Team von Auctora's bei vergangenen Auktionen längst zur Routine geworden. Der Auktionskatalog, ein zentrales Element der Veranstaltung, musste noch einmal sorgfältig durchgesehen werden, um sicherzustellen, dass alle Informationen korrekt und vollständig waren, und um gegebenenfalls letzte Anpassungen vorzunehmen. Lena wollte sicherstellen, dass die Auktion nicht nur reibungslos verlief, sondern für alle Beteiligten zu einem unvergesslichen Erlebnis wurde. Eine Pressekonferenz hatte sie ebenfalls geplant, um die Aufmerksamkeit auf die Auktion zu maximieren. Dabei wollte sie betonen, welche bedeutenden

---

[45] Radiotelevisione Italiana 1

Kunstwerke versteigert würden und welche prominenten Bieter, abgesehen von den Anonymen, erwartet wurden.

Heute Abend stand noch eine Besprechung mit Signora Capitana l'Ammorbidare auf dem Plan, die sie über die Pläne zur Festnahme der Fälscherbande informieren wollte. Niemand hatte Interesse daran, die Auktion zu stören oder Panik auszulösen.

Da Lena aufgrund der Probleme mit ihrem Vater erst spät nach Grado angereist war, blieben ihr nur noch zwei volle Tage, um all diese Aufgaben zu bewältigen. Für ihren geliebten Emilio war da leider kein Platz.

*

Zwei Stockfechterinnen bei Emilios Tour

Der Mai war in Grado stets ein besonderer Monat, in dem bereits viele Gäste die Insel besuchten. Die Temperaturen waren angenehm, die Strände größtenteils geöffnet und noch nicht von Familien mit Kindern überlaufen. Gegen Ende des Monats fand zudem der jährliche Ärztekongress statt, eine Tradition, die bis ins frühe 20. Jahrhundert zurückreichte und dem J.M. Auchentaller einige Karikaturen gewidmet hatte. In diesem Jahr fand nun im Mai eine einzigartige Ausstellung statt, die zusätzlich Besucher anzog.

Francescas Incoming-Agentur und andere Tourismusbüros waren nahezu ausgebucht. Dank Emilios Unterstützung und gewissenhafter Vorbereitung konnte Sandro inzwischen sogar einige englisch- und italienischsprachige Führungen übernehmen. Emilio selbst war diese Woche fast täglich im Einsatz und führte um zehn Uhr die spezielle Auchentaller-Tour, die besonders bei den zur Ausstellung angereisten Kunstliebhabern großen Anklang fand. Heute begleitete Emilio eine Gruppe deutschsprachiger Touristen. Unter ihnen waren vier besondere Gäste: seine Vermieterin, die Contessa Caramello und die drei Mitglieder der Fälscherbande – die Baronesse von Gerstl, Rick Bornbeh und Thaddäus Gagelmann. Die Anwesenheit der Contessa war für Emilio eine große Ehre, doch die Anwesenheit der anderen drei ließ ihn unruhig werden. Insgesamt zählte die Gruppe ein Dutzend Personen, darunter wohl zwei Mitglieder des Überwachungsteams der Carabinieri.

Unbeeindruckt von den Umständen konzentrierte sich Emilio auf das, was er am besten konnte – die Geschichte der Familie Auchentaller zu erzählen. Als die Gruppe den Lungomare Nazario Sauro entlang ging und an der Stelle, die auch auf dem Ölbild der Lagune vor Grado zu sehen war, fragte die Baronesse von Gerstl: »Seit wann existiert eigentlich die Diga?«

Emilio setzte an und begann zu erzählen: »Die ursprüngliche Diga war nichts Anderes als eine einfache hölzerne Struktur, errichtet von der Seerepublik Venedig Mitte des 18. Jahrhunderts. Stellen Sie sich das wie einen in Lehm gerammten Zaun vor, der die Altstadt vor den ständigen Überflutungen des Meeres schützen sollte. Trotz der Anhebung de Stadtfundaments um einen Meter kam es immer wieder zu Überschwemmungen. Schließlich ersetzten die Franzosen den hölzernen Schutz durch einen massiven Steindamm. Doch die Arbeiten hörten hier nicht auf. Im Jahr 1885, als Grado zum Kaiserreich Österreich-Ungarn gehörte, legten die Österreicher das heutige Fundament der Promenade an, die später auf Betreiben von Emma Auchentaller weiter ausgebaut wurde. Ihre Pension Fortino war immer wieder von Überflutungen betroffen, vor allem die Springfluten richteten großen Schaden an und rissen häufig Teile der Diga auf. Auchentaller selbst hat den Wellenbrecher seit seiner Ankunft in Grado mehrmals auf seinen Gemälden und Zeichnungen verewigt.«

Emilio bemerkte, wie die Baronesse dem Fälscher etwas zuflüsterte, was diesen sichtlich beunruhigte, doch er schenkte dem keine weitere Beachtung und fuhr fort.

»Die Promenade, wie wir sie heute kennen, wurde erst 1934 fertiggestellt und reicht bis zur Gegend des heutigen Strandes Costa Azzurra. Dafür musste sogar ein Kanal, der den Hafen mit dem offenen Meer verband, umgeleitet werden. Das war eine beeindruckende Ingenieurleistung für die damalige Zeit. Nach dem Zweiten Weltkrieg erlebte die Diga ihre Blütezeit, als entlang der Promenade im eleganten Jugendstil gehaltene Pensionen und Villen entstanden. Diese Gebäude prägen bis heute das Bild der Küstenlinie. Der einstige Wellenbrecher ist heute ein herrlicher Spazierweg am Lungomare, der die beiden Strände verbindet. Diese Promenade ist nicht nur eine Touristenattraktion, sondern auch bei den Einheimischen sehr beliebt. Hier trifft man sich das ganze Jahr über, um das Meer zu genießen.«

Emilio schloss seine Erzählung und führte die Gruppe weiter entlang der historischen Küste.

Nachdem Emilio seine Führung an der Piazza Biagio Marin beendet hatte, bedankten sich seine Gäste herzlich für die detailreiche und informative Tour. Die Contessa Caramello wartete geduldig, bis die Gruppe sich aufgelöst hatte, bevor sie auf Emilio zutrat.

»Ich muss sagen, Emilio, das war wirklich eine beeindruckende Erzählung. Ich bin sehr froh, dass ich mich entschieden habe, an Ihrer Führung teilzunehmen. Ich lebe nun schon so lange in Grado und kenne fast alle Geschichten, aber über die Auchentallers wusste ich bisher nur wenig. Herzlichen Glückwunsch! Francesca kann sich glücklich schätzen, Sie an ihrer Seite zu haben.«

»Vielen Dank. Es ehrt mich sehr, dass Sie anwesend waren, Marta Luisa. Ich habe mich besonders angestrengt, weil ich wusste, dass Sie dabei sind. Übrigens, kannten Sie die ältere Dame, die sich so sehr für die Diga interessiert hat?«

»Ja. Und die beiden anderen Halunken ebenfalls. Nicht persönlich, Gott sei Dank, aber die Capitana l'Ammorbidare hatte mir Fotos gezeigt, als sie mir ihren Plan erläuterte. Ich habe alle drei sofort wiedererkannt.« Die Contessa Caramello schwang ihren Spazierstock bedrohlich zur Betonung ihrer Worte.

Auch die Baronesse hatte einen Stock dabei gehabt. Emilio stellte sich vor, wie die beiden Damen ein Duell à la Alexandre Dumas auf der Diga austrugen. Er war sich sicher, dass seine Marta Luisa gegen Hemma gewonnen hätte. Doch eine andere Sache beschäftigte ihn: Von einem Plan, an dem die Contessa beteiligt war, hatte er nichts gewusst. Er wollte sie jedoch nicht danach fragen, um sie nicht in Verlegenheit zu bringen.

»Kommen Sie, Emilio. Ich lade Sie ein. Gehen wir ins Odeon, das ist doch eines Ihrer Stammlokale, nicht wahr?«

Als sie in der Bar Odeon ankamen und gerade Platz genommen hatten, eilte Claudia herbei, um die Bestellung aufzunehmen. »Es freut uns sehr, verehrte Contessa, dass Sie uns nach so langer Zeit wieder einmal beehren!«, sagte Claudia und machte zu Emilios Überraschung sogar einen Knicks.

»Danke, Claudia. Bringen Sie uns bitte zwei Campari Soda. Das ist doch Ihr Lieblingscocktail, Emilio, oder?«

Emilio konnte nur nicken, völlig sprachlos. Die Contessa bemerkte sein Erstaunen und lächelte verschmitzt. »Mein Gatte ist wenige Monate, bevor Sie nach Grado kamen, gestorben. Als er noch lebte, waren wir fast täglich hier, so wie Sie jetzt. Claudia hatte damals gerade erst als Lehrmädchen angefangen. Seit dem Tod meines Mannes war ich nicht mehr hier. Bis heute!«

Die Vergangenheit nahm die Contessa plötzlich gefangen, und sie erzählte Emilio freimütig und humorvoll ihre ganze unglaubliche Geschichte. Er spürte, dass es für Marta Luisa eine große Erleichterung war, all diese Erinnerungen mit jemandem zu teilen. Dabei erfuhr er auch von ihrem ausgelassenen Leben in den Siebzigern und wie sie ihren Mann Vincente kennengelernt hatte. Emilio begann zu verstehen, warum sie ihm damals sein ungebührliches Verhalten mit Becky, das es auf die Titelseite der Grado Gazzetta geschafft hatte, kaum übelgenommen hatte.

Die Contessa begleitete ihn noch zur Agentur. Dort bedankte sie sich bei Francesca für die Empfehlung, an Emilios Tour teilzunehmen, die sie ihr bei der Vernissage gegeben hatte. Schließlich spazierten Marta Luisa, Emilio und Biscotti gemeinsam zur Villa Giuliani zurück.

Triest - Grado

Ein Geheimnis wird gelüftet

Bereits vor über einem Monat hatte Francesca die Agenzia Investigativa Triestina aufgesucht, eine Detektei in Triest, die auf Personen- und Vermisstensuche spezialisiert war. Sie hatte alte Fotos und Dokumente mitgebracht, darunter ihre Geburtsurkunde sowie einen Kontoauszug ihrer Bank, der den Namen und die Kontonummer jener Stiftung enthielt, die ihre Ausbildung finanziert hatte. Darüber hinaus äußerte sie ihren Verdacht und beauftragte die Detektei, den Namen ihres Vaters und seinen aktuellen Aufenthaltsort zu ermitteln. Vor wenigen Tagen hatte die Agenzia sie telefonisch kontaktiert und ihr mitgeteilt, dass sie Ergebnisse vorliegen hätte. Nach Büroschluss war sie mit dem Taxi nach Triest gefahren. Als der Anwalt der Detektei sie in sein Büro führte, war Francesca sehr nervös. Er bot ihr einen bequemen Platz an einem kleinen Tisch an und setzte sich zu ihr. Vor ihr lag eine dünne, versiegelte Ledermappe.

»Signora Santis, wir haben zweifelsfrei Ihren leiblichen Vater gefunden. Wir kennen seinen Namen und seine letzte Adresse. Das ist die gute Nachricht. 2008 verliert sich jedoch seine Spur. Das ist leider die schlechte Nachricht. Die besonders strengen italienischen Datenschutzgesetze erlauben es uns nicht, dort weiterzusuchen, wo wir die Spur Ihres Vaters verloren haben. Es tut mir leid. In der vor Ihnen liegenden Mappe finden Sie alle Fakten.«

Francesca widerstand dem Impuls, die Mappe sofort zu öffnen. Sie bedankte sich beim Agenturchef und unterzeichnete die Rechnung über einen vierstelligen Betrag. Dann machte sie sich auf den Heimweg.

Zwei Stunden später zog sich Francesca in ihre Wohnung zurück, die im ersten Stock über ihrem Büro lag. Sie legte die blaue Mappe sorgfältig auf den Couchtisch, schenkte sich ein Glas Wein

ein und ließ sich in ihren Ohrensessel sinken. Nervös öffnete sie das Siegel der Mappe und entnahm das eng beschriebene, zweiseitige Dokument. Nachdem sie ihre Brille aufgesetzt hatte, nahm sie einen großen Schluck aus ihrem Glas und begann mit zitternden Händen zu lesen. Zu ihrer Überraschung stellte sie fest, dass die Stiftung, die sie einst in das Förderprogramm aufgenommen hatte, einen einzigen Stiftungszweck kannte: die finanzielle Sicherstellung der Ausbildung einer gewissen Francesca Santis bis zu ihrem fünfundzwanzigsten Lebensjahr. Als sie schließlich den Namen ihres leiblichen Vaters las, zu dem auch ein Foto beigelegt war und der sich, wie sich herausstellte, als ihr großzügiger Stifter entpuppte, konnte sie sich ein Lächeln nicht verkneifen.

Die Agentur hatte seine Spur verloren, doch Francesca nicht. Jetzt wusste sie, von wem sie ihre blauen Augen hatte. Tränen der Erleichterung und des Glücks stiegen in ihr auf, denn sie hielt endlich den Beweis in den Händen, wer ihr leiblicher Vater war und sie hätte sich keinen Besseren wünschen können.

Grado

Emilio hat eine Verabredung

Beim morgendlichen gemeinsamen Strandspaziergang mit ihren Hunden verabredeten sich Emilio und Isabella d'Estaccio für den Abend. Emilio hatte eines seiner Favoriten, das Duca d'Aosta vorgeschlagen, da er vermeiden wollte, mit der schönen Schwarzhaarigen zufällig von Lena im Settimo Cielo des Astoria gesehen zu werden. Signora d'Estaccio hatte zugestimmt. Sie kannte das Lokal nicht, obwohl es die Lounge Bar & Ristorante bereits seit 2008 gab, dem Jahr, als Emilio nach Grado gekommen war. Einen Tisch hatte er bei Nele vorausschauend schon am Vortag reserviert, das war angesichts der vielen Gäste notwendig.

Am Vormittag suchte er den Spiaggio Imperiale auf und ging zum Bianco Uno baden. Heute war er über den über einhundert

Meter langen Steg bis zum tiefen Wasser hinausgegangen und nun schwamm er Richtung Strand zurück. Anfangs war das Wasser noch ziemlich kalt, aber dort, wo es seichter wurde, hatte es schon angenehmere Temperaturen. Die letzten fünfzig Meter wandelte er in gewohnter Weise im flachen Wasser. Etwas hatte ihn bei der gestrigen Führung nachdenklich gemacht, als er von der Diga erzählt hatte. Er konnte es nur noch nicht genau benennen, aber er wusste, dass es vielleicht der Schlüssel zur Aufdeckung der vermeintlichen Fälschung des Aquarells der Gerstl sein könnte.

Bevor Emilio sich auf den Heimweg machte, beschloss er, noch einmal die Ausstellung in der Kongresshalle aufzusuchen, um sich die beiden Gemälde – das Aquarell und das Ölbild – anzusehen, denn morgen würde das Aquarell zur Auktion überstellt werden. Der Eintritt war für die Residenten von Grado kostenlos. Emilio ging schnurstracks zu den beiden Bildern. Sie hingen unmittelbar nebeneinander. Er betrachtete sie eingehend, konzentrierte sich vor allem auf die Diga, aber er konnte keinen Fehler erkennen. Die Diga im Vordergrund des Aquarells war eindeutig dieselbe wie auf dem Ölbild. Emilio kehrte enttäuscht nach Hause zurück, wo ihn Biscotti begeistert begrüßte. Die beiden nahmen ihre Mahlzeiten ein und hielten dann im Strandkorb am Nordbalkon eine sehr lange Siesta.

*

Die Rückkehr einer Legende

Die sanften Klänge der Musik im Hintergrund verstummten in Emilios Ohren, als er den Blick auf die Frau richtete, die sich langsam die Marmortreppe des Hotel Astoria hinunter bewegte. Ihre schmalen Finger glitten leicht über das kunstvoll geschnitzte Geländer, als sie in einem eleganten, fast schwebenden Tempo die Treppe hinabstieg. Das weiche Licht der Kronleuchter spiegelte sich in ihren tiefschwarzen Locken. Ihre Augen, fast violetten Juwelen gleich, funkelten geheimnisvoll, während sie den Blick fest nach vorne richtete. Jeder ihrer Schritte auf den Stufen klang wie eine sanfte Melodie, unterstrichen von dem leisen Klacken ihrer Stilettos. Ihr schwarzes Cocktailkleid von Armani, das perfekt auf ihre Figur zugeschnitten war, bewegte sich fließend mit ihr wie eine zweite Haut, die ihre Grazie noch mehr zur Geltung brachte. Der tiefe Ausschnitt gab einen dezenten, aber verführerischen Blick auf ihr Dekolleté frei. Ein goldener, schmaler Gürtel betonte ihre schlanke Taille.

Als sie das Ende der Treppe erreichte, hob sie leicht den Kopf und ließ ihren Blick über das Foyer schweifen. In diesem Moment schien es, als würde die Zeit stillstehen. Gespräche verstummten, Bewegungen hielten inne – alle Augen waren auf Isabella d'Estaccio gerichtet. Mit einem sanften, aber selbstbewussten Lächeln begegnete sie schließlich Signor Bombolones Blick. Die Magie dieses Augenblicks blieb unausgesprochen, doch es war klar, dass nicht nur er, sondern jeder im Raum Zeuge von etwas Besonderem wurde – der Rückkehr einer Legende.

*

Paparazzi!

An dem von Emilio reservierten Tisch im Duca d'Aosta waren die beiden von aufdringlichen Blicken geschützt, aber als sie das Lokal betraten, hatten die meisten Gäste wie gebannt auf Isabella d'Estaccio gestarrt. Emilio ahnte, dass sicher einige der älteren Gäste das ehemalige Mannequin erkannt hatten. Schon bedauerte er, kein diskreteres Lokal gewählt zu haben, aber auch er wollte ja seine Begleitung beeindrucken und da war das Duca d'Aosta eben genau das Richtige.

Als Nele an ihren Tisch kam, um ihre Bestellung aufzunehmen, zeigte sie sich hingerissen von seiner Begleitung und warf Emilio einen vielsagenden Blick zu.

»Wollen die Herrschaften vielleicht einen Aperitif nehmen?«, fragte Nele

»Für mich bitte nur ein großes Glas Eiswasser mit einer Zitrone«, antwortete Signora d'Estaccio.

Emilio bestellte seinen üblichen Campari Soda. Dann studierten sie aufmerksam die Speisekarte.

»Eine beeindruckende Auswahl, Signor Bombolone. Das Lokal haben Sie gut gewählt. Ich überlege noch, was ich zur Vorspeise nehmen soll. Können Sie mir vielleicht etwas empfehlen?«

»Nun, das Tartare di Mare ist vorzüglich. Der Küchenchef bereitet es immer mit dem tagesfrischen Fang zu. Es wird serviert mit Mango und Avocado und auf Wunsch auch mit schwarzem Trüffel.«

Nele brachte die Getränke. Die Signora bestellte das Fischtartar und ein Black Angus Steak, aber ohne jegliche Beilagen. Emilio nahm die Muscheln in Topinamburcreme und das Steinbuttfilet.

Isabella d'Estaccio war eine Frau von erheblichem Einfluss und Vermögen, hatte über die Jahre gelernt, sehr vorsichtig zu sein, besonders nach dem Tod ihres Gatten. Die Personen, die ihr in der Vergangenheit näher kamen, hatten oft nur ihre Berühmtheit, ihr Geld oder ihren Einfluss im Sinn. Diese Erfahrungen hatten sie dazu gebracht, in solchen Angelegenheiten äußerst umsichtig zu handeln. Als sie auf Signor Bombolone aufmerksam wurde, entschied sie sich, ihn diskret überprüfen zu lassen, bevor sie sich weiter auf ihn einließ. Um dies zu veranlassen, nutzte sie ihre weitreichenden Kontakte, die sie sich im Laufe ihrer Karriere aufgebaut hatte. Bereits vor einigen Tagen hatte sie einen ihr bekannten und sehr effektiv arbeitenden Privatdetektiv beauftragt, die notwendigen Nachforschungen anzustellen.

»So, Signor Bombolone, jetzt erzählen Sie mal, was ein Wiener Buchhändler seit über fünfzehn Jahren in Grado so treibt«, forderte ihn Signora d'Estaccio unverblümt auf.

Emilio wurde von dem Ansinnen ziemlich überrascht und er brauchte einen Moment, bis er sich gefangen hatte. Dann jedoch musste er lächeln. Seine wunderschöne Tischdame hatte offenbar Erkundigungen über ihn eingezogen, sie schien also Interesse an ihm zu haben. Und so erzählte er ihr seine Geschichte und sie hörte ihm aufmerksam zu. Er ließ nichts aus, bis auf ein wohl gehütetes Geheimnis aus seiner Jugend. Die Affären der letzten Jahre verschwieg er natürlich auch.

»Danke, dass Sie so offen über Ihre Vergangenheit gesprochen haben. Wie Sie richtig vermuteten, habe ich tatsächlich einige Erkundungen eingeholt. Meine Erfahrungen im Modebusiness und nach dem Tod meines Mannes haben mich vorsichtig werden lassen. Ich weiß jedenfalls nun, dass Sie finanziell völlig unabhängig und offenbar auch ein altruistischer Wohltäter sind. Und dass viele Gradeser Sie und ihren Dackel kennen. Selbst die Grado Gazzetta hat Ihnen vor nicht allzu langer Zeit die Titelseite gewidmet!«

Emilio brauchte wieder einen Moment, um den letzten Satz zu verdauen. Dann hob er die Hände, lächelte etwas gequält und sagte ergeben: »Spiel, Satz und Sieg gehen eindeutig an Sie, geschätzte Signora!«

»Oh, Signor Bombolone. Es tut mir leid. Ich habe Sie in Verlegenheit gebracht. Ich gebe Ihnen eine Revanche. Sie brauchen für mich keinen Detektiv engagieren. Fragen Sie mich einfach alles, was Sie wissen möchten. Ich habe keine Geheimnisse vor Ihnen. Ich vertraue Ihnen!«

Die Antipasti wurden serviert und dann beantwortete Signora d'Estaccio seine Fragen und es fühlte sich nicht falsch an, mit Signor Bombolone über ihre Vergangenheit zu sprechen.

»Wissen Sie«, begann sie mit einer leisen, aber festen Stimme, »mein Leben hat sich immer um die Schönheit gedreht, um den Glanz, den man auf den Laufstegen dieser Welt findet.« Ein leichtes Lächeln spielte um ihre Lippen, als sie sich an ihre Anfänge erinnerte. »Geboren in Mailand, hatte ich das große Glück, schon früh in die Modewelt eintauchen zu dürfen. Als junges Mädchen hätte ich nie gedacht, dass ich einmal die Ehre haben würde, für

Armani zu laufen, eine Marke, die so sehr für die Eleganz und Raffinesse der Mode steht.«

Isabella machte eine kurze Pause und nahm einen Schluck ihres Wassers, bevor sie weitersprach. »Meine Karriere war mehr als nur ein Job; es war eine Leidenschaft. Ich liebte die Energie der Shows, die Aufregung hinter den Kulissen, und die Möglichkeit, Kunst in Bewegung zu erleben. Dann lernte ich die Liebe meines Lebens kennen und wir heirateten. Bald darauf kam unser Sohn Jannik zur Welt. Da wurde mir klar, dass sich meine Rolle verändern musste. Ich stieg in die Chefetage auf, wo ich im Marketing arbeitete. Es war eine neue Herausforderung, aber auch eine Gelegenheit, meine Liebe zur Mode auf eine andere Weise zu leben. Trends zu erkennen, Strategien zu entwickeln und die Marke Armani, die mir so viel bedeutet, zu vertreten – das war eine Aufgabe, die mich erfüllte.« Ihre Stimme wurde leiser, als sie auf ein schmerzvolles Kapitel zu sprechen kam. »Vor ein paar Jahren hat sich mein Leben leider abrupt verändert. Mein Ehemann, ein wunderbarer und großzügiger Mensch, der sein Leben der Wohltätigkeit gewidmet hatte, verstarb unerwartet. Dieser Verlust traf mich tief und veranlasste mich, mein Leben neu zu überdenken. Ich entschied, mich aus dem hektischen Berufsleben zurückzuziehen. Der Glanz, der mich früher so angetrieben hatte, verblasste und ich sehnte mich nach Ruhe.«

Isabella sah kurz zur Seite, als ob sie in ihren Gedanken versinken würde, bevor sie mit einem wehmütigen Lächeln fortfuhr: »Ich bin sehr dankbar für den Wohlstand, den mein Mann und ich gemeinsam aufgebaut haben. Mit dieser finanziellen Sicherheit konnte ich mich zurückziehen, mich dem Reisen widmen und in meinen verschiedenen Wohnsitzen in Augsburg, Mailand und London leben. Jannik bewohnt übrigens derzeit unser Haus in Augsburg. Jede Stadt bietet mir etwas Besonderes, und ich genieße es, mich zwischen den Kulturen zu bewegen.«

»Und jedes Frühjahr«, fügte sie hinzu, ihre Augen strahlten nun ein wenig heller, »ziehe ich mich mit meiner Bella nach Grado zurück. Hier finde ich die Ruhe, nach der ich mich so sehr sehne und kann meine Gedanken ordnen. Es ist ein Ort, an dem ich die Vergangenheit loslassen und mich auf das konzentrieren kann, was wirklich wichtig ist.«

Emilio, der ihr die ganze Zeit aufmerksam zugehört hatte, nickte nachdenklich. »Sie haben wirklich ein bemerkenswertes Leben geführt, Signora. Es ist beeindruckend, wie Sie Ihre Würde und Eleganz bewahrt haben. Als Sie da vor einer Stunde die Treppe im Astoria geradezu herunter schwebten, hatten alle den Atem angehalten. Ich auch.«

Isabella lächelte sanft. »Das Leben hat uns alle geformt. Es kommt darauf an, wie wir mit diesen Veränderungen umgehen, denn das definiert uns letztlich. Heute Abend wollte ich einfach wieder einmal spüren, wie es ist, im Mittelpunkt zu stehen. Und ich muss zugeben, es fühlt sich gut an!«

»Ich kann Ihnen versichern, Signora, Sie haben mich verzaubert – schon an dem Tag, als ich Sie das erste Mal mit Bella am Strand sah.«

Sie schenkte ihm ein strahlendes Lächeln und erwiderte: »Bitte nennen Sie mich Isabella, Emilio.«

Als sie das Lokal verließen und die Piazza betraten, erhellten plötzlich die Blitzlichter unzähliger Kameras die Szene. Jemand hatte entdeckt, dass das ehemalige Topmodel von Armani wieder in der Öffentlichkeit erschien. Für einen einstigen Modestar in Begleitung eines attraktiven Herren waren die Paparazzi nicht mehr zu bremsen. Angesichts der bevorstehenden Auktion in zwei Tagen war die kleine Inselstadt von besonders vielen Fotografen überflutet. Emilio und Isabella entschieden sich, umzukehren, und Nele führte sie zum versteckten Hinterausgang. Von dort aus eilten sie ungesehen zurück ins Hotel Astoria und betraten auch dieses durch den Seiteneingang. Im Foyer trennten sich schließlich ihre Wege.

»Es war ein zauberhafter Abend mit Ihnen, Emilio. Ich hoffe, dass die Presse Ihnen kein Ungemach beschert. Am besten meiden Sie in den kommenden Tagen die Zeitungen, denn sie werden zweifelsohne ihre eigene Geschichte über uns beide spinnen. Für unseren Morgenspaziergang mit den Hunden werde ich erneut meine abgetragenen Jeans anziehen und das Hotel durch den Hinterausgang verlassen.«

»Ich lese ohnehin keine Klatschpresse, Isabella. Der Ansturm der Fotografen hätte mich nicht überraschen sollen. Schon als Sie im Hotel die Treppe hinabstiegen, strahlte eine besondere Aura von Ihnen aus, die alle Anwesenden wahrnahmen. Ich habe den Abend sehr genossen, insbesondere unsere tiefgründigen Gespräche über das Leben. Ich freue mich auf unseren Spaziergang morgen. Schlafen Sie wohl!«

Als Isabella ihm zum Abschied die Hand reichte, huldigte er ihr mit einem formvollendeten Handkuss.

*

Paparazzi wird man nicht los

Isabella hatte es dank der Hilfe des Personals geschafft, das Hotel mit Bella unauffällig zu verlassen. Anschließend war sie zum Strand gegangen, wo Emilio bereits mit Biscotti wartete.

»Buongiorno, Isabella! Haben Sie gut geschlafen?«

»Buongiorno! Danke, gut. Ich hoffe, hier am Strand bleiben wir ungestört. Die Paparazzi haben Sie noch nicht aufgespürt?«

»Nein, ich blieb bislang unbehelligt. Von den Gradesern werden die ohnehin nichts erfahren, wir halten dicht! Zur Not hat die Villa Giuliani auch zwei Hinterausgänge.«

»Ich habe nachgedacht und bin zu dem Schluss gekommen, dass ich gestern dumm und eigennützig gehandelt habe. Ich hätte es besser wissen müssen. Nur um wieder einmal im Rampenlicht zu stehen, lächerlich! Das war egoistisch von mir. Entschuldigen Sie, Emilio, dass ich Sie in so eine missliche Lage gebracht habe. Ich werde es wieder gutmachen!«

»Bei mir brauchen Sie sich nicht zu entschuldigen. Letztlich trage ich ja auch Schuld daran. Ich habe Sie zu dem Abendessen verleitet.«

»Und es war ein wundervoller Abend, wirklich! Aber die Paparazzi werde ich so schnell nicht los. Aus meiner Zeit bei Armani weiß ich, was zu tun ist. Ich muss ihnen etwas bieten. Am Nachmittag halte ich eine Pressekonferenz im Saal Lido des Hotel Astoria ab, lasse sie ihre Fotos machen und beantworte weitgehend ihre Fragen. Das wurde der Presse bereits mitgeteilt. Sie müssen mir nur sagen, was ich über Ihre Person erzählen darf, Emilio. Wenn sie ihre Fotos haben und etwas zu schreiben, schulden sie mir etwas – quid pro quo!«

Emilio staunte. Mit so einem Rummel hatte er nicht gerechnet. Eine Pressekonferenz und man würde ihr Fragen zu seiner Rolle stellen!»Ich weiß es nicht, Isabella. Im Umgang mit der Presse habe ich keine Erfahrung. Erzählen Sie denen doch die Wahrheit: Zwei Menschen gehen mit ihren Hunden am Strand von Grado spazieren und beschließen eines Tages, gemeinsam in einem Lokal zu speisen.«

»Ja, Sie haben recht. Ich werde Ihnen unsere Geschichte erzählen, das könnte klappen. Aber sie werden wissen wollen, wie es weitergeht.«

Emilio bemerkte zufrieden, dass sie ›unsere Geschichte‹ gesagt hatte.»Bleiben Sie auch *da* bei der Wahrheit. Wir wissen es doch selbst nicht, wie es weitergeht und das ist auch gut so! Sie werden schon die richtigen Worte finden.«

Dann standen sie nebeneinander und schauten schweigend ihren Hunden beim Spielen zu. Biscotti und Bella wirkten so verliebt wie am ersten Tag. Eine Pressekonferenz hatten sie nicht zu erwarten, verdient hätten sie diese jedoch allemal.

Irgendwann ergriff Emilio ihre Hand, und sie ließ es geschehen.

*

304

Isabella d'Estaccio betrat den großen Saal Lido des Hotel Astoria in einem überaus eleganten, maßgeschneiderten Armani-Hosenanzug, der ihre zeitlose Schönheit und ihren Stil unterstrich. Ihre Haare waren in weichen Wellen gestylt, die ihre Schultern umspielten und ihr Make-up war dezent, betonte aber ihre blau-violetten Augen und die hohen Wangenknochen.

Der über einhundert Quadratmeter große Saal, der am Freitag auch für die Auktion genutzt würde, war voll besetzt mit Journalisten, Fotografen und Kamerateams, die alle auf den Moment warteten, in dem Isabella vor die Mikrofone trat. Ihre süße weiße Malteserhündin Bella hatte sie auch mitgebracht. Die saß ganz manierlich neben ihr und wurde auch auf einigen Fotos verewigt. Isabella begann die Pressekonferenz mit einem warmen Lächeln und begrüßte die Anwesenden. Ihre Stimme war ruhig und kontrolliert, während sie entspannt über ihr zurückgezogenes Leben sprach. Sie ließ sich auch dann nicht aus der Ruhe bringen, als die Fragen persönlicher wurden.

Sie erzählte von ihren Strandspaziergängen, und als die Frage aufkam, wie es denn mit dem ›attraktiven Herrn von gestern Abend‹ weitergehen würde, hielt Isabella einen Moment inne, bevor sie charmant antwortete: »Wir haben gestern einen wunderbaren Abend verbracht und was die Zukunft bringt, wird sich zeigen. Manchmal ist es doch schön, nicht alles im Voraus zu wissen, sondern sich überraschen zu lassen.«

Sie schloss ihre Antwort mit einem Lächeln ab, das die Neugierde der Anwesenden noch weiter anheizte. Isabella war sich der Wirkung ihrer Worte bewusst und wusste genau, dass sie genug preisgegeben hatte, um die Schlagzeilen zu füllen, ohne jedoch zu viel zu verraten. Die Pressekonferenz verlief genau nach ihrem Plan. Die Journalisten hatten ihre Fotos und Geschichten und Isa-

bella hatte sich elegant aus der Affäre gezogen, ohne ihre Privatsphäre preiszugeben. Quid pro quo, wie sie es vorhergesagt hatte.

Isabella hatte den Zeitpunkt der Pressekonferenz in enger Absprache mit dem Hotel äußerst geschickt gewählt. So konnte sie
nach einer halben Stunde von der Bühne treten, während die Presse
im Saal blieb. Direkt im Anschluss war nämlich schon länger eine
weitere Pressekonferenz geplant, diesmal mit der nicht weniger
berühmten Auktionatorin Lena Neumann, die über die bevorstehende Versteigerung der Auchentaller-Gemälde in zwei Tagen informieren würde.

*

Die zweite Pressekonferenz

Lena Neumann betrat die Bühne mit der Gelassenheit und Autorität, die man von einer der angesehensten Auktionatorinnen Europas
erwartete. Ihr Blick war fokussiert und die Anwesenden spürten
sofort, dass sie eine tiefe Leidenschaft für die Kunst mitbrachte.
Nach einer kurzen Einführung begann sie, über die Bedeutung von
Josef Maria Auchentaller zu sprechen, dem vergessenen Wiener
Secessionisten. Sie erklärte, wie Auchentaller nicht nur durch seine
Gemälde, sondern auch durch seine Grafiken und Plakate die Äs-
thetik des Jugendstils maßgeblich geprägt hatte, insbesondere in
Grado.

Lena hob hervor, dass die kommende Auktion eine außerge-
wöhnliche Gelegenheit biete, Werke dieses Künstlers zu erwerben,
dessen Arbeiten in den letzten Jahren stark an Wert gewonnen hatten. Dabei beschrieb sie einige der Exponate, die in zwei Tagen
unter den Hammer kommen würden.

Besonderes Aufsehen erregte jedoch die Ankündigung eines neu
aufgetauchten Werkes. Sie erklärte, dass bei diesem Gemälde ein
Millionenpreis zu erwarten sei, da es nicht nur aufgrund seiner Sel-

tenheit, sondern auch wegen seiner Bedeutung in der Kunst eine Rarität darstelle. Ein Aquarell als Vorstudie eines Ölbildes.

Lena nannte einige der berühmten Kunstsammler und Museen, die sich bereits im Vorfeld um dieses Werk bemüht hatten, darunter das Museo Arte Maggiore und die Sammlung des französischen Unternehmers Jean Matthieu. Die Auktion versprach, ein Highlight in der Welt der Kunstversteigerungen zu werden und sie schloss ihre Ausführungen mit einem vielsagenden Lächeln, das andeutete, dass die Spannung bis zum letzten Moment bestehen bleiben würde.

Im Anschluss beantwortete Lena Neumann noch gezielt Fragen der Fachpresse. Obwohl sie insgesamt mit der Pressekonferenz zufrieden war, blieb ein unangenehmes Gefühl zurück. Sie wusste, dass das als Höhepunkt der Auktion angepriesene Aquarell mit hoher Wahrscheinlichkeit eine Fälschung war. Diese Tatsache könnte bereits übermorgen das Ende ihrer erfolgreichen Karriere bedeuten. Doch finanziell war sie schon lange nicht mehr auf ihren Job bei Auctora's angewiesen und sie hatte ohnehin geplant, sich irgendwann aus dem Kunstbetrieb zurückzuziehen. Außerdem war da noch Emilio. Mehr als einmal hatte Lena sich eine Zukunft mit ihm in Grado vorgestellt.

*

Public-Relations

Die Public-Relations-Abteilung von Auctora's hatte die Berichterstattung über die gestrige Pressekonferenz von Lena Neumann sorgfältig ausgewertet und ihr einen Auszug zukommen lassen. Wie erwartet, berichteten die Medien mit großem Interesse über die prominente Auktionatorin und die bevorstehende Versteigerung. Im Mittelpunkt der Berichterstattung stand das neu entdeckte Aquarell von Auchentaller, das als Vorstudie zu einem bedeutenden Ölbild galt und voraussichtlich einen Millionenpreis erzielen wird.

Die Medien hoben die hohe Erwartungshaltung sowie das internationale Interesse an der Versteigerung hervor, die als ein Meilenstein im Kunstmarkt angesehen wird.

Lena zeigte sich mit den Berichten zufrieden. Auch die Fotos, die die Presse von ihr gemacht hatte, waren äußerst vorteilhaft. Besonders fasziniert war sie von einem Artikel in der Pressemappe mit dem Titel: ›Glamour und Kunst im Doppelpack – Isabella d'Estaccio und Lena Neumann brillieren im Astoria!‹ Mit großem Interesse las Lena den Teil des Artikels über die frühere Modeikone. Ein Foto zeigte Isabella, wie sie am Arm eines Mannes ein Lokal in Grado verließ. Der Artikel zitierte Isabellas Antwort auf die Frage nach dieser Beziehung: ›Wir haben einen wunderbaren Abend verbracht und was die Zukunft bringt, wird sich zeigen.‹ Lena brach in Tränen aus.

Comando Stazione Carabinieri Grado

Mafiöse Machenschaften

Einen Tag vor der Auktion versammelte sich das gesamte Fahndungsteam, mit Ausnahme derjenigen, die zur lückenlosen Überwachung der Fälscherbande abgestellt waren, im Comando Stazione Carabinieri Grado. Es galt, ein letztes Mal alle Details zur geplanten Festnahme zu besprechen und neue Erkenntnisse in den Ablauf einfließen zu lassen. Tenente Colonnello Gallotti vom T.P.C. fasste die Ergebnisse zusammen:

»Wir wissen, dass die Baronesse Hemma von Gerstl, Thaddäus Gagelmann und Rick Bornbeh bei der Auktion anwesend sein werden. Auctora's hat uns mitgeteilt, dass sowohl die Baronesse als auch Gagelmann eine Bieterkarte erworben haben. Aus den Gesprächen, die Bibi und Peppino im Settimo Cielo abgehört haben, wissen wir, dass diese Karten genutzt werden sollen, um die Preise gegebenenfalls in die Höhe zu treiben. Soweit korrekt?«

Joschi freute sich, dass auch Gitti inzwischen ihren Kosenamen abbekommen hatte. Der freundliche Tenente Colonnello hatte ihnen erklärt, dass dies bei den Carabinieri eine Form der Wertschätzung sei. Außerdem erspare es die Verwendung von Decknamen.

»Wenn ich ergänzen darf, Signor Tenente Colonnello, die drei haben unterschiedliche Sitzplätze im Auktionssaal. Sie planen also, den Anschein zu erwecken, als gehörten sie nicht zusammen!«, meldete sich Bibi zu Wort.

»Danke, Bibi, für den Hinweis. Wir benötigen also in jedem Fall drei Personen im Saal und zusätzliche Zweierteams, um die Festnahmen durchzuführen, falls die drei Verdächtigen die Auktion einzeln und zu unterschiedlichen Zeiten verlassen sollten«, folgerte Comandante Gallotti. »Was wissen wir über die mutmaßlichen Mafiosi, Alice?«

»Lorenzo Marino und Vittorio Greco werden anwesend sein. Marino hat eine Bieternummer erworben und eine Kaution von fünfhunderttausend Euro hinterlegt.«

Ein Raunen ging durch die Runde. »Wie hat er das gemacht? In bar?«, fragte Comandante Gallotti.

»Nein, mit seiner Kreditkarte, aber offenbar mit einer ganz besonderen. Mich hat das selbst überrascht, denn normalerweise hält man zum Bezahlen die Karte an ein Lesegerät, verbindet sich mit einem Server und bittet um eine Autorisierung. Erfolgt diese, ist die Zahlung verbucht. Marino hingegen verwendete eine Kreditkarte, auf die mehrere Millionen Euro geladen waren und mit der die Zahlung offline – ohne Anfrage an den Server eines Zahlungsunternehmens erfolgte. Das Geld war beim Auktionshaus sofort verbucht. Ein Investigativjournalist, den ich schon länger kenne, bestätigte mir dieses Vorgehen. Viele Mafia-Clans nutzen offenbar diese Methode. Sie füllen Kreditkarten bei willfährigen Banken mit Geldern aus Drogen- und anderen kriminellen Geschäften und waschen sie dann über solche Transaktionen! Marinos Karte wurde übrigens von einer Bank im Fürstentum Liechtenstein ausgestellt, der Lichtenberger Privatbank AG.«

»Sehr gute Arbeit, Alice. Wir haben also ein weiteres Indiz für die Mitgliedschaft in einer Mafiaorganisation. Haben Sie die Information an die zuständige Antimafiabehörde weitergeleitet?«

»Nein, Signor Tenente Colonnello, das wollte ich Ihnen überlassen«, antwortete Alice. »Ich habe mir gestern die Pressekonferenz der Auktionatorin Lena Neumann im Astoria angehört. Wie Sie wissen, kenne ich sie persönlich. Für das vermutlich gefälschte Aquarell erwartet sie Millionengebote. Es könnte sein, dass Lorenzo Marino dieses Gemälde unbedingt ersteigern will, koste es, was es wolle!«

»Sie meinen, die Mafia nutzt die Auktion, um eine große Menge Geld zu waschen?«

»Ja, ich bin davon überzeugt!«

»Und was, wenn sich herausstellt, dass es sich tatsächlich um eine Fälschung handelt? Was dann?«

Keiner der Anwesenden antwortete auf diese Frage. Sie war ohnehin rhetorisch gemeint, denn alle wussten genau, was dann passieren würde.

Grado

Fünfzig Plus und makellos

Nach dem morgendlichen Spaziergang schlug Emilio vor, sich am Spiaggio Imperiale zu treffen, um baden zu gehen. Es war ein wunderschöner, sonniger Tag, ideal für einen Strandbesuch. Isabella hatte zunächst Bedenken wegen der Paparazzi, aber als Emilio ihr von seinem kleinen Strandhäuschen am Bianco Uno erzählte, versprach sie, zu kommen. Der Besitzer der angrenzenden Bar Numero Uno würde ohnehin keinen Gast mit Kamera dulden. Die Privatsphäre an diesem teuren Strandabschnitt war heilig.

Pünktlich zur vereinbarten Zeit erschien Isabella am Eingang. Sie trug ein weites, bodenlanges Strandkleid, flache Turnschuhe und einen schwarzen Floppy-Strohhut. Eine große Sonnenbrille verdeckte nahezu ihr ganzes Gesicht. Emilio erkannte sie nur an ihrem unverwechselbaren Gang und ihrer Größe. Ihr Eintritt war bereits bezahlt und er führte sie zu seinem Strandhäuschen, wo sie sich umziehen konnte. Nur ein paar Schritte entfernt hatte er einen der Pavillons reserviert – eine großzügige, sonnengeschützte Holzplattform, umgeben von einem nach drei Seiten blickdichten Baldachin. Fotografen, die möglicherweise von außen versucht hätten, ein Foto der Schönen im Bikini zu schießen, hätten es schwer gehabt. Emilio hingegen hatte es leichter. Der Anblick, der sich ihm bot, als Isabella aus dem Strandhäuschen trat, war atemberaubend. Sie hatte das lange Strandkleid gegen ein luftiges Seidentuch getauscht, das um ihre Hüfte drapiert war, aber dennoch alles preisgab, was ein ehemaliges Topmodel an perfekten Maßen zu bieten hatte. Der schwarze Bikini, ihre olivfarbene, makellose Haut und ihre endlos langen Beine raubten ihm den Atem.

»Danke für diesen Blick, Sie haben mir den Tag gerettet«, lachte Isabella, als sie das Staunen in Emilios Augen bemerkte.

»Verzeihung, Isabella, ich wollte nicht...«, begann Emilio, doch sie unterbrach ihn. »Aber ich wollte es, Emilio. Mit fünfzig plus kann ich es durchaus genießen, wenn man mich so ansieht, wie Sie es gerade tun. Kommen Sie, lassen Sie uns ins Wasser gehen, und danach trinke ich mit Ihnen einen Campari an der Strandbar!«

Sie legte ihr Hüfttuch ab und lief elegant über den Sand zum Wasser. Emilio folgte ihr, wenn auch weniger elegant – doch er genoss jede Sekunde den makellosen Anblick, den sie ihm bot.

Eine halbe Stunde später trockneten sie sich ab, zogen sich um und ließen sich entspannt in ihre Liegestühle sinken. Als Isabella Emilio bat, ihr den Rücken einzucremen, wusste er, dass Millionen Männer ihn in diesem Moment um sein Glück beneiden würden. Sie plauderten eine Weile über die bevorstehende Auktion, und

Isabella vertraute ihm an, dass sie die Absicht hatte, die beiden verschollen geglaubten Akte zu ersteigern. Emilio hoffte inständig, dass sie nicht zwei Fälschungen untergejubelt bekäme, doch er war zur Verschwiegenheit verpflichtet und konnte ihr nichts verraten.

Schließlich zog sich Isabella eine luftige Seidentunika über, Emilio sein weißes Leinenhemd und sie holten sich zwei Campari Soda an der Strandbar. Am Nebentisch saß eine ältere Dame, die in die Grado Gazzetta vertieft war, die jeden Donnerstag erschien. Als Emilio einen flüchtigen Blick auf die Schlagzeile auf der Titelseite erhaschte, erstarrte er vor Schreck. Auch Isabella bemerkte, was ihn plötzlich so blass werden ließ:

*** Frühlingsromanze in Grado ***
Emilio Bombolone erobert das Herz von Topmodel Isabella
d'Estaccio

»Tut mir leid, Emilio. Ich hätte nicht gedacht, dass die Lokalpresse so sehr hinter dieser Geschichte her ist. Es scheint aber, dass auch Sie in Grado keine unbekannte Größe sind. Gab es schon öfter Anlass für solche Schlagzeilen?«

Emilio seufzte und erzählte ihr von der ›Lachwelle im Duca d'Aosta‹ mit Becky, die es ebenfalls auf die Titelseite geschafft hatte, ließ aber die pikanten Details aus.

»Davon habe ich gelesen, Emilio. Wenn man Ihren Namen in Verbindung mit Grado googelt, stößt man sofort auf diesen Artikel. Ich habe mich sehr amüsiert, aber *das* ist harmlos. Was glauben Sie, was man alles über mich finden würde, wenn man mal im Internet recherchiert? Gottseidank sind einige Bilder von mir urheberrechtlich geschützt, sonst hätte die Presse garantiert auch Fotos der Zeitschrift Playboy aus dem Jahr 1994 veröffentlicht. Na ja, ich war jung und sich für den Playboy auszuziehen, gehörte eben damals für das ein oder andere Model zum Business! Giorgio fand es jedenfalls eine großartige Werbung für Armani.«

Emilio wollte schon anmerken, dass man für diese Fotos kein Internet bräuchte, entschied sich aber dafür, zu schweigen. Da dieser Abend vermutlich ihr letzter gemeinsamer in Grado vor der Auktion sein würde, verabredeten sie sich für ein Dinner im Settimo Cielo im Astoria. Isabella versprach, sich um die Reservierung zu kümmern.

*

Bad Hair Day

Emilio hatte schon mehrmals versucht, Lena zu erreichen, doch es war vergeblich. Auch auf seine SMS erhielt er keine Antwort. Er ahnte, was der Grund dafür sein könnte: diese verdammte Presse und das heutige Foto in der Grado Gazzetta mit der Schlagzeile! Er fühlte sich miserabel. Natürlich wusste er, dass er es ihr schon früher hätte erzählen müssen, doch er hatte es immer wieder aufgeschoben. Jetzt hatte Lena alles aus der Presse erfahren. Was sollte er tun? Er rief Agnes an.

»Hast du kurz Zeit, Agnes?«, fragte er, als sie abnahm.

»Kurz, ja. Aber wenn es um deine Frühlingsromanze geht, vergiss es! Nahezu alle Tageszeitungen haben darüber berichtet. Lena ist stinksauer, und im Gegensatz zum letzten Mal hat sie diesmal wirklich gute Gründe, findest du nicht?«

»Ja, das hat sie! Ich wünschte, sie hätte alles von mir erfahren. Jetzt weiß ich nicht, wie ich das wieder gutmachen soll.«

»Da kann ich dir auch nicht helfen, Emilio, wenn du selbst keine Ahnung hast! Vielleicht solltest du mal ernsthaft darüber nachdenken, ob Frauen für dich mehr bedeuten könnten als nur sinnliches Vergnügen. Irgendwann wirst du merken, dass Sex ohne Liebe nicht von Dauer ist. Und wenn's im Bett mal nicht mehr so läuft – auch du wirst älter – was bleibt dann noch? Mach's gut, Emilio!«

Agnes legte auf. Emilio beschloss, heute Nachmittag seinen Bad Hair Day zu zelebrieren.

*

Vielleicht bei mir?

Isabella hatte einen Tisch am Rand der Terrasse reserviert, von dem aus sie die funkelnden Lichter der Stadt bewundern konnten. Dort waren sie vollkommen ungestört, denn Reporter hatten keinen Zutritt zum Settimo Cielo. Sie trug ein leichtes, weißes Kleid, das ihre schmale Taille betonte und einen schönen Kontrast zu ihrer gebräunten Haut bildete. Ihr schwarzes Haar fiel in sanften Wellen über ihre Schultern, während eine sanfte Meeresbrise mit den Strähnen spielte. Emilio konnte seinen Blick nicht von ihr abwenden. Auch er hatte sich Mühe gegeben: in seinem dunkelblauen Leinenhemd, der weißen Hose und den eleganten, schwarzen Loafers wirkte er lässig und gleichzeitig stilvoll.

Isabella sah ihn mit ihren violetten Augen lange an. »Kommen Sie, Emilio, lassen Sie uns den Abend genießen.« Ein Kellner brachte zwei Gläser Prosecco und Emilio erhob sein Glas für einen Toast. »Auf uns, Isabella«, rief er, während seine blitzblauen Augen funkelten, »und auf die Zeit, die uns noch bleibt!«

Sie bestellten ein Risotto für zwei Personen mit frischen Meeresfrüchten aus der Lagune, verfeinert mit Zitrone und Santonego. Isabella wählte einen Krug Quellwasser, Emilio eine halbe Karaffe Weißwein.

»Ich muss Ihnen ein Geständnis machen, Isabella«, begann Emilio, der den ganzen Nachmittag darüber nachgedacht hatte und schließlich zu einer Entscheidung gekommen war. »Es gibt da noch eine Frau, die ich in den letzten Monaten öfter in Grado getroffen habe.«

»Ich nehme an, Sie sprechen von der hübschen Auktionatorin Lena Neumann?«

»Mhm, ja, aber woher…«, begann Emilio, doch Isabella unterbrach ihn. »Ich habe Ihnen kürzlich schon gestanden, dass ich einige Nachforschungen über Sie angestellt habe. So blieb mir auch Ihre Fernbeziehung zu Lena nicht verborgen. Seien Sie unbesorgt, ich bin Ihnen nicht böse. Ich weiß, wie kompliziert Beziehungen sein können. Man denkt oft, man müsse sich entscheiden oder etwas Bestimmtes tun, aber so einfach ist das nicht. Mir geht es ja gerade ähnlich. Sonst würde ich nicht hier mit Ihnen sitzen!«

Emilio schwieg einen Moment. »Ich weiß nicht, was ich sagen soll. Aber was ich *fühle*, das weiß ich. Als ich Sie Ende April das erste Mal mit Bella am Strand sah, war's um mich geschehen. Auch Biscotti hat sich verliebt, wie Sie wissen. Die Spaziergänge am Strand mit Ihnen, unsere Gespräche und Ihre unglaubliche Ausstrahlung haben mir einen Wunsch offenbart, den ich tief in mir vergraben hatte – den Wunsch nach etwas Dauerhaftem.«

Isabella legte ihre Hand auf seine und für einen Moment schien die Zeit stillzustehen. »Auf unsere Frühlingsromanze«, sagte sie sanft und spielte damit auf die Schlagzeile in der Grado Gazzetta an. Wie auf Kommando tauchte die untergehende Sonne den Himmel in warme Orange- und Rosatöne. Isabella genoss diesen Moment in vollen Zügen, wissend, dass sie genau hier und jetzt sein wollte.

Nach dem Essen herrschte eine angenehme Stille zwischen Emilio und Isabella, unterbrochen nur vom sanften Rauschen der Wellen und dem fernen Klang von Straßenmusik. Immer wieder erwischte sie sich dabei, ihn verstohlen anzusehen und Emilio erging es nicht anders.

»Möchten Sie noch etwas spazieren gehen?«, fragte Emilio schließlich, als die Kellner die letzten Teller abräumten. Doch Isabella schüttelte langsam den Kopf und lächelte.

»Ich glaube, es ist an der Zeit, diesen wunderbaren Abend fort-zusetzen", flüsterte sie, ihre Stimme kaum mehr als eine sanfte Melodie, die in der Luft schwebte. »Vielleicht bei mir?«

Im Aufzug spürte Emilio die Spannung zwischen ihnen wie eine unsichtbare Kraft. Sie standen eng beieinander, ohne ein Wort zu wechseln, doch ihre Blicke sprachen Bände. Im fünften Stock führte Isabella ihn zu ihrer Suite und öffnete die Tür mit einer ruhigen Selbstverständlichkeit. Der Raum war in sanftes, warmes Licht getaucht, das die eleganten Möbel umschmeichelte. Ein großes Fenster bot einen Blick auf das Meer, dessen Wellen sanft gegen die Küste rollten. Bella, die weiße Malteserhündin, freute sich, die beiden zu sehen. Isabella begrüßte sie und legte sie im Nebenraum schlafen. Dann schloss sie die Tür und eine angenehme Stille breitete sich aus. Sie drehte sich langsam zu Emilio um und in ihren Augen lag eine eindeutige Einladung.

Ohne ein Wort trat Emilio auf sie zu, legte seine Hände um ihre Taille und zog sie behutsam an sich. Isabella ließ es geschehen, schloss die Augen und lehnte sich in seine Umarmung. Der Kuss, der folgte, war zunächst zärtlich und zurückhaltend, wie der Beginn eines neuen Kapitels, doch bald wurde er tiefer und leidenschaftlicher. Ihre Hände erkundeten neugierig den Körper des anderen, während sie sich langsam in Richtung des großen, einladenden Bettes bewegten. Die Kleidung fiel leise zu Boden, als wären es vergessene Erinnerungen an die Welt draußen. In diesem Moment schien alles, was zuvor gewesen war, zu verschmelzen – die gemeinsamen Abende, die Spaziergänge am Strand, die flüchtigen Blicke und das Verlangen, das sie beide spürten und das nun endlich Erfüllung fand. Sie ließen sich auf das Bett sinken und das weiche Laken schmiegte sich kühl gegen ihre erhitzten Körper.

In dieser Nacht fanden Emilio und Isabella zueinander in einer Intimität, die keine Worte brauchte. Es war ein stilles Versprechen, ein Eintauchen in eine Leidenschaft, die sie beide überraschte und zugleich wie längst überfällig erschien. Die Welt um sie herum verblasste, als sie sich in dieser Nacht liebten, während das Meer ruhig rauschte und der Mond über dem Horizont schimmerte. Sie hielten sich eng umschlungen und in diesem Augenblick wussten beide, dass dieser Frühling mehr war als nur eine Romanze – er war der Beginn einer neuen Geschichte, einer Geschichte, die nur ihnen beiden gehörte.

Comando Stazione Carabinieri Grado

Paragraph 416

Am Vormittag erschienen überraschend zwei hochrangige Beamte der Direzione Distrettuale Antimafia (DDA), der italienischen Antimafiastaatsanwaltschaft. Nach einem längeren Gespräch mit Tenente Colonnello Alessandro Gallotti versammelte dieser sein binationales Fahndungsteam.

»Ihre Hartnäckigkeit hat sich ausgezahlt, Signora Capitana!«, begann der Procuratore della Repubblica Marco Santini. »Dank Ihrer letzten Ermittlungsergebnisse zur Zahlung mit einer Offline-Kreditkarte haben wir über unsere internationalen Kontakte die Lichtenberger Privatbank AG überprüft. Ein ehemaliger Prokurist dieser zwielichtigen Bank im Fürstentum Liechtenstein, der aktuell Kronzeugenstatus genießt, konnte uns bestätigen, dass Lorenzo Marino und Vittorio Greco der Mafiaorganisation ›Società del Serpente‹ in Triest angehören. Dieser Verdacht bestand schon länger. Beide arbeiten für Giovanni ›Grande Gino‹ Mancini, den ›Locale‹ der Società in Triest und Görz und Boss der Familie Mancini. Der

Paragraph 416 wird zur Anwendung kommen und wir können die beiden noch heute festnehmen!«

»Für unsere Kollegen aus Wien: In Italien erweitert der Paragraph 416 den Straftatbestand der kriminellen Vereinigung um spezifische Mafia-Delikte. Er sieht lange Haftstrafen für Mitglieder mafiöser Organisationen vor: zehn bis fünfzehn Jahre für einfache Mitglieder, zwölf bis achtzehn Jahre für Führungspersonen«, ergänzte Tenente Colonnello Gallotti.

»Ja, und wir werden anschließend prüfen, welche rechtlichen Möglichkeiten bestehen, um zusätzlich Vermögenswerte zu beschlagnahmen!«, fügte Marco Santini hinzu. »Sie vermuten, dass Lorenzo Marino unbedingt ein bestimmtes Gemälde ersteigern will, Signora Capitana?«

»Ja, das glaube ich. Geld hat er jedenfalls genug auf der Karte!«

»Gut, dann gehen wir folgendermaßen vor. Wir lassen Marino das Gemälde ersteigern und sobald er im Büro bezahlt hat, nehmen wir ihn und seinen Komplizen unauffällig fest. So können wir auch noch den Tatbestand der Geldwäsche hinzufügen. Mit etwas Glück wird er vielleicht gegen seinen Boss aussagen. Die Details der Festnahme überlasse ich den Carabinieri, Signor Tenente Colonnello. Die Haftbefehle haben wir bereits dabei.«

Nachdem die Beamten des DDA das Besprechungszimmer verlassen hatten, richtete Tenente Colonnello Gallotti sein Wort noch einmal an sein Team. »Für die Festnahme der Fälscherbande hat sich nichts geändert, Kollegen, oder gibt's noch Unklarheiten?«

»Nein, wir haben Lena Neumann in unseren Plan eingewiesen. Sie hatte zugestimmt, war aber nicht wirklich überzeugt. Die Contessa hingegen wird uneingeschränkt mitspielen.«

Grand Hotel Astoria, Grado

Zum Ersten, zum Zweiten,...

Der zur Auktionshalle umgewandelte Kongresssaal im Hotel Astoria war bis auf den letzten Platz gefüllt. Einige ausgewählte Medienvertreter hatten Zutritt erhalten und die Rai Uno übertrug das Ereignis live. In den linken Reihen hatten die potenziellen Käufer mit ihren Bieterkarten Platz genommen, unter ihnen auch die Contessa Caramello. Auf den rechten Sesselreihen saßen die Presse und einige geladene Gäste und Zuschauer, die sich das Spektakel nicht entgehen lassen wollten. Auch Agnes, Bruno Paresi und Nele weilten unter ihnen.

Auf der improvisierten Galerie waren die Sensalinnen vor den Telefonen bereit, Kaufgebote ihrer Kunden entgegenzunehmen. Im und vor dem Hotel waren Beamte in Zivil postiert und am Haupteingang zum Auktionssaal kontrollierten Carabinieri den Zutritt. Signora Capitana l'Ammorbidare und Inspektor Vimladil hatten sich unauffällig im Publikumsbereich platziert. Auf der Bühne stand das Pult der Auktionatorin mit dem obligatorischen Hammer. Links und rechts davon waren Staffeln für die Exponate bereitgestellt und ein großer Bildschirm zeigte für alle sichtbar das Versteigerungsobjekt und den aktuellen Preis an. Alle Anwesenden warteten nun gespannt auf den Auftritt der berühmten Lena Neumann.

Lena betrat die Bühne in einem violetten, sehr eleganten Kleid und modernen Kitten Heels. Sie strahlte eine Mischung aus Autorität und Kompetenz aus. Lena warf einen kurzen Blick in die Menge, lächelte und begann dann mit klarer Stimme. »Meine Damen und Herren, ich freue mich außerordentlich, dass so viele von Ihnen zur Auktion Tra Cielo e Mare gekommen sind. Ich bedanke mich ganz herzlich bei Bürgermeister Giuseppe Corbatto, dem Kulturbeauftragten Signor Enrico Morali und dem Consorzio Grado Turismo, die uns dieses schöne Gebäude für die Auktion zur

319

Verfügung gestellt haben. Mein ganz persönlicher Dank gilt aber meiner besten Freundin Agnes Weninger, die als verantwortliche Kuratorin der Ausstellung Großartiges geleistet hat!« Applaus brandete auf. Lena setzte fort.

»Es ist mir eine Ehre, Ihnen heute einige einzigartige Werke von Josef Maria Auchentaller präsentieren zu dürfen, die er alle hier in Grado gemalt hat. Dreizehn Exponate stehen zur Versteigerung bereit. Die jeweiligen Nummern finden Sie im Auktionskatalog. Wie bei der Versteigerung von Kunstobjekten üblich, führe ich eine englische Auktion durch, das heißt, wir beginnen mit dem niedrigsten Preis und die Bieter erhöhen ihre Gebote, bis niemand mehr bietet. Die Preise gelten in Euro. Für schriftlich hinterlegte Gebote übernehme ich das Bieten, während unsere Sensalinnen für die Gebote der Telefonkäufer zuständig sind. Das Exponat wird an den Höchstbietenden verkauft. Nach Begleichung der Rechnung in unserem Büro können Sie das ersteigerte Werk sofort mitnehmen oder es sich gegen eine Zusatzgebühr an einen beliebigen Ort innerhalb der Zollunion liefern lassen. Gibt es noch Fragen?«

Nachdem sie einen Moment gewartet hatte, gab Lena den Assistenten ein Zeichen und das erste Exponat auf der Staffel wurde enthüllt. »Lassen Sie uns ohne weitere Verzögerung beginnen. Die Katalognummer Eins ist eine Zeichnung, die Auchentaller für die Zeitschrift Ver Sacrum entworfen hatte. Ver Sacrum war das offizielle Organ der Gruppe um Gustav Klimt und ein interdisziplinäres Medium, unverkennbar im Stil der Wiener Secession. Diese Zeichnung in Tusche auf Karton ist eine von zahlreichen Entwürfen, die Auchentaller in Grado gemacht hatte. Der Schätzpreis liegt bei 1200 Euro. Wir starten bei 600. Höre ich 660?«

Die Zeichnung wurde schließlich für 1300 Euro an einen Bieter im Saal verkauft, etwas über dem Schätzpreis. Es folgten noch zwei weitere Zeichnungen in Tusche und drei Plakate, die als Farblithografien vorhanden waren. Alle gingen an Bieter aus dem Saal, beim vorletzten Plakat wurde der Schätzpreis bereits um das Doppelte übertroffen.

»Wir kommen nun zur Katalognummer sechs, dem letzten Plakat. Diese großformatige Farblithografie wurde 1908 direkt vom Originalstein gedruckt. Bei diesem Motiv handelt es sich um das alte Hospiz in Grado. Der Schätzpreis liegt bei 3000, wir starten bei 1500. Wer gibt mir 1700? …2000 …«

Die Gebote stiegen rasch an und da zu diesem Exponat auch ein schriftliches Gebot vorlag, bot die Auktionatorin ebenfalls mit. »Wir sind bei 7000, höre ich 7500?…Niemand mehr? 7000 zum Ersten, …zum Zweiten…« Lena hob den Hammer und schlug ihn auf die Holzscheibe. »…und zum Dritten! Zuschlag bei 7000 für den Käufer mit dem schriftlichen Gebot Nummer 29!«

Lena wusste, wer das Gebot gelegt hatte, der Käufer wäre bis 8000 gegangen. Es war ein gewisser Emilio Bombolone. Der war aber nicht im Saal anwesend, sondern ging mit Isabella und den Hunden am Lungomare spazieren. Sie wollten vermeiden, bei so viel Presse erneut in den Fokus der Fotografen zu geraten. Lena verkündete eine Pause von einer Viertelstunde. Danach würden die Allegorien in Pastell, dann die Ölbilder folgen und als Höhepunkt das Aquarell versteigert werden.

*

Ein Foto lieferte den Beweis

Isabella und Emilio schlenderten am Lungomare entlang in Richtung Ville Bianchi, während sie über ihre gemeinsame Zukunft plauderten. Bella und Biscotti, beide angeleint, trotteten harmonisch nebeneinander her, ein ebenso verliebtes Paar wie ihre Besitzer.

»Ich fliege morgen früh nach München und bleibe dann zwei Wochen bei meinem Sohn in Augsburg. Das weißt du doch, Emilio, oder?«

»Ja, darüber haben wir gesprochen. Und dass wir uns danach wieder treffen könnten?«

»Wo immer du willst. Du hast doch erwähnt, dass du zweimal im Jahr nach Wien kommst. Vielleicht könnten wir uns dort wiedersehen? Ich war schon ewig nicht mehr in Wien.«

»Auf neutralem Boden, sozusagen. Eine wunderbare Idee, amore mia!« Emilio lächelte. »Von Mitte Mai bis Mitte Juni finden die Wiener Festwochen statt. Wir könnten gemeinsam ein Konzert besuchen.«

»Das würde mir sehr gefallen«, schnurrte Isabella, »und reserviere uns ein romantisches Zimmer, amato! Ich werde dich bis dahin schrecklich vermissen.«

Sie spazierten noch eine Weile weiter und sprachen über Wien und all die Dinge, die sie dort erleben wollten. Doch bald wurde es Zeit umzukehren. Die Auktion neigte sich dem Ende zu und Emilio und Isabella wollten sich bereithalten, falls sie den Zuschlag für ihre Gebote erhielten. Schließlich mussten die ersteigerten Objekte samt Aufgeld noch bezahlt werden.

Unvermittelt blieb Emilio vor einem der vergrößerten Eastman-Kodak-Schaubilder stehen, die in der ganzen Stadt aufgestellt waren. Dieses zeigte die Diga und enthielt Informationen über die frühen Tage des Tourismus in Grado. Dieses Foto stammte aus dem Jahr 1901. Emilio betrachtete es, seine Augen fixierten jedes Detail und plötzlich erblasste er.

»Emilio, was hast du? Ist dir schlecht?«, fragte Isabella besorgt.

»Nein, es ist nur…verdammt, das ist es!«, rief er plötzlich aus. »Die Diga auf dem Aquarell Auchentallers, die als Vorstudie entstanden sein soll, sieht genauso aus, wie die Diga des Ölbildes aus dem Jahre 1902!«

»Und was ist daran so bemerkenswert?«

»Das sie *so* aussehen sollte!« Emilio wies auf das Schaubild. »Er hat das Aquarell gefälscht!« Emilio deutete auf den Wellenbrecher. »Der Fälscher hat offenbar übersehen, dass die Diga nach einer verheerenden Sturzflut neu gebaut wurde, genau wie Auchentaller es auf seinem Ölgemälde der Lagune vor Grado festgehalten hat. Dieses Foto hingegen zeigt die alte Diga von 1901, nicht die von 1902. Jetzt haben sie ihn!«

Isabella spürte, wie ihr Puls sich beschleunigte. »Emilio, was für ein Fälscher? Du machst mir Angst!«

»Komm, wir müssen uns beeilen! Ich muss sofort zur Auktion. Ich erkläre dir alles auf dem Rückweg, amata!«

Während sie hastig zum Hotel Astoria zurückeilten, erzählte Emilio ihr von Rick Bornbeh und der Baronesse, dem Verdacht der ARCT und von den vermutlich ebenfalls gefälschten Aktbildern, auf die Isabella ein Gebot abgegeben hatte. Zum Glück, dachte Isabella, würde sie diese dann nicht bezahlen müssen. Doch die Aufregung über Emilios Enthüllungen packte sie – und auch sie konnte es nun kaum erwarten, das Ende dieser Geschichte zu erleben.

*

...und zum Dritten!

»Wir kommen nun zu vier Allegorien, die zwischen 1902 und 1908 geschaffen wurden. Katalognummer sieben, ›Die Vergänglichkeit der Zeit‹, Pastell auf Papier, 42x25, 1902. Schätzpreis 25.000. Wir beginnen bei 13.000…14.000, wer bietet 16.000?« Lena trieb den Hammerpreis auf 28.000 und das Bild ging an die Bieternummer 44. Auch die anderen drei Allegorien gingen an denselben Bieter, der den Schätzpreis um mehr als das Doppelte übertraf.

Aspirantin Gitti ›Bibi‹ Wostracek verfolgte als Kunstexpertin der Fahndungsgruppe Wien gemeinsam mit einem Mitarbeiter von Auctora's die Auktion. Die Bieternummer 44 wurde von Vittorio Greco gehalten, der mit Lorenzo Marino im Hotel Hannover abgestiegen war und nachweislich der Mafiaorganisation der Società angehörte. Zuerst fragte sich Gitti, warum er ein Gemälde eines anderen Società-Mitglieds erwarb. Dann wurde ihr klar, wie raffiniert das war. Die Scheinfirma von Lorenzo Marino hatte einerseits

Geld gewaschen, indem sie vor Jahren vier Werke aus der Sammlung Gerstl angekauft hatte. Nun wurde durch den Weiterverkauf bei der Auktion wiederum Geld gewaschen. Kaufen, zurückkaufen, weiterverkaufen – das war die Idee!

Dann wurden die zwei Akte, noch verhüllt, auf die Bühne gebracht: die ›Aktstudie im Fortino‹ und ›Das Stubenmädel Hermine‹. Lena war etwas nervös, nahm einen Schluck Wasser und erhob dann die Stimme.»Zwei als verschollen gegoltene Akte des Josef Maria Auchentaller, die er nach dem Ersten Weltkrieg und nach der Rückkehr nach Grado gemalt hatte, sind wieder aufgetaucht. In der Zeit zwischen 1920 und 1935 entstanden viele Porträts, Stillleben und Landschaften, aber auch mehrere Akte. Diese Zeit steht für eine offenere, desillusionierte Malweise, aber eine verfeinerte Sensibilität Auchentallers. Die beiden Akte hier – Katalognummer 11 und 12 aus dem Jahr 1932, Öl auf Leinwand im Originalrahmen, in den Maßen 30x40 – können nur als Doppel ersteigert werden. Der Verkäufer hat ein Limit gesetzt.« Lena gab den Assistenten ein Zeichen und diese enthüllten die Gemälde.

»Der Aufrufpreis liegt bei 300.000. Höre ich 300.000?... 350.000...400.000...« Lena steigerte selbst mit, da dazu zwei schriftliche Gebote vorlagen. Auch die Sensalinnen mit ihren anonymen Bietern schalteten sich ein. Bei 800.000 bot die Contessa Caramello 880.000.

Zwei Reihen vor der Contessa saß die Baronesse von Gerstl und blätterte verzweifelt in ihrem Katalog. Sie versuchte, mit Rick Bornbeh und Thaddäus Gagelmann Augenkontakt aufzunehmen, die saßen aber viel zu weit entfernt und konnten auch nicht erkennen, was die Baronesse auf der Bühne sah. Das war der Nachteil des Plans der Fälscherbande, die beschlossen hatte, bei der Auktion getrennt aufzutreten. Zufällig fehlten bei diesen Katalognummern auch auf dem großen Bildschirm die Anzeigen der Gemälde. Nur die Titel und die Maße waren angeführt. Dank der rechtzeitigen Erkenntnisse der ARCT und der Mithilfe der Contessa Caramello sowie der Auktionatorin Lena Neumann schien der Plan der Kunstfahnder aufzugehen. Vor drei Tagen hatte man nämlich die von Rick Bornbeh gefälschten Akte aus der Sammlung Gerstl gegen die Originale aus dem Salon der Contessa ausgetauscht und den Auktionskatalog entsprechend ausgebessert. Alle potenziellen Käufer und Interessenten wurden darüber unterrichtet, nur nicht die Fälscherbande. Deswegen war die Baronesse Hemma von Gerstl so erschrocken, als sie erkannte, dass die Gemälde auf der Bühne nicht jene waren, die sie zum Verkauf bei Auctora's angemeldet hatte und die noch vor einer Woche in der großen Ausstellung im Konferenzzentrum zu sehen gewesen waren. Sie konnte sich keinen Reim darauf machen, wusste aber, dass sie vermutlich entlarvt worden war.

»Wir sind bei einer Million, meine Damen und Herren, höre ich mehr?…Niemand mehr? eine Million zum Ersten, …zum Zweiten…« Lena hob den Hammer und schlug ihn auf die Holzscheibe. »…und zum Dritten! Zuschlag bei einer Million für den Käufer mit dem schriftlichen Gebot Nummer 33!« Lena wusste, dass dies das Gebot von Isabella d'Estaccio war.

Die Baronesse erhob sich von ihrem Stuhl in der ersten Reihe und begab sich langsam, auf ihren Stock gestützt, zum Ausgang. Rick Bornbeh und Thaddäus Gagelmann, die in der letzten Reihe saßen, freuten sich beide über den hohen Hammerpreis und hatten von all dem nichts mitbekommen. Als die Baronesse ihre Suite im Hotel betreten wollte, wurde sie von zwei Beamtinnen in Zivil unauffällig abgeführt.

»Nun, meine Damen und Herren, kommen wir zum großen Finale dieser Auktion. Wir kehren wieder zurück ins Jahr 1901. Die meisten unter Ihnen kennen das Ölbild ›Die Lagune vor Grado‹, das Auchentaller 1902 gemalt hatte. Sein Zugang zur Malerei mutete damals geradezu minimalistisch an. In dem Gemälde hatte er das Meer und den Himmel darüber fast spiegelbildlich angeordnet und damit eine Atmosphäre von einzigartiger Stille zum Ausdruck gebracht. In ähnlicher Weise hatte er 1901 eine Vorstudie in Aquarell geschaffen, die in ihrer Brillanz dem Ölbild um nichts nachsteht. Es handelt sich um ein bisher unbekanntes Werk aus der berühmten Sammlung Gerstl. Im Katalog die Nummer 13: ›Studie zur Lagune vor Grado‹, 1901, Aquarell auf Baumwollpapier, 98x199, handsigniert!« Lena selbst enthüllte das Gemälde, das von den Scheinwerfern so in Szene gesetzt wurde, dass man selbst noch in der letzten Reihe das unglaubliche Farbenspiel und die Glanzlichter der Schaumkronen erkennen konnte. Auch die Anzeige auf dem großen Bildschirm funktionierte wieder anstandslos.

»Der Schätzpreis liegt bei eineinhalb Millionen. Wir haben im Vorfeld viele Gebote bekommen, ich erlaube mir daher, gleich bei einer Million zu beginnen. Eine Million…1 Million 200.000,…«. Lena verfiel in den klassischen Singsang berühmter Auktionatoren, da die Gebote so schnell in die Höhe schossen. Auch hier musste sie selbst wieder mitbieten, um die schriftlichen Gebote zu erfüllen. Die Sensalinnen hielten auch immer wieder ihre Nummern hoch, und Ähnliches passierte unter den Bietern im Saal. Diese Atmosphäre des Bietens und die unglaublich rasche Folge von Zahlen hielt jeden im Saal gefangen. Lena war in ihrem Element: das war es, was sie liebte. Längst hatte sie vergessen, dass sie vermutlich eine Fälschung versteigerte. In sehr kurzer Zeit lagen die Gebote bereits bei drei Millionen. Dann stiegen nach und nach die Bieter aus, bis offenbar nur noch ein Museum und ein Privatier am Telefon übrig waren.

»Wir halten inzwischen bei 3 Millionen und 800.000, höre ich neunhundert? Neunhundert…gib mir vier…vier Millionen sind geboten, zum Ersten,….zum Zweiten…«.

Plötzlich hielt jemand aus dem Saal die Bieternummer 39 in die Höhe – eine Figur, die bisher unauffällig geblieben war. Ein leises Raunen ging durch die Menge, als Lena die gebotene Summe verkündete: »Vier Millionen sind geboten, höre ich mehr? Vier Millionen…vier und eins…vier und zwei.« Wieder war es die Nummer 39. Lenas Stimme zitterte leicht vor Spannung, während sie fortfuhr: »Wir halten bei vier Millionen 200.000! Höre ich mehr? Nein?...zum Ersten...zum Zweiten...« Mit einem letzten, bedeutungsschweren Blick in die Runde hob sie den Hammer und ließ ihn mit einem donnernden Knall auf die Holzscheibe krachen. »... und zum Dritten! Zuschlag bei vier Millionen und 200.000 Euro für den Käufer mit der Bieternummer 39!«

Ein Moment elektrischer Stille erfasste den Saal, bevor der Jubel losbrach, so laut und frenetisch wie nach dem Schlusspfiff eines Europacup-Finales. Doch inmitten des aufbrausenden Applauses fiel den meisten zunächst gar nicht auf, dass ein älterer Mann mit silbergrauen Locken, begleitet von einem bellenden Dackel, plötzlich auf die Bühne stürmte.

Atemlos schrie er: »Es ist eine Fälschung! Die Diga sah um 1901 ganz anders aus!«

*

Ein Hechtsprung für die Ewigkeit

Was dann geschah, sollte die Welt noch wochenlang beschäftigen. Der Käufer des Gemäldes, Lorenzo Marino, sprang in der ersten Reihe auf. Voller Hass auf die Auktionatorin, die ihm diese Fälschung für über vier Millionen Euro angedreht hatte, zückte er eine Pistole und richtete sie mit eiskaltem Blick auf Lena Neumann.

Emilio setzte seinen Sturm fort und führte einen nahezu perfekten Hechtsprung vom Bühnenrand aus. Er rammte den Attentäter mit voller Wucht, sodass dieser zu Boden stürzte – doch nicht ohne vorher einen Schuss abzufeuern. Ein ohrenbetäubender Knall hallte durch den Saal. Fast gleichzeitig stürzte sich der tapfere Dackel Biscotti auf Marino und biss ihm in das Handgelenk, das die noch rauchende Waffe hielt. Ein qualvoller Schrei und Marino ließ die

Pistole los. In diesem Moment griff Capitana Alice l'Ammorbidare ein und fixierte den Attentäter geschickt am Boden. Doch Biscotti war noch nicht bereit, seinen Griff zu lösen, fest entschlossen, sein Herrchen zu verteidigen.

Inspektor Vimladil, der nahe der Bühne gestanden hatte, eilte herbei und kniete sich schützend neben die bewusstlose Auktionatorin, die einen Schuss in die linke Schulter abbekommen hatte. Währenddessen wurde auch der zweite Mafioso, Vittorio Greco, von den Beamten im Saal festgenommen. Die ganze Aktion verlief so schnell, dass das Publikum kaum Zeit hatte, in Panik zu geraten – und doch hatten die Fernsehkameras alles eingefangen.

Rick Bornbeh, der Fälscher, nutzte das Chaos, um unauffällig zu entkommen. Doch er wurde bereits erwartet und festgenommen, ebenso wie etwas später Thaddäus Gagelmann. Zwei Sanitäter stürmten in den Auktionssaal und versorgten Lena Neumann.

In der Zwischenzeit war Isabella d'Estaccio auf die Bühne geeilt. Ihre Augen fanden sofort Emilio, der schwer atmend auf dem Boden saß und versuchte, seinen aufgebrachten Dackel zu beruhigen. Bella, ihre Malteserhündin, die ebenfalls herbeigelaufen war, sprang herbei und leistete dabei wichtige Hilfe – es schien, als hätte nur sie die Macht, Biscotti zu beruhigen. Endlich konnte Emilio aufatmen. Der Mafioso wurde in Handschellen mit der noch blutenden Wunde an der Hand von Signora Capitana abgeführt.

Ein Bild ging um die Welt. Das einstige Armani-Topmodel, erschöpft und doch strahlend, saß neben ihrem Helden Emilio und den beiden treuen Hunden, alle vier eng umschlungen. Doch es war das Foto von Emilio Bombolones spektakulärem Hechtsprung – begleitet von seinem furchtlosen Dackel – das in den Medien gefeiert wurde und den Moment für die Ewigkeit festhielt.

Grado

Die Ereignisse überschlagen sich

Ein Rettungswagen brachte Lena umgehend ins Medical Center in Grado, wo sie das Bewusstsein wiedererlangte und ihre Schusswunde erstversorgt wurde. Anschließend wurde die berühmte Auktionatorin unter Begleitung einer Motorradeskorte der Carabinieri ins Krankenhaus nach Palmanova transportiert. Fünfunddreißig Minuten später befand sie sich auf dem Operationstisch, wo ihr die Neun-Millimeter-Kugel entfernt wurde. Glücklicherweise waren keine lebenswichtigen Organe getroffen und die Operation verlief erfolgreich. Ihre Freundin Agnes wich während dieser Zeit nicht von ihrer Seite und blieb auch danach bei ihr. Zwei Carabinieri sorgten rund um die Uhr für Lenas Schutz und bewachten später auch den Zugang zu ihrem Krankenzimmer. Diese Sicherheitsmaßnahmen waren unerlässlich, da die Mafia dafür bekannt war, ihre Opfer überall aufspüren zu können.

Auch Emilio wurde im Medical Center behandelt, da der Verdacht auf eine Gehirnerschütterung bestand. Der Scan war unauffällig, doch man wollte ihn vorsichtshalber über Nacht zur Beobachtung behalten. Emilio verspürte nur ein unangenehmes Singen im rechten Ohr, das auf den Knall des Schusses zurückzuführen war. Trotzdem bestand er darauf, nach Hause zu gehen, da Isabella sich dort um ihn kümmern würde. Sie und die Hunde waren seit dem Vorfall keine Sekunde von seiner Seite gewichen. Isabella hatte ihren Flug storniert und ihren Sohn informiert, dass sie erst einige Tage später nach Augsburg zurückkehren würde. Jannik hatte bereits den Live-Ticker verfolgt, der über den spektakulären Zwischenfall in Grado berichtete. Signora Capitana l'Ammorbidare persönlich brachte Emilio, Isabella und die beiden Hunde zur Villa

Giuliani, wo bereits zwei Vigili postiert waren. Die Polizei würde dort die nächsten achtundvierzig Stunden Wache halten und auch die Presse fernhalten, die auf ein Exklusivinterview drängte.

Kurz nachdem Emilio sich selbst aus dem Krankenhaus entlassen hatte, wurde ein weiterer Notfall ins Medical Center eingeliefert: die Baronesse Hemma von Gerstl. Bei ihrer Erstvernehmung im Comando Stazione Carabinieri, als sie mit den Verwicklungen der Mafia rund um die Versteigerung ihrer gefälschten Kunstwerke konfrontiert wurde, erlitt sie einen Herzinfarkt. Die Ärzte konnten allerdings nur noch den Tod der Achtzigjährigen feststellen.

Rick Bornbeh, der wusste, dass jegliches Leugnen zwecklos war, packte vollständig und umfangreich aus. Das Verhör dauerte, mit einigen Unterbrechungen, bis in die Abendstunden des nächsten Tages und füllte ein Protokoll von dreihundert Seiten. Er gestand hunderte von Fälschungen über einen Zeitraum von dreißig Jahren. Viele seiner Werke hingen inzwischen in Museen und Galerien auf der ganzen Welt. Es würde Monate dauern, diese alle zu identifizieren, insbesondere jene, die sich in Privatsammlungen befanden. Der finanzielle Schaden für den Kunstmarkt belief sich auf hunderte Millionen Euro; der Imageschaden war unermesslich.

Bornbeh bestand darauf, dass eine persönliche Aussage am Ende des Protokolls aufgenommen wurde.

»In all den Jahren hat kein einziger Experte jemals an der Authentizität meiner Werke gezweifelt. Museen, Sammler und Galeristen haben sie begeistert erworben und gehandelt. Nun, da klar ist, dass diese Werke nicht von den Secessionisten, sondern von mir selbst stammen, wird ihnen angeblich ihre Magie genommen. Ich hingegen behaupte, dass lediglich die Erwartung, einen Secessionisten vor sich zu haben, gegen die Realität des Namens 'Bornbeh' eingetauscht wurde. Es war stets die Magie der Signatur eines Secessionisten, die den Marktwert prägte. Im Umkehrschluss könnte man auch behaupten, die Magie eines Gemäldes werde nur durch seinen Preis bestimmt. Somit hat sich lediglich der kommerzielle Wert meiner Bilder verändert; ihre zeitlose Schönheit in der Meisterschaft meiner Malerei bleibt davon jedoch unberührt!«

*

Der Playboy hat ausgedient

Isabella staunte zunächst, als sie das Appartement von Emilio erstmals betrat, während Biscotti seiner Bella sofort alles zeigte und sie einlud, mit ihm seinen Lieblingsplatz zu teilen.

»Ich habe schon viele – teils luxuriöse – Immobilien gesehen, aber deine Wohnung spielt definitiv in der Oberliga mit!«, bemerkte sie anerkennend.

Emilio lächelte zufrieden. »Dann solltest du dir unbedingt auch noch mein Badezimmer ansehen, amore mia.«

»Zeig mir lieber zuerst unser Schlafzimmer. Du solltest dich schließlich hinlegen – ärztliche Anweisung!«

Das Wort ›unser‹ ließ Emilios Herz einen Moment schneller schlagen. Mit einem sanften Lächeln auf den Lippen führte er Isabella ins Schlafzimmer, während sie ihm folgte. Kaum dort angekommen, fiel Isabellas geübten Augen sofort der imposante, begehbare Kleiderschrank auf. Sie musterte das Interieur aufmerksam, während Emilio sich bereits entkleidet und folgsam ins Bett gelegt hatte.

Kurz darauf betrat Isabella das Schlafzimmer erneut, dieses Mal mit einer Zeitschrift in der Hand. Emilio spürte, wie ihm das Herz kurzzeitig in die Hose rutschte, als er ahnte, worum es sich dabei handeln könnte.

»Das, mein Liebster, brauchst du ab sofort nicht mehr«, verkündete sie lächelnd und wedelte mit dem Hochglanzmagazin. »Ich habe mich *einmal* für den Playboy ausgezogen, aber in Zukunft ziehe ich mich nur noch für dich aus!«

Mit einer eleganten, fast tänzerischen Bewegung öffnete sie langsam ihre Bluse und ließ den Rock sanft zu Boden gleiten. Als sie dann verführerisch ihren BH abstreifte, spürte Emilio, wie sein Herz schneller schlug. Was anderes natürlich auch. Der Anblick von Isabella raubte ihm förmlich den Atem.

»Amore mia«, flüsterte er, seine Stimme von Erregung und Zuneigung gleichermaßen gefärbt, »du bist unglaublich.«

Isabella trat langsam auf ihn zu, ihre Augen voller Zärtlichkeit. »Emilio, nach meinem Sohn bist du von nun an das Wichtigste in meinem Leben«, sagte sie leise und setzte sich – nun völlig nackt – neben ihn aufs Bett. »Du bist der Einzige, für den ich mich wirklich öffnen möchte.«

Die Tiefe ihrer Worte traf Emilio mitten ins Herz. Sie bedeuteten ihm mehr, als er je in Worte fassen könnte. Mit sanften Fingern legte er eine Hand auf ihre Hüfte und zog sie behutsam näher zu sich, spürte die Wärme ihrer Haut unter seinen Fingerspitzen.

»Ich weiß«, antwortete er schließlich, seine Stimme nun fest. »Und ich werde alles tun, um das zu verdienen.«

Isabella beugte sich zu ihm hinunter und küsste ihn sanft, ihre Lippen streiften seine, als sie flüsterte: »Du musst nichts verdienen. Alles, was ich will, ist, dass du bei mir bist.«

»Ich bin bei dir«, flüsterte er, als er sie in seine Arme zog, »und da werde ich immer sein.«

In diesem Moment schien die Welt stillzustehen. Nur sie beide, vereint in einem Raum voller Sinnlichkeit und tiefer Vertrautheit.

*

Grado hat seinen Helden

Früh am nächsten Morgen schlichen sich Emilio und Isabella unbemerkt durch den versteckten Hinterausgang der Villa Giuliani hinaus und machten sich auf zu einem Spaziergang mit ihren Hunden. In der Nacht zuvor hatte ein Kurier Isabellas Gepäck aus dem Hotel Astoria gebracht, nachdem es einer akribischen Prüfung durch die vor der Villa postierte Polizei unterzogen worden war. Spätabends war auch die Contessa Marta Luisa Caramello eingetroffen. Mit Tränen der Erleichterung hatte sie Emilio in die Arme geschlossen, überglücklich, dass ihm nichts zugestoßen war. Sie hatte auch Signora d'Estaccio herzlich begrüßt und war sichtlich erfreut gewesen, als sie erfuhr, dass Isabella ihre echten Auchentaller-Aktgemälde ersteigert hatte. Gemeinsam hatten sie dann noch ein paar Stunden in angeregter Konversation verbracht, während der die Zeit förmlich verflogen war.

*

Guten Morgen!

Nach dem morgendlichen Spaziergang führte ihr Weg zu Emilios Panificio Gaddi. Als Emilio die Bäckerei betrat, um die Cornetti zu holen, unterbrachen die drei Verkäuferinnen ihre Arbeit und begannen wortlos zu applaudieren. Isabella, die draußen mit den Hunden gewartet hatte, lächelte und stimmte in den Applaus ein. Grado hatte seinen Helden.

Zurück in der Villa, betraten sie wieder den Hintereingang und bereiteten im Appartement zunächst ihren Hunden das Frühstück zu. Anschließend deckten sie gemeinsam den Tisch auf dem Balkon und genossen den ersten Espresso des Tages.

Sie tauschten Blicke, die nur Paare verstehen, die in der Mitte ihres Lebens angekommen sind und wissen, dass sie nun etwas Kostbares teilen: die reife Liebe.

Während sie die Zeitungen lasen, die von den jüngsten Ereignissen in Grado berichteten, erklang die Glocke an der Tür von Emilios Appartement. Emilio zögerte einen Moment, doch dann erinnerte er sich an die strengen Anweisungen der Polizei, wer Zutritt zur Villa hatte. Es konnte also nur jemand sein, den er persönlich kannte. Er stand auf und öffnete die Tür.

»Guten Morgen, Papa!«, begrüßte ihn Francesca fröhlich, als sie ihm entgegenstrahlte.

Ende

Epilog

Zwei Monate später fand in Triest ein Prozess statt, der auch international für Aufsehen sorgte. Die unglaubliche Geschichte der Fälschungen, die sich um die verstorbene Baronesse Hemma von Gerstl und den hochbegabten Fälscher Rick Bornbeh rankte, fesselte die Öffentlichkeit. Mit bemerkenswerter Ruhe schilderte Bornbeh vor Gericht die Methoden, mit denen er, die Baronesse und Leopold von Falkenstein, genannt ›Poldi‹, die Kunstwelt fast dreißig Jahre lang getäuscht hatten. Für die Presse wurde Bornbeh dadurch zu einer Art Robin Hood der Kunstszene.

Ein Beamter der österreichischen Finanzpolizei, Sektionschef Karl-Heinz Altmann, sagte aus, wie die Baronesse ihr Vermögen durch Kryptowährungen gewaschen hatte. Die Ermittler hatten schließlich alle ihre Konten und Identitäten aufgedeckt – von Liechtenstein über die Cayman Islands bis hin zu den British Virgin Islands. Altmann kommentierte treffend: ›Krypto ist nicht anonym, sondern nur pseudonym.‹ Zum Zeitpunkt ihres Todes verfügte die Baronesse über ein Vermögen von mehr als vierhundertfünfzig Millionen Euro.

Bornbeh wurde wegen mehrfacher Urkundenfälschung in Betrugsabsicht zu einer sechsjährigen Haftstrafe und einer Entschädigungszahlung von dreißig Millionen Euro verurteilt. Der italienische Staat forderte zudem die Beschlagnahme des Vermögens der Baronesse. Thaddäus Gagelmann hingegen wurde, auch dank Bornbehs Aussage, freigesprochen. Er hatte sich lediglich als naiver, aber nützlicher Idiot erwiesen.

Bornbeh wurde in die Justizvollzugsanstalt Ernesto Mari in Triest überstellt. Zwei Tage später fand man ihn nackt und erhängt in seiner Zelle. In seine Brust war das stachelige Schaufelblatt einer Kaktusfeige gerammt. In Italien wusste man, was dies bedeutete: Die Mafiaorganisation Società del Serpente hatte jemanden bestraft, der ihnen Schaden zugefügt hatte. Die alte Società war bekannt für ihre meisterhafte Beherrschung der Zeichen.

Die Mafiosi Vittorio Grecco und Lorenzo Morino wurden wegen Mitgliedschaft in einer Mafiaorganisation gemäß Paragraph 416 zu fünfzehn Jahren Haft verurteilt. Morino erhielt aufgrund eines versuchten Mordes weitere zwanzig Jahre. Da er zudem nicht glaubhaft nachweisen konnte, wie er zu seinem Vermögen gelangt war, wurde es ihm vom italienischen Staat entzogen, um weiteren Schaden zu verhindern. Beide, Grecco und Morino, weigerten sich aus Angst vor Vergeltung, gegen ihren Boss Giovanni 'Grande Gino' Mancini auszusagen.

Lena Neumann kehrte nach zwei Wochen im Krankenhaus Palmanova, wo sie unter ständiger Bewachung durch eine Spezialabteilung der Carabinieri gestanden hatte, nach Wien zurück. Emilio hatte sie zweimal im Krankenhaus besucht. Sie hatte ihm vergeben, war er doch ihr Lebensretter. Auch Isabella d'Estaccio besuchte Lena und die beiden führten ein langes Gespräch. Lena hatte gefragt: »Was wollen Sie eigentlich von Emilio?« Isabella hatte geantwortet: »Dasselbe wie Sie, Lena – das Gefühl, lebendig zu sein.«

Emilio wurde mit großen Ehren bedacht. Er erhielt die Tapferkeitsmedaille der Carabinieri und wurde in Grado zum Ehrenbürger ernannt.

Agnes Weninger blieb nach der Finissage[46] noch eine Woche in Grado, um die Rückabwicklung der Ausstellung zu beaufsichtigen. In Wien wurde sie vom Konsortium mit Lob überschüttet. Da sie genug Geld verdient hatte, gönnte sie sich eine Auszeit und reiste zurück nach Grado, um Zeit mit ihrer Freundin Alice zu verbringen.

Alice l'Ammorbidare, die mit dem Verdienstkreuz der Guardia di Finanza ausgezeichnet und kürzlich zum Maggiore befördert worden war, beschloss nach einem längeren Urlaub mit Agnes, sich auf die vakante Stelle des Comandante der Carabinieri-Station in Grado zu bewerben.

Inspektor Vimladil und Aspirantin Wostracek wurden belobigt und befördert. Gitti ging in Karenz, da sie aufgrund wiederholter Insubordination von Joschi schwanger geworden war.

---

[46] Abschlussveranstaltung der Ausstellung

Danksagungen

Das Entstehen eines Romans wie ›Emilio und die Kunst der Verführung‹ ist das Ergebnis kollektiver Inspiration und intensiver Recherche.

Es erfordert umfassende Auseinandersetzungen mit Themen wie der Wiener Secession, Kunstfälschung, Mafia, Geldwäsche und vor allem mit Grado. Daher gilt mein Dank zahlreichen Autoren, deren Werke ich aufmerksam studiert habe – besonders denjenigen, die über Grado geschrieben haben. Obwohl ich die Lagunenstadt seit vielen Jahren regelmäßig besuche, konnte ich stets neue Facetten entdecken.

Die Arbeitsweise der berühmten Kunstfälscher Wolfgang Beltracchi und Eric Hebborn, die ihr Fachwissen in Buchform veröffentlicht haben, diente mir als Modell für meine Romanfigur Rick Bornbeh.

Ein besonderer Dank, wenn auch anonym, gilt Herrn Andreas Maleta von der Galerie ›punkt12‹ in Wien. Seine intensive Auseinandersetzung mit seiner eigenen Familiengeschichte als direkter Nachkomme der Familie Scheid mütterlicherseits stellte eine wertvolle Quelle für das Leben und Werk von Josef Maria Auchentaller dar, insbesondere auch durch seine Internetplattform und Buchempfehlungen.

Die Briefe von Emma Auchentaller, herausgegeben von Christine Casapicola im Verlag Braitan, waren ebenfalls eine unschätzbare Ressource.

Herzlichen Dank an Frau Silvia Wolzt, die mit akribischer Sorgfalt meine Rechtschreibfehler korrigierte und meine oft zufällige Kommasetzung nach den Regeln des Duden ordnete.

Als leidenschaftliche Leserin von Kriminalromanen und Administratorin eines Leseclubs war sie die ideale Lektorin. Danke, Silvia!

Frau Agnes Weninger möchte ich ebenfalls danken. Sie hat nicht nur alle erotischen Szenen in meinem Roman kritisch gegengelesen, sondern mir auch ihren Namen für eine der Figuren geliehen. Danke, Agnes!

Ein weiterer Dank geht an Frau Angelika Nussthaler, gelernte Schneidermeisterin und tätig in einer Modeboutique. Ihre Unterstützung bei stilistischen Fragen zur Damenbekleidung war mir eine große Hilfe. Danke, Geli!

Mein Zwergdackel Biscotti ist die einzige Romanfigur, die auch im wirklichen Leben existiert. Sein besonderer Charakter und alle seine Verhaltensauffälligkeiten fanden ihren Niederschlag in meinem Roman. Auch mein Dackelchen ist ein regelmäßiger Gast in Grado. Danke, Biscotti!

In den letzten acht Monaten widmete ich mich mit voller Hingabe der Arbeit an meinem Roman, musste jedoch feststellen, dass ich oft von diesem Projekt abgelenkt war – selbst in Gesprächen mit Familie und Freunden. Es fühlte sich an, als wäre ich in einer intensiven, aber einseitigen Liebesbeziehung gefangen. Mein abschließender Dank gilt daher meiner Familie und meinen Freunden, die diese Zeit geduldig ertragen haben.

Michaela l'Ostessa